隋樹森 編

全元散曲

中册

中華書局

阿魯威

阿魯威字叔重。號東泉。人或以魯東泉稱之。蒙古人。至治間官南劍太守。泰定間爲經筵官。參知政事。

小令

〔雙調〕蟾宮曲

東皇太乙前九首以楚辭九歌品成

穆將愉兮太乙東皇。佩姣服菲菲。劍珥琳琅。玉瑱瓊芳。烝肴蘭藉。桂酒椒漿。揚枹鼓兮安歌浩倡。紛五音兮琴瑟笙簧。日吉辰良。繁會袮袮。既樂而康。陽春白雪前集

二 樂府羣珠三

鈔本陽春白雪劍珥作劍佩。元刊本白雪與樂府羣珠合。枹鼓下原脱兮字。茲從任校補。瓊芳原作瓊兮。茲據楚辭九歌改。

雲中君

望雲中帝服皇皇。快龍駕翩翩。遠舉周章。霞佩繽紛。雲旗晻藹。衣采華芳。靈連蜷兮昭昭未央。降壽宮兮沐浴蘭湯。先戒鸞章。後屬飛簾。總轡扶桑。陽春白雪前集二

樂府羣珠三

鈔本陽春白雪先戒作先我。

湘君

問湘君何處翺遊。怎弭節江皋。江水東流。薜荔芙蓉。涔陽極浦。杜若芳洲。駕飛龍兮蘭旌蕙綢。君不行兮何故夷猶。玉佩誰留。步馬椒丘。忍別靈修。陽春白雪前集二

樂府羣珠三

湘夫人

促江皋騰駕朝馳。幸帝子來遊。孔蓋雲旗。渺渺秋風。洞庭木葉。盼望佳期。靈焱兮空山九疑。澧有蘭兮沅芷菲菲。行折瓊枝。發軔蒼梧。飲馬咸池。陽春白雪前集二

樂府羣珠三

元刊陽春白雪菲菲作茉茉。兹從鈔本白雪及樂府羣珠。沅芷從徐本白雪。他本白雪及羣珠俱作流芷。

大司命

令飄風涷雨清塵。開閶闔天門。假道天津。千乘回翔。龍旗冉冉。鸞駕轔轔。結桂椒兮乘雲並迎。問人間兮壽夭莫憑。除却靈均。蘭佩荷衣。誰製誰紉。陽春白雪前集二　樂府羣珠三

少司命

正秋蘭九畹芳菲。共堂下蘼蕪。緑葉留荑。趁駕回風。逍遥雲際。翡翠爲旗。悲莫悲兮君遠將離。樂莫樂兮與女新知。一掃氛霓。晞髮陽阿。洗劍天池。陽春白雪前集二　樂府羣珠三

遠將疑應作將遠。

東君

望朝暾將出東方。便撫馬安驅。攬轡高翔。交鼓吹竽。鳴篪絙瑟。會舞霓裳。布瑶席兮聊斟桂漿。聽鏘鏘兮丹鳳鳴陽。直上空桑。持矢操弧。仰射天狼。陽春白雪前集二 樂府羣珠三

鈔本陽春白雪攬轡作攬輿轡。又與羣珠鳴篪並作鳴號。羣珠吹竽作吹笙。

河伯

激王侯四起衝風。望魚屋鱗鱗。貝闕珠宫。兩駕驂螭。桂旗荷蓋。浩蕩西東。試回首兮崑崙道中。問江皋兮誰集芙蓉。唤起豐隆。先逐黿鼉。後馭蛟龍。陽春白雪前集二 樂府羣珠三

山鬼

若有人兮含睇山幽。乘赤豹文貍。窈窕周流。渺渺愁雲。冥冥零雨。誰與同遊。采三秀兮吾令蹇脩。悵宓妃兮要眇難求。猨夜啾啾。風木蕭蕭。公子離憂。（九歌終） 陽

春白雪前集二　樂府羣珠三

鈔本陽春白雪同遊作同流。

鴟夷後那箇清閑。誰愛雨笠烟蓑。七里嚴湍。除却巢由。更無人到。潁水箕山。嘆落日孤鴻往還。笑桃源洞口誰關。試問劉郎。幾度花開。幾度花殘。陽春白雪前集二　樂府羣珠三

羣珠題作懷古。次首題一又字。

問人間誰是英雄。有釃酒臨江。橫槊曹公。紫蓋黃旗。多應借得。赤壁東風。更驚起南陽臥龍。便成名八陣圖中。鼎足三分。一分西蜀。一分江東。陽春白雪前集二　樂府羣珠三

正春風楊柳依依。聽徹陽關。分袂東西。看取樽前。留人燕語。送客花飛。謾勞動空山子規。一聲聲猶勸人歸。後夜相思。明月烟波。一舸鴟夷。陽春白雪前集二　樂府羣珠三

羣珠題作旅況。○元刊本殘元本鈔本陽春白雪人歸俱作雲歸。茲從徐本白雪及羣珠。

動高吟楚客秋風。故國山河。水落江空。斷送離愁。江南烟雨。杳杳孤鴻。依舊向邯鄲道中。問居胥今有誰封。何日論文。渭北春天。日暮江東。陽春白雪前集二　樂府羣

珠三

羣珠題作懷友。

理征衣鞍馬匆匆。又在關山。鷓鴣聲中。三疊陽關。一杯魯酒。逆旅新豐。看五陵無樹起風。笑長安却誤英雄。雲樹濛濛。春水東流。有似愁濃。陽春白雪前集二　樂府羣

珠三

羣珠題作旅況。

爛羊頭誰羨封侯。斗酒篇詩。也自風流。過隙光陰。塵埃野馬。不障閑鷗。離汗漫飄蓬九有。向壺山小隱三秋。歸賦登樓。白髮蕭蕭。老我南州。陽春白雪前集二　樂府羣

珠三

元刊陽春白雪離作雖。樂府羣珠同。茲從鈔本白雪。羣珠不障作不惹。

任乾坤浩蕩沙鷗。酤酒尋魚。赤壁磯頭。鐵笛橫吹。穿雲裂石。草木炎州。信甲子題詩五柳。算庚寅合賦三秋。渺渺予愁。自古佳人。不遇靈修。陽春白雪前集二　樂府羣

珠三

羣珠題作遣懷。

〔雙調〕壽陽曲

千年調。一旦空。惟有紙錢灰晚風吹送。儘蜀鵑血啼烟樹中。喚不回一場春夢。陽春白雪前集三

元刊陽春白雪調作態。丝從鈔本。

〔雙調〕湘妃怨

楚天空闊楚天長。一度懷人一斷腸。此心只在肩輿上。倩東風過武昌。助離愁烟水茫茫。竹上雨湘妃泪。樹中禽蜀帝王。無限思量。陽春白雪前集二　樂府羣玉一

樂府羣玉此首屬劉時中。題作寓意武昌元貞。異文參閲劉時中曲。

夜來雨横與風狂。斷送西園滿地香。曉來蜂蝶空遊蕩。苦難尋紅錦粧。問東君歸計何忙。儘叫得鵑聲碎。却教人空斷腸。漫勞動送客垂楊。陽春白雪前集二

王元鼎

元鼎與阿魯威同時。官學士。

小令

〔正宫〕醉太平

寒食

珠簾外燕飛。喬木上鶯啼。鶯鶯燕燕正寒食。想人生有幾。有花無酒難成配。無花有酒難成對。今日有花有酒有相識。不喫呵圖甚的。太平樂府五　梨園樂府下

梨園樂府不注撰人。下三首同。〇又珠作朱。圖作圖箇。

聲聲啼乳鴉。生叫破韶華。夜深微雨潤隄沙。香風萬家。畫樓洗浄鴛鴦瓦。綵繩半濕秋千架。覺來紅日上窗紗。聽街頭賣杏花。太平樂府五　梨園樂府下

梨園樂府生叫作生啼。夜深作夜來。

辜負了禁烟。冷落了秋千。春光去也怎留戀。聽鶯啼燕喧。紅馥馥落盡桃花片。青絲絲舞困垂楊線。撲簌簌滿地墮榆錢。芳心悶倦。太平樂府五　梨園樂府下

梨園樂府去也作去了。鶯啼作鶯聲。滿地作滿地上。

〔越調〕凭闌人

盼得南來雁。花飛時雨殘。簾捲處春寒。夕陽樓上望長安。灑西風泪眼。幾時睚徹悽惶限。幾時幾番和月凭闌干。多情人未還。太平樂府五　梨園樂府下

梨園樂府次句作簾幕捲風寒。

閨怨

垂柳依依惹暮烟。素魄娟娟當綉軒。妾身獨自眠。月圓人未圓。太平樂府三

啼得花殘聲更悲。叫得春歸郎未知。杜鵑奴倩伊。問郎何日歸。太平樂府三

元刊本倩伊作情伊。兹從瞿本及何鈔本。

〔雙調〕折桂令

桃花馬

問劉郎驥控亭槐。覺紅雨瀟瀟。亂落蒼苔。溪上籠歸。橋邊洗罷。洞口牽來。搖玉轡春風滿街。摘金鞍流水天台。錦綉毛胎。嘶過玄都。千樹齊開太平樂府一　樂府羣珠三

堯山堂外紀七一

套數

〔商調〕河西後庭花

此曲之作。有自來矣。昔胡元大都妓女名莘文秀者。美姿色。與學士王元鼎有姻。亦與阿魯相契。異期阿與莘仵坐。談及風情之任。阿曰。聞爾與王元鼎情恩甚篤。以予方之。孰最。莘含笑不語。阿强之再四。莘曰。以調和鼎鼐。燮理陰陽。則學士不如丞相。論惜玉憐香。嘲風詠月。則丞相少次於學士。哄然一笑而罷。元鼎聞之。故作此以嘲之。出萬花集

走將來涎涎瞪瞪冷眼兒瞧。杓杓答答熱句兒浸。捨不的纏頭錦。心疼的買笑金。要你消任。鴛幃珊枕。鳳凰杯翡翠衾。低低唱淺淺斟。休逞波李翰林。

〔么篇〕支楞絃斷了綠綺琴。珰玎掂折了碧玉簪。嗨。墮落了題橋志。吁。闌珊了解佩心。走將來笑吟吟。粧呆粧婁。硬廝掙軟廝禁。泥中刺綿裏針。黑頭蟲黃口鴆。

〔鳳鸞吟〕自古到今。恩多須怨深。你說的牙疼誓。不害磣。有酒時唫。有飯時啃。你來我跟前委實圖甚。小的每聲價兒些。身材兒婁。請先生別覓箇知音。

〔柳葉兒〕走將來乜斜頭撒唚。不熨貼性兒希林。軟處揑硬處搊甜處滲。休忒恁。莫沉吟。休辜負了柳影花陰。 詞林摘艷七　雍熙樂府四　北宫詞紀六　北詞廣正譜引鳳鸞吟

原刊本詞林摘艷有序如右。重增本內府本摘艷只作嘲妓華文秀五字。雍熙樂府無題。不注撰人。北宫詞紀題作嘲妓。案青樓集順時秀條。所記與摘艷此序類似。惟妓名則異。又。今本萬花集無此曲。○（河西後庭花）詞林摘艷瞪瞪作鄧鄧。內府本摘艷心疼的作心疼似。末句疊。雍熙心疼的作疼不過。要你作要恁。（么篇）內府本摘艷六句作粧癡粧啉。末句疊。雍熙曲牌誤作青哥兒。無嗨字。吁字。及走將來三字。呆作嘍。婁作唔。（鳳鸞吟）內府本摘艷唫作唔。雍熙多作多時。你說作說來。有酒二句作。有飯時噲。有酒時飲。你來作你在。圖作待圖。兒些作些。身材兒婁作心腸兒恪。詞紀你說作你說來。圖作待圖。（柳葉兒）原刊本摘艷花陰作花

影。重增本内府本摘艷熨貼作慰貼。希林作希啉。内府本摘艷軟處上有你則待三字。摦作傷。雍熙首句作你休要乜斜頭撒沁。希林作胡臨。軟處揑作你則待軟處偎。詞紀並同。雍熙摦作㦬。滲作忝。

〔大石調〕雁傳書

春歸後。柳絲難挽別離情。一片花飛減却春。對東風無語銷魂。傷情。花飛泪落墮紅雨。蒼苔上海棠堆徑。愁無盡。怕的是梨花庭院。風雨黄昏。〔明妃曲〕愁聞。是誰家風前笛韻。梅花片吹落江城。難禁。吹出了斷腸聲。到惹得月愁人病。鵑啼春思月中魂。花迷蝶夢窗前影。懨懨病。這相思能終得幾箇黄昏。〔秋海棠〕誰似你辜恩。誰似我癡心。負心的上有神明。到如今參不透薄情心性。好姻緣甚日重盟。惡姻緣番成畫餅。多愁悶。消磨了白晝。頓送黄昏。〔比目魚〕數歸期。掐得指頭疼。盼歸期。望斷楚山雲。泪珠。泪珠滴盡湘江滿。只落得暗裏自沉吟。從今。再不去夢裏搜尋。再不去愁中加病。再不去掛肚牽心。泪痕銷夜燭。翠被擁雞聲。捱過了幾番寂寞。幾度黄昏。〔餘文〕從今打破風流陣。一句句從頭自忖。一任他朝朝暮暮。白晝黄昏。詞林白雪二

九宫大成一八引前四支

（明妃曲）詞林白雪月中魂作月中聲。（比目魚）九宫大成捱過作捱盡。

北詞廣正譜雙調套數分題列有王元鼎錦上花燕語鶯啼套數曲牌次第。牌名與詞林摘艷所收之張碧山燕語鶯啼套相同。疑即指一曲。本書已列爲張碧山作。此不重出。

虞集

集字伯生。號道園。崇仁人。宋丞相允文五世孫。大德初。以薦爲大都路儒學教授。歷國子助教博士。累官秘書少監。翰林直學士兼國子祭酒。天曆中。除奎章閣侍書學士。命修經世大典。進侍講學士。卒贈江西行中書省參知政事。封仁壽郡公。謚文靖。集早歲與弟槃同闢書室。左書陶淵明詩。曰陶庵。右書邵堯夫詩。曰邵庵。故世稱邵庵先生。著有道園學古録。道園類稿等。

小令

〔雙調〕折桂令

席上偶談蜀漢事因賦短柱體

鸞輿三顧茅廬。漢祚難扶。日暮桑榆。深渡南瀘。長驅西蜀。力拒東吳。美乎周瑜妙術。悲夫關羽云殂。天數盈虚。造物乘除。問汝何如。早賦歸歟。輟耕録四　堯山堂外紀七三

張雨

雨字伯雨。號貞居。吴郡海昌人。以儒者抽簪入道。自錢塘至句曲。負逸才英氣。以詩著名。格調清麗。句語新奇。時趙松雪虞道園范德機楊仲宏等以詩文鳴於館閣之上。而貞居以豪邁之氣。超然自得。獨鳴於丘壑之間。館閣諸臣亦嘗與其唱酬往還。貞居博學多聞。襟懷瀟灑。大夫士多景慕而樂道之。世稱句曲先生。有句曲外史貞居先生詩集。

小令

〔中吕〕喜春來

泰定三年丙寅歲除夜玉山舟中賦

江梅的的依茅舍。石瀨濺濺漱玉沙。瓦甌篷底送年華。問暮鴉。何處阿戎家。貞居詞

花草粹編一　歷代詩餘二　詞律補遺

花草粹編及歷代詩餘題目俱作除夜玉山舟中。

〔商調〕梧葉兒

贈龜溪醫隱唐茂之二首

參苓籠。山水閒。好處在西關。放取詩瓢去。攜將酒榼還。把酒倩歌鬟。休舉似江南小山。貞居詞

移家去。市隱閒。幽事頗相關。劉商觀弈罷。韓康賣藥還。點檢綠雲鬟。數不盡龜溪好山。貞居詞　花草粹編一

花草粹編觀弈作觀棋。

〔雙調〕水仙子

歸來重整舊生涯。瀟洒柴桑處士家。草庵兒不用高和大。會清標豈在繁華。紙糊窗。柏木榻。掛一幅單條畫。供一枝得意花。自燒香童子煎茶。堅瓠集四集引耳談

〔雙調〕殿前歡

楊廉夫席上有贈

小吴娃。玉盤仙掌載春霞。後堂絳帳重簾下。誰理琵琶。香山處士家。玉局仙人畫。一刻春無價。老夫醉也。烏帽瓊華。貞居詞

鄧學可

學可名熙。廬陵人。與張雨友善。雨有寄鄧學可留穀城等詩。

套數

〔正宮〕端正好

樂道

撇罷了是和非。拂掉了爭和鬬。把心猿意馬牢收。舞西風兩葉寬袍袖。看日月搬昏晝。

〔滾綉毬〕千家飯足可週。百結衣不害羞。問甚麼破設設歇着皮肉。傲人間伯子公侯。閑遥遥唱些道情。醉醺醺打箇稽首。抄化些剩湯殘酒。喒這愚鼓簡子便是行頭。今朝有酒今朝醉。明日無錢明日求。散誕無憂。

〔倘秀才〕積書與子孫未必盡收。積金與子孫未必盡守。我勸你莫與兒孫作馬牛。恰雲生山勢巧。早霜降水痕收。怎熬他烏飛兔走。

〔滚綉毬〕恰見元宵燈挑在手。又早清明至門插柳。正修禊傳觴流曲。不覺擊鼉鼓競渡龍舟。恰才七月七。又早是九月九。喒能够幾番價歡喜厮守。都在煩惱中過了春秋。你子見紛紛世事隨緣過。都不顧急急光陰似水流。白了人頭。

〔倘秀才〕有一等造園苑磨磚砌甃。蓋亭館雕梁畫斗。費盡工夫得成就。今日是張家地。明日是李家樓。大剛來只是翻手合手。

〔滚綉毬〕剗荆棘鑿做沼池。去蓬蒿廣栽榆柳。四時間如開錦綉。主人公能得幾遍價來往追遊。亭臺即漸摧。花木取次休。荆棘又還依舊。使行人嗟嘆源流。往常間奇葩異卉千般秀。今日箇野草閑花滿地愁。葉落歸秋。

〔呆古朵〕休言堯舜和桀紂。都不如郝孫譚馬丘劉。他每是文中子門徒。亢倉子志友。休説爲吏道的張平叔。做烟月的劉行首。若不是閫全真的王祖師。拿不着打輪的馬半州。

〔太平年〕漢鍾離原是箇帥首。藍采和本是箇俳優。懸壺翁本不曾去沽油。鐵拐李險燒了尸首。賀蘭仙引定曹國舅。韓湘子會造逡巡酒。呂洞賓三醉岳陽樓。度了數千年的緑柳。

〔隨煞〕休言功行何時就。誰道玄門不可投。人我場中枉馳驟。苦海波中早回首。説甚麽四大神遊。三島十洲。這神仙隱跡埋名。敢只在目前走。太平樂府六　自然集　雍熙樂府二　北詞廣正譜引隨煞

此套又見自然集。參閲本書無名氏曲。其異文比勘從略。雍熙樂府此曲不注撰人。○（滚綉毬）雍熙設設作奢奢。遥遥作夭夭。（滚綉毬）明大字本太平樂府六句無早字。雍熙清明至作清明沿。（倘秀才）明大字本太平樂府無盡字。（滚綉毬）雍熙奇葩作奇花。（太平年）元刊太平樂府沽油作活油。兹從元刊八卷本及雍熙。

薩都刺

都刺字天錫。號直齋。本荅失蠻氏。後徙居河間。登泰定丁卯進士第。除應奉翰林文字。擢御史於南臺。以彈劾權貴。左遷鎮江録事司達魯花赤。歷淮西廉訪司經歷等職。詩才清麗。名冠一時。晚年寓居武林。凡深巖邃壑。無不窮其幽勝。後入方國珍幕府卒。有雁門集及西湖十景詞。

套數

〔南呂〕一枝花

妓女蹴踘

紅香臉襯霞。玉潤釵横燕。月彎眉斂翠。雲彈鬢堆蟬。絶色嬋娟。畢罷了歌舞花前宴。習學成齊雲天下圓。受用盡緑窗前飯飽茶餘。揀擇卜粉牆内花陰日轉。

〔梁州〕素羅衫垂彩袖低籠玉笋。錦靿襪襯烏靴款蹴金蓮。占官場立站下人争羡。似月殿裏飛來的素女。甚天風吹落的神仙。拂花露榴裙荏苒。滚香塵綉帶蹁躚。打着對合扇拐全不斜偏。踢着對鴛鴦扣且是輕便。對泛處使穿膁抹膝的攛搭。摟俊處使拂袖沾衣的撇演。粧翹處使回身出鬢的披肩。猛然。笑喘。紅塵兩袖纖腰倦。越丰韻越嬌軟。羅帕香匀粉汗妍。拂落花鈿。

〔尾聲〕若道是成就了洞房中惜玉憐香願。媒合了翠館内清風皓月筵。六片兒香皮做姻眷。荼蘼架邊。薔薇洞前。管教你到底團圓不離了半步兒遠。雍熙樂府九　北宫詞紀五

雍熙樂府不注撰人。

李洞

洞字溉之。滕州人。生有異質。作爲文辭。如宿習者。姚燧深嘆異之。力薦於朝。授翰林國史院編修官。泰定初。除翰林待制。天曆間。超遷翰林直學士。俄特授奎章閣承制學士。預修經世大典。書成進奏。旋引疾歸。卒年五十九。有文集四十卷。溉之骨骼清峻。神情開朗。其爲文章。奮筆揮灑。迅飛疾動。汩汩滔滔。思態疊出。意之所至。臻極神妙。尤善書。自篆隸草真皆精詣。爲世所珍。僑居濟南。有湖山花竹之勝。作亭曰天心水面。文宗嘗敕虞集製文以記之。

套數

〔雙調〕夜行船

送友歸吴

驛路西風冷綉鞍。離情秋色相關。鴻雁啼寒。楓林染泪。攛斷旅情無限。

〔風入松〕丈夫雙泪不輕彈。都付酒杯間。蘇臺景物非虚誕。年前倚棹曾看。野水鷗邊蕭寺。亂雲馬首吴山。

〔新水令〕君行那與利名干。縱疎狂柳羈花絆。何曾畏。道途難。往日今番。江海上浪游慣。

〔喬牌兒〕劍横腰秋水寒。袍奪目曉霞燦。虹霓膽氣冲霄漢。笑談間人見罕。

〔離亭宴煞〕束裝預喜蒼頭辦。分襟無奈驪駒趲。容易去何時重返。見月客窗思。問程村店宿。阻雨山家飯。傳情字莫違。買醉金宜散。千古事毋勞弔挽。闔閭墓野花埋。館娃宫淡烟晚。雍熙樂府一二　南北詞廣韻選八　北宫詞紀四　九宫大成六六引離亭宴煞

雍熙樂府不注撰人。南北詞廣韻選注元。北宫詞紀注李溉之作。〇(風入松)廣韻選鷗作河。

薛昂夫

昂夫名超吾。回鶻人。漢姓馬。故亦稱馬昂夫（薛昂夫馬昂夫爲一人。從孫楷第元曲家考略續編説）。字九皋。官三衢路達魯花赤。善篆書。有詩名。與薩都剌倡和。周南瑞天下同文集有王德淵之薛昂夫詩集序。稱其詩詞新嚴飄逸。如龍駒奮迅。有並驅八駿一日千里之想。南曲九宫正始序。謂昂夫詞句瀟灑。自命千古一人。深憂斯道不傳。乃廣求繼己業者。至禱祀天地。遍歷百郡。卒不可得。案元草堂詩餘有九皋司馬昂夫。詞綜歷代詩餘俱謂司馬昂夫字九皋。以司馬爲昂夫姓。疑非是。太和正音譜以馬九皋與馬昂夫爲二人。亦誤。

小令

〔正宮〕塞鴻秋

功名萬里忙如燕。斯文一脈微如線。光陰寸隙流如電。風霜兩鬢白如練。盡道便休官。林下何曾見。至今寂寞彭澤縣。鈔本陽春白雪後集一

過太白祠謝公池

謫仙祠下言詩志。謝公池顧影凝清思。筍輿沽酒青山市。松枝煮茗白雲寺。聽山鳥奏笙簧。共野叟論文字。甚癡兒了却公家事。太平樂府一

凌歊臺懷古

凌歊臺畔黄山鋪。是三千歌舞亡家處。望夫山下烏江渡。是八千子弟思鄉去。江東日暮雲。渭北春天樹。青山太白墳如故。太平樂府一

元刊本望夫作望父。兹從元刊八卷本。

〔正宫〕甘草子

金風發。颯颯秋香。冷落在闌干下。萬柳稀。重陽暇。看紅葉賞黄花。促織兒啾啾添瀟灑。陶淵明歡樂煞。耐冷迎霜鼎内插。看雁落平沙。太和正音譜上　北詞廣正譜　九宫大成三三

九宫大成秋香作秋風。

〔中吕〕朝天曲

沛公。大風。也得文章用。却教猛士嘆良弓。多了遊雲夢。駕馭英雄。能擒能縱。無人出彀中。後宮。外宗。險把炎劉并。鈔本陽春白雪前集四

子牙。鬢華。纔上非熊卦。争些老死向天涯。只恁垂鈎罷。滿腹天機。天人齊發。武王任不差。用他。討罰。一怒安天下。鈔本陽春白雪前集四

伍員。報親。多了鞭君忿。可憐懸首在東門。不見包胥恨。半夜潮聲。千年孤憤。錢塘萬馬奔。駭人。怒魂。何似吹簫韻。鈔本陽春白雪前集四

卞和。抱璞。只合荆山坐。三朝不遇待如何。兩足先遭禍。傳國争符。傷身行貨。誰教獻與他。切磋。琢磨。何似偷敲破。鈔本陽春白雪前集四

邵平。不平。楚漢争秦鼎。將軍便去作園丁。軟了英雄性。瓜苦瓜甜。秦衰秦盛。青門浪得名。此生。本輕。不是封侯命。鈔本陽春白雪前集四

假王。氣昂。跨下羞都忘。提牌不過一中郎。漂母曾相餉。蒯徹名言。將軍將强。良弓不早藏。未央。法場。險似壇臺上。鈔本陽春白雪前集四

叔孫。討論。早定君臣分。禮成文武兩班分。舞蹈揚塵順。拔劍争功。垂紳消忿。方知天子尊。武臣。勇人。也被書生困。鈔本陽春白雪前集四

丙吉。宰執。燮理陰陽氣。有司不問爾相推。人命關天地。牛喘非時。何須留意。原來養得肥。早知。好喫。殺了供堂食。鈔本陽春白雪前集四

子陵。價輕。便入劉郎聘。等閒贏得一虚名。賣了先生姓。百尺絲綸。千年高興。偶然一足横。帝星。客星。不料天文應。鈔本陽春白雪前集四

董永。賣身。孝感天心順。誰知織女是天孫。同受爲奴困。自有牛郎。佳期將近。書生休認真。本因。孝親。不是夫妻分。鈔本陽春白雪前集四

老萊。戲采。七十年將邁。堂前取水作嬰孩。猶欲雙親愛。東倒西歪。佯啼顛拜。雖然稱孝哉。上階。下階。跌殺休相賴。鈔本陽春白雪前集四

董卓。巨饕。爲惡天須報。一臍然出萬民膏。誰把逃亡照。謀位藏金。貪心無道。誰知没下梢。好教。火燒。難買棺材料。鈔本陽春白雪前集四

杜甫。自苦。踏雪尋梅去。吟肩高聳凍來驢。迷却前村路。暖閣紅爐。党家門户。玉纖捧緑醑。假如。便俗。也勝窮酸處。鈔本陽春白雪前集四

党原作兒。

洞賓。道人。未到天仙分。岳陽三醉洞庭春。賣墨無人問。欲斬黄龍。青蛇猶鈍。

純陽能幾分。養真。鍊神。却被仙姑困。鈔本陽春白雪前集四

伯牙。韻雅。自與松風話。高山流水淡生涯。心與琴俱化。欲鑄鍾期。黄金無價。

知音人既寡。儘他。爨下。煮了仙鶴罷。鈔本陽春白雪前集四

則天。改元。雌鳥長朝殿。昌宗出入二十年。懷義陰功健。四海淫風。滿朝窑變。

關雎無此篇。弄權。妬賢。却聽梁公勸。鈔本陽春白雪前集四

鳥原作了。

孟母。喪夫。教子遷離墓。再遷市井厭屠沽。遷傍芹宫住。如此三遷。房錢無數。

方成一大儒。問猪。引取。好辯長於喻。鈔本陽春白雪前集四

弄玉。度曲。只道吹簫苦。誰知鳳隻和鸞孤。吹到聲圓處。明月臺空。蕭郎同去。

秦王一嘆吁。假如。嫁夫。明白人間住。鈔本陽春白雪前集四

采鸞。怕寒。甲帳無人伴。文簫連累墮人間。賣韻供烟爨。誰使思凡。塵緣難斷。

羞還玉女班。紫壇。犯姦。誤了朝元限。鈔本陽春白雪前集四

禄山。玉環。子母腸難斷。何須兵變陷長安。且向宫中亂。趕得三郎。鑾輿逃竄。

連雲蜀道難。內姦。外反。誤却霓裳慢。鈔本陽春白雪前集四

老矣。倦矣。消減盡風雲氣。世情嚼蠟爛如泥。不見真滋味。蝸角虛名。蠅頭微利。便得來真做的。布衣。袖裏。試屈指英雄輩。鈔本陽春白雪前集四

好官。也興闌。早勇退身無患。人生六十便宜閑。十載疎狂限。買兩箇丫鬟。自拈牙板。一箇歌一箇彈。醒時節過眼。醉時節破顏。能到此是英雄漢。鈔本陽春白雪前集四

〔中呂〕陽春曲

坐聽西掖鍾聲動。睡起東窗日影紅。山林朝市兩無窮。一夢中。樽有酒且從容。太平

樂府羣珠題作隱居漫興。

樂府四　樂府羣珠一

耐驚耐怕黃虀甕。長滿長乾老酒盆。一貧儘可張吾軍。休忘本。樽有酒且論文。太平

樂府四　樂府羣珠一

胸中太華身難憾。舌底狂瀾口且緘。看渠暮四與朝三。呆大膽。樽有酒且醺酣。太平

樂府四　樂府羣珠一

周郎赤壁鏖兵後。蘇子扁舟載月秋。千年慷慨一時酬。今在否。樽有酒且綢繆。太平

樂府四　樂府羣珠一

芸窗月影吟情蕩。紙帳梅花醉夢香。覺來身世兩相忘。休妄想。樽有酒且疎狂。太平

樂府四　樂府羣珠一

歲云暮矣雖無補。時復中之儘有餘。老來吾亦愛吾廬。清債苦。樽有酒且消除。太平

樂府四　樂府羣珠一

〔中呂〕山坡羊

銷金鍋在。湧金門外。戧金船少欠西湖債。列金釵。捧金臺。黄金難買青春再。范蠡也曾金鑄來。金。安在哉。人。安在哉。殘元本陽春白雪二　鈔本陽春白雪前集四　樂府羣珠一

羣珠題作咏金嘆世。

驚人學業。掀天勢業。是英雄儁敗殘杯炙。鬢堪嗟。雪難遮。晚來覽鏡中腸熱。問著老夫無話説。東。沉醉也。西。沉醉也。殘元本陽春白雪二　樂府羣珠一

羣珠題作述懷。次曲同。○殘元本陽春白雪勢業作動業。動疑動之譌。兹從羣珠作勢業。殘元本儁字模糊。兹亦從羣珠。羣珠雪作靈。

大江東去。長安西去。爲功名走遍天涯路。厭舟車。喜琴書。早星星鬢影瓜田暮。

心待足時名便足。高。高處苦。低。低處苦。殘元本陽春白雪二　樂府羣珠一

西湖雜詠

春

山光如澱。湖光如練。一步一箇生綃面。扣逋仙。訪坡仙。揀西施好處都遊遍。管甚月明歸路遠。船。休放轉。杯。休放淺。太平樂府四　樂府羣珠一

夏

羣珠西施作西湖。

晴雲輕漾。薰風無浪。開樽避暑争相向。映湖光。逞新粧。笙歌鼎沸南湖蕩。今夜且休回畫舫。風。滿座涼。蓮。入夢香。太平樂府四　樂府羣珠一

秋

疎林紅葉。芙蓉將謝。天然粧點秋屏列。斷霞遮。夕陽斜。山腰閃出閑亭榭。分付畫船且慢者。歌。休唱徹。詩。乘興寫。太平樂府四　樂府羣珠一

冬

同雲靉靆。隨車縞帶。湖山化作瑶光界。且傳杯。莫驚猜。是西施傅粉呈新態。千

載一時真快哉。梅。也綻開。鶴。也到來。太平樂府四　樂府羣珠一

羣珠同作彤。元刊太平樂府隨作隋。鶴作鷄。兹從瞿本何鈔本太平樂府及羣珠。

憶舊

西山東畔。西湖南畔。醉歸款段松陰慣。帽簷偏。氅衣寬。佳人争捲朱簾看。迴首

少年如夢殘。鶯。曾過眼。花。曾過眼。太平樂府四　樂府羣珠一

元刊太平樂府鶯作鸞。兹從何鈔本太平及羣珠。

筱步

攜壺堪醉。拖筇堪醉。何須畫舫笙歌沸。繞蘇隄。旋尋題。西施已領詩人意。回首

有情風萬里。湖。如鏡裏。山。如畫裏。太平樂府四　樂府羣珠一

太平樂府題目筱字原模糊。似後字。羣珠於此字留空格。

苦雨

孤山雲樹。六橋烟霧。景濛濛不比江潮怒。淡粧梳。淺粧梳。西湖也怕西施妒。天

也爲他巧對付。晴。也宜畫圖。陰。也宜畫圖。太平樂府四　樂府羣珠一

〔雙調〕蟾宫曲

嘆世

雞羊鵝鴨休争。偶爾相逢。堪炙堪烹。天地中間。生老病死。物理常情。有一日符到奉行。只圖箇月朗風清。笑殺劉伶。荷插埋屍。猶未忘形。太平樂府一　樂府羣珠三

人生爾爾堪憐。富貴何時。又待問舍求田。想昨日秦宫。今朝漢闕。呀。可早晉地唐天。能幾許長安少年。急回頭兩鬢皤然。謾説求仙。百計千方。都不似樽前。太平樂府一　樂府羣珠三

羣珠爾爾作碌碌。

雪

天仙碧玉瓊瑤。點點楊花。片片鵝毛。訪戴歸來。尋梅懶去。獨釣無聊。一箇飲羊羔紅爐暖閣。一箇凍騎驢野店溪橋。你自評跋。那箇清高。那箇粗豪。陽春白雪前集二

太平樂府一　樂府羣珠三

陽春白雪無題。○太平樂府碧玉作碎剪。四句作這其間訪戴空回。暖閣作畫閣。你自作你試。

羣珠紅爐作紅樓。餘同太平樂府。

題爛柯石橋

甚神仙久占巖橋。一局楸枰。滿耳松濤。引得樵夫。旁觀不覺。晉換了唐朝。斧柄兒雖云爛却。袴腰兒難保堅牢。王母蟠桃。三千歲開花。總是虛謡。太平樂府一　樂府羣珠三

明大字本太平樂府爛却作爛了。羣珠滿耳作萬壑。

懶朝元石上圍棋。問仙子何爭。樵叟忘歸。洞鎖青霞。斧柯已爛。局勢猶迷。恰滾滾桑田浪起。又飄飄滄海塵飛。恰待持杯。酒未沾唇。日又平西。太平樂府一　樂府羣珠三

快閣懷古

艤扁舟快閣盤桓。看一道澄江。落木千山。自山谷留題。坡仙閣筆。我試憑闌。問

今古詩人往還。比盟鷗幾箇能閑。天地中間。物我無干。只除是美酒佳人。意頗相關。太平樂府一　樂府羣珠三

知音

問芳筵歌者何人。便折簡相招。恣意開樽。細切清風。薄批明月。何必云云。是久厭黄虀菜根。要聽他白雪陽春。翠袖殷勤。雪霽梅開。正好論文。太平樂府一　樂府羣珠三

〔雙調〕湘妃怨

集句

幾年無事傍江湖。醉倒黄公舊酒壚。人間縱有傷心處。也不到劉伶墳上土。醉鄉中不辨賢愚。對風流人物。看江山畫圖。便醉倒何如。陽春白雪前集二

〔雙調〕慶東原

西皋亭適興

曉雨登高驟。西風落帽羞。蟹肥時管甚黃花瘦。紅裙謾謳。青樽有酒。白髮無愁。

晚節傲清霜。老圃香初透。太平樂府二

元刊本謳作怒。兹從瞿本。

興爲催租敗。歡因送酒來。酒酣時詩興依然在。黃花又開。朱顔未衰。正好忘懷。

管甚有監州。不可無螃蟹。太平樂府二

元刊本酒酣作酒醒。兹從元刊八卷本及瞿本。

秋霽黃花噴。霜明紅葉新。錦橙香紫蟹添風韻。斜依翠屏。重鋪綉茵。閒坐紅裙。

老遇太平時。行到風流運。太平樂府二

元刊本行到作不到。兹從元刊八卷本瞿本及何鈔本。瞿本斜依作斜倚。

少室慣空高。老圃秋容澹。太平樂府二

青鏡看勳業。黃金買笑談。錦衣榮休笑明珠暗。調羹鼎鹹。攢齏甕甘。世味都諳。

元刊八卷本瞿本秋容俱作秋宜。

韓信

已掛了齊王印。不撐開范蠡船。子房公身退何曾纏。不思保全。不防未然。劃地據位專權。豈不聞自古太平時。不許將軍見。太平樂府二

自笑

邵圃無荒地。嚴陵有順流。向終南捷徑争馳驟。老來自羞。學人種柳。笑殺沙鷗。從此便休官。已落淵明後。太平樂府二

〔雙調〕殿前歡

春

據危闌。看浮屠雙聳倚高寒。鱗鱗萬瓦連霄漢。俯視塵寰。望飛來紫翠間。雲初散。放老眼情無限。知他是西山傲我。我傲西山。殘元本陽春白雪二　鈔本陽春白雪前集三

夏

柳扶疎。玻璃萬頃浸冰壺。流鶯聲裏笙歌度。士女相呼。有丹青畫不如。迷歸路。又撑入荷深處。知他是西湖戀我。我戀西湖。殘元本陽春白雪二　鈔本陽春白雪前集三

秋

洞簫歌。問當年赤壁樂如何。比西湖畫舫争些箇。一樣烟波。有吟人景便多。四海詩名播。千載誰酬和。知他是東坡讓我。我讓東坡。殘元本陽春白雪二　鈔本陽春白雪前集三

殘元本千載作千我。

冬

撚冰髭。繞孤山枉了費尋思。自逋仙去後無高士。冷落幽姿。道梅花不要詩。休説推敲字。效殺顰難似。知他是西施笑我。我笑西施。殘元本陽春白雪二　鈔本陽春白雪前集三

浪淘淘。看漁翁舉網趁春潮。林間又見樵夫鬧。伐木聲高。比功名客更勞。雖然道。他終是心中樂。知他是漁樵笑我。我笑漁樵。殘元本陽春白雪二　鈔本陽春白雪前集三

殘元本終是作絃是。

醉歸來。袖春風下馬笑盈腮。笙歌接到朱簾外。夜宴重開。十年前一秀才。黄虀菜。打熬到文章伯。施展出江湖氣概。抖擻出風月情懷。殘元本陽春白雪二　鈔本陽春白雪前集三　中原音韻　詞林摘艷一　元明小令鈔

中原音韻題作醉歸來。不注撰人。詞林摘艷題作醉歸。注無名氏作。元明小令鈔亦屬無名氏。〇殘元本陽春白雪夜宴作客宴。末二句無氣懷二字。句且顛倒。兹從鈔本陽春白雪。音韻次句作入門下馬笑盈腮。接到作接至。熬到作熬做。末二句作。江湖氣慨。風月情懷。詞林摘艷元明小令鈔俱同音韻。

〔雙調〕楚天遥過清江引

花開人正歡。花落春如醉。春醉有時醒。人老歡難會。一江春水流。萬點楊花墜。誰道是楊花。點點離人泪。回首有情風萬里。渺渺天無際。愁共海潮來。潮去愁難退。更那堪晚來風又急。陽春白雪前集四　太和正音譜下引楚天遥　北詞廣正譜同　九宫大成六六同

屈指數春來。彈指驚春去。蛛絲網落花。也要留春住。幾日喜春晴。幾夜愁春雨。六曲小山屏。題滿傷春句。春若有情應解語。問着無憑據。江東日暮雲。渭北春

天樹。不知那答兒是春住處。陽春白雪前集四

有意送春歸。無計留春住。明年又着來。何似休歸去。桃花也解愁。點點飄紅玉。目斷楚天遥。不見春歸路。春若有情春更苦。暗裏韶光度。夕陽山外山。春水渡傍渡。不知那答兒是春住處。陽春白雪前集四

套數

〔正宮〕端正好

高隱

訪知音習酬和。也不問名利如何。不貪不愛隨緣過。把世事都參破。

〔滚綉毬〕嘆光陰疾似梭。想人生能幾何。轉回頭百年已過。急回首兩鬢斑皤。花陰轉眼那。日光彈指過。送了些乾峥嶸且貪呆貨。有兩句古語您自評跋。相隨故友年年少。郊外新墳歲歲多。一枕南柯。

〔倘秀才〕日落西山銜着烈火。月出東雲托着玉鉢。似這般東去西來怎奈何。金烏疾

如箭。玉兔似攛梭。自心中定奪。

〔滚綉毬〕則不如種山田一二畝。栽桑麻數百棵。驅家人使牛耕播。住幾間無憂愁草苫莊坡。一朝苗稼鋤。趁時將黍豆割。養春蠶桑葉忙㪷。着山妻上布織梭。秃廝姑緊緊的將綿花紡。村伴姐慌將麻線搓。一弄兒農器家活。

〔倘秀才〕閑時節踈林外磁甌瓦鉢。盛摘下些生桃硬果。晚趁斜陽景物多。聽水聲流浪遠。觀山色嶺嵯峨。與俺那莊農每會合。

〔滚綉毬〕聽張瞅古唱會詞。看村哥打會訛。挺王留訕牙閑嗑。李大公信口開合。趙牛表躧會橇。史牛斤嘲會歌。强沙三舞一會曲破。俺這裏雖無那玉液金波。瓦盆中濁酒連糟飲。桌兒上生瓜帶梗割。直喫的樂樂酡酡。

〔倘秀才〕果然你無酒時渾醅再醱。無按酒時摘幾箇生茄兒來醬抹。真喫的爛醉如泥盡意呵。舉頭山隱隱。擱手笑呵呵。倒大來快活。

〔賽鴻秋〕我若是醉時節笑引着兒孫和。醉時節麥場上閑獨趓。醉時節六軸上喬衙坐。醉時節巴棚下和衣兒臥。酒醒覺來時。直睡到參兒㪷。不聽的五更鐘人馬街前過。

〔耍孩兒〕收成黍豆盈倉垜。經年不缺半合。收耕罷織足衣食。將柴門緊緊扃合。早晨間豆粥喫三碗。到晚來虀湯做一鍋。暖炕上和衣臥。守着俺山妻稚子。喂養些牛畜驢騾。

〔四煞〕到春來緑依依柳吐烟。紅馥馥桃噴火。粉蝶兒來往穿花過。黄鶯出谷尋新柳。紫燕歸巢覓舊窩。時雨降天公賀。慶新春齊敲社鼓。賽牛王共擊銅鑼。

〔三煞〕到夏來甃池塘十里長。賞荷花百步闊。青鋪翠蓋穿紅破。雖無那彩船畫舫遊池沼。也有那短棹漁舟泛淺波。故友來相賀。繞溪邊鮮魚旋買。沿村務沽酒頻酌。

〔二煞〕到秋來碧天雁幾行。黄花兒開數朵。滿川紅葉似胭脂抹。青山隱隱連巔嶺。緑水潺潺泛淺波。鮮藕蓮根剉。團臍蟹味欺着錦鯉。嫩黄雞勝似肥鵝。

〔一煞〕到冬來朔風遍地刮。彤雲密布合。紛紛雪片錢來大。須臾雲漢飄白蕊。咫尺空中舞玉蛾。冬景堪酬和。草庵前寒梅雪壓。短窗邊瘦影頻磨。

〔尾聲〕四時景物佳。放形骸堪正可。我比你少憂愁省煩惱無災禍。到大來無是無非快活煞我。盛世新聲子集　詞林摘艷六　雍熙樂府二　南北詞廣韻選　二除端正好倘秀才(日落西山)尾聲三支外餘全引

盛世新聲重增本内府本詞林摘艷俱無題。與雍熙樂府俱不汴撰人。雍熙題作村田樂。原刊本徽藩本詞林摘艷題作高隱。注馬九皋作。南北詞廣韻選題同雍熙。謂元辭。○(端正好)内府本摘

艷名利作利名。（滚綉毬）摘艷雍熙花陰俱作光陰。雍熙且貪作苟貪圖且貧。古語您作古語呵恁。相隨上有俺如今三字。郊外上有你看那三字。廣韻選且貪作苟貪圖貧。古語您作古詩兒你。餘同雍熙。（倘秀才）雍熙銜着作銜。托着玉鉢作托玉顆。（滚綉毬）盛世原刊摘艷養春蠶俱作養蠶。兹從内府本摘艷及雍熙。内府本摘艷一二畝作一兩坨。莊坡作莊窠。村伴作村半。雍熙俱同。雍熙耕播作種播。一朝作一朝將。桑葉作葉桑。着山妻作看山妻。禿厮姑緊緊的作丑三姑緊緊。慌將作慌慌將。農器作農業。廣韻選家人作丁奴。五句作壑土將犂耙拖。伴姐作大姐。農器作農家。餘同雍熙。（倘秀才）雍熙盛作勝。浪遠作浪急。莊農每作莊農。廣韻選俱同。雍熙斜陽作夕陽。（滚綉毬）盛世及摘艷俱無此曲及次曲倘秀才。兹從雍熙及廣韻選補。廣韻選村哥作李村哥。一會作會兒。（倘秀才）廣韻選果然你作若還是。按酒作按。來醬作醬。三句作直喫的醉如泥任脚蹉。（賽鴻秋）内府本摘艷六軸作轆轤。剉作錯。雍熙首句作醉時節笑引兒孫和。獨蹤作突磨。巴棚下和衣兒作納被蒙頭。剉作錯。五更鐘作五更。街前作街頭。廣韻選六軸作轆軸。參兒作參星。餘同雍熙。（耍孩兒）雍熙收成作收成時。二句作終年來不缺了半合。收耕罷織作奴耕婢織。將柴門作把柴門。和衣臥作隨時坐。牛畜作孳畜。廣韻選經年作年終。三句作耕奴織婢忙篩簸。餘同雍熙。（四煞）雍熙黄鶯作黄鶯兒。慶新春作慶春澤。廣韻選馥馥作潑潑。餘同雍熙。（三煞）盛世摘艷頻酌俱作頻濁。兹改。雍熙池塘作野塘。荷花作紅蓮。三句作青蒲翠蓋紅蓮破。彩船作彩舟。漁舟作漁艇。鮮魚旋買作活魚旋打。沽酒頻酌作濁酒頻那。

廣韻選四五句俱無那字。餘同雍熙。（二煞）盛世及重增本内府本摘艷錦鯉俱作金鯉。兹從原刊本摘艷及雍熙。雍熙黄花兒作黄花。紅葉似作紅葉。泛淺作渲碧。鮮藕作新藕。團臍作紫團。欺着作欺。勝似肥作肥勝白。廣韻選潺潺作漪漪。餘同雍熙。（一煞）雍熙雲漢作霄漢。末二句作。茅庵邊寒梅雪戰。矮窗前瘦竹風珂。廣韻選俱同雍熙。惟庵邊作庵下。風珂作嗚珂。（尾聲）雍熙四時作四時中。堪正可作正堪可。

閨怨

小庭幽。重門静。東風軟膏雨初晴。猛聽的賣花聲過天街應。驚謝芙蓉興。

〔么篇〕殘紅粧點青苔徑。又一番春色飄零。遊絲心緒柳花情。還似郎無定。

〔倘秀才〕南浦道送春行。多應是抛棄了歡娱。迸逐利名。千古恨短長亭。欲留戀難能。四眸相顧兩心同。信佳人薄命。

〔滚綉毬〕玷玎的掂折玉簪。撲蹅的井墜銀瓶。分開鸞鏡。生來幾曾理會害甚麽相思病。怎捱這從此後冷清清的光景。别酒慵斟。離歌倦聽。俺車兒去也。他上馬登程。向晚歸來愁悶增。閃的人來孤另。

〔三錯煞〕金杯空冷落了樽前興。錦瑟閑生疎了月下聲。欲寄音書。空織回文錦字成。

奈遠水遥山隔萬層。魚雁也難憑。

〔二錯煞〕料憂愁一日加了十等。想茶飯三停裹減了二停。白日猶閑。怕到黄昏睡臥不寧。則我這泪點兒安排下半枯井。也滴不到天明。

〔煞尾〕團團黄篆焚金鼎。夜夜濃薰暖翠屏。偏今宵是怎生。乍別離不慣經。睡不安臥不寧。分外春寒被兒冷。盛世新聲子集　詞林摘艷六　雍熙樂府二　北詞廣正譜引端正好三錯煞煞尾

盛世新聲重增本内府本詞林摘艷俱無題。與雍熙樂府俱不注撰人。雍熙題作別悶。原刊本徽藩本詞林摘艷題作閨怨。注馬昂夫作。北詞廣正譜引端正好等支。亦屬馬昂夫。〇（端正好）雍熙猛聽作則聽。（么篇）盛世摘艷心緒俱作心絮。雍熙郎作郎心。廣正譜春色作春雨。（倘秀才）内府本摘艷心同作同心。雍熙六句作四時相顧兩心疼。（滚綉毬）内府本摘艷玷玎的作玷玎璫。雍熙首三句折下。墜下。開下。並有了字。甚麽作甚。清清的作清清。末句無來字。（三錯煞）盛世摘艷閑俱作絃。回文俱作回紋。雍熙月作這月。廣正譜末句無也字。（二錯煞）盛世摘艷猶俱作由。雍熙三停裹作三停。（煞尾）雍熙四句起作。臥不寧。睡不寧。則分外春寒被兒冷。廣正譜臥作坐。

〔南吕〕一枝花

贈小園春

些些並蒂紅。指指連枝翠。慳慳金谷路。窄窄五陵溪。一片花飛。泄漏春消息。舞盤中歌扇底。刮得盡風月無多。趲得過繁華有幾。

〔梁州第七〕一兩箇鶯儔燕侶。五七雙蝶使蜂媒。窨來寬也稱遊人戲。眼孔大劉晨未識。脚步長杜甫先迷。畫幀上香銷粉滴。鏡奩中緑暗紅稀。唾津兒浸滿盆池。手心兒擎得起屏石。苔錢兒買不斷閑愁。花瓣兒隨手着流水。柳絲兒送不够別離。錦堆。翠積。海棠偷足相思睡。名偏小景偏媚。賺得東君不忍歸。一撮兒芳菲。

〔餘音〕楚陽臺雲雨無三尺。桃源洞光陰減九十。玉搊香挨這窩兒地。堪信道一寸陰可惜。千金價總宜。錦步幛何須五十里。雍熙樂府八　北宫詞紀五　彩筆情辭一

雍熙樂府不注撰人。北宫詞紀彩筆情辭題目俱作贈妓小園春。〇（梁州第七）雍熙詞紀眼孔俱作眼空。雍熙不忍作子忍。詞紀情辭浸滿俱作浸得滿。隨手着俱作隨不着。

殘曲

〔正宫〕甘草子

天仙下。……體態温柔堪描畫。北詞廣正譜

仇州判

名里不詳。

小令

〔中吕〕陽春曲

和酸齋金蓮

窄弓弓怕立蒼苔冷。小顆顆宜踏軟地兒行。鳳幃中觸抹着把人蹬。狠氣性。蹬殺我也不嫌疼。太平樂府四　樂府羣珠一

太平樂府此曲前爲貫酸齋之陽春曲。題作金蓮。此曲題作和前作。兹改爲和酸齋金蓮。樂府羣珠題作美足小。

吴弘道

弘道字仁卿。號克齋。金台蒲陰人。江西省檢校掾史。裒中州諸老往復書尺類爲一編。曰中州啓劄。又有金縷新聲。曲海叢珠。今不傳。著雜劇五種。手卷記。正陽門。子房貨劍。楚大夫屈原投江。醉遊阿房宫。亦佚。案曹楝亭本録鬼簿以仁卿爲名。弘道爲字。兹從明藍格鈔本録鬼簿及四庫全書總目提要。梨園樂府所選吴弘道金字經紫檀敲寒玉。太平誰能見。太宗凌烟閣。海棠秋千架等。皆未注撰人

小令

〔南吕〕金字經

落花風飛去。故枝依舊鮮。月缺終須有再圓。圓。月圓人未圓。朱顔變。幾時得重少年。陽春白雪後集一　樂府羣珠二　雍熙樂府一九

樂府羣珠題作傷春。○元刊陽春白雪飛去作飛來絮。兹從鈔本陽春白雪及雍熙樂府。元刊白雪有再圓作宜再圓。鈔本與羣珠雍熙合。鈔本一字句作天。羣珠首句作落花飛來絮。雍熙重作再。

紫檀敲寒玉。緑袍飄敗荷。好箇春風藍采和。歌。人生能幾何。乾坤大。小兒休笑他。陽春白雪後集一　梨園樂府下　樂府羣珠二　雍熙樂府一九

羣珠題作詠藍采和。〇鈔本陽春白雪歌作哥。梨園樂府飄作番。雍熙春風作風流。歌作和。

太平誰能見。萬村桑柘烟。便是風調雨順年。田。緑雲無盡邊。窮知縣。日高猶自眠。陽春白雪後集一　梨園樂府下　樂府羣珠二　雍熙樂府一九

羣珠題作頌昇平。〇陽春白雪自眠作未眠。羣珠同。梨園樂府五句作緑芸無盡天。

這家村醪盡。那家醅甕開。賣了肩頭一擔柴。哈。酒錢懷内揣。葫蘆在。大家提去來。陽春白雪後集一　樂府羣珠二　雍熙樂府一九

羣珠題作咏樵。〇雍熙懷内揣作揣在懷。

夢中邯鄲道。又來走這遭。須不是山人索價高。嘲。虚名無處逃。誰驚覺。曉霜侵鬢毛。陽春白雪後集一　樂府羣珠二　雍熙樂府一九

羣珠以此首屬盧摯。題作宿邯鄲驛。兹互見兩家曲中。〇羣珠嘲上有時自二字。雍熙三句無須字。嘲作囂。

晉時陶元亮。自負經濟才。恥爲彭澤一縣宰。栽。繞籬黄菊開。傳千載。賦一篇歸去來。陽春白雪後集一　樂府羣珠二　雍熙樂府一九

羣珠題作詠淵明。〇元刊陽春白雪黄菊作邊菊。鈔本與羣珠雍熙合。鈔本傳作名。雍熙無賦字。

謝公東山臥。有時攜妓遊。老我松南書滿樓。樓外頭。亂峯雲錦秋。誰爲壽。緑鬟雙玉舟。陽春白雪後集一　樂府羣珠二　雍熙樂府一九

羣珠以此首屬盧摯。題作崧南秋晚。兹互見兩家曲中。〇羣珠松南書作崧南畫。雍熙松南作江南。樓外頭作樓。亂峯作諸峯。

今人不飲酒。古人安在哉。有酒無花眼倦開。鼓吹臺。玉人扶下階。何妨礙。青春不再來。陽春白雪後集一　樂府羣珠二　雍熙樂府一九　九宫大成五二

羣珠題作道情。〇元刊陽春白雪何妨作妨何。羣珠雍熙同。兹從鈔本白雪及九宫大成。雍熙扶下作快下。九宫大成同。

道人爲活計。七件兒爲伴侶。茶藥琴棋酒畫書。世事虚。似草梢擎露珠。還山去。更燒殘藥爐。陽春白雪後集一　樂府羣珠二　雍熙樂府一九

羣珠七件作七椿。雍熙七件下無兒字。草梢作草頭。殘藥作丹葉。

太宗凌烟閣。老子邀月樓。便是男兒得志秋。休。幾人能到頭。杯中酒。勝如關内侯。陽春白雪後集一　梨園樂府下　樂府羣珠二　雍熙樂府一九

梨園便是作正是。能到頭作曾到頭。羣珠老子作老君。

海棠秋千架。洛陽官宦家。燕子堂深竹映紗。嗏。路人休問他。夕陽下。故宫鶯落花。陽春白雪後集一　梨園樂府下　樂府羣珠二　雍熙樂府一九

梨園嗏作咱。路人作去來。鶯作耕。雍熙三句作燕寢堂深燭映紗。鶯作看。

〔中吕〕上小樓

錢塘感舊

虚名仕途。微官苟禄。愁裏南閩。客裏東吴。夢裏西湖。到寓居。問士夫。都爲鬼録。消磨盡舊時人物。樂府羣玉四　樂府羣珠一

題小卿雙漸

蘇卿告覆。金山題句。行哭行啼。行想行思。行寫行讀。自應舉。赴帝都。雙郎何處。又隨將販茶人去。樂府羣玉四　樂府羣珠一

西湖宴飲

人憑畫闌。舟橫錦岸。一線蘇隄。兩點高峯。四面湖山。玉箏彈。綵袖彎。紅牙輕按。直喫的酒闌人散。樂府羣玉四　樂府羣珠一

春日閨怨

傷春病體。殘春天氣。縈損柔腸。蹙損雙蛾。瘦損香肌。喚小梅。你快疾。重門深閉。怕鶯花笑人憔悴。樂府羣玉四　樂府羣珠一

西湖泛舟

驕驄錦韉。輕羅綵扇。簾捲東風。花綻香雲。柳吐晴烟。泛畫船。列綺筵。笙簫一片。人都在水晶宮殿。樂府羣玉四　樂府羣珠一

春殘離思

春光正濃。鶯聲相送。人去蘭堂。塵鎖粧臺。畫掩簾櫳。錦帳中。翠被空。無人相共。央及煞綠窗春夢。樂府羣玉四　樂府羣珠一

任校羣玉掩作罨。

佳人送別

鴛鴦共棲。鸞鳳相配。夜夜同衾。朝朝同樂。步步相隨。猛可裏。箇廝離。相留無計。登時間粉憔脂悴。樂府羣珠一

佳人話舊

幽欄小軒。閑庭深院。同向書幃。共坐吟窗。對理冰絃。想在先。憶去年。今番相見。思量的人眼前活現。樂府羣珠一

青樓妓怨

正如魚似水。早無仁無義。使了錢物。置了鞍馬。做了衣袂。使見識。覓廝離。將咱抛棄。閃的人脊筋兒着地。樂府羣珠一

閨庭恨别

相知笑他。傍人毀駡。謝館秦樓。柳陌花街。浪酒閑茶。若到家。下的馬。如何干罷。和這喫敲才慢慢的説話。樂府羣珠一

章臺怨妓

將咱撒開。和人胖怪。誤了功名。棄了妻男。廢了田宅。想起來。甚頗耐。當時歡愛。都撇在九霄雲外。樂府羣珠一

〔中呂〕醉高歌

嘆世

風塵天外飛沙。日月窗間過馬。風俗掃地傷王化。誰正人倫大雅。太平樂府四

〔商調〕梧葉兒

春三月。夜五更。孤枕夢難成。香銷盡。花弄影。此時情。辜負了窗前月明。鈔本陽春白雪後集一　雍熙樂府一七

雍熙樂府連下三首題作相思。不注撰人。

花前約。月下期。歡笑忽分離。相思害。憔悴死。訴與誰。只有天知地知。鈔本陽春白雪後集一　雍熙樂府一七

雍熙只有作只有我。

乜斜害。藥難醫。陡峻惡相思。懊悔自。埋怨你。見面時。説幾句知心話兒。鈔本陽春白雪後集一　雍熙樂府一七

鈔本陽春白雪陡峻作隄峻。

桃花樹。落絳英。和閟過清明。風才定。雨乍晴。綉針停。短嘆長吁幾聲。鈔本陽春白雪後集一　雍熙樂府一七

鈔本陽春白雪乍晴作怎晴。雍熙英作纓。幾聲作不住聲。

暮春

春雲浄。芳樹曉。花外燕聲嬌。呼紅袖。品玉簫。泛蘭橈。十里春風畫橋。太平樂府五

韶華過。春色休。紅瘦緑陰稠。花凝泪。柳帶愁。泛蘭舟。明日尋芳載酒。太平樂府五

湖上

舟中句。湖上景。芳酒泛金橙。雲初退。月正明。雪初晴。幾樹梅花弄影。太平樂府五　雍熙樂府一七

雍熙樂府卷十七有梧葉兒四首。題作湖山放懷。其第一首即此曲。○雍熙金橙作金樽。初退作方退。

〔雙調〕撥不斷

閑樂

泛浮槎。寄生涯。長江萬里秋風駕。稚子和烟煮嫩茶。老妻帶月包新鮓。醉時閑話。

太平樂府二

利名無。宦情疎。彭澤升半微官禄。蠹魚食殘架上書。曉霜荒盡籬邊菊。罷官歸去。

太平樂府二

暮雲遮。雁行斜。漁人獨釣寒江雪。萬木天寒凍欲折。一枝冷艷開清絶。竹籬茅舍。

太平樂府二

選知音。日相尋。山間林下官無禁。閑後讀書困後吟。醉時睡足醒時飲。不狂圖甚。

太平樂府二

套數

〔大石調〕青杏子

惜春

幽鳥正調舌。怯春歸似有傷嗟。虛簷憑得闌干暖。落花風裏。遊絲天外。遠翠千疊。

〔望江南〕音書斷。人遠路途賒。芳草啼殘錦鷓鴣。粉牆飛困玉胡蝶。日暮正愁絕。

〔好觀音〕簾捲東風飄香雪。綺窗下翠屏橫遮。庭院深沉裊篆斜。正黄昏。燕子來時節。

〔隨煞〕銀燭高燒從今夜。好風光未可輕別。留得東君少住些。惟恐怕西園海棠謝。太平樂府七　盛世新聲寅集　雍熙樂府一五　北宮詞紀六

盛世新聲雍熙樂府俱不注撰人。盛世無題。○（青杏子）盛世似有作有似。北宮詞紀怯作惜。三句作憑闌陡把閑情惹。落花上有只見二字。（望江南）詞紀錦鷓鴣作紅杜宇。（好觀音）盛世綺作緑。無遮字。庭院作月庭。（隨煞）盛世無未可輕别四字。

閨情

梁燕語呢喃。九十日春色過三。東風滿院楊花謝。離情正苦。歸期未準。鬼病將擔。

〔歸塞北〕從別後。天北隔天南。玉腕消香金釧𢙅。柳腰束素翠裙攙。贏得瘦巖巖。

〔好觀音〕信步閑庭院闌檻。荷錢小池面挼藍。點檢芳叢總不堪。正蜻蜓雨過波紋蘸。

〔么〕綠樹成陰和烟暗。近香街羞對宜男。錦字書成粉泪緘。怕黄昏夢裏將人賺。

〔尾〕窗下塵蒙青鸞鑑。問章臺何處停驂。薄倖才郎不顧喒。有誰畫青山兩眉淡。太平

樂府七　盛世新聲寅集　雍熙樂府一五　北詞廣正譜引好觀音

盛世新聲雍熙樂府俱不注撰人。盛世無題。〇（青杏子）盛世春色作春光。未準作永貪。擔作耽。（好觀音）雍熙闌檻作闌干。北詞廣正譜院作憑。可從。（么）盛世書成作書呈。無夢字。（尾）盛世青鸞作青銅。

〔越調〕鬬鵪鶉

天氣融融。和風習習。花發南枝。冰消岸北。慶賀新春。滿斟玉液。朝禁闕。施拜禮。舞蹈揚塵。山呼萬歲。

〔紫花兒序〕託賴着一人有慶。五穀豐登。四海無敵。寒來暑往。兔走烏飛。節令相催。答賀新正聖節日。願我皇又添一歲。豐稔年華。太平時世。

〔小桃紅〕官清法正古今稀。百姓安無差役。户口增添盜賊息。路不拾遺。託賴着萬

萬歲當今帝。狼烟不起。干戈永退。齊賀凱歌回。

〔慶元貞〕先收了大理。後取了高麗。都收了偏邦小國。一統了江山社稷。

〔么〕太平無事罷征旗。祝延聖壽做筵席。百官文武兩班齊。歡喜無盡期。都喫得醉如泥。

〔禿廝兒〕光禄寺瓊漿玉液。尚食局御膳堂食。朝臣一發呼萬歲。祝聖壽。慶官裏。進金杯。

〔聖藥王〕大殿裏。設宴會。教坊司承應在丹墀。有舞的。有唱的。有鳳簫象板共龍笛。奏一派樂聲齊。

〔尾〕願吾皇永坐在皇宫内。願吾皇永掌着江山社稷。願吾皇永穿着飛鳳赭黄袍。願吾皇永坐着萬萬載盤龍亢金椅。陽春白雪後集四　雍熙樂府一三　九宫大成二七引小桃紅

雍熙樂府不注撰人。題作太平筵宴。○(紫花兒序)元刊陽春白雪我皇作我王。兹從鈔本。雍熙兔走至一歲作。麥秀雙岐。端的萬國千邦皆納禮。省刑薄税。(小桃紅)元刊白雪齊賀作齊和。兹從鈔本及雍熙。雍熙二句無安字。萬萬歲作萬歲。九宫大成增添作添增。齊賀作齊唱。餘同雍熙。(慶元貞)元刊白雪大理作大力。兹從鈔本。雍熙首二句作吾皇撫帝基。掌握定華夷。都收作威伏。(么)元刊白雪次句祝字模糊。延作廷。兹從鈔本。徐本祝延作朝廷。雍熙脱牌名。

祝延聖壽作家家豐稔。百官兩句作。百司文武感天威。君臣同樂矣。以下三支雍熙異文甚多。兹全録之。〔禿廝兒〕斟玉斝杯浮緑蟻。珍饈列御膳堂食。朝臣一齊呼萬歲。大一統。錦華夷。城池。〔聖藥王〕金殿内。設宴禮。簫韶一派樂聲齊。有舞的。有唱的。萬民共樂享雍熙。四海永無敵。〔尾聲〕俱乘樂業昇平世。皆感賀四方八維。君臣同樂太平年。聽一派簫韶洞天裏。

〔越調〕梅花引

蘭蕊檀心仙袂香。蝶粉蜂黄宫様粧。紫雲娘。綵衣郎。東君配偶。天然是一雙。〔紫花兒序〕丹青模様。冰雪肌膚。錦綉心腸。驚魂未定。好事多妨。堪傷。不做美相知每早使伎倆。左右攔障。笑裏藏刀。雪上加霜。〔么〕日沉西浦。月轉南樓。花暗東牆。儘教人妒。誰敢聲揚。參詳。但得伊家好覷當。問甚淒涼。苦樂同受。生死難忘。〔禿廝兒〕分破金釵鳳凰。拆開綉帶鴛鴦。離懷擾擾愁悶廣。不由俺。到黄昏。思量。〔尾〕近來陡恁無情況。自寫你箇勞成不良。三兩遍問佳期。一千般到説謊。陽春白雪後集四　詞謔　太和正音譜下引梅花引　北詞廣正譜同　九宫大成二七同陽春白雪失注撰人。詞譜屬無名氏。太和正音譜北詞廣正譜皆屬吴仁卿。○(梅花引)正音譜配偶作匹配。九宫大成同。(么)詞譜覷當作勾當。(尾)詞譜二句作强寫就婚書一張。末句作百千般空調謊。

雍熙樂府卷十九收吴仁卿金字經共十六首。前十一首見陽春白雪。爲吴作無疑。以下絮飛飄白雪。擔頭擔明月。夜來西風裏三首。爲馬致遠作。野唱敲牛角一首爲張可久作。採藥白雲外一首作者待考。玆並不録。

陽春白雪後集卷四之鬬鵪鶉棄職休官套數。曲前未注撰人。鈔本陽春白雪目録及詞譜皆以之屬吴仁卿。太平樂府卷七以之屬周仲彬。玆輯於周氏曲中。鈔本陽春白雪目録又以鬬鵪鶉聖主寬仁套屬吴仁卿。玆列於無名氏曲中。

趙善慶

善慶字文寶。饒州樂平人。善卜術。任陰陽學正。著雜劇八種。教女兵。七德舞。滿庭芳。村學堂。糜竺收資。執笏諫。姜肱共被。負親沉子。今俱不存。案善慶一作孟慶。文寶一作文賢。疑並誤。

小令

〔仙吕〕憶王孫

尋梅

尋香曾到葛仙臺。踏雪今臨和靖宅。横斜數枝僧寺側。動吟懷。一半銜春一半開。樂府羣玉一

述憶

太平樓館醉金釵。老邁情懷悲倦客。吟筆未成賈誼策。鬢毛衰。一半蒼蒼一半白。樂

府羣玉一

〔南吕〕四塊玉

雪湖和人韻

近水隄。臨山寺。竹外横斜兩三枝。樽前談詠無多事。白戰詩。白苧詞。白玉巵。樂府羣玉一　樂府羣珠二

〔中吕〕朝天子

送春

劒蒲。翠蕪。雨過添新緑。蘗欄春事已結局。無計留春住。隄上芳塵。橋邊飛絮。樹頭紅一片無。布穀。杜宇。猶鬭唤春歸去。樂府羣玉一

〔中吕〕普天樂

江頭秋行

稻粱肥。蒹葭秀。黄添籬落。緑淡汀洲。木葉空。山容瘦。沙鳥翻風知潮候。望烟江萬頃沉秋。半竿落日。一聲過雁。幾處危樓。樂府羣玉一　樂府羣珠四

秋江憶別

晚天長。秋水蒼。山腰落日。雁背斜陽。璧月詞。朱唇唱。猶記當年蘭舟上。灑西風泪濕羅裳。釵分鳳凰。杯斟鸚鵡。人拆鴛鴦。樂府羣玉一　樂府羣珠四

〔中吕〕山坡羊

燕子

來時春社。去時秋社。年年來去搬寒熱。語喃喃。忙劫劫。春風堂上尋王謝。巷陌烏衣夕照斜。興。多見些。亡。都盡説。樂府羣玉一　樂府羣珠一

長安懷古

驪山横岫。渭河環秀。山河百二還如舊。狐兔悲。草木秋。秦宫隋苑徒遺臭。唐闕漢陵何處有。山。空自愁。河。空自流。樂府羣玉一　樂府羣珠一

〔商調〕梧葉兒

隱居

絶榮辱。無是非。忘世亦忘機。藏鴛渚。浮雁溪。釣魚磯。穩當似麒麟畫裏。樂府羣玉一

〔越調〕小桃紅

佳人睡起

數聲啼鳥串花枝。院落無人至。寶枕輕推粉痕漬。印胭脂。雕闌强倚無情思。鬅鬙

鬢絲。追尋心事。正是斷腸時。樂府羣玉一

〔越調〕寨兒令

早春湖遊

景物新。艷晨昏。山氣張天成綠雲。畫舫紅裙。紫陌游人。香軟馬蹄塵。棹漣漪水皺羅紋。破韶華桃露朱唇。湖風肥柳線。隄雨厚莎茵。春。又早二三分。樂府羣玉一

春情

愁冉冉。病懨懨。紅窗睡起不甚忺。墨淡眉尖。風冷牙籤。象管怕重拈。倦梳雲懶對粧奩。怕愁春不捲珠簾。落紅堆翠徑。飛絮擁雕簷。嫌。樓外雨廉纖。樂府羣玉一

泊潭州

憶舊遊。嘆遲留。情似漢江不斷頭。暮靄西收。楚水東流。烟草替人愁。鷺分沙接岸滄州。魚驚餌曬網輕舟。風閑沽酒旆。月淡掛簾鈎。秋。盡在雁邊樓。樂府羣玉一

美妓

舞態輕。曲聲清。生香玉骨粉搓成。嬌眼珠星。指甲春冰。雲鬟剪鴉翎。記沉香火裏調笙。憶研羅裙上彈箏。輕顰欺燕燕。淺笑妒鶯鶯。掙。那更性胡伶。樂府羣玉一

〔越調〕凭闌人

春日懷古

銅雀臺空鎖暮雲。金谷園荒成路塵。轉頭千載春。斷腸幾輩人。樂府羣玉一

〔雙調〕沉醉東風

秋日湘陰道中

山對面藍堆翠岫。草齊腰緑染沙洲。傲霜橘柚青。濯雨蒹葭秀。隔滄波隱隱紅樓。點破瀟湘萬頃秋。是幾葉兒傳黄敗柳。樂府羣玉一

昭君出塞圖

氈帳冷柔情挽挽。黑河秋塞草斑斑。丹青誤寫情。環珮難歸漢。抱琵琶怨殺和番。比似丹青舊玉顏。又越添愁眉泪眼。樂府羣玉一

〔雙調〕折桂令

西湖

問六橋何處堪誇。十里晴湖。二月韶華。濃淡峯巒。高低楊柳。遠近桃花。臨水臨山寺塔。半村半郭人家。杯泛流霞。板撒紅牙。紫陌遊人。畫舫嬌娃。樂府羣玉一 樂府羣珠三

湖山堂

八窗開水月交光。詩酒壇臺。鶯燕排場。歌扇揺風。梨雲飄雪。粉黛生香。紅袖臺已更舊邦。白頭民猶說新堂。花妒幽芳。人換宮粧。惟有湖山。不管興亡。樂府羣玉一

〔雙調〕落梅風

太乙宫探梅

冰花艷。水月魂。鬬詩壇醉翁筆陣。自南枝漏泄了湖上春。問東風幾番花信。樂府羣玉一

江樓晚眺

楓枯葉。柳瘦絲。夕陽閑畫闌十二。望晴空瑩然如片紙。一行雁一行愁字。樂府羣玉一

秋晴

秋聲定。微雨歇。透疎櫺紙窗風裂。孤燈兒似知愁恨切。照離人半明半滅。樂府羣玉一

暮春

尋芳宴。拾翠遊。杏花寒禁烟時候。叫春山杜鵑何太愁。直啼得緑肥紅瘦。樂府羣玉一

〔雙調〕水仙子

仲春湖上

雨痕著物潤如酥。草色和烟近似無。嵐光罩日濃如霧。正春風啼鷓鴣。鬭嬌羞粉女瓊奴。六橋錦綉。十里畫圖。二月西湖。樂府羣玉一

渡瓜州

渚蓮花脱錦衣收。風蓼青雕紅穗秋。隄柳緑減長條瘦。繫行人來去愁。别離情今古悠悠。南徐城下。西津渡口。北固山頭。樂府羣玉一

客鄉秋夜

梧桐一葉弄秋晴。砧杵千家搗月明。關山萬里增歸興。隔嵯峨白帝城。捱長宵何處銷凝。寒燈一檠。孤雁數聲。斷夢三更。樂府羣玉一

〔雙調〕慶東原

泊羅陽驛

砧聲住。蛩韻切。静寥寥門掩清秋夜。秋心鳳闕。秋愁雁堞。秋夢胡蝶。十載故鄉心。一夜郵亭月。樂府羣玉一

晚春雜興

烟中寺。柳外樓。亂隨風雪絮飄晴晝。遊人陌頭。殘紅樹頭。流水溪頭。百六楚風酸。三月吴姬瘦。樂府羣玉一

〔雙調〕雁兒落過德勝令

天竺寺

旃檀古道場。水月白衣相。真珠般若林。多寶如來藏。梵相四天王。唐塑八金剛。佛隱松間塔。僧推雲外窗。虛堂。法鼓驚天上。長廊。遊人惹御香。樂府羣玉一

馬謙齋

生平不詳。張可久有天淨沙馬謙齋園亭一首。二人或同時。

小令

〔中吕〕快活三過朝天子四邊静

春

海棠嬌恰睡足。牡丹香正開初。只愁春色在須臾。休教燕子銜春去。　輦轂。景物。芳草碧重城路。五花嬌馬七香車。簾掛錦珂鳴玉。簫鼓聲中。園林佳處。翠鬟歌紅袖舞。近黄公酒壚。誦坡仙樂府。直喫到月轉垂楊樹。　明時難遇。百歲光陰過隙駒。休教辜負。春來春去。榆錢亂舞。難買春光住。太平樂府四　樂府羣珠一

各本太平樂府榆錢亂舞俱作榆錢舞。按譜此句應四字。兹從樂府羣珠。明大字本太平樂府嬌馬作驄馬。喫到作喫得。

夏

恰簾前社燕忙。正枝頭楚梅黄。當空畏日熾炎光。楊柳陰迷深巷。北堂。草堂。人在羲皇上。亭臺瀟洒近池塘。睡足思新釀。竹影横斜。荷香飄蕩。一襟滿意涼。醉鄉。艷粧。水調誰家唱。紅塵千丈。豈羡功名紙半張。漁樵閑訪。先生豪放。詩狂酒狂。志不在淩烟上。太平樂府四　樂府羣珠一　太和正音譜引四邊静　九宫大成一三同

元刊太平樂府日熾作目熾。兹從何鈔本太平樂府及羣珠。何鈔本太平樂府北堂作北窗。

秋

芰荷衰翠影稀。豆花涼雨聲催。誰家砧杵擣寒衣。萬物皆秋意。燕歸。雁飛。霜染芙蓉醉。長江萬里鱸正肥。謾憶家鄉味。嘯月吟情。淩雲豪氣。豈當懷宋玉悲。賞風光帝里。賀恩波鳳池。喜生在唐虞世。香山疊翠。紅葉西風襯馬蹄。重陽佳致。千金曾費。黄橙緑醅。爛醉登高會。太平樂府四　樂府羣珠一　北詞廣正譜引四邊静　元明小令鈔同

何鈔本太平樂府賀作荷。羣珠當懷作常懷。元明小令鈔緑醅作新醅。

冬

李陵臺草盡枯。燕然山雪平鋪。朔風吹冷到天衢。怒吼千林木。　玉壺。畫圖。費盡江山句。蒼髯脱玉翠光浮。掩映樓臺暮。畫閣風流。朱門豪富。酒新香開甕初。毡簾款簌。橙香緩舉。半醉偎紅玉。　相對紅爐。笑遣金釵剪畫燭。梅開寒玉。清香時度。何須蹇驢。不必前村去。太平樂府四　樂府羣珠一

〔越調〕柳營曲

太平即事

親鳳塔。住龍沙。天下太平無事也。辭却公衙。别了京華。甘分老農家。傲河陽潘岳栽花。效東門邵平種瓜。莊前栽果木。山下種桑麻。度歲華。活計老生涯。太平樂府三

懷古

曾窨約。細評薄。將業兵功非小可。生死存活。成敗消磨。戰策屬誰多。破西川平定干戈。下南交威鎮山河。守玉關班定遠。標銅柱馬伏波。那兩箇。今日待如何。太平樂府三

明大字本生死作死生。

楚漢遺事

楚霸王。漢高皇。龍争虎鬬幾戰場。争弱争强。天喪天亡。成敗豈尋常。一箇福相催先到咸陽。一箇命將衰自刎烏江。江山空寂寞。宫殿久荒涼。君試詳。都一枕夢黄粱。太平樂府三

嘆世

手自搓。劍頻磨。古來丈夫天下多。青鏡摩挲。白首蹉跎。失志困衡窩。有聲名誰識廉頗。廣才學不用蕭何。忙忙的逃海濱。急急的隱山阿。今日箇。平地起風波。太

平樂府三

〔雙調〕沉醉東風

嘲妓好睡

摇不醒鸞交鳳友。搬不回燕侣鶯儔。莫不是宰予妻。陳摶友。百忙裏蝶夢莊周。衲被蒙頭萬事休。真乃是眠花臥柳。太平樂府二　詞謔　北宫詞紀外集五

詞謔不注撰人。○詞謔搬作唤。陳摶友作陳摶偶。衲被作破袖。

自悟

瓷甌内瀲灩莫掩。瓦盆中漸淺重添。線雞肥。新篘釃。不須典琴留劍。二頃桑麻足養廉。歸去來長安路險。太平樂府二

取富貴青蠅競血。進功名白蟻争穴。虎狼叢甚日休。是非海何時徹。人我場慢争優劣。免使傍人做話説。咫尺韶華去也。太平樂府二

〔雙調〕水仙子

雪夜

一天雲暗玉樓臺。萬頃光揺銀世界。捲簾初見闌干外。似梅花滿樹開。想幽人凍守書齋。孫康朱顔變。袁安緑鬢改。看青山一夜頭白。太平樂府二

别情

紫鸞簫吹徹鳳凰鳴。金縷詞歌水調聲。餞行詩訴不盡臨岐興。唱陽關忍泪聽。笑談間席上風生。楊柳隄邊怨。河梁别後情。再和誰步月閑行。太平樂府二

瞿本閑行作同行。

賀文卿觱篥

薛陽霜夜楚江秋。太乙西風蓮葉舟。賀郎近日都參透。占中原第一流。儘壓絶前代箜篌。起赤壁磯邊恨。感銅駝陌上愁。名滿皇州。太平樂府二

元刊八卷本瞿本五句俱無儘字。元刊本六句恨作眼。他本俱作恨。

燕山話別

滿斟芳醑別長亭。相送王孫出上京。玉驄且莫敲金鐙。聽陽關第四聲。臨岐執手論情。千古思前訓。一心懷志誠。休擔閣半紙功名。太平樂府二

詠竹

貞姿不受雪霜侵。直節亭亭易見心。渭川風雨清吟枕。花開時有鳳尋。文湖州是箇知音。春日臨風醉。秋宵對月吟。舞閑階碎影篩金。太平樂府二

元刊八卷本瞿本末句俱無舞閑階三字。

贈劉聖奴搊箏

蛾眉掃黛鬢堆蟬。鳳髻盤鴉臉襯蓮。粉香初拭銀箏面。把鸞膠整舊絃。玳筵前兩件兒依然。崔懷寶酬了心願。薛瓊瓊得了赦免。舊風流尚在樽前。太平樂府二

張可久

可久字小山。慶元人。以路吏轉首領官。又曾爲桐廬典史。有張小山北曲聯樂府三卷。又有小山樂府。未分卷(即天一閣本)。小山頗有與盧摯貫雲石等人倡和之作。又稱馬致遠爲先輩。有次馬致遠韻慶東原九首。至正初小山年七十餘。尚爲崑山幕僚。至正八年猶在世。涵虚子論曲。謂其詞如瑶天笙鶴。又曰。其詞清而且麗。華而不艷。有不喫烟火食氣。真可謂不羈之材。若被太華之仙風。招蓬萊之海月。誠詞林之宗匠也。當以九方皋之眼相之。李開先序喬夢符張小山二家小令。謂樂府之有喬張。猶詩家之有李杜。案鄭玉師山先生文集云。四明張久可可久。則久可似爲其名。蔣一葵堯山堂外紀云。張伯遠字可久。號小山。朱彝尊詞綜及沈辰垣等歷代詩餘詞人姓氏云。張可久字伯遠。號小山。四庫全書總目云。張可久字仲遠。號小山。俱未知何據。惟名可久。字小山。説者較衆。茲從之。

小令

〔黄鍾〕人月圓

山中書事

興亡千古繁華夢。詩眼倦天涯。孔林喬木。吴宫蔓草。楚廟寒鴉。數間茅舍。藏書萬卷。投老村家。山中何事。松花釀酒。春水煎茶。

張小山散曲集今存數種。以張小山北曲聯樂府三卷外集一卷爲最完備。北曲聯樂府係依牌調將小山前後所作之前集今樂府。後集蘇隄漁唱。續集吴鹽。別集新樂府四種聯爲一編。並益以外集而成者。任中敏曾根據北曲聯樂府中所標曲集名稱。將四集還原。並於外集之外。又輯補集一卷。合編爲小山樂府。本書於北曲聯樂府中之曲。即依任書之還原次序排列。惟不明標集名。而於每集第一首之校記中注出原集名稱。曲牌依本書體例。加標宫調。曲文則據鈔本北曲聯樂府。補遺部分。因天一閣本小山樂府之出現。較任輯共增多將近一百二十首。任書誤輯者則删之。增輯之曲。見小山樂府者作總説明。其餘則於曲末注明見何書。○此曲胡莘𠈂鈔本小山樂府卷三茅舍作茅屋。○自此首起。以下至罵玉郎過感皇恩採茶歌楊駒兒墓園爲前集今樂府。

秋日湖上

笙歌蘇小樓前路。楊柳尚青青。畫船來往。總相宜處。濃淡陰晴。杖藜閑暇。孤墳梅影。半嶺松聲。老猿留坐。白雲洞口。紅葉山亭。

春晚次韻

萋萋芳草春雲亂。愁在夕陽中。短亭別酒。平湖畫舫。垂柳驕驄。一聲啼鳥。一番夜雨。一陣東風。桃花吹盡。佳人何在。門掩殘紅。

雪中遊虎丘

梅花渾似真真面。留我倚闌干。雪晴天氣。松腰玉瘦。泉眼冰寒。興亡遺恨。一丘黄土。千古青山。老僧同醉。殘碑休打。寶劍羞看。

胡本小山樂府一丘作一坯。

會稽懷古

林深藏却雲門寺。回首若耶溪。苧蘿人去。蓬萊山在。老樹荒碑。神仙何處。燒丹傍井。試墨臨池。荷花十里。清風鑑水。明月天衣。

客垂虹

三高祠下天如鏡。山色浸空濛。蓴羹張翰。漁舟范蠡。茶竈龜蒙。故人何在。前程那裏。心事誰同。黄花庭院。青燈夜雨。白髮秋風。

詞綜卷三十三題作客吴江。○詞綜那裏作莫問。

吴門懷古

山藏白虎雲藏寺。池上老梅枝。洞庭歸興。香柑紅樹。鱸鱠銀絲。白家池館。吴王花草。長似坡詩。可人憐處。啼鳥夜月。猶怨西施。

詞綜白虎作金虎。下闋首四句作。白家亭館。吴宫花草。可似當時。最憐人處。

春日湖上　二首

東風西子湖邊路。白髮强尋春。儘教年少。金鞭俊影。羅帕香塵。蹇驢破帽。荒池廢苑。流水閑雲。惱余歸思。花前燕子。牆裏佳人。

胡本小山樂府湖邊作湖上。

小樓還被青山礙。隔斷楚天遥。昨宵入夢。那人如玉。何處吹簫。門前朝暮。無情秋月。有信春潮。看看憔悴。飛花心事。殘柳眉梢。

胡本小山樂府秋月作秋水。

開吳淞江遇雪

一冬不見梅花面。天意可憐人。曉來如畫。殘枝綴粉。老樹生春。山僧高臥。松爐細火。茅屋衡門。湅河隄上。玉龍戰倒。百萬愁鱗。

太平樂府卷五樂府羣玉卷五李開先輯張小山小令卷上題目俱作松江遇雪。

寄璩源芝田禪師

龍湫山上雲屯寺。别是一乾坤。僧參百丈。雪深半尺。梅瘦三分。幾時親到。松邊弄水。月下敲門。相思無奈。烟蘿洞口。立盡黄昏。

太平樂府樂府羣玉李輯小令題目俱無璩源二字。○任校小山樂府改僧爲檜。

三衢道中有懷會稽

松風十里雲門路。破帽醉騎驢。小橋流水。殘梅剩雪。清似西湖。而今杖履。青霞洞府。白髮樵夫。不如歸去。香爐峯下。吾愛吾廬。

太平樂府題目作三衢道中。〇羣玉杖履作杖屨。

〔雙調〕水仙子

西湖秋夜

今宵争奈月明何。此地那堪秋意多。舟移萬頃冰田破。白鷗還笑我。拚餘生詩酒消磨。雲子舟中飯。雪兒湖上歌。老子婆娑。

樂府羣玉卷五飯作醉。李輯小令卷上雲子作雲母。

吴山秋夜

山頭老樹起秋聲。沙嘴殘潮蕩月明。倚闌不盡登臨興。骨毛寒環珮輕。桂香飄兩袖風生。攜手乘鸞去。吹簫作鳳鳴。回首江城。

胡本小山樂府卷一山頭作山頂。

次韻

蠅頭老子五千言。鶴背揚州十萬錢。白雲兩袖吟魂健。賦莊生秋水篇。布袍寬風月無邊。名不上瓊林殿。夢不到金谷園。海上神仙。

張小山北曲聯樂府與樂府羣玉並以此首作吴山秋夜之第二首。李輯小令題作次韻。兹從小令。

秋思 二首

天邊白雁寫寒雲。鏡裏青鸞瘦玉人。秋風昨夜愁成陣。思君不見君。緩歌獨自開樽。燈挑盡。酒半醺。如此黄昏。

北詞廣正譜元明小令鈔玉人俱作主人。九宫大成卷六十六秋風作西風。

海風吹夢破衡茅。山月勾吟掛柳梢。百年風月供談笑。可憐人易老。樂陶陶塵世飄飄。醉白酒眠牛背。對黄花持蟹螯。散誕逍遥。

李輯小令此首題作次韻。

鑑湖春行

清光湖面鏡新磨。樂意船頭酒既多。舟移楊柳陰中過。流鶯還笑我。可憐春事蹉跎。玉板筍銀絲鱠。紅衫兒金縷歌。不醉如何。

李輯小令清光作晴光。

西湖廢圃

夕陽芳草廢歌臺。老樹寒鴉靜御街。神仙環珮今何在。荒基生暮靄。嘆英雄白骨蒼苔。花已飄零去。山曾富貴來。俯仰傷懷。

李輯小令題目湖作園。

可侍郎奉使日南

波澄太液泛龍舟。簾捲披香出鳳樓。綉衣直指新除授。宮花淹御酒。玉花驄錦帶吳鈎。白雪關山暮。黃雲海樹秋。一象詩愁。

樂府羣玉題目可作何。李輯小令可侍郎作可何郎。○李輯小令一象作一弄。

春晚 三首

藾黄舊紙試銀鈎。蟻緑新篘泛玉舟。龍香古餅熏金獸。薔薇小院幽。春光爲我遲留。東里尋芳去。西園秉燭遊。醉倚南樓。

西山暮雨暗蒼烟。南浦春風艤畫船。水流雲去人空戀。傷心思去年。可憐景物依然。海棠鸜鵒。巖花杜鵑。楊柳秋千。

胡本小山樂府鸜鵒作鸚鵡。

相思詩句滿苔牆。合唱歌聲静錦堂。合歡裙帶閒羅帳。無言倚綉床。怎生人不成雙。花間翡翠。釵頭鳳凰。梅子鴛鴦。

元夜小集

停杯獻曲紫雲娘。走筆成章白面郎。移宫换羽青樓上。招邀入醉鄉。綵雲深燈月交光。琉璃界笙歌鬧。水晶宫羅綺香。一曲霓裳。

湖上即事

盈盈嬌步小金蓮。瀲瀲春波暖玉船。行行草字輕羅扇。詩魂殢酒邊。水光花貌嬋娟。眉淡淡初三月。手摻摻第四絃。爲我留連。

李輯小令殢酒邊作杯酒邊。

重過西湖

席間談笑欠嘉賓。湖上風流想季真。梅邊才思無何遜。可憐孤負春。孤山誰弔逋魂。彩扇留新句。青樓非故人。兩袖紅塵。

李輯小令青樓作青衫。

湖上

金鞭裊醉動花梢。翠袖揎香贈柳條。玉波流暖迎蘭棹。西湖春事好。相逢酒聖詩豪。醉墨灑龍香劑。新絃調鳳尾槽。草色裙腰。

春日郊行

藏鴉新柳縷金衣。困蝶濃花織錦機。乘鸞仙子飛瓊珮。尋春攜手歸。吟詩馬上分題。蒼烟喬木。殘陽翠微。茅店疎籬。

青衣洞天

兔毫浮雪煮茶香。鶴羽攜風採藥忙。獸壺敲玉悲歌壯。蓬萊雲水鄉。羣仙容我疎狂。即景詩千韻。飛空劍一雙。月滿秋江。

春思

山花紅雨鷓鴣啼。院柳蒼雲燕子飛。池萍綠水鴛鴦睡。春殘猶未歸。掩粧臺懶畫蛾眉。綉牀人困。玉關夢回。錦字書遲。

紅指甲

玉纖彈泪血痕封。丹髓調酥鶴頂濃。金爐撥火香雲動。風流千萬種。捻胭脂嬌暈重重。拂海棠梢頭露。按桃花扇底風。托香腮數點殘紅。

〔雙調〕折桂令

村庵即事

掩柴門嘯傲烟霞。隱隱林巒。小小仙家。樓外白雲。窗前翠竹。井底硃砂。五畝宅無人種瓜。一村庵有客分茶。春色無多。開到薔薇。落盡梨花。

羣玉卷五羣珠卷三題目俱作村居即事。〇小令梨作梅。

崔閑齋元帥席上

綉簾開語燕呢喃。柳眼青嬌。杏臉紅酣。春日遲遲。香風淡淡。相府潭潭。環粉黛犀梳玉簪。引兒孫竹馬青衫。坐客江南。妙舞清歌。闊論高談。

李輯小令香風作春風。羣珠環粉作粧粉。又與李輯小令闊論俱作閑論。

九日

對青山强整烏紗。歸雁横秋。倦客思家。翠袖殷勤。金杯錯落。玉手琵琶。人老去西風白髮。蝶愁來明日黄花。回首天涯。一抹斜陽。數點寒鴉。

梅友元帥席間

拂冰絃慢撚輕攏。一種天姿。占斷芳叢。額點宫黄。眉横晚翠。臉暈春紅。歌夜月琉璃酒鍾。隔香風翡翠簾櫳。殢殺吟翁。柳暗花濃。玉暖香融。

羣玉慢撚作慢捲。羣珠香風作香叢。

讀史有感　二首

劍空彈月下高歌。説到知音。自古無多。白髮蕭疎。青燈寂寞。老子婆娑。故紙上前賢坎坷。醉鄉中壯士磨跎。富貴由他。謾想廉頗。誰效常何。

陽春白雪前集卷二及羣珠常何俱作蕭何。任校云黄丕烈藏鈔本張小山小令磨跎作蹉跎。

滄浪可以濯纓。嘆千里波波。兩鬢星星。遁迹林泉。甘心畎畝。罷念功名。青門外芸瓜邵平。白雲邊垂釣嚴陵。潮落沙汀。月轉林坰。午醉方醒。

鈔本陽春白雪罷念作絶念。羣珠波波作奔波。午醉作午夢。

秋夜閨思

剔殘燈數盡寒更。自別了鶯鶯。誰更卿卿。竹影疎櫺。蛩聲廢井。桂子閑庭。淹泪眼羞看畫屏。瘦人兒不似丹青。盼殺多情。遠信休憑。好夢難成。

羣珠竹影作月影。

贈歌者秀英

海棠嬌楊柳纖腰。眼轉秋波。臉暈春潮。檀板輕敲。冰絃初奏。綵扇低招。傾城傾國越西子梨梨棗棗。行雲行雨楚巫娥暮暮朝朝。橙剖并刀。酒捧金蕉。爛醉東風。受用良宵。

疎齋學士自長沙歸

望仙華十二芙蓉。夜醉長沙。曉過吴松。稅駕星壇。題詩玉井。掛劍琳宫。鶴唳黄雲半空。雁來紅葉西風。秋興誰同。絶唱仙童。相伴疎翁。

羣玉題目疎齋作疎翁。○李輯小令曉過作晚過。

湖上懷古次疎齋學士韻

柳駝腰繫我詩艖。趁夜雪歸鴻。暮苑啼鴉。緑樹秋千。青山鐘鼓。畫舫琵琶。銅雀臺邊破瓦。金魚池上殘花。誰見繁華。採藥仙翁。賣酒人家。

胡本小山樂府卷一歸鴻作啼鴻。

秋思

菊花枝還爲誰黄。數盡歸期。過了重陽。錦字傳情。瓊簪留恨。綉枕遺香。夜月冷金釵鳳凰。曉霜寒翠被鴛鴦。想像高唐。縈損柔腸。夢見才郎。

李輯小令曉霜作晚霜。

春情

托香腮微困春纖。綉線慵拈。寶篆羞添。往事牆頭。情人夢裏。舊恨眉尖。梨花謝春光荏苒。曉鶯啼酒病淹漸。燕語雕簷。滿院楊花。不捲珠簾。

紅梅次疎齋學士韻

壽陽粧何似環兒。快傳語花神。換却南枝。血點冰梢。丹塗玉臉。酒暈瓊姿。拚花下何郎醉死。誤莊前崔護題詩。倚樹多時。長笛聲中。萬點胭脂。

秋日海棠

沉香亭上幽歡。甚陶令籬邊。月慘風酸。燕子來時。梧桐老去。錦樹花攢。照銀燭春宵苦短。惜疎林秋夜漫漫。樽俎團圞。破帽西風。華屋金盤。

聯樂府李輯小令惜疎林俱作借疎林。兹從羣玉。

次韻秋懷

問山人索價何高。歲晚江空。興動書巢。古桂寒香。殘蘆老絮。病葉紅綃。愁倦客嗚嗚洞簫。對西風戀戀綈袍。往事徒勞。兩鬢秋霜。萬里雲濤。

羣珠古桂作古檜。

西湖懷古

飛來何處奇峯。笑引吟翁。醉倒詩筩。古寺啼猿。晴山舞鳳。廢井藏龍。人已去梅花舊塜。客重來柳樹西風。一笑相逢。天竺門前。合澗橋東。

王一山席上題壁 二首

掃詩愁滿壁龍蛇。壯氣憑陵。醉眼橫斜。脱帽臨風。停杯問月。往事傷嗟。范蠡歸湖是也。子牙發跡遲些。笑殺豪傑。花謝還開。酒盡重賒。

羣玉羣珠李輯小令題目席上俱作席間。〇羣珠李輯小令還開俱作花開。羣珠范蠡上有越字。子牙上有姜字。

醉厭厭良夜迢迢。記席上樽前。酒令詩條。錦樹團香。花燈奪晝。金屋藏嬌。碧水冷西施弄瓢。紫雲深秦女吹簫。占得春饒。鶯怕歌喉。柳妒蠻腰。

李輯小令此曲題目作次韻仍在一山席。羣珠作次韻。○羣珠團香作團春。李輯小令作團香。

湖上即事疊韻

錦江頭一掬清愁。回首盟鷗。楊柳汀洲。俊友吳鈎。晴秋楚岫。退叟齊丘。賦遠遊黃州竹樓。泛中流翠袖蘭舟。檀口歌謳。玉手藏鬮。詩酒觥籌。邂逅綢繆。醉後相留。

桃花菊

怪黄花厭我清貧。老圃秋容。丹臉偷勻。前度劉郎。東籬陶令。邂逅寒温。延壽客秋風酒樽。想佳人春日莊門。笑問東君。費盡金錢。占醉紅裙。

羣珠李輯小令秋容俱作羞容。羣玉費盡下有了字。

鑑湖小集

寫黄庭換得白鵝。舊酒猶香。小玉能歌。命友南山。懷人北海。遯世東坡。昨日春今日秋清閒在我。百年人千年調煩惱由他。樂事無多。良夜如何。去了朱顔。還再來麽。

酸齋學士席上

岸風吹裂江雲。迸一縷斜陽。照我離樽。倚徙西樓。留連北海。斷送東君。傳酒令金杯玉笥。傲詩壇羽扇綸巾。驚起波神。唤醒梅魂。翠袖佳人。白雪陽春。

羣玉題目酸齋作殿前。○羣玉岸風作雁風。倚徙作倚遍。

石塘道中

雨依微天淡雲陰。有客徜徉。緩轡登臨。老樹危亭。平津短棹。遠店疎砧。傲塵世山無古今。避風波鷗自浮沉。霜後園林。萬緑枝頭。一點黄金。

松江懷古

解征衣便可濯纓。小小西湖。總是詩情。天際浮圖。雲間舊隱。水上新亭。負重名陸家弟兄。泛輕舟何處高僧。老鶴長鳴。翠柳隄邊。白苧風生。

羣珠翠柳作緑柳。

肅齋趙使君致仕歸

杏花村酒滿葫蘆。記竹馬相迎。郊外先驅。清獻家風。淵明歸興。儘自歡娱。榮故里名香二疏。播廉聲恩在三衢。教子讀書。黄卷青燈。玉帶金魚。

三衢平山亭

倚闌干雲與山平。一勺甘泉。四面虚亭。隱隱浮圖。層層罨畫。小小蓬瀛。隨月去長空雁影。唤秋來高樹蟬聲。客路飄零。天宇澄清。劍氣峥嶸。

羣珠罨畫作如畫。飄零作孤零。

海棠

看佳人富貴天姿。點染胭脂。消得新詩。笑倚紅粧。輕彈銀燭。滿引金巵。伴庭院黄昏燕子。嘆風流天寶環兒。老過花時。誰恨無香。我愛垂絲。

羣玉滿引作滿飲。羣珠環兒作年時。

次韻

唤西施伴我西遊。客路依依。烟水悠悠。翠樹啼鵑。青天旅雁。白雪盟鷗。人倚梨花病酒。月明楊柳維舟。試上層樓。緑滿江南。紅褪春愁。

聯樂府羣玉羣珠俱以此首作海棠之第二首。茲從李輯小令作次韻。○羣玉羣珠紅褪俱作海放。羣珠倚作對。

湖上即事

倚高寒渺渺愁余。昨夜南樓。今日西湖。柳影浮圖。巖阿杜宇。酒病相如。留客醉山花解舞。寄離愁雲雁能書。笑倩誰扶。風動瑶箏。月滿冰壺。

聯樂府瑶箏作瑶華。兹從羣玉羣珠李輯小令。

元夜宴集

緑窗紗銀燭梅花。有美人兮。不御鉛華。粧鏡羞鸞。嬌眉斂翠。巧髻盤鴉。可喜娘春纖過茶。風流煞真字續麻。共飲流霞。月轉西樓。不記還家。

羣珠不御作不飾。

遊龍源寺

問行人何處龍源。古路縈蟠。細水蜿蜒。柳耳垂陰。花心困雨。樹頂摩天。借居士蒲團坐禪。對幽人松麈談玄。詩債留連。百巧黄鸝。一曲新蟬。

羣珠縈蟠作蛇蟠。

蓮華道中

洗黄塵照眼滄浪。古道依依。暮色蒼蒼。遠寺松篁。誰家桃李。舊日柴桑。紅袖倚低低院牆。白蓮開小小林塘。過客徜徉。題罷新詩。立盡斜陽。

〔中吕〕滿庭芳

山中雜興 二首

人生可憐。流光一瞬。華表千年。江山好處追遊遍。古意翛然。琵琶恨青衫樂天。洞簫寒赤壁坡仙。村酒好溪魚賤。芙蓉岸邊。醉上釣魚船。

聯樂府及羣玉卷五俱連下列次韻二首同題。李輯小令卷下分開。兹從之。又。羣玉題作山中雅興。○羣玉村酒作濁酒。

風波幾場。急疎利鎖。頓解名韁。故園老樹應無恙。夢繞滄浪。伴赤松歸歟子房。賦寒梅瘦却何郎。溪橋上。東風暗香。浮動月昏黄。

梨園樂府卷中故園作故園中。

次韻 二首

尋思幾般。圍腰玉瘦。約腕金寬。怕春歸又是春將半。信杳青鸞。賦離恨花箋短短。散清愁柳絮漫漫。闌干畔。芳枝緑滿。梅子替心酸。

相思故人。釵分恨股。粉印嬌痕。數歸期屈得春纖困。兩地銷魂。樓外青山隱隱。花前紅雨紛紛。天涯近。回頭楚雲。新月破黄昏。

野梅

風姿澹然。瓊酥點點。翠羽翩翩。羅浮舊日春風面。邂逅神仙。花自老青山路邊。夢不到白玉堂前。空嗟羨。傷心故園。何日是歸年。

望仙子詩卷

滄浪小龍。翩翩桂旗。隱隱蓮峯。歌塵隔斷蓬萊洞。此夜相逢。羽衣曲蟾華月宫。紫簫聲鶴背天風。遊仙夢。青山萬重。雲冷玉芙蓉。

李輯小令題目望作題。○李輯小令滄浪作滄波。桂旗作桂影。隔斷作斷隔。厲刻小令仍作隔斷。

湖上酸齋索賦

尋春底忙。金鞭弄影。翠袖藏香。綵箋詩滿西湖上。誤入平康。到處鶯花醉鄉。當家風月排場。貪遊蕩。馬嘶緑楊。占斷紫雲娘。

胡本小山樂府卷五底忙作應忙。

送別 二首

分飛斷腸。花箋寫恨。粉腕留香。臨行休倚危樓望。總是淒涼。人去去寒烟樹蒼。馬蕭蕭落日沙黃。牙床上。相思夜長。翠被夢鴛鴦。

李輯小令夢鴛鴦作冷鴛鴦。

愁春未醒。芳心可可。舊友卿卿。乍分飛早是相思病。幾度傷情。思往事銀瓶墜井。賦離懷象管呵冰。人孤另。梅花月明。熬盡短檠燈。

湖上

逋仙舊塚。西施淡粧。坡老衰翁。香雲一枕繁華夢。流水光中。暮靄鐘聲故宮。夕陽塔影高峯。桃源洞。花開亂紅。無樹著春風。

過釣臺

窮通異鄉。故人別後。短棹滄浪。相尋下榻雲霄上。舊日疎狂。魂夢遠不知漢光。

脚頭睡只記劉郎。山無恙。歸耕富陽。千古占桐江。

胡本小山樂府魂夢作夢魂。

金華道中 二首

西風瘦馬。遥天去鴻。落日昏鴉。數前程掐得箇歸藏卦。夢到山家。柳下綸竿釣槎。水邊籬落梅花。漁樵話。從頭兒聽他。白髮耐烏紗。

鈔本陽春白雪前集卷四及羣玉去鴻俱作去雁。

營營苟苟。紛紛擾擾。莫莫休休。厭紅塵拂斷歸山袖。明月扁舟。留幾册梅詩占手。蓋三間茅屋遮頭。還能够。牧羊兒肯留。相伴赤松遊。

殘元本陽春白雪拂斷作押斷。

題情

朱門半掩。花箋自檢。綉線慵拈。相思有債前生欠。今日新添。彈舊曲徒勞玉纖。遣春愁不離眉尖。黄昏漸。青山一點。新月掛冰蟾。

客中九日

乾坤俯仰。賢愚醉醒。今古興亡。劍花寒夜坐歸心壯。又是他鄉。九日明朝酒香。一年好景橙黄。龍山上。西風樹響。吹老鬢毛霜。

李輯小令西風作秋風。羣玉毛作邊。

〔中吕〕普天樂

西湖即事

蕊珠宫。蓬萊洞。青松影裏。紅藕香中。千機雲錦重。一片銀河凍。縹緲佳人雙飛鳳。紫簫寒月滿長空。闌干晚風。菱歌上下。漁火西東。

聯樂府漁火作漁父。殘元本陽春白雪及羣珠同。兹從羣玉卷五李輯小令卷下。

贈别

鳳釵分。鴛衾另。輕輕别離。小小前程。花開渭水秋。酒盡陽關令。不管佳人愁成病。載琴書畫舸無情。今宵月明。聲沉玉笙。影淡銀燈。

鈔本陽春白雪别離作離别。胡本小山樂府卷五玉笙作玉筝。

次韻歸去來

草堂空。柴門閉。放閒柳枝。伴老山妻。誰傳紅錦詞。自説白雲偈。照下淵明休官例。和一篇歸去來兮。瓜田後溪。梅泉下竺。菊圃東籬。

羣玉及羣珠卷四後溪俱作後村。

胡容齋使君席間

白頭新。黄花瘦。長天北斗。明月南樓。吹殘碧玉簫。泪滿青衫袖。唤起姮娥爲君壽。舞西風桂子涼秋。百年故侯。千鍾美酒。一片閒愁。

殘元本及鈔本陽春白雪姮娥俱作嫦娥。羣珠李輯小令同。

秋懷

會真詩。相思債。花箋象管。鈿盒金釵。雁啼明月中。人在青山外。獨上危樓愁無奈。起西風一片離懷。白衣未來。東籬好在。黄菊先開。

湖上廢圃

古苔蒼。題痕舊。疎花照水。老葉沉溝。蜂黄點綉屏。蝶粉沾羅袖。困倚東風垂楊瘦。翠眉攢似帶春愁。尋村問酒。無人倚樓。有樹維舟。

李輯小令首句古作占。

晚歸湖上

翠藤枝。生綃扇。初三月上。第四橋邊。東坡舊賞心。西子新粧面。萬頃波光澄如練。不塵埃便是神仙。誰家畫船。泠泠玉箏。渺渺哀絃。

李輯小令玉箏作玉管。

鶴林觀夜坐

鶴歸來。雲飛去。仙山玉芝。秋水芙蕖。瑶臺掛月奩。寶瑟移冰柱。一架寒香娑羅樹。小闌干花影扶疎。涼生院宇。人閑洞府。客至蓬壺。

〔越調〕寨兒令

道士王中山操琴

傍翠陰。解塵襟。婆娑小亭深又深。軫玉徽金。霞佩瓊簪。一操醉翁吟。野猿啼雪滿遥岑。玄鶴鳴風過喬林。休彈山水興。難洗利名心。尋。何處有知音。

聯樂府次句作斛塵襟。兹從羣玉卷五李輯小令卷下。羣玉雪滿作遠水。小令首句作傍緑陰。

鑑湖即事

枕緑莎。盼庭柯。門外鑑湖春始波。白髮禪和。墨本東坡。相伴住山阿。問太平風景如何。嘆貞元朝士無多。追陪新令尹。邂逅老宫娥。歌。驟雨打新荷。

羣玉李輯小令門外俱作門前。

次韻懷古

寫舊遊。换新愁。玉簫寒酒醒江上樓。黄鶴磯頭。白鷺汀洲。烟水共悠悠。人何在七國春秋。浪淘盡千古風流。隋隄猶翠柳。漢土自鴻溝。休。來往愧沙鷗。

李輯小令千古作萬古。

山中分韻得聲字

犯帝星。動山靈。怪當年釣魚嚴子陵。塵世逃名。清水濯纓。笑我問長生。駕青牛自取丹經。換白鵝誰寫黄庭。烟籠燒藥火。月伴看書燈。聽。林外起秋聲。

西湖秋夜

九里松。二高峯。破白雲一聲烟寺鐘。花外嘶驄。柳下吟篷。笑語散西東。舉頭夜色濛濛。賞心歸興匆匆。青山銜好月。丹桂吐香風。中。人在廣寒宫。

湖上春晚

怕酒樽。殢詩魂。帕羅輕粉香揉泪痕。細雨紛紛。緑水粼粼。湖上馬蹄塵。世間有萬古青春。花前换幾度遊人。醉煞劉伯倫。瘦損沈休文。紅杏村。杜宇怨黄昏。

鑑湖上尋梅

賀監宅。放翁齋。梅花老夫親自栽。路近蓬萊。地遠塵埃。清事惱幽懷。雪模糊小樹莓苔。月朦朧近水樓臺。竹籬邊沽酒去。驢背上載詩來。猜。昨夜一枝開。

春曉

點落英。掩閑庭。海棠軒半簾紅日影。纖手瓊瓊。嬌語鶯鶯。睡起對銀箏。柳花箋閑寫芳情。荔枝漿微破春酲。淺斟白玉杯。低唱紫雲亭。輕。彈一曲賣花聲。

憶鑑湖

畫鼓鳴。紫簫聲。記年年賀家湖上景。競渡人争。載酒船行。羅綺越王城。風風雨雨清明。鶯鶯燕燕關情。柳擎和泪眼。花墜斷腸英。望海亭。何處越山青。

舟行感興

愁鬢斑。怕春殘。錦衣買臣何日還。好夢邯鄲。別泪陽關。幾度盼征鞍。爲虛名消盡朱顔。掩孤篷羞見青山。磯頭烟樹暖。鷗外野雲閑。難。能够釣魚竿。

胡本小山樂府卷六魚竿作魚灘。

春思 二首

曲未終。酒方濃。雲收楚臺十二峯。洗雨梳風。怨玉啼紅。別意恨匆匆。話相思鸚鵡金籠。載離愁騕褭花驄。長天秋水遠。落日暮山重。空。簾卷畫堂中。

喜又驚。笑相迎。倚湖山露華羅袖冷。誰慣私行。怕負深盟。偷步錦香亭。尋尋覓覓風聲。潛潛等等芳情。粉牆邊花弄影。朱簾下月籠明。輕。吹滅短檠燈。

聯樂府春思原作三首。連下列次韻一首。羣玉同。兹從李輯小令分開。

次韻

你見麽。我愁他。青門幾年不種瓜。世味嚼蠟。塵事摶沙。聚散樹頭鴉。自休官清煞陶家。爲調羹俗了梅花。飲一杯金谷酒。分七椀玉川茶。嗏。不强如坐三日縣官衙。

羣玉李輯小令北詞廣正譜摶沙俱作團沙。

題昭君出塞圖

辭鳳閣。盼灤河。別離此情將奈何。羽蓋峨峨。虎皮馱馱。雁遠暮雲闊。建旌旗五百沙陀。送琵琶三兩宮娥。翠車前白橐駝。雕籠内錦鸚哥。他。强似馬嵬坡。

小隱

種藥田。小壺天。伴陳摶野雲閑處眠。學會神仙。老向林泉。今日是歸年。蘆花絮暖勝絨氈。木香亭大似漁船。曲欄邊鶯睍睆。小池上鷺嬋娟。先。收拾下買山錢。

羣玉閑處作深處。李輯小令同。

湖上避暑

新雨晴。晚涼生。照芙蓉玉壺秋水冷。殢酒餘酲。題扇才情。避暑小紅亭。雁雲低銀甲彈箏。蔗漿寒素手調冰。鴛鴦情未減。胡蝶夢初醒。驚。何處棹歌聲。

三月三日書所見

艤畫船。駐絲鞭。問誰家麗人簇管絃。柳媚芳妍。花比嬋娟。風韻出天然。牡丹亭畔秋千。蕊珠宫裏神仙。三月三日曲水邊。一步一朵小金蓮。穿。芳徑墜花鈿。

春思

想故人。暗銷魂。闌干舊時無限春。笑語云云。圖畫真真。一朵楚臺雲。怪桃根翠袖羅裙。伴梅花檀板金樽。瘦驚腰四指。愁墮泪雙痕。嗔。風雨送黄昏。

紅葉

遠樹重。曉霜濃。染千林夜來何處風。笑我衰翁。酒借春容。暮景嘆匆匆。錦模糊費盡天工。字殷勤流出皇宫。蕭蕭秋雨後。片片夕陽中。空。留得綉芙蓉。

送别

鸞鏡單。鳳簫閑。褰衣問君何日還。白玉連環。斑竹闌干。回首泪偷彈。翠模糊十二巫山。玉娉婷一曲陽關。芙蓉城殘月落。楊柳岸曉風寒。趾。愁上寶雕鞍。

〔雙調〕殿前歡

秋日湖上

倚吟篷。障西風十里錦芙蓉。照滄浪似入桃源洞。欠箇漁翁。冰泉瀉翠筩。玉液浮銀甕。羅袖擎金鳳。團香弄粉。泛緑依紅。

次酸齋韻　二首

釣魚臺。十年不上野鷗猜。白雲來往青山在。對酒開懷。欠伊周濟世才。犯劉阮貪杯戒。還李杜吟詩債。酸齋笑我。我笑酸齋。

唤歸來。西湖山上野猿哀。二十年多少風流怪。花落花開。望雲霄拜將臺。袖星斗安邦策。破烟月迷魂寨。酸齋笑我。我笑酸齋。

離思 二首

夜啼烏。柳枝和月翠扶疎。綉鞋香染莓苔露。搔首踟躕。燈殘瘦影孤。花落流年度。

春去佳期誤。離鸞有恨。過雁無書。

月籠沙。十年心事付琵琶。相思懶看幃屏畫。人在天涯。春殘荳蔻花。情寄鴛鴦帕。

香冷荼蘼架。舊遊臺榭。曉夢窗紗。

西湖晚晴

總宜船。緑情紅意雨餘天。盈盈皓月明如練。棹舉冰田。神仙太乙蓮。圖畫崔徽面。

才思班姬扇。新詩象管。古調冰絃。

客中 二首

望長安。前程渺渺鬢斑斑。南來北往隨征雁。行路艱難。青泥小劍關。紅葉湓江岸。

白草連雲棧。功名半紙。風雪千山。

李輯小令卷上題作客中憶別。

錦纏頭。粉筝低按舞涼州。佳人一去春殘後。香冷雲兜。晴山翠黛愁。緑水羅裙皺。細柳宫腰瘦。梨花暮雨。燕子空樓。

〔雙調〕清江引

秋思

自從玉關人去也。寂寞銀屏夜。風寒白藕花。露冷青桐葉。雁兒未來書再寫。

羣玉卷五風寒作風香。

幽居

紅塵是非不到我。茅屋秋風破。山村小過活。老硯閒工課。疎籬外玉梅三四朵。

李輯小令卷上及北詞廣正譜元明小令鈔末句俱無疎字。

桐柏山中

松風小樓香縹緲。一曲尋仙操。秋風玉兔寒。野樹金猿嘯。白雲半天山月小。

聯樂府題目作洞泊山中。太平樂府卷二同。勞平甫校本聯樂府改作宿泊山洞。李輯小令卷上作宿山洞。玆從羣玉。

湖山避暑

好山盡將圖畫寫。詩會白雲社。桃笙捲浪花。茶乳翻冰葉。荷香月明人散也。

春思 二首

杜鵑幾聲烟樹暖。風雨相攙斷。梨花月未圓。柳絮春將半。夜長可憐歸夢短。

綉針懶拈閒素手。倦枕金釵溜。鶯啼緑柳春。燕舞紅簾晝。東風院落人病酒。

陽春白雪前集卷三及李輯小令鶯啼俱作鶯呼。李輯小令院落作幾番。

九日湖上

西風又吹湖上柳。畫舫攜紅袖。鷗眠野水閒。蝶舞秋花瘦。風流醉翁不在酒。

山居春枕

門前好山雲占了。盡日無人到。松風響翠濤。槲葉燒丹竈。先生醉眠春自老。

李輯小令題作山中春睡。

春晚 二首

黄昏閉門誰笑語。燕子飛不去。珠簾濺雨花。翠塢埋烟樹。酒醒五更聞杜宇。

離愁困人簾未捲。上下飛雙燕。孤雲帶雨痕。暗水流花片。湖邊日長春去遠。

太平樂府次首題作湖上。李輯小令同。

湖上晚望

東西往來船鬬蟻。拍手胡姬醉。歌聲落照邊。塔影孤雲際。荷風夜涼天似水。

胡本小山樂府卷二首句作東西來船如鬬蟻。

秋懷

西風信來家萬里。問我歸期未。雁啼紅葉天。人醉黃花地。芭蕉雨聲秋夢裏。

天一閣本小山樂府題作秋晚。太平樂府李輯小令俱以此首與前列之秋思一首相聯。

〔越調〕小桃紅

寄鑑湖諸友

一城秋雨豆花涼。閒倚平山望。不似年時鑑湖上。錦雲香。採蓮人語荷花蕩。西風雁行。清溪漁唱。吹恨入滄浪。

贈琵琶妓王氏

舞腰回雪臉舒霞。席上人如畫。壓柳欺梅舊聲價。弄琵琶。風流不似明妃嫁。金樽翠斝。玉纖羅帕。同醉鳳城花。

憶疎齋學士郊行

飛梅和雪灑林梢。花落春顛倒。驢背敲詩暮寒峭。路迢迢。相逢不滿疎翁笑。寒郊瘦島。塵衣風帽。詩在灞陵橋。

太平樂府卷三題目無學士二字。

春思

倚闌花影背東風。暗解清宵夢。舞扇歌衫與誰共。恨忡忡。一春愁壓眉山重。燈花玉蟲。羅屏金鳳。殘月小簾櫳。

鑑湖夜泊

鑑湖一曲水雲寬。鴛錦秋成段。醉舞花間影零亂。夜漫漫。小舟只向西林喚。仙山夢短。長天月滿。玉女駕青鸞。

陽春白雪前集卷五仙山作仙人。

離情

幾場秋雨老黄花。不管離人怕。一曲哀絃泪雙下。放琵琶。挑燈羞看圍屏畫。聲悲玉馬。愁新羅帕。恨不到天涯。

胡本小山樂府卷五放琵琶作撥琵琶。

山中

一方明月杏花壇。劍氣霞光爛。回首蓬萊自長嘆。佩秋蘭。黄精已够山中飯。勞心又懶。干名不慣。歸伴野雲閒。

夜宴 二首

砑金羅扇當花箋。醉草湘妃怨。曲曲闌干錦屏面。小壺天。花花按舞六幺遍。寒玉響泉。香風深院。明月十二絃。

翩翩白鷺伴詩癯。船繫青山暮。一曲瑶箏寫幽素。夜何如。飛吟亭上神仙路。瓊樓玉宇。白雲紅樹。月冷洞庭湖。

聯樂府白鷺作白鶴。兹從陽春白雪及李輯小令卷下。

〔中吕〕朝天子

山中雜書　三首

罷手。去休。已落在淵明後。百年心事付沙鷗。更誰是忘機友。洞口漁舟。橋邊村酒。這清閒何處有。樹頭。錦鳩。花外啼春晝。

夜長。未央。盼殺雞三唱。東華聽漏滿靴霜。却笑淵明强。月朗禪牀。風清鶴帳。夢不到名利場。草堂。暗香。春已到梅梢上。

李輯小令卷下風清作風消。春已到作春到了。

醉餘。草書。李愿盤谷序。青山一片范寬圖。怪我來何暮。鶴骨清癯。蝸殼蘧廬。得安閒心自足。蹇驢。和酒壺。風雪梅花路。

李輯小令酒壺上無和字。

野景亭

瓜田邵平。草堂杜陵。五柳莊彭澤令。牽牛籬落掩柴荆。犬吠林塘静。樹頂蟾明。水面風生。聽漁歌三四聲。小亭。野景。動著我蓴鱸興。

羣玉動著我作老我。李輯小令作動老我。

酸齋席上聽胡琴

玉鞭。翠鈿。記馬上昭君面。一梭銀線解冰泉。碎拆驪珠串。雁舞秋烟。鶯啼春院。傷心塞草邊。醉仙。綵箋。寫萬里關山怨。

胡本小山樂府卷五碎拆作碎沃。

春思

見他。問咱。怎忘了當初話。東風殘夢小窗紗。月冷秋千架。自把琵琶。燈前彈罷。春深不到家。五花。駿馬。何處垂楊下。

梅友元帥席上

老夫。病餘。尚草長門賦。阿蓮嬌吻貫驪珠。試聽鶯啼序。玉露冰壺。香風瓊樹。醉歸來不用扶。小奴。按舞。看了梅花去。

〔中吕〕紅綉鞋

次韻

劍擊西風鬼嘯。琴彈夜月猿號。半醉淵明可人招。南來山隱隱。東去浪淘淘。浙江歸路杳。

羣玉卷五羣珠卷四李輯小令卷下西風俱作秋風。羣珠夜月作月下。

春日湖上 二首

百五日清明節假。兩三攢緑暗人家。客子飄零尚天涯。春風輕柳絮。夜雨瘦梨花。緑楊陰誰繫馬。

綠樹當門酒肆。紅粧映水鬟兒。眼底殷勤座間詩。塵埃三五字。楊柳萬千絲。記年時曾到此。

春夜

燕子來時酒病。牡丹開處詩情。庭院黄昏雨初晴。鏡心閒掛月。筝手碎彈冰。樽前春夜永。

羣玉羣珠李輯小令樽前俱作花前。羣珠詩情作詩成。

湖上

無是無非心事。不寒不暖花時。粧點西湖似西施。控青絲玉面馬。歌金縷粉團兒。信人生行樂耳。

聖水寺山亭

佛國清涼境界。壺天金碧樓臺。照眼西山畫屏開。海雲推月上。江水帶潮來。醉嫌天地窄。

越山即事

山擁玉皇香案。烟籠翠羽仙鬟。兩袖天風倚高寒。鶴歸蒼樹杪。犬吠白雲間。蓬萊迷望眼。

羣玉羣珠翠羽俱作翠袖。胡本小山樂府卷四山擁作山堆。

天台瀑布寺

絶頂峯攢雪劍。懸崖水掛冰簾。倚樹哀猿弄雲尖。血華啼杜宇。陰洞吼飛廉。比人心山未險。

聯樂府弄字原闕。兹從羣玉及羣珠補。

次歸去來韻

東舍西鄰酒債。春花秋月詩才。兩字功名困塵埃。青山依舊好。黄菊近新栽。没商量歸去來。

洞庭道中 二首

白鷺荒隄老葑。黄雲遠水長空。百尺蒲帆飽西風。酒旗花影裏。釣艇樹陰中。好山千萬重。

李輯小令遠水長空作遠樹連空。飽西風作蕩秋風。

逐名利長安日下。望鄉關倦客天涯。孤雁南來倍思家。亂山雲掩翠。老樹雪生花。凍吟詩騎瘦馬。

天台桐柏山中

談世事漁樵閒問。洗征塵麋鹿相親。步入蓬萊誤尋真。竹聲摇翠雨。山影護蒼雲。神仙深處隱。

李輯小令蒼雲作白雲。

雪芳亭

金錯落樽前酒令。玉娉婷樂府新聲。夜深花睡嫩寒生。一圍雲錦樹。四面雪芳亭。

月斜時人未醒。

李輯小令花睡作花底。胡本小山樂府一圍作一團。

春晚

圓舊夢衾閒錦綉。按新聲絃斷箜篌。滿襟離思倦登樓。花寒鸚鵡病。春去杜鵑愁。倚闌人困酒。

羣玉題作春寒。

歲暮　二首

金蓮步蒼苔小徑。玉鈎垂翠竹閒亭。物换星移暗傷情。遊魚翻凍影。啼鳥泛春聲。落梅香暮景。

殘元本陽春白雪羣玉羣珠泛俱作犯。

競酒争花公事。吟風弄月神思。好春能有幾何時。玲瓏心似錦。積漸鬢成絲。落一張閒故紙。

羣玉積漸作即漸。

山中

黄葉青烟丹竈。曲闌明月詩巢。緑波亭下小紅橋。老梅盤鶴膝。新柳舞蠻腰。嫩茶舒鳳爪。

鑑湖

落葉山容消瘦。題詩人物風流。一片閒雲駐行舟。月寒清鏡曉。花淡碧壺秋。謫仙同載酒。

胡本小山樂府一片閒雲作閒雲一片。

三衢山中

白酒黄柑山郡。短衣瘦馬詩人。袖手觀棋度青春。仙橋藏老樹。石筍瘞蒼雲。松花飄瑞粉。

［雙調］沉醉東風

釣臺

貂裘敝誰憐倦客。錦箋寒難寫秋懷。野水邊。閒雲外。儘教他鷗鷺驚猜。溪上良田得數頃來。也敢上嚴陵釣臺。

李輯小令卷上敢上作趕上。

湖上

垂楊柳無人自舞。提葫蘆有意相呼。酒醒時。花深處。插花枝滿頭歸去。莫惜千金倒玉壺。春已近梨花暮雨。

元夜

明月無心紫簫。夕陽何處藍橋。蕙帳寒。梅花落。故人稀漸疎談笑。看見鵝黃上柳條。等閒放元宵過了。

聯樂府末句作等閑放了元宵過了。兹從李輯小令。

幽居 二首

脚到處青山緑水。興來時白酒黄雞。遠是非。絶名利。腹便便午窗酣睡。鸚鵡杯中晝日遲。到强似麒麟畫裏。

李輯小令末句到作倒。

笑白髮猶纏利鎖。喜紅塵不到漁蓑。八詠詩。三間些。收拾下晚春工課。茅舍疎籬小過活。有情分沙鷗伴我。

〔越調〕天净沙

書懷 二首

香奩名滿青樓。羽衣人在黄州。羅帕春寒素手。壯懷依舊。水聲淘盡詩愁。

胡本小山樂府卷六春寒作輕寒。

白頭多病維摩。青天孤影姮娥。相對良宵幾何。玉人留坐。鶯花十二行窩。

元夕

金蓮萬炬花開。玉梅千樹香來。燈市東風暮靄。綵雲天外。紫簫人倚瑶臺。

李輯小令卷下紫簫作素綃。

閨怨

檀郎何處忘歸。玉樓小様別離。十二闌干徧倚。犬兒空吠。看看月上荼蘼。

春夜

深杯香捧金橙。哀絃聲斷銀箏。寶鼎沉香火冷。主人留聽。紫雲娘白雪新聲。

梅軒席上

瓊瓊竹外横枝。真真月下吟詩。誰寄東風半紙。爲傳心事。梅花害雪多時。

厲刻小令題作梅友席上。

梅友元帥席上

玉人笑撚瓊枝。白頭醉寫烏絲。簾外新來燕子。海棠春思。倚闌睡醒環兒。

赤松道宫

松邊香煮雷芽。杯中飯糁胡麻。雲掩山房幾家。弟兄仙話。水流玉洞桃花。

浮雪樓夜坐

月明今夜闌干。雲深何處關山。萬里青天醉眼。倚樓長嘆。柳陰閒殺漁竿。

清明日郊行

碧桃花下簾旌。綠楊影裏旗亭。幾處鶯呼燕請。馬嘶芳徑。典衣索做清明。

江上

嗈嗈落雁平沙。依依孤鶩殘霞。隔水疎林幾家。小舟如畫。漁歌唱入蘆花。

胡本小山樂府漁歌作漁舟。

湖上分得詩字韻

月香水影梅枝。晴光雨色坡詩。點檢千紅萬紫。年年春事。西湖强似西施。

李輯小令題作分得詩字。

月夜

倚闌月到天心。隔牆風動花陰。一刻良宵萬金。寶箏閒枕。可憐少箇知音。

魯卿庵中

青苔古木蕭蕭。蒼雲秋水迢迢。紅葉山齋小小。有誰曾到。探梅人過溪橋。

〔雙調〕慶東原

次馬致遠先輩韻九篇 九首

燒丹竈。洗藥瓢。樂清閒幾箇人知道。閒吹鳳簫。悶拈兔毫。焉用牛刀。他得志笑閒人。他失脚閒人笑。

聯樂府三句無樂字。兹從李輯小令卷上。任校云。明人傳本五六二句作。愁消鸞飄。書忘雁遥。

門長閉。客任敲。山童不唤陳摶覺。袖中六韜。鬢邊二毛。家裏簞瓢。他得志笑閒人。他失脚閒人笑。

殺三士。因二桃。不如五柳莊前傲。文魔賈島。詩窮孟郊。酒困山濤。他得志笑閒人。他失脚閒人笑。

繁華夢。貧賤交。唐堯不改巢由調。紛紛紫袍。區區緑袍。戀戀綈袍。他得志笑閒人。他失脚閒人笑。

任校云。明人傳本三句作膏粱不改林泉調。

詩情放。劍氣豪。英雄不把窮通較。江中斬蛟。雲間射雕。席上揮毫。他得志笑閒人。他失脚閒人笑。

任校云。明人傳本首二句作。閒情放。壯氣豪。席上句作塞外舞刀。

難開眼。懶折腰。白雲不應蒲輪召。解組漢朝。尋詩灞橋。策杖臨皋。他得志笑閒人。他失脚閒人笑。

李輯小令解組作解綬。任校云。明人傳本五六兩句作。策蹇灞橋。攜杖臨皋。

依山洞。結把茅。清風兩袖長舒嘯。問江邊老樵。訪山中故交。伴雲外孤鶴。他得志笑閒人。他失脚閒人笑。

李輯小令把茅作草茅。太和正音譜失脚作失志。任校云。明人傳本四五六句作。江邊問樵。山中訪交。野外聽鴞。九宫大成卷六十五及元明小令鈔山洞俱作仙洞。失脚俱作失志。

蒼頭哨。驄馬驕。放轡頭也只到長安道。説家門儘教。守虀鹽慢熬。請荆布休焦。他得志笑閒人。他失脚閒人笑。

任校云。明人傳本三至六句作。銜轡只到長安道。家門儘教。虀鹽慢熬。荆花休焦。

山容瘦。木葉彫。對西窗盡是詩材料。蒼烟樹杪。殘雪柳條。紅日花梢。他得志笑閒人。他失脚閒人笑。

任校云。明人傳本三句作西風要算風光好。

越山即事 二首

庭前樹。籬下菊。老漁樵相伴閒鷗鷺。聽道士步虛。教稚子讀書。引吟客攜壺。借賀老鑑湖船。訪謝傅東山去。

雲輕散。月易殘。女蕭何成敗了些風流漢。馮魁硬鏟。雙生緊趕。小姐先赸。今夜惜花心。明日傷春嘆。

任校云。次首與前首不類。太平樂府作題情。屬劉時中。李輯小令同此。亦作越山即事二曲。姑從之。今案此曲又見梨園樂府卷中。不注撰人。〇元刊太平樂府卷二雙生作雙漸。元刊八卷本太平樂府仍作雙生。

〔正宮〕醉太平

春情

烏雲髻鬆。金鳳釵橫。伯勞飛燕自西東。惱離愁萬種。碧溶溶滿溪緑水桃源洞。淡濛濛半窗白月梨雲夢。恨匆匆一簾紅雨杏花風。把青春斷送。

席上有贈

風流地仙。體態天然。畫圖誰敢鬭嬋娟。相逢酒邊。當樓皓月姮娥面。倚闌翠袖琵琶怨。滿林紅葉鷓鴣天。惜花人未眠。

懷古

翩翩野舟。汎汎沙鷗。登臨不盡古今愁。白雲去留。鳳凰臺上青山舊。秋千牆裹垂楊瘦。琵琶亭畔野花秋。長江自流。

厲刻小令卷上末句作長江空自流。

〔中吕〕迎仙客

感舊

鸚鵡洲。鳳凰樓。十年故人懷舊遊。杜陵花。陶令酒。酒病花愁。不覺的今春瘦。

湖上送别

釣錦鱗。棹紅雲。西湖畫船三月春。正思家。還送人。緑滿前村。烟雨江南恨。

春日湖上 二首

雨亦奇。錦成圍。笙歌滿城鶯燕飛。紫霞杯。金縷衣。倒著接籬。湖上山翁醉。

舞絳紗。扣紅牙。耳邊玉人催上馬。雪兒歌。蘇小家。月淡梨花。醉倚秋千架。

春晚

看牡丹。倚闌干。宿酒乍醒敧髻鬟。燕初忙。鶯正懶。簾捲輕寒。玉手調箏雁。

秋夜

雨乍晴。月籠明。秋香院落砧杵鳴。二三更。千萬聲。擣碎離情。不管愁人聽。

黄桂

近玉階。映瑶臺。婆娑小叢巖畔栽。雁初飛。花正開。金粟如來。望月佳人拜。

〔越調〕凭闌人

湖上 二首

遠水晴天明落霞。古岸漁村横釣槎。翠帘沽酒家。畫橋吹柳花。

二客同遊過虎溪。一徑無塵穿翠微。寸心流水知。小窗明月歸。

春夜

燈下愁春愁未醒。枕上吟詩吟未成。杏花殘月明。竹根流水聲。

聯樂府愁未醒作愁乍醒。兹從陽春白雪前集卷五李輯小令卷下。

春思　三首

鶯羽金衣舒晚風。燕嘴香泥沾亂紅。翠簾花影重。玉人春睡濃。

春柳長亭傾酒樽。秋菊東籬灑泪痕。思君不見君。倚門空閉門。

聯樂府灑泪痕作猶泪痕。茲從陽春白雪李輯小令。

簾外輕寒歸燕忙。橋下殘紅流水香。遊人窺粉牆。玉驄嘶緑楊。

〔雙調〕落梅風

天寶補遺

姮娥面。天寶年。鬧漁陽鼓聲一片。馬嵬坡襪兒得了看錢。太真妃死而無怨。

西湖

湖光静。山影孤。載斜陽小舟横渡。正花開玉梅千萬株。鶴飛來老逋歸與。

李輯小令卷上歸與作歸去。

冷泉亭小集

彈初罷。酒暫歇。醉詩人滿山紅葉。問山中許由何處也。老猿啼冷泉秋月。

春日湖上

擔春勝。問酒家。綠楊陰列仙圖畫。下秋千玉容强似花。汗溶溶借人羅帕。

陽春白雪前集卷二署貫酸齋作。無題。○白雪勝作盛。列仙作似開。鈔本白雪借人作透入。元刊本作溶入。

春晚次韻　二首

鶯鶯恨。燕燕愁。惜春歸玉容添瘦。東君可人人病酒。怯東風海棠紅皺。

金樽盡。玉漏遲。月明天柳陰無地。杜鵑怕將愁喚起。困東風夜深花睡。

蠟梅花

學宫樣。改玉容。列金釵主人情重。撼疎林夜來窗外風。蜜蜂兒帶香吹凍。

寒夜

寒齋静。瑞雪多。凍吟詩起來孤坐。蘆花絮衾江紙也似薄。問袁安怎生高臥。

題扇面小景

人何處。不寄書。一聲聲雁將秋去。月明中倚闌情正苦。玉波寒粉蓮啼露。

湖上

羽扇塵埃外。杖藜圖畫間。野人來海鷗驚散。四十年繞湖賒看山。買山錢更教誰辦。

越城春雪

朱簾上。皓齒歌。柳梢青野梅開過。倚闌干醉眸天地闊。雪山寒玉龍高臥。

離情

人孤另。愁萬結。南樓上雁聲拖拽。別離有情無處寫。洞簫寒滿天明月。

江上寄越中諸友

江村路。水墨圖。不知名野花無數。離愁滿懷難寄書。付殘潮落紅流去。

春情

秋千院。拜掃天。柳陰中躲鶯藏燕。掩霜紈遞將詩半篇。怕簾外賣花人見。

李輯小令簾外作簾前。

〔仙吕〕一半兒

寄情 二首

寄情虚把彩箋緘。排砌偷將底句攙。隔簾怪他嬌眼饞。話兒嘶。一半兒佯羞一半兒敢。

臂銷閒把玉纖掐。鬢袒慵拈金鳳插。粉淡偷臨青鏡搽。劣冤家。一半兒真情一半兒假。

李輯小令卷上髾祖作鬟彈。

落花

酒邊紅樹碎珊瑚。樓下名姬墜緑珠。枝上翠陰啼鷓鴣。謾嗟吁。一半兒因風一半兒雨。

酒醒

羅衣香滲酒初闌。錦帳烟消月又殘。翠被夢回人正寒。喚鬟鬟。一半兒依隨一半兒懶。

〔中吕〕山坡羊

春日 二首

芙蓉春帳。葡萄新釀。一聲金縷樽前唱。錦生香。翠成行。醒來猶問春無恙。花邊醉來能幾場。粧。黄四娘。狂。白侍郎。

羣珠卷一改樽前作燈前。

西湖沉醉。東風得意。玉驄驟轡黄金轡。賞春歸。看花回。寶香已暖鴛鴦被。夢繞緑窗初睡起。癡。人未知。噫。春去矣。

殘元本陽春白雪癡作疾。

雪夜

扁舟乘興。讀書相映。不如高臥柴門静。唾壺冰。短檠燈。隔窗孤月懸秋鏡。長笛不知何處聲。驚。人睡醒。清。梅弄影。

別懷

梨花都謝。春衫初卸。緑陰空鎖閒臺榭。遠山疊。暮雲遮。青青楊柳連官舍。此景此情難棄捨。車。且慢些。別。人去也。

殘元本陽春白雪官舍作客舍。羣珠同。

〔商調〕梧葉兒

春日郊行

長空雁。老樹鴉。離思滿烟沙。墨淡淡王維畫。柳疏疏陶令家。春脈脈武陵花。何處遊人駐馬。

鈔本陽春白雪作。長空一行雁。老樹幾村鴉。情思滿烟沙。淡淡王維畫。疏疏陶令家。脈脈武陵花。何處遊人駐馬。雍熙樂府卷十七同。惟村鴉作對鴉。

探梅即事

詩囊寄。酒旆招。春事動梅梢。小舫攜紅袖。阿瓊横玉簫。太白解金貂。雪滿長安灞橋。

雍熙樂府小舫作小艇。

鑑湖宴集

柳影迷歌扇。苔痕滿釣磯。仙客領蛾眉。背寫蘭亭字。熟讀秦望碑。懶對謝安棋。人醉在紅香鏡裏。

尋梅

提清事。放客懷。殘雪小樓臺。郊外尋花去。湖東載酒來。馬上見梅開。不負青霞倦客。

雍熙樂府清事作情事。郊外作野外。末四字作青雲僊客。胡本小山樂府卷三梅開作梅花。

感舊

肘後黄金印。樽前白玉卮。躍馬少年時。巧手穿楊葉。新聲付柳枝。信筆和梅詩。誰換却何郎鬢絲。

夜坐

湖山外。楊柳邊。歌舞鏡中天。雲髯橫珠鳳。花寒怯綉鴛。露冷濕金蟬。愛月佳人未眠。

聯樂府與李輯小令卷上四句俱作雲躲橫珠鳳。兹從鈔本陽春白雪後集卷一及雍熙樂府。

席上有贈

芙蓉面。楊柳腰。無物比妖嬈。粉紙鴛鴦字。花鈿翡翠毛。綉閣鳳凰巢。良夜永春風玉簫。

夜坐即事

餘韻悠揚唱。哀絃取次彈。燈上酒將殘。花暗珠瓔珞。風清玉珮環。月冷翠琅玕。誰倚西樓畫闌。

靈隱寺

僧居勝。俗客稀。山色四週迴。香樹生金地。青蓮出寶池。貝葉漬銀泥。明月泠雙猿弄水。

即事

竹檻敲蒼玉。蕉窗映緑紗。笑語間琵琶。月淡娑婆樹。風香富貴花。俏人家。小小仙鬟過茶。

雍熙樂府二句作蕉窗掩緑紗。

山陰道中

丹井長松樹。青山小洞庭。吟嘯寄幽情。花外神仙路。天邊處士星。月下醉翁亭。聽一曲何人玉箏。

湖上晚興

頻頻醉。浩浩歌。明月湧滄波。岸草嘶驄馬。山花壓翠螺。雪柳鬧銀蛾。燈下佳人看我。

〔南吕〕金字經

稽山春晚

若耶溪邊路。四山環翠微。春去人間總不知。鶯亂啼。滿川烟樹迷。先生醉。葛洪丹井西。

胡本小山樂府卷四若耶溪作芍藥溪。

春晚

惜花人何處。落紅春又殘。倚遍危樓十二闌。彈。泪痕羅袖斑。江南岸。夕陽山外山。

雍熙樂府卷十九羅袖作羅帕。

醒吟齋

老翁獨醒處。半雲高臥齋。雨過松根長嫩苔。栽。菊花依舊開。青山怪。白雲歸去來。

羣珠卷二白雲作白頭。李輯小令卷下半雲作伴雲。白雲作白頭。胡本小山樂府嫩苔作緑苔。

偕王公實尋梅

浩然英雄氣。塞乎天地間。破帽西風雪滿山。頑。探梅千百番。家童懶。灞橋驢背寒。

秋望　二首

楊柳沙頭樹。琵琶江上舟。雁去衡陽水自流。愁。玉人休倚樓。黄花瘦。曉霜紅葉秋。

信遠江南雁。望窮雲外山。羅帕香殘粉泪乾。閒。倚遍十二闌。黄花慢。桂香秋雨寒。

鈔本陽春白雪後集卷一慢作幔。羣珠桂香作桂花。雍熙望窮作望空。慢作熳。

雪夜

犬吠村居静。鶴眠詩夢清。老樹冰花結水精。明。月臨不夜城。扁舟興。小窗何處燈。

金華洞中

竹暖鶴梳翅。樹香鹿養茸。好景神仙圖畫中。通。好山無數重。桃源洞。緑波隨落紅。

佛會 二首

水月觀音相。海雲獅子牀。講下飛花古樹蒼。涼。紫檀小殿香。天仙降。對騎金鳳凰。

舞月獅王喜。獻花猿臂長。何處青山不道場。涼。寶瓶甘露漿。方池上。白蓮秋水香。

湖上書事　三首

玉手銀絲鱠。翠裙金縷紗。席上相逢可喜煞。插。一枝茉莉花。題詩罷。醉眠沽酒家。

首曲太平樂府卷五樂府羣珠李輯小令題目皆作夏宴。三曲皆作湖上仙遊。羣珠次首題作湖上即事。○雍熙茉莉作金鳳。

六月芭蕉雨。兩湖楊柳風。茶竈詩瓢隨老翁。紅。藕花香座中。笛三弄。鶴鳴來半空。

雍熙樂府胡本小山樂府兩湖俱作西湖。雍熙詩瓢作詩囊。

竹枕蘆花被。草衣荷葉巾。一棹烟波湖上春。真。神仙身外身。蓬萊近。紫簫吹鳳雲。

春思

象管鴛鴦字。錦箏鸞鳳絲。何處風流馬上兒。思。那回春暮時。別離事。帶花折柳枝。

雍熙五句作却回春夢時。羣珠絲作詞。

遊仙

桂影黄金樹。帝鄉白玉京。夢斷鈞天月正明。聽。粉箏江上聲。遊仙興。落花香洞庭。

別後

翠被夢中夢。雁書來處來。秋水芙蓉花又開。猜。瘦雲憁玉釵。人何在。月明閒鳳臺。

太平樂府題作睡起。樂府羣珠李輯小令同。○元刊陽春白雪憁作揔。鈔本陽春白雪作憁。鈔本陽春白雪李輯小令瘦雲俱作愁雲。羣珠作鬢雲。雍熙猜作開。

感興

野唱敲牛角。大功懸虎頭。一劍能成萬户侯。愁。黄沙白髑髏。成名後。五湖尋釣舟。

雍熙誤以此首屬吳仁卿。

閲武爲李正則賦

雁翅銀鎗隊。虎皮鐵馬羣。畫鼓三聲江上村。屯。半千存孝軍。梅花引。綉旗楊柳春。

閨怨

寶鑑殘粧暈。帊羅新泪痕。又見梨花雨打門。因。玉奴心上人。無音信。倚闌看暮雲。

樂府羣珠題作春懷。○陽春白雪雍熙樂府胡本小山樂府殘粧俱作殘紅。雍熙新泪痕作訴泪痕。倚闌作俯闌。

〔南呂〕四塊玉

閑居

勝事添。殿塵減。玉洞仙書帶雲緘。金華羽士登門探。酒一罎。藥幾籃。經半龕。

春情

酒易闌。愁難解。杏臉香銷玉粧臺。柳腰寬褪羅裙帶。春已歸。花又開。人未來。

樂閒

遠是非。尋瀟灑。地暖江南燕宜家。人閒水北春無價。一品茶。五色瓜。四季花。

天一閣本小山樂府題作幽居。

〔中呂〕喜春來

鑑湖春日

雁啼秋水移冰柱。蟻泛春波倒玉壺。緑楊花謝燕將雛。人笑語。遊遍賀家湖。

金華客舍

落紅小雨蒼苔徑。飛絮東風細柳營。可憐客裏過清明。不待聽。昨夜杜鵑聲。

永康驛中

荷盤敲雨珠千顆。山背披雲玉一蓑。半篇詩景費吟哦。芳草坡。松外採茶歌。

春夜

收雲斂雨銷金帳。望月瞻星傳粉郎。歡天喜地小紅娘。來要賞。花影過東牆。

〔中吕〕賣花聲

席上

半泓秋水金星硯。一幅寒雲玉版箋。美人索賦鷓鴣天。瓊杯争勸。珠簾高捲。燕歸來海棠庭院。

偶題

落花露冷蒼苔徑。纖手風生白玉箏。夜香誰立紫雲亭。知音誰聽。雕闌獨憑。柳陰中月明人靜。

太平樂府卷二誰聽作誰訴。羣珠卷一李輯小令卷下同。李輯小令誰立作竚立。

懷古 二首

阿房舞殿翻羅袖。金谷名園起玉樓。隋隄古柳纜龍舟。不堪回首。東風還又。野花開暮春時候。

元刊太平樂府末句開作問。瞿本太平樂府作開。

美人自刎烏江岸。戰火曾燒赤壁山。將軍空老玉門關。傷心秦漢。生民塗炭。讀書人一聲長嘆。

春

鼕鼕簫鼓東風暖。是處園林景物妍。一春常費買花錢。東郊遊玩。西湖筵宴。樂醄醄滿斟頻勸。

太平樂府連下三首題作四時樂興。李輯小令同。〇兩書筵宴俱作筵賞。胡本小山樂府卷五作觀賞。並失韻。

夏

澄澄碧照添波浪。青杏園林煮酒香。浮瓜沉李雪冰涼。紗幮藤簟。旋篘新釀。樂醄醄淺斟低唱。

羣珠旋篘作自篘。胡本小山樂府碧照作碧沼。

秋

蕭蕭鞍馬秋雲冷。一帶西山錦畫屏。功名兩字幾飄零。東籬瀟灑。淵明歸去。樂醄醄故園三徑。

任本小山樂府改歸去作歸興。

冬

陰風四野彤雲密。繚繞長空瑞雪飛。銷金帳裏笑相偎。氈簾低放。滿斟瓊液。樂醄醄醉了還醉。

聯樂府太平樂府梨園樂府樂府羣珠陰風俱作陰雲。兹從李輯小令及雍熙。

客況 三首

緑波南浦人懷舊。黄葉西風染鬢秋。暮雲歸興仲宣樓。天南地北。塵衣風帽。漫無成數年馳驟。

梨園樂府染鬢作鬢染。瞿本太平樂府樂府羣珠同。胡本小山樂府染鬢秋作霜染秋。

十年落魄江濱客。幾度雷轟薦福碑。男兒未遇暗傷懷。憶淮陰年少。滅楚爲帥。氣昂昂漢壇三拜。

太平樂府梨園樂府樂府羣珠暗傷懷俱作氣傷懷。

登樓北望思王粲。高臥東山憶謝安。悶來長鋏爲誰彈。當年射虎。將軍何在。冷凄凄霜凌古岸。

聯樂府將軍下無何字。兹從梨園。羣珠將軍下補何字。霜凌作霜陵。

〔中吕〕齊天樂過紅衫兒

道情 二首

人生底事辛苦。枉被儒冠誤。讀書。圖。駟馬高車。但沾著者也之乎。區區。牢落江湖。奔走在仕途。半紙虚名。十載功夫。人傳梁甫吟。自獻長門賦。誰三顧茅廬。白鷺洲邊住。黄鶴磯頭去。唤奚奴。鱠鱸魚。何必謀諸婦。酒葫蘆。醉模糊。也有安排我處。

浮生擾擾紅塵。名利君休問。閒人。貧。富貴浮雲。樂林泉遠害全身。將軍。舉鼎拔山。只落得自刎。學范蠡歸湖。張翰思蓴。田園富子孫。玉帛縈方寸。争如醉裏乾坤。曾與高人論。不羡元戎印。浣花村。掩柴門。倒大無憂悶。共開樽。細論文。快活清閒道本。

聯樂府及樂府羣珠卷一富下俱脱貴字。兹從北詞廣正譜。

元夜書所見

紅粧邂逅花前。眼挫秋波轉。相憐。天。願長夜如年。看鰲山儘意兒留連。俄延。翠袖相扶。朱簾盡捲。妙舞清歌。襌袖垂肩。香塵暗綺羅。小徑閒庭院。回步金蓮。半掩芙蓉面。慢撚桃花扇。月團圓。共嬋娟。無計相留戀。遇神仙。短因緣。回首蓬萊路遠。

湖上書所見

春風院落窗紗。見一箇堪描畫。嬌娃。他。知是誰家。鬢雲鬆半嚲宮鴉。無瑕。玉骨冰肌。年紀兒二八。六幅湘裙。半折羅襪。閒遊楊柳邊。困倚秋千下。更不御鉛華。笑指梅香罵。檀口些娘大。可憐咱。肯承搭。羞弄香羅帕。小桃花。鬢邊插。即世兒風流俊煞。

聯樂府四五句作。知他。是誰家。此從羣珠及北詞廣正譜。折原作拆。兹改。

〔南吕〕駡玉郎過感皇恩採茶歌

爲酸齋解嘲

君王曾賜瓊林宴。三斗始朝天。文章懶入編修院。紅錦箋。白苧篇。黄柑傳。學會神仙。參透詩禪。厭塵囂。絶名利。近林泉。天台洞口。地肺山前。學煉丹。同貨墨。共談玄。興飄然。酒家眠。洞花溪鳥結姻緣。被我瞞他四十年。海天秋月一般圓。

聯樂府曲牌原脱過感皇恩採茶歌。○太平樂府卷五堯山堂外紀卷七十一李輯小令卷下近林泉俱作逸林泉。陶刻太平樂府作迍林泉。堯山堂外紀溪鳥作幽草。樂府羣珠卷二三斗下增酒字。地肺作地腑。

楊駒兒墓園

莓苔生滿蒼雲徑。人去小紅亭。題情猶是酸齋贈。我把那詩韻賡。書畫評。闌干憑。茶竈塵凝。墨水冰生。掩幽扃。懸瘦影。伴孤燈。琴已亡伯牙。酒不到劉伶。策短藤。乘暮景。放吟情。　寫新聲。寄春鶯。明年來此賞清明。窗掩梨花庭院靜。小樓風雨共誰聽。

太平樂府首句雲作苔。羣珠李輯小令同。羣珠人去下增也字。詩韻作詩句。胡本小山樂府新聲作新情。

〔雙調〕水仙子

訪梅孤山

蒼苔封了歲寒枝。翠袖閑來日暮時。黄昏説盡平生事。西湖林處士。想當年鶴骨松姿。花下孤山寺。水邊新月兒。慰我相思。

胡本小山樂府卷一鶴骨松姿作鶴髮松枝。〇自此首起。以下至漢東山爲後集蘇隄漁唱。

湖上晚歸二首

桃花馬上石榴裙。竹葉樽前玉樹春。荔枝香裏江梅韻。風流比太真。索新詞纏住詩人。醉眼空銀漢。歌聲度錦雲。涼月黄昏。

瞿本太平樂府卷二江梅作江南。

佳人微醉脱金釵。惡客佯狂飲綉鞋。小鬟催去褰羅帶。花寒月滿街。蕩湖光影轉樓臺。未了鴛鴦債。枉教鷗鷺猜。明日重來。

清明小集

紅香繚繞柳圍花。翠袖殷勤酒當茶。遊春三月清明假。香塵隨去馬。小簾櫳緑水人家。彈仙吕六幺遍。笑女童雙髻丫。纖手琵琶。

胡本小山樂府柳圍花作柳爲花。

蘇隄晚興

翠簾隄上小肩輿。烏帽風前醉老夫。浸冰壺雲錦高低樹。笑王維作畫圖。步凌波紅粉相扶。羅裙酒污。蘭舟棹舉。月上西湖。

太平樂府題目興作景。李輯小令卷上同。

湖上小隱 二首

自由湖上水雲身。爛熳花前鶯燕春。蕭疎命裏功名分。樂琴書桑苧村。掩柴門長日無人。蕉葉權歌扇。榴花當舞裙。一笑開樽。

胡本小山樂府水雲身作水雲深。

夢隨流水過前灘。喜共閑雲歸故山。倚笻和靖墳前看。把梅花多處揀。蓋深深茅屋三間。歌白石爛。賦行路難。緊閉柴關。

太平樂府李輯小令此首題作小隱。

春行即事

綠箋香露灑蕉花。翠線晴風綻柳芽。遊人三月湖山下。六橋邊争繫馬。江南第一所繁華。金碧王維畫。管絃蘇小家。酒船回落日歸鴉。

太平樂府李輯小令題目俱無即事二字。

孤山宴集

長橋臥柳枕蒼烟。遠水揉藍洗暮天。畫圖千古西施面。相逢越少年。問孤山何處逋仙。吾與二三子。來遊六一泉。載酒梅邊。

〔雙調〕折桂令

湖上寒食

雨霏霏店舍無烟。榆莢飛錢。柳線搓綿。緑水人家。殘花院落。美女秋千。沽酒春衣自典。思家客子誰憐。第一橋邊。戀住流鶯。不信啼鵑。

太平樂府卷一樂府羣珠卷三李輯小令卷上題目俱無湖上二字。

湖上道院

鶴飛來一縷青霞。笑富貴飛蚊。名利争蝸。古硯玄香。名琴緑綺。土釜黄芽。雙井先春採茶。孤山帶月鋤花。童子誰家。貪看西湖。懶誦南華。

酒邊即事

鶯鶯燕燕相親。幸有名園。著我閑身。竹點詩痕。花消酒困。柳拂歌塵。錦帳裏團香弄粉。畫樓前訪雨尋雲。不負青春。誰共佳人。相約黄昏。

羣珠錦帳作錦陣。

避暑醉題

俯滄波樓觀烟霞。勝覽方輿。獨占繁華。綵艦輕簾。銀鞍駿馬。翠袖嬌娃。十里香風酒家。一川涼雨荷花。醉墨塗鴉。題遍紅樓。倒裹烏紗。

太平樂府李輯小令題目俱作醉題。〇羣珠勝覽作覽勝。銀鞍作雕鞍。

〔中呂〕滿庭芳

湖景

絲竹管絃。花圍富貴。柳陣嬋娟。綠陰紅影藏鶯燕。醉客金鞭。錦步障長安上苑。

玉浮圖極樂西天。一步一箇屏風面。孤山寺前。無數採蓮船。

〔中吕〕普天樂

重過西湖

畫圖中。紅塵外。粧臺玉釵。芳徑羅鞋。金瓶帶酒攜。紈扇和詩賣。一枕清風扁舟快。碧桃香兩岸花開。劉郎再來。西施好客。東閣憐才。

暮春即事

老梅邊。孤山下。晴橋螮蝀。小舫琵琶。春殘杜宇聲。香冷荼蘼架。淡抹濃粧山如畫。酒旗兒三兩人家。斜陽落霞。嬌雲嫩水。剩柳殘花。

太平樂府卷四李輯小令卷下題目俱作暮春。○太和正音譜北詞廣正譜元明小令鈔酒旗兒俱作酒旗邊。

〔越調〕寨兒令

九日登高

過柳洲。喚蘭舟。長空雁聲啼暮愁。樽俎風流。笑語温柔。乘興兩三甌。帶黄花人倚紅樓。整烏紗自笑白頭。歸期何太晚。醉舞老來羞。幽。誰唱楚天秋。

太平樂府卷三李輯小令卷下題目俱作九日。○太平樂府啼作題。李輯小令同。胡本小山樂府卷六雁聲作雁過。

遊春即景　二首

蔌絳紗。按紅牙。金鞍半敍玉面馬。仙洞青霞。老樹烏鵶。山一點暮天涯。翠交加夾竹桃花。錦模糊照水山茶。鬧竿兒喬傀儡。艦船上小琵琶。他。醉臥美人家。

太平樂府李輯小令題目俱作遊春。○太平樂府艦船作檻船。胡本小山樂府蔌作簇。

錦水箋。綉鞍韉。曲江醉題三墜鞭。簾底嬋娟。月下姻緣。此地遇神仙。有花有酒梁園。無風無雨春天。盈盈小玉梅。穩穩戧金船。偏。收向斷橋邊。

湖上春行

桃雨晴。柳風輕。西湖六橋如畫屏。巖溜泠泠。樵斧丁丁。松下倚山僧。陳朝老檜重榮。蘇隄漁唱新聲。竹闌金瑣碎。花貌玉娉婷。行。同上泠泉亭。

晚涼即席

玳瑁筵。鷓鴣天。一篇六幺十四絃。石漱冰泉。月滿瓊田。歌舞鬬嬋娟。並頭湖上白蓮。雙飛花下紅鵳。畫圖金地山。粉黛玉天仙。船。移向柳陰邊。

太平樂府李輯小令題目俱作晚涼。〇胡本小山樂府紅鵳作紅鴛。

〔雙調〕殿前歡

春晚

怨春遲。夜來風雨妒芳菲。西湖雲錦吴山翠。正好傳杯。蘭舟畫槳催。柳外鶯聲碎。花底佳人醉。攜將酒去。載得詩歸。

太平樂府卷一題作春遊。李輯小令卷上同。

湖上宴集 二首

宴瑶池。蓮花白酒緑荷杯。鴛鴦驚起歌聲沸。雲錦離披。山空濛雨亦奇。水瀲灩天無際。船蕩漾人皆醉。孤山鶴唳。仙井龍歸。

太平樂府題作湖遊。李輯小令同。

嘆詩癯。十年香夢老江湖。笙歌又是錢塘路。往事何如。青鸞寫恨書。紅錦題情疏。翠館酬春句。桃花結子。乳燕將雛。

太和正音譜卷下香夢作鄉夢。九宫大成卷六十五元明小令鈔同。

雪晴泛舟

憑闌干。銷金鍋鎔出爛銀山。白模糊不見蘆花岸。空倚高寒。把西施比玉環。樽前看。素淡家常扮。新聲象板。清興驢鞍。

太平樂府題作雪晴舟行。李輯小令同。

〔雙調〕清江引

獨酌

玉笛一聲天地愁。便覺梅花瘦。寒流清淺時。明月黄昏後。獨醉一樽桑落酒。

胡本小山樂府卷二獨醉作獨酌。

夜景

醺醺綺羅歡笑徹。檀板歌聲歇。寶鼎串香絶。銀燭燈花謝。玳筵前酒闌人散也。

李輯小令卷上歡笑作歡夜。

情

描金翠鈿侵鬢貼。滿口兒噴蘭麝。檀板撒紅牙。皓齒歌白雪。定不定百般嬌又怯。

太平樂府卷二題作題情。李輯小令同。

〔越調〕小桃紅

湖亭秋夜

錦鴛偷占藕花汀。花影涵秋鏡。人倚闌干嘆孤另。掩圍屏。傷心眼見秋成病。月明弔影。風清遺興。玉手寄銀箏。

太平樂府卷三李輯小令卷下題目俱作夜景。

〔中吕〕朝天子

湖上

癭杯。玉醅。夢冷蘆花被。風清月白總相宜。樂在其中矣。壽過顔回。飽似伯夷。閒如越范蠡。問誰。是非。且向西湖醉。

胡本小山樂府卷五伯夷作仲尼。

〔中吕〕紅綉鞋

懷古

金字淡橋空柳浪。翠微深門掩苔牆。兩袖波光釣斜陽。孤山花已老。雙井水猶香。記神仙詩句響。

西湖雨

删抹了東坡詩句。糊塗了西子粧梳。山色空濛水模糊。行雲神女夢。潑墨范寬圖。掛黑龍天外雨。

聯樂府題作雨亦奇。兹從太平樂府卷四及羣珠卷四。

簡吕實夫理問

揮翰墨雪車冰柱。列神仙玉珮瓊琚。一舸紅香占西湖。雲山頻管領。鶯燕任追呼。別是箇風月所。

太平樂府題作簡呂理問。羣珠及李輯小令卷下同。○胡本小山樂府卷四一舸作一網。

〔雙調〕沉醉東風

湖上晚眺

林君復先生故居。蘇子瞻學士西湖。六月天。孤山路。載笙歌畫船無數。萬頃玻璃浸玉壺。夕陽外荷花帶雨。

晚春席上

客坐松根看水。鶴來庭下觀棋。小硯香。殘紅墜。竹珊珊野亭交翠。相伴閒雲出岫遲。題詩在呼猿洞裏。

〔越調〕天净沙

孤山雪夜

淡粧人在羅浮。黄昏月上西湖。翠袖翩翩起舞。倚闌索句。雪中樹老山孤。

太平樂府卷三末句作雪夜樹老人孤。胡本小山樂府卷六作雪中樹老人孤。

湖上送别

紅蕉隱隱窗紗。朱簾小小人家。緑柳匆匆去馬。斷橋西下。滿湖烟雨愁花。

重遊感舊

迷香小洞維舟。題紅老葉沉溝。濯錦寒花對酒。六橋依舊。遊人兩鬢經秋。

胡本小山樂府對酒作帶酒。

晚步

吟詩人老天涯。閉門春在誰家。破帽深衣瘦馬。晚來堪畫。小橋風雪梅花。

憶西湖

燈寒夜雪孤篷。山空曉霧疎鐘。花暖春風瘦筇。六橋香夢。景題留與吟翁。

李輯小令卷下香夢作春夢。

〔正宮〕醉太平

湖上

洗荷花過雨。浴明月平湖。暮雲樓觀景模糊。蘭舟棹舉。泝涼波似泛銀河去。對清風不放金杯住。上雕鞍誰記玉人扶。聽新聲樂府。

聯樂府原連下三首同一題目。作湖上。勞氏校本分出以下三首作無題。兹從之。

無題

塵蒙了鏡臺。粉淡了香腮。不提防今夜故人來。你將我左猜。小寃家怕不道心兒裏愛。老妖精拘管的人來煞。村馮魁割捨得柱兒頦。遠鄉了秀才。

人皆嫌命窘。誰不見錢親。水晶環入麪糊盆。才沾粘便滾。文章糊了盛錢囤。門庭改做迷魂陣。清廉貶入睡餛飩。胡蘆提倒穩。

中原音韻題作感懷。北宫詞紀外集卷六題作嘆世。○聯樂府貶入作匾入。兹從音韻等。音韻雍熙樂府卷十七詞紀外集三句環俱作丸。音韻沾粘作粘拈。

陶朱公釣船。晉處士田園。潛居水陸脱塵緣。比别人慮遠。賢愚參雜隨時變。醉醒和鬨迷歌宴。清濁混沌待殘年。休呆波屈原。

雍熙有嘆世四首。二三兩首即前首及此首。其第一首散牛羊漢塚云云。末首君唐虞聖明云云。或未必爲小山作。○聯樂府和鬨作和鬬。兹從雍熙。聯樂府末句波作没。雍熙此句作休果波屈原。兹據雍熙改没爲波。

〔雙調〕落梅風

月明歸興

松梢月。桂子香。又詩成冷泉亭上。醉歸來晚風生嫩涼。戧金船玉人低唱。

太平樂府卷二題目無興字。李輯小令卷上同。

春晚 二首

銀釭暗。翠袖遮。麝煤銷露螢明滅。下西湖美人忺過也。打梨花雨聲昨夜。

李輯小令首曲次曲分列。題目皆作春晚。

東風景。西子湖。濕冥冥柳烟花霧。黄鶯亂啼胡蝶舞。幾秋千打將春去。

陽春白雪前集卷三東風景作東風地。三句脱柳字。

書所見

柳葉微風鬧。荷花落日酣。拂晴空遠山雲淡。紅粧女兒十二三。採蓮歸小舟輕纜。

陽春白雪李輯小令晴空俱作長空。殘元本陽春白雪作晴空。殘元本陽春白雪李輯小令纜俱作攬。

憶西湖

青鸞信。白雁書。望江南夢飛不去。西湖錦雲誰是主。拍闌干滿空烟樹。

〔商調〕梧葉兒

夏夜即席

泝月蘭舟便。歌雲翠袖勤。湖上絶纖塵。瓜剖玻璃甕。酒傾白玉盆。鱠切水晶鱗。醉倒羲皇上人。

雍熙卷十七泝月作釣月。

春曉隄上

花垂露。柳散烟。蘇小酒樓前。舞隊飛瓊珮。遊人碾玉鞭。詩句縷金箋。懶上蘇隄畫船。

雍熙碾作裊。畫作釣。

湖山夜景

猿嘯黄昏後。人行畫卷中。蕭寺罷疎鐘。濕翠横千嶂。清風響萬松。寒玉奏孤桐。

身在秋香月宮。

李輯小令卷上題目山作上。○李輯小令清風作晴風。雍熙畫卷作圖畫。

第一樓醉書

梨雲褪。柳絮飛。歌斂翠蛾眉。月澹冰蟾印。花濃金鳳鈚。酒灔玉螺杯。醉寫湖山第一。

雍熙連今樂府之詩囊寄。提清事二首。前列之猿嘯黄昏後一首。及吴仁卿舟中句一首。題作放懷。不注撰人。○胡本小山樂府卷三鈚作蕤。

〔雙調〕風入松

九日

哀箏一抹十三絃。飛雁隔秋烟。攜壺莫道登臨晚。蝶雙雙爲我留連。仙客玲瓏玉樹。佳人窄索金蓮。琅琅新雨洗湖天。小景六橋邊。西風潑眼山如畫。有黄花休恨無錢。細看茱萸一笑。詩翁健似常年。

題目九日係從北曲聯樂府。李輯小令卷上同。天一閣本小山樂府作湖上九日。此首實爲詞。天一閣本所收小山詞。風入松共有四首。此首在内。或以曲譜風入松爲單片。遂分此。詞上下兩片各爲一首小令。誤。北曲聯樂府與李輯小令四句俱脱蝶字。此從天一閣本小山樂府。詞綜以此句脱一字。乃於雙雙下臆補燕字。○詞綜常年作當年。

〔正宫〕小梁州

春遊晚歸

玉壺春水浸晴霞。景物奢華。綵船歌管間琵琶。青旗掛。沽酒是誰家。〔么〕夕陽一帶山如畫。數投林萬點寒鴉。曲水邊。孤山下。遊人歸去。明月管梅花。

聯樂府李輯小令小梁州皆未分么篇。下同。雍熙卷二十分出。兹從之。○雍熙管梅花作映梅花。

分得金字

湧金門外小壺天。駿馬金鞭。屏山金翠畫龍眠。金鶯囀。金柳曲闌邊。〔么〕金波滿捧金杯勸。舞春風半趄金蓮。金縷衣。金羅扇。玉人金釧。醉上戗金船。

胡本小山樂府卷三六句作金杯滿捧金波勸。

避暑即事

兩峯晴翠插波光。十里横塘。畫樓簾影掛斜陽。誰凝望。紈扇掩紅妝。〔么〕蓮舟撑入荷花蕩。拂天風兩袖清香。酒醉歸。月明上。棹歌齊唱。驚起錦鴛鴦。

雍熙簾影作疎影。斜陽作夕陽。月明作明月。錦鴛鴦作宿鴛鴦。

訪杜高士

杖藜十里聽松聲。隱隱相迎。飛來峯下樹青青。添清興。流水玉琴横。〔么〕拂雲同坐苔花磴。桂飄香滿地金星。山影寒。天光浄。野猿啼月。詩在冷泉亭。

雪晴詩興

冰壺光浸水精寒。好景人間。暗香來處是孤山。尋梅慣。詩思壓驢鞍。〔么〕瓊姬争捲珠簾看。畫船中歌舞吹彈。明月殘。白石爛。寶花樓閣。十二玉闌干。

雍熙吹彈作唱彈。寶花作凌空。

湖山堂上醉題

漁翁蓑笠釣船孤。棹入蓬壺。湖山堂上柳千株。芭蕉緑。涼影翠扶疎。〔么〕東坡舊日題詩處。喜無人任我歌呼。半醉時。秋山暮。一行白鷺。萬朵錦芙蕖。

李輯小令卷上秋山作西山。

〔南吕〕金字經

湖上小隱

老翁婆娑處。清風安樂窩。十二闌干錦綉坡。多。好山横翠蛾。蘭舟過。月明聞棹歌。

採蓮女

小玉移蓮棹。阿瓊横玉簫。貪看荷花過斷橋。摇。柳枝學弄瓢。人争笑。翠絲抓鳳翹。

秋望

白髮三千丈。畫樓十二闌。鷗鷺翩翩逐往還。山。淡雲秋樹間。蘆花岸。釣船沙上灘。

湖隄春日

院宇綠楊樹。酒旗紅杏村。一片棠梨蘇小墳。春。水邊多麗人。鶯花陣。玉驄嘶錦雲。

〔商調〕秦樓月

尋芳屨。出門便是西湖路。西湖路。旁花行到。舊題詩處。瑞芝峯下楊梅塢。看松未了催歸去。催歸去。吳山雲暗。又商量雨。

聯樂府原闕題。李輯小令卷上同。

〔正宫〕漢東山

騎鯨滄海波。高枕白雲窩。人生夢南柯。睡覺來也末哥。積玉堆金待如何。田地闊。兒女多。惹争奪。

西村小過活。老子自婆娑。千家飯一鉢。飽了人也末哥。紫綬金章鬧呵呵。不如我。芳草坡。釣魚蓑。

聯樂府闕題。李輯小令卷下作感述。○聯樂府末句作鬭争奪。兹從李輯小令。

緑袍翻敗荷。醉後自磨跎。市上小兒多。要錢也末哥。暮四朝三笑呵呵。藍采和。没奈何。假風魔。

聯樂府磨跎作磨駝。兹從李輯小令。

紅粧間翠娥。羅綺列笙歌。重重金玉多。受用也末哥。二鬼無常上門呵。怎地躲。索共他。見閻羅。

香風瑞錦窠。涼月素銀波。蘭舟夜如何。晚涼也末哥。萬頃湖光鏡新磨。小玉娥。隔翠荷。採蓮歌。

黄沙白橐駝。玉勒紫金珂。一簇小宫娥。送了他也末哥。馬上琵琶爲誰撥。到黑河。

將奈何。泪痕多。霓裳舞月娥。野鹿起干戈。百年長恨歌。鬧了也末哥。萬馬千軍早屯合。走不脱。那一堝。馬嵬坡。

烟花暗綺羅。車馬鬧鳴珂。樽前皓齒歌。醉殺人也末哥。閉月羞花賽姮娥。那老婆。送了他。鄭元和。

李輯小令姮娥作嫦娥。

神仙張志和。一棹鼓滄波。中流扣舷歌。快活也末哥。杜酒新篘鱖魚活。湖海闊。烟雨多。暗漁蓑。

聯樂府杜酒作社酒。玆從李輯小令。胡本小山樂府滄波作烟波。杜酒作社酒。

黄庭換白鵝。夜冷飯牛歌。湖上月明多。受用也末哥。紙帳梅花病維摩。奈老何。學坐缽。做工課。

〔黄鍾〕人月圓

春日次韻

羅衣還怯東風瘦。不似少年遊。匆匆塵世。看看鏡裏。白了人頭。片時春夢。十年往事。一點詩愁。海棠開後。梨花暮雨。燕子空樓。

詞綜卷三十三詩愁作閑愁。○自此首起。以下至撥不斷會稽道中爲續集吴鹽。

中秋書事

西風吹得閒雲去。飛出爛銀盤。桐陰淡淡。荷香冉冉。桂影團團。鴻都人遠。霓裳露冷。鶴羽天寬。文生何處。瓊臺夜永。誰駕青鸞。

明大字本太平樂府卷五北詞廣正譜元明小令鈔瓊臺俱作瑶臺。

子昂學士小景

西風曾放藍溪棹。月冷玉壺秋。粼粼淺水。絲絲老柳。點點盟鷗。翰林新畫。雲山古色。老我清愁。淡烟渾似。三高祠下。七里灘頭。

太平樂府李輯小令卷上題目俱無學士二字。

〔雙調〕水仙子

梅邊即事

好花多向雨中開。佳客新從雲外來。清詩未了年前債。相逢且放懷。曲闌干碾玉亭臺。小樹紛蝶翅。蒼苔點鹿胎。踏碎青鞋。

太平樂府卷二李輯小令卷上題目俱無即事二字。〇太平樂府清詩作詩情。李輯小令同。

次韻還京樂

朝回天上紫宸班。笑倚雲邊白玉闌。醉飛柳外黃金彈。鶯啼春又晚。綠雲堆舞扇歌鬟。蕉葉杯葡萄釀。桃花馬柞木鞍。嬌客長安。

山齋小集

玉笙吹老碧桃花。石鼎烹來紫筍芽。山齋看了黃荃畫。荼蘼香滿把。自然不尚奢華。醉李白名千載。富陶朱能幾家。貧不了詩酒生涯。

山莊即事

清泉翠椀茯苓香。暖霧晴絲楊柳莊。微風小扇芭蕉樣。興不到名利場。將息他九十韶光。夜雨花無恙。鄰牆蝶自忙。笑我疎狂。

瞿本太平樂府翠椀作翠枕。元明小令鈔名利作利名。

歸來次韻

燕昭臺下朔風寒。孫楚樓前明月殘。嚴陵灘上白石爛。傷心行路難。得歸來倒大清閑。睡菊枕雙頭夢。對草堂三面山。愛投林倦羽知還。

梅軒即事

清風枕上夢仙蝶。緑酒杯中影畫蛇。新詩筆下噴香麝。玉樓人醉也。水迢遥山更重疊。春歸何處。愁來那些。小窗紗梅影橫斜。

别懷

飛花和雨送蘭舟。細柳垂烟掩畫樓。啼痕帶酒淹羅袖。换金杯勞玉手。大江流不盡詩愁。象牙牀上。鮫綃枕頭。夢到并州。

和逍遥韻

新詩裝卷束牛腰。大字鈔書損兔毫。遠紅塵自有閑中樂。樂清閑須到老。近芭蕉一座團標。槲葉袍笻枝杖。松花釀瘿木瓢。散誕逍遥。

春愁

落花燕口點香泥。飛絮蜂房惹蜜脾。殘粧鳳枕流清泪。景中情誰唤起。聽西園恰恰鶯啼。萬里書難到。三春人未歸。此恨誰知。

聯樂府五句無聽字。兹據太平樂府李輯小令補。

春晚

情牽柳下燕鶯期。醉倒花前鸚鵡杯。香留帳底鴛鴦被。日高初睡起。掃殘紅怨煞風姨。學曉霧輕籠鬢。妒晴山淺畫眉。只怕春歸。

太平樂府帳底作帳裏。日高下有時字。淺畫眉作遠畫眉。李輯小令俱同。瞿本太平樂府作淺畫眉。

暮春次韻

旋篘村酒且嘗新。未典春衣豈是貧。閑歌水調依然俊。東風休笑人。飄飄兩袖紅塵。蝶困梨花月。馬嘶楊柳春。歸路黄昏。

樂閑

鐵衣披雪紫金關。綵筆題花白玉闌。漁舟棹月黄蘆岸。幾般兒君試揀。立功名只不如閑。李翰林身何在。許將軍血未乾。播高風千古嚴灘。

暮景

青天歸雁帶殘星。綠沼寒魚觸嫩冰。曲闌明月和香憑。相思入夢境。幾般中陶寫芳情。錦囊遺興。寒梅瘦影。畫角新聲。

歸興

淡文章不到紫薇郎。小根脚難登白玉堂。遠功名却怕黄茅瘴。老來也思故鄉。想途中夢感魂傷。雲莽莽馮公嶺。浪淘淘揚子江。水遠山長。

天寶補遺

寶筝珠殿荔芰香。玉珮瓊琚窈窕娘。雲屏月枕芙蓉帳。夜如何樂未央。碎霓裳鼙鼓漁陽。蛾眉棧晴山翠。馬嵬坡落日黄。憔悴三郎。

太平樂府李輯小令鼙鼓俱作擊鼓。瞿本太平樂府瓊琚作瓊瑶。

三溪道院

斷橋楊柳臥枯槎。秋水芙蕖著晚花。蹇驢騎過三溪汊。訪白雲居士家。拂藤牀兩袖烟霞。道童能唱。村醪當茶。仙棗如瓜。

太平樂府李輯小令題目三溪俱作三婆。○太平樂府三句無騎字。李輯小令居士作處士。任本小山樂府騎過作行過。

春深

鵑啼芳樹自心傷。魚趁殘花爲口忙。鶯穿細柳同聲唱。越教人愁斷腸。見春歸不見才郎。香寒錦帳。塵蒙綉牀。珮冷珠囊

小園春晚

愁風怨雨近三旬。病酒眠花過一春。飛烏走兔催雙鬢。東君應笑人。何如袖拂風塵。醒眼看松間月。吟魂隨溪上雲。小桃源別是乾坤。

太平樂府首句近作過。李輯小令同。小令次句過作又。

郊行即事

萬松秋意老清溪。半嶺夕陽暖翠微。一鞭行色催金轡。天然圖畫裏。爲尋詩不覺歸遲。林烟樵唱。山風酒旗。花雨吟衣。

樂閑

竿頭争把錦標奪。石上閑將寶劍磨。朝中熬得羅襴破。不歸來等甚麽。問閑中樂事如何。嵩山樵唱。武夷棹歌。湘水漁蓑。

李輯小令題作樂閑。茲從之。聯樂府太平樂府作閑樂。○聯樂府嵩山作崧山。茲從太平樂府李輯小令。瞿本太平樂府寶劍作寶鏡。

〔雙調〕折桂令

別懷

人生最苦別離。柳繫柔腸。山斂愁眉。金縷歌殘。青衫泪濕。錦字來遲。留客醉魚肥酒美。送春行鶯老花飛。此恨誰知。今夜相思。何日歸期。

太平樂府卷一李轀小令卷上題目俱作别情。〇太平樂府李轀小令泪濕俱作泪洒。瞿本太平樂府三句作雲鎖愁眉。樂府羣珠卷三今夜作今日。

幽居

紅塵不到山家。贏得清閑。當了繁華。畫列青山。裀鋪細草。鼓奏鳴蛙。楊柳村中賣瓜。蒺藜沙上看花。生計無多。陶令琴書。杜曲桑麻。

太平樂府題作山居。樂府羣珠李轀小令同。〇羣珠當了作當得。

西陵送别

畫船兒載不起離愁。人到西陵。恨滿東州。懶上歸鞍。慵開泪眼。怕倚層樓。春去春來。管送别依依岸柳。潮生潮落。會忘機泛泛沙鷗。烟水悠悠。有句相酬。無計相留。

太平樂府李轀小令題目俱作送别。雍熙卷十七題作旅羈。〇羣珠烟水悠悠下有風雨颼颼一句。雍熙人到作人在。東州作皇州。歸鞍作雕鞍。泪眼作桂櫂。層樓作江樓。潮生潮落作潮來潮去。

烟水作江水。此句以下作三句。江景悠悠。花落花開。幾度春愁。

夜景

小紅樓獨倚新粧。曲角闌干。嫩緑池塘。雨洗花梢。風梳柳影。月蕩荷香。綉枕上雙飛鳳凰。翠蓬邊一隻鴛鴦。對景情傷。今夜新涼。何處才郎。

太平樂府樂府羣珠李輯小令題目俱作晚景。〇胡本小山樂府卷一綉枕上作綉枕。

金華山看瀑泉

碧桃花流出人間。一派冰泉。飛下仙山。銀闕峨峨。瓊田漠漠。玉珮珊珊。朝素月鸞鶴夜闌。拱香雲龍虎秋壇。人倚高寒。字字珠璣。點點琅玕。

别情

倒金杯檀口嬌羞。春柳垂腰。秋水凝眸。滿意温存。通身旖旎。徹膽風流。秋千院同攜玉手。琵琶亭催解蘭舟。無計相留。别後新詞。總是離愁。

太平樂府李輯小令題目俱作别思。〇瞿本太平樂府解上無催字。樂府羣珠催解作争解。無計相留句下有有信難投四字。羣珠李輯小令徹膽俱作徹骨。

晚春送別

借旗亭仙子逢迎。舞態飛瓊。歌韻流鶯。紅線幽歡。烏絲小字。金縷新聲。留過客江山有靈。廢殘春風雨無情。花落閑庭。柳暗空城。今夜離別。後日清明。

太平樂府李輯小令有靈俱作自靈。黄鈔小令紅線作紅錦。

和疎齋學士韻

愛疎仙不放春閑。坐玉樹詞林。鏡海仙山。花老南枝。雪深西圃。人倚東闌。煨芋火吟翁正懶。出藍關遷客當寒。緑酒酡顔。銀字春葱。綵鳳嬌鬟。

遊太乙宫

華山高與雲齊。遠却塵埃。睡煞希夷。踏藕童閑。攜琴客至。跨鶴人歸。鳴玉珮松溪活水。點冰綃竹院枯梅。短策徘徊。醉墨淋漓。老樹崔嵬。

遊金山寺

倚蒼雲紺宇崢嶸。有聽法神龍。渡水胡僧。人立冰壺。詩留玉帶。塔語金鈴。摇碎月中流樹影。撼崩崖半夜江聲。誤汲南泠。笑殺吴儂。不記茶經。

秦郵即事

訪秦郵暫駐蘭橈。浩蕩鷗波。縹緲虹橋。白藕翻根。黄蘆顫葉。翠柳搴條。照玉女神仙井小。立金人菩薩臺高。散策逍遥。酒市歌雲。僧院詩巢。

羣珠歌雲作歌臺。

皆春樓

柳依依重屋峨峨。媚景芳研。四序無過。霧暖朱簾。風暄翠檻。露湛金荷。天地德無分物我。花草香總是陽和。樂事如何。明月交輝。白雪揚歌。

湖上飲别

傍垂楊畫舫徜徉。一片秋懷。萬頃晴光。細草閑鷗。長雲小雁。亂葦寒螿。難兄難弟俱白髮相逢異鄉。無風無雨未黄花不似重陽。歌罷滄浪。更引壺觴。送别河梁。

春情

寄春情小字親描。體態宫娥。艷冶花妖。映雪香肌。堆雲巧鬢。抱月纖腰。赢女伴一場鬬草。指仙翁三度偷桃。羞弄生綃。懶上秋千。笑整金翹。

羣珠生綃作笙簫。

次酸齋韻

倚闌干不盡興亡。數九點齊州。八景湘江。弔古詞香。招仙笛響。引興杯長。遠樹烟雲渺茫。空山雪月蒼涼。白鶴雙雙。劍客昂昂。錦語琅琅。

閨思

怕別離真箇別離。不得音書。已誤芳菲。曲怨金徽。香銷翠被。夢斷羅幃。濕馬蹄殘紅似泥。接鶯巢濃緑成堆。消瘦冰肌。休畫蛾眉。直待他歸。

別後

一年餘鳳隻鸞孤。枕上嗟吁。鏡裏清癯。花已飄然。春將暮矣。客未歸歟。啼翠靄林間鷓鴣。墜青絲簷外蜘蛛。既在江湖。有便鱗鴻。不寄音書。

酒邊分得卿字韻

客留情春更多情。月下金觥。膝上瑶箏。口口聲聲。風風韻韻。裊裊亭亭。錦胡洞鶯招燕請。玉交枝柳送花迎。不負平生。風月坡仙。詩酒耆卿。

太平樂府羣珠李輯小令題目俱作分得卿字。○三書首句多情俱作留情。

江上次劉時中韻

倚篷窗一笑詩成。遠寺昏鐘。古渡秋燈。隱隱鳴鼉。嗷嗷旅雁。閃閃飛螢。海樹黑風號浪驚。越山青月暗雲生。書客飄零。欲泛仙槎。試問君平。

逢天壇子

正吟詩馬上逢君。昨暮秦關。今日吴門。綉帽敧風。金鞭拂雪。寶靪挑雲。江上梅花惱人。隄邊柳眼窺春。便洗征塵。借問前村。試買芳樽。

羣珠寶靪作寶鐙。

皆山樓即事

愛樓居四面皆山。圖畫横陳。步障迴還。遠樹重重。幽花淡淡。小竹珊珊。黄卷掩燈青夜闌。紫簫吹月白風寒。鶴唳雲間。人倚闌干。欲泛仙槎。直扣天關。

羣珠直扣作直叩。

次白真人韻

葛花袍紙扇芭蕉。兩袖仙風。萬古詩豪。富貴勞勞。功名小小。車馬朝朝。算只有青山不老。是誰教白髮相饒。休負良宵。百斛金波。一曲瓊簫。

任校云。以下有和白玉真人凭闌人二首。此題疑脱一玉字。

歌姬施氏

照冰壺秋水芙蕖。姓出西家。名滿東吴。鸞鏡粧殘。霓裳曲破。翠管詩餘。嬌滴滴眉雲眼雨。香馥馥腕玉胸酥。同醉仙都。偷寄銀箋。暗解羅襦。

太平樂府李輯小令題目俱作施姬。

重午席間

浴蘭芳荆楚風流。艾掩門眉。符映釵頭。雪捲鷗波。雷轟鼉鼓。電閃龍舟。驕馬驟雕弓翠柳。小娥謳寶髻紅榴。醉倚江樓。笑煞湘纍。不葬糟丘。

羣珠門眉作門楣。

幽居次韻

石帆山下吾廬。秋水綸竿。落日巾車。長嘯歸歟。梅驚花謝。柳笑眉舒。攙斷著小丫鬟舞元宵迓鼓。摸索著大肚皮裝村酒葫蘆。冷落琴書。結好樵漁。是有紅塵。不到幽居。

太平樂府眉舒作梅舒。攙斷作攙頓。瞿本太平樂府作攙掇頓。羣珠作攙掇。李輯小令作攙頓。小令是有作雖有。

〔中吕〕滿庭芳

感興簡王公實

光陰有幾。休尋富貴。便省别離。相逢幾箇人百歲。歸去來兮。羊祜空存斷碑。牛山何必沾衣。漁翁醉。紅塵是非。吹不到釣魚磯。

春晚閨怨

楊花滾滾。屏山隱隱。沉水温温。緑紗窗外流鶯問。何處東君。多病多愁那人。不言不語傷春。清明近。深深閉門。細雨自黄昏。

太平樂府卷四李輯小令卷下題目俱作閨怨。

秋夜不寐

西窗酒醒。衾閑半幅。鼓轉三更。起來無語傷孤另。何限幽情。金鎖碎簾前月影。玉丁當樓外秋聲。憑闌聽。吹簫鳳鳴。人在雪香亭。

太平樂府李輯小令題目俱作秋夜。

湖上晚歸

亭亭翠雲。娟娟鷺羽。細細魚鱗。一方瑞錦香成陣。明月隨人。愛蓮女纖纖玉筍。唱菱歌采采白蘋。相親近。盈盈水濱。羅襪暗生塵。

三衢道中

烏飛兔走。鶯煎燕燶。蝶怨蜂愁。眼前已是花開候。心緒悠悠。一百五日節人家插柳。七十二灘上客子移舟。添消瘦。尋花載酒。不似少年遊。

李輯小令燕燶作燕惱。花開候作花開後。

春晚梅友元帥席上

知音到此。舞雩點也。修禊羲之。海棠春已無多事。雨洗臙脂。誰感慨蘭亭故紙。自沉吟羅扇新詞。急管催銀字。哀絃玉指。忙過賞花時。

中原音韻故紙作古紙。瞿本太平樂府羅扇作羅帕。李輯小令作桃扇。

山居

塵埃野馬。風波海鷗。鼓吹池蛙。相逢半日漁樵話。樂在山家。仙洞冷玲瓏玉霞。釣灘平瀲灩金沙。藤陰下。村醪旋打。醉插滿頭花。

李輯小令海鷗作海鳥。

九曲溪上

桃花院宇。梅邊杖履。竹下琴書。餘不溪上山無數。儘自相娱。雲樹淡十幅畫圖。月波寒九曲明珠。閑鷗鷺。三年伴侣。不減賀家湖。

春日閨思

鉛華泪洗。金荷燼冷。銀蒜簾垂。話離愁柳外流鶯替。念我孤悽。江樹春雲野水。梨花暮雨寒食。詩中意。今春未歸。甘不過燕雙飛。

春思

愁斟玉斝。塵生院宇。絃斷琵琶。相思瘦的人來怕。夢繞天涯。何處也雕鞍去馬。有心哉歸燕來家。鮫綃帕。泪痕滿把。人似雨中花。

〔中吕〕普天樂

贈白玉梅

謫仙名。樂天姓。緇塵不染。玉骨長清。西樓羌管聲。東閣新詩興。艷紫妖紅塵俗病。論風流讓與瓊瓊。孤山舊盟。黄昏月明。夜雪初晴。

元刊太平樂府卷四月明作盡明。瞿本太平作欠明。羣珠卷四作天朗。李輯小令卷下作又明。厲刻小令作月明。

別懷　二首

故人疎。憂心悄。愁雲淡淡。遠水迢迢。一聲白雁寒。幾點青山小。滿目凄涼誰知道。賦情詞寫遍芭蕉。明月洞簫。夕陽細草。沙渚殘潮。

羣珠情詞作清詞。

夢初回。愁難禁。青樓痛飲。綵扇新吟。金蓮小步移。玉藕香腮枕。惜雨憐雲別圖甚。五百年一對知音。別離動心。分明爲您。憔悴如今。

客懷

楚山雲。湘江岸。霜添白髮。日減朱顔。秋風馬耳寒。夜雪貂裘綻。萬里南歸孤飛雁。動離情故國鄉關。閑身易懶。休官怕晚。倦羽知還。

聯樂府離情作離人。兹從太平樂府及羣珠。

收心 二首

姓名香。行爲俏。花花草草。暮暮朝朝。關心三月春。開口千金笑。惜玉憐香何時了。綵雲空聲斷鸞簫。朱顔易老。青山自好。白髮難饒。

太平樂府二句作行爲倬。羣珠同。羣珠難饒作誰饒。李輯小令首二句作。錦城遊。梨園俏。

舊行頭。家常扮。鴛鴦被冷。燕子樓拴。偷將心事傳。掇了梯兒看。繫柳監花喬公案。關防的不似今番。姨夫暗攢。行院鬬侃。子弟先趄。

秋懷

爲誰忙。莫非命。西風驛馬。落月書燈。青天蜀道難。紅葉吴江冷。兩字功名頻看鏡。不饒人白髮星星。釣魚子陵。思蓴季鷹。笑我飄零。

太平樂府八句脱一星字。胡本小山樂府卷五落月作月落。

道情

北邙烟。西州泪。先朝故家。破塚殘碑。樽前有限杯。門外無常鬼。未冷鴛幃合歡被。畫樓前玉碎花飛。悔之晚矣。蒲團紙被。歸去來兮。

聯樂府合歡被作合歡臂。兹從李輯小令。羣珠紙被作紙帳。李輯小令故家作故里。

渡揚子江

鳳鸞吟。魚龍競。舟移古渡。潮打空城。清風江上箏。明月波心鏡。未盡詩人登臨興。寫新聲寄與卿卿。金山雪晴。玉杯露冷。銀海花生。

聯樂府魚龍下原闕一字。兹據羣珠補。

〔越調〕寨兒令

春晚次韻

紅漸稀。緑將肥。一聲杜鵑殘夢裏。踏雪尋梅。看到荼蘼。猶自怨春遲。錦雲中翠繞珠圍。碧天邊玉走金飛。安樂窩人未醒。森羅殿鬼相隨。催。唱不迭醉扶歸。

題情

緑柳陰。翠簾深。美人圖畫中不似您。當日相尋。出語知音。想像到如今。墜烏雲席上瓊簪。動清風花下瑶琴。珮環聲真洛浦。水月面活觀音。心。寄一曲白頭吟。

春愁

彈鳳翅。泣鮫綃。一團愁喫淤在心上了。烟冷香銷。月悴花憔。難度可憐宵。想合歡綉扇親描。記同心羅帕輕揪。塵生白象板。聲斷紫鸞簫。焦。無夢到藍橋。

太平樂府卷三可憐作可人。李輯小令卷下同。小令輕揪作輕抛。胡本小山樂府卷六焦作呵。

情梅友元帥席上　二首

呆答孩。守書齋。小寃家約定窮秀才。踏遍蒼苔。濕透羅鞋。不見角門開。碧桃香春滿天台。綵雲深人在陽臺。漏聲催禁鼓。月影轉瑶階。猜。燒罷夜香來。

太平樂府題作席上。李輯小令同。○李輯小令禁鼓作金鼓。

斂翠蛾。搵香羅。病懨懨爲誰憔悴我。啞謎猜破。冷句調唆。便知道待如何。阻牛郎萬古銀河。渰藍橋千丈風波。偷工夫來覷你。説破綻儘由他。哥。越間阻越情多。

李輯小令猜破作猜著。

過釣臺

紅紫場。名利鄉。望高臺倚空烟樹蒼。不戀朝章。歸釣夕陽。白眼傲君王。客星犯半夜龍牀。清風占七里魚邦。荒烟閉草堂。秋月浸桐江。光。千古照滄浪。

太平樂府題作釣臺。李輯小令同。○李輯小令名利作利名。

明月樓

玉斧磨。錦雲窩。闌干四時秋意多。畫棟嵯峨。丹桂婆娑。車馬鬧鳴珂。鬬嬋娟光漾銀河。立娉婷香捧金波。唐明皇遊廣寒。李謫仙問姮娥。他。不醉待如何。

聯樂府下二首亦屬明月樓。兹從任校按詞意另列。李輯小令明月樓僅收兩首。無虧負咱一首。

失題 二首

虧負咱。怎禁他。覷著頭玉容憔悴煞。愛處行踏。陡恁情雜。和俺意兒差。步蒼苔涼透羅襪。掩朱門香冷金鴨。把你做心事人。望的我眼睛花。嗏。因甚不來家。

我志誠。你胡伶。一雙兒可人龐道撐。鬬草踏青。語燕啼鶯。引動俏魂靈。繡窗前殘酒爲盟。花陰下明月知情。寶香寒静悄悄。羅襪冷戰兢兢。曾。直等到二三更。

元夜即事

胡洞窄。弟兄猜。十朝半旬不上街。燈火樓臺。羅綺裙釵。誰想見多才。倚朱簾紅映香腮。步金蓮塵污弓鞋。眉尖上空受用。心事裏巧安排。來。同話小書齋。

胡本小山樂府朱簾紅映作珠簾紅影映。同話作同上。

閨思

隔粉牆。付香囊。一團兒志誠誰信道謊。月淡西廂。雲冷高唐。獨自的誤春光。花明柳暗生香。鶯來燕去成雙。噤末聲離綉牀。躡著脚步迴廊。娘。何處也畫眉郎。

春情

没亂煞。怎禁他。緑楊陰那搭兒堪繫馬。烟冷香鴨。月淡窗紗。擎著泪眼巴巴。媚春光草草花花。惹風聲盼盼茶茶。合琵琶歌白雪。打雙陸賭流霞。嗏。醉了也不來家。

胡本小山樂府惹風聲作惹春風。賭流霞作鬭流霞。

收心 二首

宿鳳凰。妒鴛鴦。少年心肯將名利想。喧滿平康。不犯輕狂。談笑玉生香。尤花殢雪情腸。驅風駕月文章。徧遊春世界。交付錦排場。兩鬢霜。烟雨老滄浪。

面皮兒黄紺紺。身子兒瘦巖巖。相識每陡然輕視俺。鬢髮鴕珊。身子薄藍。無語似癡憨。姨夫每坐守行監。妻兒又面北眉南。家私兒零落了。名分兒被人攙。再休將風月擔兒擔。

妓怨 三首

洛浦仙。麗春園。不知音此身誰可憐。大姆埋寃。孛老熬煎。衹爲養家錢。哆著口不斷頑涎。腆著臉待喫癡拳。禁持向歌扇底。僝僽在綉牀前。天。只不上販茶船。

緣分薄。是非多。展旗幡硬併倒十數合。赤緊地板障婆婆。水性嬌娥。愛他推磨小哥哥。腆著臉不怕風波。睁着眼撞入天羅。雄糾糾持劍戟。磣可可下鍬钁。呵。情願將風月擔兒那。

太平樂府末句上無呵字。

影外人。怕風聲。望天長地久愽箇志誠。柳下私情。月底深盟。一步步惜惺惺。崔夫人嫌殺張生。馮員外買斷蘇卿。他山障他短命。您窑變您薄情。聽。休想有前程。

李輯小令影外人作隱姓名。

閨怨　三首

燒好香。告穹蒼。行行步步只念想。泪眼汪汪。烟水茫茫。芳草帶夕陽。雕鞍去了才郎。畫堂别是風光。八的頓開金鳳凰。揣的扯破錦鴛鴦。吉丁的掂損玉螳螂。

太平樂府吉丁的作吉丁當。李輯小令同。小令八的作巴的。

錦綉圍。翠紅堆。當初有心直到底。雙宿雙飛。無是無非。不許外人知。眼睁睁指甚爲題。意懸懸爲你著迷。有情窺宋玉。没興撞王魁。呸。罵你箇負心賊。

胡本小山樂府末句無箇字。

相愛憐。惡姻緣。雲迷武陵仙路遠。塵暗朱絃。墨淡銀箋。青草曲江邊。俏元和花了閒錢。病相如潮過頑涎。梅窗宜静坐。紙帳稱孤眠。天。休放月團圓。

雍熙樂府卷十八有題情四首。不注撰人。首曲即以上錦綉圍一首。末曲即以上燒好香一首。中間二首不知是否亦小山作。兹俱録之。首曲云。綉鞋堆。翠紅幃。當初有心直到底。雙宿雙飛。無是無非。不許外人知。眼睁睁指甚相隨。意懸懸爲你著迷。不是咱情分寡。負心的撞著王魁。呸。今日到罵我做負心賊。次曲云。掂玉簪。摔瑶琴。題起娶我到害碜。一去無音。那裏荒淫。抛閃到如今。怕咱行情意無深。他在我有甚私情。把花箋糊線帖。裁羅帕補了衫襟。呸。翦下我青絲髮換鋼針。三曲云。自暗度。自評跋。千不合萬不合我做的錯。百媚千嬌。莫尾三稍。平白地喫擔敲。恙畜泛似漆如膠。雞肋情性捨難抛。食之無肉。棄之有味。磚兒何厚。瓦兒何薄。怎下的尋酸棗。漾甜桃。末曲云。燒好香。告空蒼。行裏坐裏只念想。泪眼汪汪。烟水茫茫。衰草待夕陽。雕鞍上去了才郎。畫堂前别是風光。頓開了金鳳凰。扯碎了錦鴛鴦。掂折了玉螳螂。

秋千

住管絃。打秋千。花開美人圖畫展。翠髻微偏。錦袖輕揎。羅帶起翩翩。釧玲瓏響亞紅綿。汗模糊濕褪花鈿。綠烟濃春樹底。綵雲散夕陽邊。天。吹下肉飛仙。

李輯小令末句肉作兩。胡本小山樂府花開作花間。

感舊

曾此中。記行踪。桃花去年人面紅。門閉重重。春去匆匆。何日再相逢。眉尖誰畫晴峯。唾痕猶點香絨。狻猊金落索。鸞鳳玉丁東。空。塵滿綉簾櫳。

春思

詩酒緣。利名牽。話別離幾聲猶耳邊。何處留連。誤我嬋娟。一去動經年。賦傷春懶拂銀箋。卜行人不信金錢。盼回音空過雁。勸歸去枉啼鵑。天。長自對花眠。

秋日宮詞

添晚粧。過回廊。吉丁一聲環珮響。泛羽流商。走斝飛觴。笑語間笙簧。廣寒宮舞罷霓裳。博山爐薰透龍香。碧梧枝白鳳凰。翠荷葉錦鴛鴦。涼。人倚月昏黄。

太平樂府題作宮詞。李輯小令同。

吴山塔寺

詩眼明。暮山青。倚高寒滿身風露冷。月輦聞箏。水殿鳴笙。想像御街行。寶光圓白傘珠瓔。玉花寒碧盌酥燈。西天佛富貴。南國樹彫零。僧。同上望江亭。

胡本小山樂府寶光作寶蓋。碧盌作碧鴛。

嘉禾道中

白鷺鷥。黑鸕鶿。晴烟遠山横暮紫。消得新詩。竚立多時。籬落掩茅茨。浣紗女斜插花枝。打魚翁獨棹船兒。夕陽邊雲淡淡。小橋外柳絲絲。思。當日送春詞。

太平樂府題作嘉和道中。李輯小令同。○太平樂府首句作白鷺鴛。

觀張氏玉卿雙陸

間錦笙。罷瑶箏。花陰半簾春晝永。鬬草無情。睡又不成。佳配兩相停。手初交弄玉拈冰。步輕挪望月瞻星。雙敲象齒鳴。單走馬蹄輕。贏。夜宴錦香亭。

太平樂府題作觀雙陸。李輯小令同。○李輯小令不成作難成。胡本小山樂府次句作罷瑶琴。失韻。花陰作花影。

山中

寡見聞。樂清貧。逍遥百年物外身。麋鹿相親。巢許爲鄰。仙樹小壺春。住青山遠却紅塵。掛烏紗高臥白雲。杏花村沽酒客。桃源洞打魚人。因。閒問話到柴門。

桃源亭上

倒玉蓮。散金錢。先生醉騎鶴上天。月影嬋娟。霞袂翩翩。即我是神仙。入蓬萊行見桑田。看梅花誤入桃源。溪頭賣酒家。洞口釣魚船。專。唱我會真篇。

〔雙調〕殿前歡

次韻

桂婆娑。雲娘行酒雪兒歌。倚南樓喚起東山臥。同入無何。停杯問素娥。芳年大。不嫁空擔閣。朱顔去了。還再來麽。

春情

話相思。曉鶯啼在緑楊枝。起來搔首人獨自。謾寫烏絲。和梨園樂府詩。代錦帕回文字。訴玉女傷心事。劉郎去後。燕子來時。

太平樂府卷一題作春思。李輯小令卷上同。

秋思

寫新愁。一聲羌管滿天秋。骨崖崖人比山容瘦。孤倚南樓。珠簾上玉鉤。寶篆銷金獸。畫鼓催銀漏。關心渭水。回首并州。

太平樂府題作秋懷。李輯小令同。○兩書羌管俱作羌笛。

歸山

怕人嫌。休官歸去効陶潛。山房幸有猿鶴占。試捲疎簾。池邊翠蘚黏。屋角垂楊苫。山色揉藍染。閒花點點。涼月纖纖。

瞿本太平樂府垂楊苫作垂楊綫。

夜宴

錦排場。雲鬟扶醉肉屏香。芙蓉被暖銷金帳。酒盡更長。新聲改樂章。蓮兒唱。花落秋江上。銀蟾耿耿。玉馬當當。

苕溪遇雪

水晶宫。四圍添上玉屏風。姮娥碎翦銀河凍。攙盡春紅。梅花紙帳中。香浮動。一片梨雲夢。曉來詩句。畫出漁翁。

李輯小令北詞廣正譜元明小令鈔添上俱作天上。

歸興

暮雲遮。故山千里路途賒。飄零湖海得還舍。整頓些些。苔荒竹徑斜。樹老茅亭趄。柳減荷花謝。雙飛翡翠。一夢胡蝶。

西溪道中

笑掀髯。西溪風景近新添。出門便是三家店。緑柳青帘。旋挑來野菜甜。杜醞濁醪釅。整扮村姑嫳。誰將草書。題向茅簷。

愛山亭上

小闌干。又添新竹兩三竿。倒持手版揞頤看。容我偷閒。松風古硯寒。蘚上白石爛。蕉雨疎花綻。青山愛我。我愛青山。

太平樂府揞頤作揞頭。蘚上作蘚土。李輯小令俱同。

〔雙調〕清江引

春思

黄鶯亂啼門外柳。雨細清明後。能消幾日春。又是相思瘦。梨花小窗人病酒。

交翠亭

梅花自開鶴自舞。隔斷蓬萊路。雪明黄柳梢。月暗蒼松樹。池上翠亭人笑語。

夏夜即事

醉來晚風生畫堂。不記樽前唱。冰壺荔子漿。月枕蓉花帳。酒醒玉人環珮響。

胡本小山樂府卷二蓉花作芙蓉。

春懷

水邊粉牆生翠蘚。緊閉秋千院。銀驄暖玉鞍。綵鳳泥金扇。那人看花歸路遠。

采石江上

江空月明人起早。渺渺蘭舟棹。風清白鷺洲。花落紅雨島。一聲杜鵑春事了。

草庵午睡

先生華山高處隱。自有清貧分。華堂碧玉簫。紫綬黃金印。不如草庵春睡穩。

秋思

孤眠夜寒魂夢怯。月暗紗燈滅。青蘋泣露花。白柳吟風葉。南樓雁來書到也。

草堂夜坐

三間草堂何所有。月色黄昏又。鶴依松樹涼。人伴梅花瘦。客來不須茶當酒。

開玄堂上

桃源洞中春幾許。此夜德星聚。天香玉蕊烟。仙酒瓊花露。鳳笙一聲鶴對舞。

〔越調〕小桃紅

淮安道中

一篙新水緑於藍。柳岸漁燈暗。橋畔尋詩駐時暫。散晴嵐。依微半幅雲烟淡。楊花亂糝。扁舟初纜。風景似江南。

秋宵有懷

滿庭落葉響哀蟬。秋入生綃扇。池上芙蓉錦成片。雨餘天。倚闌只欠如花面。詩題翠箋。香銷金串。羅帳又孤眠。

太平樂府卷三題作愁宵。愁當爲秋之譌。李輯小令卷下作秋夜。○李輯小令金串作金釧。末句又作久。

遊仙夢

白雲堆裏聽松風。一枕遊仙夢。相伴瓊姬玉華洞。錦重重。覺來香露泠衣重。長橋彩虹。空臺丹鳳。花影月明中。

太平樂府首句風作聲。又與李輯小令泠俱作吟。

春思

燕南雁北幾相思。無限相思事。兩袖啼痕粉香漬。牡丹時。日長不見音書至。東牆柳絲。知人獨自。憔悴舞腰枝。

秋感

錦書紅泪兩三行。血點花梢上。小字平安寄無恙。雁成雙。玉奴更上西樓望。月明綉窗。燈昏羅帳。今夜夢才郎。

寄春谷王千户

紫簫聲冷彩雲空。十載揚州夢。一點紅香錦衕衕。倚東風。嬌花寵柳春權重。鞭催玉驄。酒攜金鳳。半醉月明中。

太平樂府題作寄王千户。李輯小令同。

春深

一汀烟柳索春饒。添得楊花鬧。盼煞歸舟木蘭棹。水迢迢。畫樓明月空相照。今番瘦了。多情知道。寬盡翠裙腰。

太平樂府一汀作一江。李輯小令同。聯樂府與太平樂府首句木三字俱作索春愁。李輯小令作鎖春宵。兹從詞品及花草粹編卷二作索春饒。粹編末句寬盡作寬褪。

秋江晚興

錦鴛涼羽翠蓮香。船艤秋江上。别後佳人想無恙。暮雲長。雁歸曾倚西樓望。紅衫舊腔。花鈿新樣。封寄柳枝娘。

〔中吕〕朝天子

和貫酸齋

小詩。半紙。幾箇相思字。兩行清泪破胭脂。鏡裏人獨自。燕子鶯兒。蜂媒蝶使。正春光明媚時。柳枝。翠絲。縈繫煞心間事。

席上有贈

教坊。色長。曾侍宴丹墀上。可憐新燕妒新粧。高髻堆宫樣。芍藥多情。海棠無香。花不如窈窕娘。錦囊。樂章。分付向樽前唱。

閨情

與誰。畫眉。猜破風流謎。銅駝巷裏玉驄嘶。夜半歸來醉。小意收拾。怪膽禁持。不識羞誰似你。自知。理虧。燈下和衣睡。

夜宴即事

晚涼。桂香。人在西樓上。仙杯雙捧玉鴛鴦。酒釅瓊花釀。方響丁當。脆管悠揚。金釵十二行。留連醉鄉。收拾夜場。更聽雲娥唱。

遊春

花殘錦機。□空玉杯。三月三十日。惜春滋味似別離。只欠離人泪。樹底鶯啼。欲留無計。傷心金縷衣。柳隄。翠微。懶把雕鞍繫。

聯樂府第二句原無空格。兹從勞氏校本。

碧瀾湖上

順流。放舟。雪夜明如畫。碧瀾湖上記曾遊。白髮新青山舊。仗酒澆愁。寒生吟袖。月明中十二樓。岸頭。凍柳。相伴梅花瘦。

太平樂府卷四題作碧淵湖上。李輯小令卷下同。

開玄道院賞芙蓉

錦宫。半空。身世遊仙夢。綉屏香冷玉芙蓉。露濕霓裳重。采藥仙童。穿花丹鳳。上金鰲十二峯。醉翁。馭風。同入桃源洞。

聯樂府醉翁作醉仙。兹從太平樂府。

看雲樓上

洞賓。道人。詩句蒼苔暈。酒邊呼我上崑崙。知有神仙分。鳳翥山光。鸞鳴松韻。畫圖中身外身。與君。看雲。咫尺蓬萊近。

李輯小令蒼苔暈作龍涎噴。

郊行盧使君索賦

小屏。瘦影。又是年時病。提壺花外兩三聲。喚起尋芳興。翠管銀箏。一觴一詠。玉娉婷金字經。滿城。月明。醉把雕鞍憑。

太平樂府題作郊行。李輯小令同。○太平樂府雕鞍作雕欄。李輯小令同。

夜坐寄芝田禪師

檜屏。草亭。池面芙蕖浄。夜來明月伴看經。只有寒山聽。寶鼎香凝。銅瓶花影。井泉寒秋葉冷。冷冷水聲。呦呦鹿鳴。寫我林泉興。

郝東池席上

杏壇。藥欄。滿地香雲散。仙宫深處更無山。只有桃花看。紅雨斑斑。玉珮珊珊。翠簾開明月寒。小鬟。遞盞。合唱蓬萊慢。

歌者訴梅

水濱。探春。未得南枝信。一簾香夢捲梨雲。漸覺寒香近。淡月黄昏。深雪前村。記年時曾見君。泪痕。漬粉。訴烟雨江南恨。

湖上即席

六橋。柳梢。青眼對春風笑。一川晴緑漲葡萄。梅影花顛倒。藥竈雲巢。千載寂寥。林逋仙去了。九皋。野鶴。伴我閒舒嘯。

冷泉亭上

寺前。洞天。粉翠圍屏面。隔溪疑是武陵源。樹影參差見。石屋金仙。巖阿碧蘚。濕雲飛硯邊。冷泉。看猿。摇落梅花片。

過劉阮洞

路傍。海棠。步步青絲障。碧桃流水滿溪香。落日溪橋上。仙掌瓊漿。玉杵玄霜。紫簫寒宿鳳凰。阮郎。感傷。人不見春無恙。

探梅

水西。探梅。隔岸香風細。五雲仙子六銖衣。邀我花前醉。幺鳳雙飛。瑶階如水。吹簫月下歸。剡溪。路迷。雪夜重相會。

〔中吕〕紅綉鞋

太平樂府幺鳳作去鳳。瞿本太平樂府及李輯小令俱作采鳳。

次崔雪竹韻

學孔子嘗聞俎豆。喜嚴陵不事王侯。百尺雲帆洞庭秋。醉呼元亮酒。懶上仲宣樓。功名不掛口。

中原音韻題作隱士。○中原音韻學孔子作嘆孔子。喜嚴陵作羡嚴陵。羣珠卷四俱同。

寧元帥席上

鳴玉珮凌烟圖畫。樂雲村投老生涯。少年誰識故侯家。青蛇昏寶劍。團錦碎袍花。飛龍閒廐馬。

羣珠雲村作雲林。碎袍作弄袍。

仙居

有客樽前談笑。無心江上漁樵。小壺新醞注仙瓢。梅花和月種。松葉帶霜燒。本清閒忙到了。

太平樂府卷四新醞作新温。

尋仙簡霞隱

白草磯頭獨釣。青衣孺子相招。尋真不怕路迢迢。閒雲迷洞口。殘雪老牆腰。夕陽紅樹杪。

太平樂府題作尋真。李輯小令卷下同。羣珠作尋真簡霞隱。

簡吕實夫理問

紅錦香中樂句。紫薇花下詩餘。玉麈風流映金魚。岳陽樓三醉酒。渭水岸六韜書。高名垂萬古。

羣珠題作簡吕理問。

天竺寺中

金粟池中水鏡。玉蓮臺下天燈。紅塵無事惱山僧。月窗猿聽講。雪嶺馬馱經。龍華圖上景。

太平樂府題作天竺寺。羣珠李輯小令同。

武康道中簡王復齋

一帶雲林堪畫。數間茅屋誰家。山翠空濛潤烏紗。小池中銀杏葉。凍枝上蠟梅花。且吟詩休上馬。

太平樂府題作簡王復齋。羣珠李輯小令同。

歸興

燕燕鶯鶯生分。風風雨雨傷神。吐酒吞花過芳春。黄金羞壯士。紅粉弄佳人。青山招舊隱。

德清山中簡耿子春

傍水依山境界。吟風嘯月情懷。紫陽峯頂費青鞋。閒雲隨地有。老樹未花開。新詩何處索。

虎丘道上

船繫誰家古岸。人歸何處青山。且將詩做畫圖看。雁聲蘆葉老。鷺影蓼花寒。鶴巢松樹晚。

太平樂府題作虎丘道士。羣珠李輯小令同。

茅山疎翁索賦

小洞閒花何處。矮牆顛草誰書。玉蓮香露冷金壺。紅雲翔綵鳳。丹井養文魚。青山馴白虎。

羣珠文魚作金魚。

開玄堂上

花有信春來春去。客無心雲捲雲舒。開玄堂上輞川圖。冰梅棲翠羽。水藻漾金魚。雪松摇玉麈。

秋望

一兩字天邊白雁。百千重樓外青山。别君容易寄書難。柳依依花可可。雲淡淡月彎彎。長安迷望眼。

太平樂府可可作灼灼。又與羣珠百千俱作千百。

開元遺事

羯鼓罷天開雲浄。鵲橋平斗轉參横。玉人私語祝長生。水邊箏殿小。花上舞盤輕。月中歌扇冷。

胡本小山樂府卷四花上作花下。

過括蒼山

鴉噪巖前古廟。鶴鳴松頂危巢。南明峯下路迢遥。問清溪道士有。喜白髮貴人饒。看青山今日飽。

太平樂府題作過括蒼。羣珠李輯小令同。〇羣珠首句巖作簷。胡本小山樂府鴉噪巖前作鵲噪簷前。清溪作清談。

偕周子榮遊湖

緑柳暗金沙佛地。白蓮開雲錦天池。揺曳歌聲棹輕移。望南山新有雨。喜西子不顰眉。飲東陽錯認水。

太平樂府題作遊湖。羣珠李輯小令同。

〔雙調〕沉醉東風

瓊花

蝶粉霜匀玉蕊。鵝黄雪點冰肌。衣冠后土祠。瓔珞神仙珮。倚闌人且賞芳菲。煬帝驕奢自喪了國。休對我花前嘆息。

李輯小令卷上倚闌作倚樓。

春晚酬史楚甫

錦被堆春寬夢窄。畫樓空燕去愁來。芳草邊。夕陽外。怕清明幾度傷懷。關節得荼蘼且慢開。春已聽榆錢斷買。

太平樂府卷二題作酬史楚甫。李輯小令同。○太平樂府且慢作自慢。李輯小令同。

胡容齋使君壽

仙客舞玄裳縞衣。小鑾歌翠袖蛾眉。戲綵堂。蟠桃會。錦雲深月明風細。桂子香中品玉笛。人醉倚蓬瀛畫裏。

眉壽樓春夜

狂客簪花起舞。佳人秉燭摴蒱。小樹風。香階露。醉鄉中不知春去。更盡荼蘼酒一壺。强似聽西園夜雨。

胡本小山樂府卷二西園作西樓。

夜宴即事

花影蟬蛾翠鬟。柳陰驄馬金鞍。酒未闌。人争看。玉纖寒試調箏雁。眼約心期不暫閒。半醉也燈前换盞。

九月十日見桃花

前度劉郎老矣。去年崔護來遲。紅雨飛。西風起。望白衣可憐憔悴。節去蜂愁蝶未知。冷落似天台洞裏。

太平樂府題作九月九日見桃花。李輯小令堯山堂外紀卷七十一俱同。○外紀末句似作在。

靜香堂看雨

乘落日村翁捕魚。感西風倦客思鱸。倒翠壺。歌金縷。靜香來隔水芙蕖。緑柳紅橋入畫圖。人正在溪亭看雨。

胡本小山樂府溪亭作溪傍。

客維揚

第一泉邊試茶。無雙亭上看花。鳳錦箋。鮫綃帕。金盤露玉手琵琶。雪滿長街未到家。翠兒唱宜哥且把。

任校云。第一泉疑是第五泉之誤。

夜景

雲母屏花前月明。雪兒歌席上風生。象板敲。螺鬟整。殢人嬌體態娉婷。萬卷堂深一盞燈。看不上梅窗瘦影。

瞿本太平樂府螺鬟作銀箏。

〔越調〕天浄沙

馬謙齋園亭

簪纓席上團欒。杖藜松下盤桓。噴玉西風脆管。雪芳亭畔。秋香一樹金丸。

雪中酬王一山

瑶園樹老瓊枝。玉奴酒捧金巵。十二闌干倚徙。探梅人至。灞橋詩等多時。

太平樂府卷三題作雪中和酬。李輯小令卷下作雪中酬和。○胡本小山樂府卷六倚徙作徙倚。

春情

一言半語恩情。三番兩次丁寧。萬劫千生誓盟。柳衰花病。春風何處鶯鶯。

太平樂府李輯小令半語作半句。

明月樓上有贈

意中千里嬋娟。樓頭幾度團圓。燈下些兒空便。柳驚花顫。何時長在樽前。

太平樂府題作明月樓有贈。李輯小令同。

由德清道院來杭

丹爐好養硃砂。洞門長掩青霞。又上西湖去馬。放心不下。桃源亭上梅花。

太平樂府題作由道院來杭。李輯小令同。

寒夜書事

月移影落冰池。烟消香護簾衣。枕上佳人未知。雪篝重被。小梅招得春歸。

太平樂府題作寒夜。李輯小令同。○聯樂府重被作熏被。

桃源洞

蒼雲朵朵奇峯。翠蓬隱隱仙宫。醉眼簾花幾重。小桃溪洞。劉郎不信秋風。

春晚

翠簾不捲鈎閒。華堂長見門關。血指頻將泪彈。玉人愁慣。杏花樓上春殘。

秋感

翠萍波底遊魚。碧梧井上啼烏。獨立西風院宇。相思何處。芭蕉一卷愁書。

胡本小山樂府碧梧作碧桐。

〔正宫〕醉太平

傷春

烟消寶鴨。字篆銀蝸。傷春心事付琵琶。誤平康過馬。玉容泪濕鴛鴦帕。紅絨香冷秋千架。金壺水换牡丹花。等他來看咱。

金華山中

金華洞冷。鐵笛風生。尋真何處寄閒情。小桃源暮景。數枝黄菊勾詩興。一川紅葉迷仙徑。四山白月共秋聲。詩翁醉醒。

登臥龍山

黄庭小楷。白苧新裁。一篇閒賦寫秋懷。上越王古臺。半天虹雨殘雲載。幾家漁網斜陽曬。孤村酒市野花開。長吟去來。

元明小令鈔賦寫作詠賦。

山中小隱

裹白雲紙襖。掛翠竹麻條。一壺村酒話漁樵。望蓬萊縹緲。漲葡萄青溪春水流仙棹。靠團標空巖夜雪迷丹竈。碎芭蕉小庭秋樹響風濤。先生醉了。

聯樂府青溪作清溪。風濤作風瓢。瞿本太平樂府卷五風濤作風飄。兹俱從李輯小令卷上。

〔越調〕凭闌人

暮春即事 二首

萬朵青山生暮雲。數點紅香留晚春。凭闌愁玉人。對花寬翠裙。

太平樂府卷三題作暮春。李輯小令卷下同。

小玉闌干月半掐。嫩緑池塘春幾家。鳥啼芳樹丫。燕銜黄柳花。

江樓即事

一曲琵琶江上舟。十二闌干天外樓。粉香蝶也愁。玉容花見羞。

太平樂府題作即事。李輯小令同。

八詠樓上酬正則李侯

爛醉東君三月時。細和休文八韻詩。舞裙催柘枝。曲闌揺柳絲。

秋思和吴克齋

一寸冰蟾明翠廊。萬里青天書雁行。碧梧敲晚涼。玉人燒夜香。

太平樂府題作和秋思。李輯小令同。○胡本小山樂府卷四碧梧作碧桐。

和白玉真人

寶劍英雄血已乾。玉府神仙心自閒。鍊霞成大丹。袖雲歸故山。

玉手攜香羅帕乾。粉面粘花粧鏡寒。對樓千萬山。倚雲十二鬟。

任校小山樂府此首與前首分列。作失題。

湖上醉餘　二首

明月中流歌扣舷。柔雪雙娃同采蓮。小詞玉翼蟬。醉書金粉箋。

太平樂府題作湖上醉歸。李輯小令同。

屏外氤氳蘭麝飄。簾底星松鸚鵡嬌。暖香綉玉腰。小花金步摇。

瞿本太平樂府星松作惺忪。李輯小令氤氳作微風。星松作學言。

席上分題

粧淡亭亭堆髻螺。歌緩盈盈停眼波。念奴留意多。使君如醉何。

晚晴小景

金羽翩翩柳外鶯。玉手纖纖膝上箏。晚風花雨晴。小樓山月明。

〔雙調〕落梅風

玉果山先上尋梅

隨明月。過小橋。記年時杖藜曾到。倚東風一枝斜更好。玉生香有誰索笑。

禹寺見梅

蒲團厚。紙帳新。不奢華自然風韻。小窗見梅如故人。亞冰梢月斜雲褪。

冬夜

更闌後。雁過也。夢不成小窗寒夜。伴離人落梅香帶雪。半簾風一鈎新月。

別會稽胡使君

載酒人何處。倚闌花又開。憶秦娥遠山眉黛。錦雲香鑑湖寬似海。還不了五年詩債。

太平樂府卷二題作別胡使君。李輯小令卷上同。

廢園湖石

芭蕉畔。楊柳邊。想當時玉人嬌面。十年舊題漫翠蘚。倚高寒夏雲一片。

歌姬張氏睡起

瑤池上。翠檻邊。笑當時六郎嬌面。行雲夢回眉黛淺。枕痕香睡紅一線。

太平樂府題作張姬睡起。李輯小令同。○胡本小山樂府卷二笑當時作想當時。

嘆世和劉時中

土庫千年調。金瘡百戰功。嘆興亡一場春夢。臥白雲北邙山下塚。信虛名得來無用。

閒居

看雲坐。聽雨眠。鶴飛歸老梅庭院。青山隱居心自遠。放浪他柳鶯花燕。

西園春暮

傷春瘦。望遠愁。掩朱門碧苔生甃。繞西園旋呼花下酒。海棠飛牡丹廝够。

睡起

攏釵燕。靸綉鴛。捲朱簾緑陰庭院。奈何天不教人醉眠。打新荷雨聲一片。

太平樂府綉鴛作綉鸞。李輯小令同。

東嘉緑野橋

漁榔静。雁字斜。柳陰疎藕花初謝。小闌干畫橋横緑野。憶西湖月明秋夜。

閒閒亭上

魚吹沫。鶴弄影。洗秋雲玉波如鏡。閒閒小亭風日冷。竹千竿緑苔三徑。

和崔雪竹

依村店。駐小車。玉驄嘶綉鞍初卸。琵琶亂彈人醉也。雁雲高薊門秋月。

春情

桃花面。柳葉眉。小亭臺鎖紅闗翠。孤幃玉人初睡起。不平他錦鴛成對。

太平樂府亭臺作庭堂。李輯小令作庭臺。太平樂府錦鴛作錦鶯。李輯小令北詞廣正譜同。廣正譜次句作小庭堂鎮紅開翠。

胡貴卿席上

宜春令。消夜圖。錦橙開噀人香霧。梅花月邊同笑語。不尋思灞橋詩句。

太平樂府題作席上。李輯小令同。

秋望

乾荷葉。脆柳枝。老西風滿襟秋思。盼來書玉人憔悴死。界青天雁飛一字。

太平樂府滿襟作滿樓。李輯小令同。

憶別

啼紅袖。識錦圖。記臨行雨花風絮。平安字書曾寄與。題名在鳳鸞雙處。

和盧彥威學士

貂裘敝。驄馬驕。雪花飛薊門寒到。雁兒幾聲南去了。也教他玉人知道。

肅齋翁命賦獅橘

生獰面黃金獸。蜜多心白玉漿。吼千林月寒霜降。繞維摩萬八千佛供牀。噴清香九重天上。

太平樂府題作獅橘。李輯小令同。

〔仙呂〕一半兒

秋日宫詞

花邊嬌月静粧樓。葉底滄波冷翠溝。池上好風閒御舟。可憐秋。一半兒芙蓉一半兒柳。

梅邊

枝横翠竹暮寒生。花淡紗窗殘月明。人倚畫樓羌笛聲。惱詩情。一半兒清香一半兒影。

聯樂府羌笛作羌管。兹從李輯小令卷上及堯山堂外紀卷七十一。

情

數層秋樹隔雕簷。萬朵晴雲擁玉蟾。幾縷夜香穿綉簾。等潛潛。一半兒門開一半兒掩。

野橋酬耿子春

海棠香雨污吟袍。薜荔空牆閒酒瓢。楊柳曉風涼野橋。放詩豪。一半兒行書一半兒草。

太平樂府卷五題作酬耿子春。李輯小令同。詞林摘艷卷一作逸興。雍熙卷二十作題情。不注撰人。○胡本小山樂府卷三曉作野。野作夜。雍熙污作濕。廣正譜及九宮大成卷五三句俱作曉風楊柳赤欄橋。

賞牡丹

錦裙吹上翠雲枝。綠酒爭傳白玉巵。皓齒慢歌金縷詞。牡丹時。一半兒姚黄一半兒紫。

蒼崖禪師退隱

柳梢香露點荷衣。樹杪斜陽明翠微。竹外淺沙涵釣磯。樂忘歸。一半兒青山一半兒水。

太平樂府題作蒼崖退隱。李輯小令同。○太平樂府翠微作紫微。李輯小令同。

〔中呂〕山坡羊

別懷

衣鬆羅扣。塵生鴛甃。芳容更比年時瘦。看吴鈎。聽秦謳。別離滋味今番又。湖上藕花隄上柳。颼。渾是秋。愁。休上樓。

春睡

花沾宫額。草香羅帶。一春心事愁無奈。感離懷。夢多才。流鶯只在朱簾外。午睡正濃驚覺來。挨。金鏡臺。歪。金鳳釵。

聯樂府草香作草青。兹從太平樂府卷四及羣珠卷一等。羣珠花沾作花粘。

感舊

憑高凝眺。臨風舒嘯。一番春事胡蝶鬧。越山高。楚天遥。東風依舊桃花笑。金鞍少年何處了。牢。粗布袍。敖。白鬢毛。

李輯小令卷下少年何處作何處少年。

閨思

雲鬆螺髻。香温鴛被。掩春閨一覺傷春睡。柳花飛。小瓊姬。一聲雪下呈祥瑞。團圓夢兒生喚起。誰。不做美。呸。却是你。

中原音韻題作春睡。堯山堂外紀卷六十八以此曲屬王實甫。○元刊本太平樂府鴛被作鴛袂。何鈔本太平樂府作鴛被。音韻鴛被作鴛鴦被。音韻李輯小令堯山堂外紀一聲俱作一片聲。音韻外紀團圓上俱有把字。羣珠一聲作一窗聲。

〔商調〕梧葉兒

春日感懷

閒羅扇。墜錦囊。塵滿碧紗窗。燕語烏衣巷。花開白玉堂。人去紫雲娘。月冷粧樓夜香。

太平樂府卷五題作感懷。李輯小令卷上同。〇李輯小令粧樓作粧臺。

早行

雞聲罷。角韻殘。落月五更寒。紫塞呼白雁。黄河繞黑山。翠袖上雕鞍。行路比別離更難。

旅思

題新句。感舊遊。塵滿鷫鸘裘。鏡裏休文瘦。花邊湘水秋。樓上仲宣愁。誰伴我新豐殢酒。

垂虹亭上

三高地。萬古愁。行客記曾遊。緑樹當朱户。青山朝畫樓。紅袖倚蘭舟。借問誰家賣酒。

春日簡鑑湖諸友

簪花帽。載酒船。急管間繁絃。席上題羅扇。雲間寄錦箋。水畔墜金鞭。不減長安少年。

雪中

乘興詩人棹。新烹學士茶。風味屬誰家。瓦甃懸冰筯。天風起玉沙。海樹放銀花。愁壓擁藍關去馬。

别懷

枕上圓孤夢。燈前賦小詩。泪臉界胭脂。脆管催銀字。垂楊綰翠絲。别酒盡金巵。相思病明年那時。

春日書所見

薔薇徑。芍藥闌。鶯燕語間關。小雨紅芳綻。新晴紫陌乾。長日綉窗閒。人立秋千畫板。

太平樂府題作書所見。李輯小令同。

壽席

晴山翠。明月圓。鶴舞影蹁躚。酒進長生藥。花開小洞天。人樂太平年。八千歲蓬萊地仙。

長沙道中

扁舟興。淡月痕。薄暮小江村。人入瀟湘畫。酒傾桑落樽。詩弔汨羅魂。醉臥梅花樹根。

山陰道上

雲門路。天柱峯。花暗月朦朧。雪冷誰家店。山深何處鐘。棹孤篷。興不盡吟詩信翁。

有所思

人何處。草自春。絃索已生塵。柳線縈離思。荷衣拭泪痕。梅屋鎖吟魂。目斷吴山暮雲。

太平樂府春作香。李輯小令作馨。二書索俱作管。

〔正宫〕小梁州

春夜

玉簫吹斷鳳釵分。瘦損真真。小詞空製錦回文。孤眠恨。翠被寶香温。〔么〕故人一去無音信。望蓬萊隔幾重雲。燕未歸。春將盡。梨花庭院。和月掩朱門。

秋思酸齋索賦

鴛鴦飛起藕花洲。碧水明秋。玉人天際認歸舟。秋來後。憔悴見花羞。〔幺〕黄昏又是愁時候。柳梢頭新月如鉤。成間闊。添消瘦。新書裁就。一雁過粧樓。

郊行即事

小橋流水落紅香。兩兩鴛鴦。當爐艷粉倚明粧。深深巷。酒斾緑垂楊。〔幺〕新詩欲寫東牆上。奈桃花未識劉郎。乘興來。回頭望。眼波微溜。還許謫仙狂。

春日次陳在山韻

海棠開後一停春。過了三分。花梢紅日曉窗温。鄰姬問。忙甚不開門。〔幺〕畫屏咫尺巫山近。漬春衫都是啼痕。錦帳愁。香奩恨。最傷情處。酒醒怯燈昏。

〔南吕〕金字經

偕葉雲中山行

萬里封侯貴。一場春夢中。破帽青鞋策短笻。逢。南山採藥翁。桃花洞。白雲千萬重。

太平樂府卷五題作山行。羣珠卷二李輯小令卷下同。

訪吾丘道士

細草眠白兔。小花啼翠禽。且聽松風坐緑陰。尋。洞天深又深。遊仙枕。頓消名利心。

太平樂府題作訪道士。羣珠李輯小令同。○羣珠坐緑陰作生緑陰。

青霞洞趙肅齋索賦

酒後詩情放。水邊歸路差。何處青霞仙子家。沙。翠苔横古槎。竹陰下。小魚争柳花。

太平樂府題作青霞洞。羣珠李輯小令同。

壽彦遠盧使君

勝境藏仙洞。浩歌來醉鄉。菡萏花開十里塘。香。盧家白玉堂。仙人杖。鳳頭萱草黄。

湖上寒食

火冷嘗仙飯。酒香撒鬼錢。細雨家家楊柳烟。園。斷橋西塊邊。秋千倦。玉人争畫船。

環緑亭上

水冷溪魚貴。酒香霜蟹肥。環緑亭深掩翠微。梅。落花浮玉杯。山翁醉。笑隨明月歸。

元刊太平樂府題作溪緑亭。羣珠李輯小令同。元刊八卷本瞿本太平樂府俱作環緑亭。

開玄道院

翠巖仙雲暗。素琴冰澗長。晝永人閒白玉堂。嘗。煮茶春水香。玄泉上。鶴飛松露涼。

元刊太平樂府李輯小令巖俱作掩。元刊八卷本瞿本太平樂府俱作巖。與聯樂府合。李輯小令春水作白水。

佛會

萬壽月面佛。十方雲會僧。寶殿香風秋樹鳴。青。蓮花池上生。靈山頂。半空玉磬聲。

王國用胡琴

雨漱窗前竹。澗流冰上泉。一線清風動二絃。聯。小山秋水篇。昭君怨。塞雲黄暮天。

太平樂府題作胡琴。羣珠李輯小令同。〇太平樂府小山作小娥。羣珠李輯小令同。

題扇

玉手銀箏柱。翠濤金屈巵。正是魚肥蟹健時。詩。醉題秋扇兒。黄華字。亂風搖柳絲。

次韻

出岫白雲笑。入山明月愁。兩字功名四十秋。羞。死封不義侯。村學究。且讀書青海頭。

羣珠末句無且字。

情

雲雨山頭暗。女牛天上期。寶鼎香寒玉漏遲。推。角門花影移。鴛鴦會。莫教明月知。

〔南吕〕四塊玉

秋望和胡致居

菊又開。人何往。夜静孤眠北窗涼。月明閒上南樓望。天一方。雁幾雙。書半行。

太平樂府卷五題作秋望。羣珠卷二李輯小令卷下同。

客席胡使君席上

舞態輕。歌喉穩。十里香塵柳邊春。一聲金縷樽前韻。斂綉巾。整翠雲。點絳唇。

太平樂府題作胡使君席上。羣珠李輯小令同。

春愁

曉夢雲。殘粧粉。一點芳心怨王孫。十年不寄平安信。緑水濱。碧草春。紅杏村。

李輯小令曉夢雲作曉夢驚。

傷春

楊柳陰。秋千影。恨煞啼鵑斷腸聲。越添怨女傷春病。倚綉屏。搊錦箏。調玉笙。

胡本小山樂府卷四錦箏作銀箏。

宫中秋日

環珮輕。蓬萊淺。桂子香清小壺天。芙蓉露冷披香殿。花可憐。月又圓。人未眠。

梅友席上

已樂閒。從吾懶。虎帳風悲紫荆關。馬蹄霜凍白雲棧。冷眼看。倦鳥還。行路難。

史氏池亭

宿酒醒。良宵永。風細荷香夢魂清。月明梧葉闌干静。玉管笙。粉面箏。金字經。

東浙舊遊

鏡水邊。巾山頂。兩袖松風羽衣輕。一奩梅月冰壺净。鵲尾爐。鳳嘴瓶。雁足燈。

胡本小山樂府鏡水作錦水。

懷古疎翁索題

舞袖雲。粧臺粉。翠被濃香一時恩。黄沙妖血千年恨。虞美人。孔貴嬪。楊太真。

羣珠題作懷古。

〔正宮〕塞鴻秋

湖上即事

斷橋流水西林渡。暗香疎影梅花路。蹇驢破帽登山去。夕陽古寺題詩處。樹頭啼翠禽。水面飛白鷺。傷心和靖先生墓。

太平樂府卷一流水作淮水。

春情

疎星淡月秋千院。愁雲恨雨芙蓉面。傷情燕足留紅線。惱人鸞影閒團扇。獸爐沉水烟。翠沼殘花片。一行寫入相思傳。

太平樂府題作春暮。李輯小令卷上同。○聯樂府末句一行作一行行。茲從太平樂府及李輯小令。

道情 二首

直鈎曾下嚴灘釣。清風自學蘇門嘯。蜜蜂飛繞簪花帽。野猿坐守燒丹竈。扁舟范蠡高。五柳陶潛傲。南華夢裏先驚覺。

正音譜卷上自學作自效。坐守燒丹作夜守丹爐。

雪毛馬轡狻猊粘。神光龍吼昆吾劍。冰堅夜半踰天塹。月寒曉起離村店。一身行路難。兩鬢秋霜染。老來莫起功名念。

〔雙調〕慶宣和

春思

一架殘紅褪舞裙。總是傷春。不似年時鏡中人。瘦損。瘦損。

春晚病起 四首

燕懶鶯慵春幾何。風雨蹉跎。柳眼花心尚情多。病可。病可。

太平樂府卷二題作病起。李輯小令卷上同。

十二朱簾不上鈎。懶倚粧樓。斂翠啼紅爲誰羞。問口。問口。

太平樂府朱簾作珠簾。李輯小令同。

燕子來時人未歸。肯誤佳期。一對燈花玉蛾飛。報喜。報喜。

四壁青燈酒半酣。病骨岩岩。無斤兩腌臢擔兒擔。自攬。自攬。

聯樂府腌臢作淹嗒。玆從太平樂府李輯小令等。

毛氏池亭

雲影天光乍有無。老樹扶疎。萬柄高荷小西湖。聽雨。聽雨。

賦情

柳陣花圍雲錦窩。一見情多。恨雨愁雲病如何。爲我。爲我。

瞿本太平樂府花圍作花團。

歌者花花

蜂蝶紛紛鶯燕猜。喧滿香街。一朵妖紅爲誰開。鬬買。鬬買。

〔雙調〕撥不斷

第一樓小集

立金梯。却瑶杯。兩行紅袖君休醉。萬里黄沙客未歸。一天白月秋無際。有書難寄。

太平樂府卷二題作小集。李輯小令卷上同。

琵琶姬王氏

坐離筵。促哀絃。紅粧新畫昭君面。玉手輕彈秋水篇。青衫老泪溢江怨。幾時重見。

太平樂府題作琵琶姬。李輯小令同。○太平樂府首句作坐離船。青衫作青樓。李輯小令俱同。

客懷

抖征衫。望江南。曉奩開月衰容鑑。恨墨拈雲遠信緘。凍河膠雪扁舟纜。利名全淡。

正音譜卷下廣正譜元明小令鈔拈雲俱作粘雲。正音譜凍河作凍呵。

會稽道中

墓田鴉。故宫花。愁烟恨水丹青畫。峻宇雕牆宰相家。夕陽芳草漁樵話。百年之下。

元刊太平樂府愁烟作盤烟。李輯小令同。元刊八卷本瞿本太平樂府俱作愁烟。與聯樂府合。

〔雙調〕水仙子

維揚遇雪

蘆汀淅淅蟹行沙。梅月昏昏鶴到家。梨雲冉冉蝶初化。透朱簾敲翠瓦。莫吹簫不必烹茶。玉蓑衣人堪畫。金盤露酒旋打。預賞瓊花。

自此首起。以下至金字經別懷爲別集新樂府。

道院即事

爐中真汞長黄芽。亭上仙桃綻碧花。吟邊苦茗延清話。玄玄仙子家。小舟横淺水平沙。芳草眠馴兔。緑楊啼乳鴉。門掩青霞。

元刊太平樂府卷二玄玄上有是字。李輯小令卷上同。瞿本太平樂府無。

〔雙調〕折桂令

小金山

拂闌干仙袂飄飄。堂占波心。纜解松腰。露滿螺杯。風香翠袖。月冷鸞簫。比江上金山小小。望天邊銀海迢迢。醉倚紅橋。休説江南。西子妖嬈。

聯樂府及羣珠卷三比俱作北。兹從任校本。

小崆峒燕集

小崆峒庭院深深。老鶴長鳴。鸚鵡能吟。簾外荷香。樓前柳影。井上桐陰。七寶樹天風古林。六銖衣水月觀音。座列瓊簪。酒進金波。曲奏瑤琴。

太平樂府卷一題作小崆峒宴。羣珠李輯小令卷上同。天一閣本小山樂府作席上二字。

秋思

寫新詩紅葉胭脂。數字歸鴻。一扇涼颸。遠水空奩。殘荷老翠。倦柳荒絲。瘦嘴鼻羞看鏡子。病腰肢寬褪裙兒。間別多時。不似今年。又害相思。

〔中呂〕滿庭芳

碧山丹房

閑閑道隱。玄玄妙門。怪怪山人。予生自有神仙分。何必尋真。紅的皪花開小春。碧檀欒樹倚蒼雲。吹簫韻。觀棋夜分。沈水暖梅魂。

春怨

塵蒙玉軫。粧殘翠靨。圍褪羅裙。月明誰上秦樓問。香冷燈昏。水北花南那人。鶯來燕去三春。清明近。于飛上墳。不由我不傷神。

〔越調〕寨兒令

憶別

花見羞。泪凝眸。別時語言不應口。柳下秦謳。馬上吳鈎。何處寄風流。五湖范蠡漁舟。西風季子貂裘。青鸞遲遠信。白雁報新秋。愁。懶上小紅樓。

胡本小山樂府卷六凝眸作盈眸。

〔雙調〕殿前歡

春遊

上花臺。落紅沾滿緑羅鞋。誰家庭院秋千外。蘭麝裙釵。我閒將笑口開。也待了芳春債。何處把新詩賣。無情蝶怨。不飲鶯猜。

聯樂府裙釵作沾釵。末句飲字空格。兹並從天一閣本小山樂府。

湖上

夜遊湖。翠屏飛上玉蟾蜍。粉牆猶記題詩處。樹影扶疎。寫新詩作畫圖。雪老西泠渡。花謝孤山路。林逋領鶴。潘苑騎驢。

〔雙調〕清江引

碧山丹房早起

翠蓬一壺天地小。又是邯鄲道。尋真客到來。夢短人驚覺。泠泠玉笙松月曉。

太平樂府卷二題作丹房早起。李輯小令卷上同。〇天一閣本小山樂府太平樂府夢短俱作夢草。

張子堅運判席上　三首

功名壯年今皓首。揀得溪山秀。清霜紫蟹肥。細雨黄花瘦。牀頭一壺新糯酒。

去來去來歸去來。菊老青松在。生前酒一杯。死後名千載。淮陰侯不如彭澤宰。

聯樂府青松在作青松怪。此從天一閣本小山樂府。

雲巖隱居安樂窩。盡把陶詩和。村醪蜜樣甜。山栗拳來大。梅窗一爐松葉火。

天一閣本小山樂府末一首題作雲巖隱居。太平樂府李輯小令後二首題作閒樂。

〔越調〕小桃紅

湖上和劉時中　二首

一聲嬌燕緑楊枝。滿眼尋芳事。塔影雷峯水邊寺。夕陽時。畫船無數圍花市。三絃玉指。雙鈎草字。題贈粉團兒。

天一閣本小山樂府題作湖上。○太平樂府卷三圍作蘭。瞿本太平樂府作圍。

棹歌驚起錦鴛鴦。開宴新亭上。詩有新題酒無量。醉何妨。長吟笑倚闌干望。西湖夜涼。吴姬低唱。畫舫宿荷香。

胡本小山樂府卷五畫舫作畫船。

〔中吕〕朝天子

道院中碧桃

翠蛾恨誰。青鸞信遲。題詩記清明日。泪彈紅雨笑鄰姬。同立蒼苔地。萼緑仙人。玄都觀裏。怪劉郎不記得。今春又歸。花能幾回。且自吹笙醉。

李輯小令卷下不記得作不認得。

訪九皋使君

槿籬。傍水。樓與青山對。一庭香雪糝荼蘼。松下溪童睡。浄地留題。柴門還閉。

籠開鶴自飛。看梅。未回。多管向西湖醉。

聯樂府浄地作浄也。兹從任校本。

春思

菱花破兩邊。瑶琴斷四絃。恩又翻成怨。黄雲孤雁褪花鈿。羞掩雙鸞扇。歸燕年年。離恨綿綿。又西湖拜掃天。寺前。上船。試照我傷春面。

天一閣本小山樂府題作別情。〇李輯小令末句作試照春風面。

〔中吕〕紅綉鞋

題惠山寺

舌底朝朝茶味。眼前處處詩題。舊刻漫漶看新碑。林鶯傳梵語。巖翠點禪衣。石龍噴浄水。

蔡行甫郊居

白露離離香稻。清風小小團茅。蔡仙家只隔宋姑橋。籬邊一水繞。門外兩山高。庭前雙檜老。

太平樂府卷四題作郊居。羣珠卷四李輯小令卷下同。○聯樂府仙家上無蔡字。茲從太平樂府等。

集慶方丈

月桂峯前方丈。雲松徑裏禪房。玉甌水乳洗詩腸。蓮花香世界。貝葉古文章。秋堂聽夜講。

太平樂府月桂作月柱。李輯小令同。

〔雙調〕沉醉東風

秋夜旅思

二十五點秋更鼓聲。千三百里水館郵程。青山去路長。紅樹西風冷。百年人半紙虛名。得似璩源閣上僧。午睡足梅窗日影。

天一閣本小山樂府題作璩源山中書事。

氣毬

元氣初包混沌。皮囊自喜囫圇。閒田地著此身。絶世慮縈方寸。圓滿也不必煩人。

一脚騰空上紫雲。强似向紅塵亂滾。

天一閣本小山樂府上紫雲作入紫雲。

瓊珠臺

琪樹暖青山鷓鴣。石牀平紅錦氍毹。雲間蕚緑華。梅下蓬萊屨。倚高寒滿身香露。

相伴仙人倒玉壺。月明夜瑶琴一曲。

天一閣本小山樂府題作龍虎山瓊林臺。〇又與太平樂府卷二李輯小令卷上梅下俱作松下。

〔雙調〕慶東原

春日

鶯啼晝。人倚樓。酒痕淹透香羅袖。薔薇水蘸手。荔枝漿爽口。瓊花露扶頭。有意送春歸。無奈傷春瘦。

〔中吕〕迎仙客

春思

魚尾釵。鳳頭鞋。花邊美人安在哉。烟冷寶爐香。塵昏玉鏡臺。燕子歸來。月淡朱簾外。

括山道中

雲冉冉。草纖纖。誰家隱居山半掩。水烟寒。溪路險。半幅青帘。五里桃花店。

天一閣本小山樂府題作括蒼道中。○聯樂府天一閣本小山樂府山半掩俱作山半崦。茲從羣珠卷四。

〔雙調〕落梅風

客金陵

臺城路。故國都。濕胭脂井痕香污。後庭不知誰是主。亂蛩吟野花玉樹。

春日宮詞

催箏雁。舞鏡鸞。惜春歸蝶狂蜂亂。阿金自調銀字管。按霓裳牡丹花畔。

碧雲峯書堂

依松澗。結草廬。讀書聲翠微深處。人間自晴還自雨。戀青山白雲不去。

〔中呂〕山坡羊

酒友

劉伶不戒。靈均休怪。沿村沽酒尋常債。看梅開。過橋來。青旗正在疎籬外。醉和古人安在哉。窄。不够釃。哎。我再買。

太平樂府卷四哎作呀。羣珠卷一同。醉和羣珠作醉時。李輯小令卷下作好飲。胡本小山樂府卷五作好酒。

客高郵

危臺凝竚。蒼蒼烟樹。夕陽曾送龍舟去。映菰蘆。捕魚圖。一竿風旆橋西路。人物風流聞上古。儒。秦太虛。湖。明月珠。

太平樂府及羣珠菰蘆俱作菰蒲。李輯小令危臺作危樓。

〔南呂〕金字經

春懷

瘦影孤鸞鑑。怨聲阿鵲鹽。病起離人愁轉添。嫌。燕歸雙入簾。朱門掩。夜香不喜拈。

梅邊

雪冷松邊路。月寒湖上村。縹緲梨花入夢雲。巡。小簷芳樹春。江梅信。翠禽啼向人。

羣珠卷二巡作侵。

石門洞天

錦樹開圖障。翠峯堆髮鬟。屋老蒼雲暗紫壇。閑。玉龍耕破山。白石爛。半巖秋雨寒。

太平樂府卷五羣珠李輯小令卷下髮鬟俱作髻鬟。胡本小山樂府卷四秋雨作秋水。

仙居

白日孤峯上。紫雲雙澗邊。飢有松花渴有泉。仙。抱琴巖下眠。蟠桃宴。鶴來騎上天。

天一閣本小山樂府題作山家書事。〇聯樂府日作月。兹從天一閣本及太平樂府。天一閣本騎作飛。太平樂府桃作龍。羣珠俱同太平樂府。

別懷

海樹離懷近。月英眉黛愁。金縷一聲雙玉舟。留。共登思遠樓。重陽後。菊花風雨秋。

〔仙吕〕太常引

姑蘇臺賞雪

斷塘流水洗凝脂。早起索吟詩。何處覓西施。垂楊柳蕭蕭鬢絲。銀匙藻井。粉香梅圃。萬瓦玉參差。一曲樂天詞。富貴似吴王在時。

自此首起。以下至罵玉郎帶感皇恩採茶歌富山元宵賞燈爲外集。

〔雙調〕湘妃怨

武夷山中

落花流水出桃源。暖翠晴雲滿藥田。流金古像開香殿。步虚聲未遠。鶴飛來認得神仙。傍草漫山徑。幽花隱洞天。玉女溪邊。

六句傍草疑是芳草之譌。

山中隱居

丹翁投老得長生。白鶴依人認小名。青山换主隨他姓。嘆乾坤一草亭。半年不出巖扃。寫十卷續仙傳。和一篇陋室銘。補注茶經。

聯樂府投老作接老。小名作不名。换主作擾主。巖扃作嚴扃。此俱從天一閣本小山樂府。

懷古

秋風遠塞皂鵰旗。明月高臺金鳳杯。紅粧肯爲蒼生計。女妖嬈能有幾。兩蛾眉千古光輝。漢和番昭君去。越吞吴西子歸。戰馬空肥。

黄山道中

何人禮斗上松梢。有客題名刻樹腰。指前峯半日行來到。這山不是小。洞天寬容我詩豪。白雲觀敧仙枕。朱砂泉流藥瓢。紫蘭宫玉女吹簫。

〔雙調〕折桂回

錢塘即事

倚蒼雲拱北城高。地勝東吴。樹老南朝。翠袖聯歌。金鞭争道。畫舫平橋。樓上樓直浸九霄。人擁人長似元宵。燈火笙簫。春月遊湖。秋口觀潮。

聯樂府題目作殘唐即事。此從任校本。○聯樂府第八句原闕擁字。此亦從任校本。

紫微樓上右平章索賦

鎮錢塘太乙勾陳。玉柱擎天。綉衮生春。潮點鵝毛。山盤鳳尾。瓦甃魚鱗。近北斗三天紫宸。拂危欄兩袖白雲。可摘星辰。誰信蟾宫。著我閑身。

徽州路譙樓落成

小闌干高倚長空。壯觀山城。仿佛天宫。亹徧畫鼉。嘶殘玉鳳。漏盡銅龍。催古寺一百八曉鐘。動晨光三十六晴峯。雄視江東。萬井春風。太守神功。

湖上雪晴魯至道席間賦

想當年雁塔題名。衣錦歸來。攬轡澄清。試坐漁磯。相親蟻緑。不負鷗盟。青山老西施暮景。碧天高東魯文星。陶寫襟靈。玉手琵琶。翠袖娉婷。

天一閣本小山樂府題目席間賦作廉使索賦。○蟻緑原作蟻渌。兹改。

贈胡存善

掌梨園樂府須知。富有牙籤。名動金閨。一代風流。九州人物。萬斛珠璣。解流水高山子期。製暗香疎影姜夔。胸次清奇。笑毁黄鐘。識透玄機。

聯樂府此首原在外集之上小樓後。

〔中呂〕滿庭芳

春暮

韶光幾分。紅飄恨雨。緑染愁雲。粉痕吹上何郎鬢。買不住東君。梨花下香風玉樽。松株外落日金盆。消磨盡。尋芳故人。鶯燕自争春。

天一閣本小山樂府題作春晚感興。○天一閣本松株作松林。可從。

題小小蓬萊

蘭花旋買。靈芝未採。藕葉初裁。壺中天地春常在。畫苑琴臺。望弱水涌茫茫大海。號幽居曰小小蓬萊。柴門外。雖無俗客。童子且休開。

天一閣本小山樂府裁作栽。涌作隔。

樊氏素雲

櫻桃口脂。提君雅號。索我新詞。梨花夢裏同心事。雪比芳姿。迎皓月玲瓏玉枝。

結穠香婀娜瓊芝。題卿字。光生繭紙。頭上黑雨催詩。

天一閣本小山樂府題目樊氏上有歌者二字。〇天一閣本同心事作傳心事。

張氏玉卿

〔雙調〕燕引雛

瑩無瑕。淡粧何必御鉛華。嬌姿映雪强如畫。素手琵琶。天仙第一家。荆山下。連城價。香欺瑶草。艷壓瓊花。

天一閣本小山樂府題作玉卿席上。

雪晴過揚子渡坐江風山月亭

雪晴初。金山頂上玉浮屠。題詩風月無邊處。身在冰壺。天然泛剡圖。西津渡。南歸路。茶香陸羽。梅隱林逋。

天一閣本小山樂府題作雪後渡揚子江坐江山風月亭上。〇聯樂府泛作江。此從天一閣本小山樂府。

桐江即事

掛詩瓢。騎牛閑過問松梢。不知世上紅塵鬧。花掩雲巢。烏紗白紵袍。桐君藥。嚴陵釣。山椒暖翠。沙嘴寒潮。

天一閣本小山樂府題作桐江道中。〇天一閣本問松梢作間松梢。

〔南呂〕金字經

劉氏瑞蓮

種帶瑶池露。藕香玉井湫。曾向苕溪溪上遊。愁。結花成並頭。何時又。共登仙葉舟。

聯樂府苕溪下少一溪字。兹從任校本。

觀泉

靖節黄花徑。子猷蒼玉亭。千澗飛來六月冰。清。素琴無意聽。闌干静。白雲鐘一聲。

聯樂府聲上原闕一字。兹從任校本。

觀獵

雪點蒼鷹俊。玉花驄馬驕。廣利將軍獵近郊。袍。織成金翠毛。隨軍樂。綉旗雙皁鵰。

聯樂府獵作猶。此從天一閣本小山樂府。

〔越調〕天净沙

荷邊宿鷺

幽禽瘦聳雙肩。晚花香褪粧鈿。月淡烟寒水淺。遠江如練。夢歸西塞山前。

懷古疎翁命賦

翠芳園老樹寒鴉。朱雀橋野草閒花。烏江岸將軍戰馬。百年之下。畫圖留落誰家。

〔雙調〕清江引

張子堅席上

雲林隱居人未知。且把柴門閉。詩牀竹雨涼。茶鼎松風細。遊仙夢成鶯喚起。

湖上

去年香梅花帶雪。賽到孤山社。酒從村店賒。船問鄰僧借。梅花又開忙去也。

春晚

平安信來剛半紙。幾對鴛鴦字。花開望遠行。玉減傷春事。東風草堂飛燕子。

〔越調〕凭闌人

眾遠樓上

畫棟飛飛簾外雲。仙袂飄飄天上人。釣船歸水村。雁行出海門。

白雲鍊師山居

丹氣溶溶生紫烟。石齒泠泠鳴玉泉。住山不記年。看雲即是仙。

天台山中

雙闕瓊臺□亂峯。千樹琪花香晚風。白頭雲外翁。紫潭波底龍。

海□道院

雨後松雲生紫巖。花外茶烟生翠嵐。袖詩出道庵。探梅來水南。

〔越調〕霜角

新安八景

花屏春曉

初日滄涼。海霞摇曙光。幾摺好山如畫。晴藹藹。鬱蒼蒼。衆芳。雲景香。道人眠石牀。唤起南華夢蝶。鶯啼在。緑垂楊。

練溪晚渡

淡烟微隔。幾點投林翮。千古澄江秀句。空感慨。有誰索。拍拍。水光白。小舟争過客。沽酒歸來樵叟。相隨到。許仙宅。

南山秋色

華蓋亭亭。向陽松桂榮。背立夜壇朝斗。直下看。老人星。地靈。風物清。衆峯環翠嬴。千古仙山道氣。誰高似。許宣平。

王陵夕照

暮蟬聲咽。幾樹白楊葉。細細看雲嵐舊隱。遺廟在。表忠烈。翌結。弓劍穴。苔花碑字滅。遠水殘陽西下。今人見。古時月。

水西烟雨

沙淺波平。孤舟長日横。淡墨瀟湘八景。誰移向。富山城。浄名。踈磬聲。暮歸何處僧。明日披雲風頂。呼太白。賞新晴。

漁梁送客

浪花飛雪。船閣蒼雲缺。一片鸕鶿西照。檣燕語。柳絲結。話别。情哽咽。酒邊歌未闋。他日寄書雙鯉。順流過。釣臺月。

黄山雪霽

雲開洞府。按罷瓊妃舞。三十六峯圖畫。張素錦。列冰柱。幾縷。翠烟聚。曉粧眉更嫵。一箇山頭不白。人知是。煉丹處。

紫陽書聲

樓觀飛鶩。好山環翠屏。誰向山中講授。朱夫子。魯先生。短檠。雪屋燈。琅琅終夜聲。傳得先儒道妙。百世下。以文鳴。

〔中吕〕上小樓

九日山中

白雲與俱。青山無數。笑脱紗巾。卧品瓊簫。醉解金魚。盡一壺。酒再沽。不知歸路。惜黄花翠微深處。

茅山書事

蕉風半篷。藤花一架。劍氣穿雲。丹光漏月。飯顆蒸霞。棗似瓜。酒滿斝。仙翁留話。鶴飛歸隱居松下。

湖上

松風滿身。蓮花古寺。涼月嬋娟。翠羽參差。小屋茅茨。酒醒時。争賦詩。西湖清思。訪孤山愛梅處士。

春思　十五首

屏山倦倚。眉尖蹙翠。怪煞書遲。盼得人回。又怕春歸。綉枕推。初睡起。憂心如醉。問西園海棠開未。

春光未歸。佳人沉醉。庭院深深。楊柳依依。燕子飛飛。玉漏遲。翠管吹。綠情紅意。月兒高海棠初睡。

天一閣本小山樂府題作春晚。○聯樂府遲吹兩字皆疊。此從天一閣本。

荒園數畝。寒梅幾樹。廢沼鳴蛙。疎籬吠犬。夜月啼烏。載乘輿。搥畫鼓。蘭舟何處。泣西風翠芳人去。

天一閣本小山樂府題作湖上廢苑。○聯樂府沼字闕。此從天一閣本。

東風酒家。西施堪畫。打令續麻。擷竹分茶。傍柳隨花。不上馬。手廝把。傳情羅帕。小紅樓斷橋直下。

天一閣本小山樂府題作湖上春日。○聯樂府四句作擷拍分花。此從天一閣本。

寒潭玉龍。仙山幺鳳。春到南枝。人在西樓。笛怨東風。曲未終。酒不空。羅浮仙夢。月黄昏暗香浮動。

天一閣本小山樂府題作梅邊即事。○聯樂府春到作春斷。此從天一閣本。

離愁自解。芳心無奈。燕䩞金釵。翠冷羅鞋。鳳去瑶臺。春又來。花自開。蘇娘何在。玉驄西湧金門外。

天一閣本小山樂府題作感舊。○聯樂府去字闕。此從天一閣本。

花開后土。鶴鳴仙柱。明月高樓。臨都老樹。落日平蕪。翠袖扶。醉老夫。金盤香露。教吹簫玉人何處。

天一閣本小山樂府題作客維揚。○聯樂府后土作後土。此從天一閣本小山樂府及勞校聯樂府。

前程萬里。相思兩地。燕國天寒。吴江月冷。楚岫雲迷。綉幕圍。錦帳垂。朱門深閉。燕來也那人歸未。

天一閣本小山樂府題作别懷。○聯樂府深閉作空閉。此從天一閣本。

湘皋二妃。瑶池相會。不御鉛華。盡解紅衣。半露冰肌。白鳳飛。翠蓋攲。玉簪斜墜。粉雲香一奩秋意。

天一閣本小山樂府題作白蓮。

誰家艷姝。天然洛浦。秋水芙蕖。春風笑語。道樣粧梳。爲交甫。解佩珠。花前相遇。紫雲深綵鸞仙去。

天一閣本小山樂府題作書所見。〇聯樂府仙去作先去。勞校聯樂府作飛去。此從天一閣本。

寒食禁烟。尋芳人倦。醉墨銀箋。新詞羅扇。小袖金鞭。最可憐。信杳然。蒼苔庭院。想桃花去年人面。

天一閣本小山樂府題作春晚感舊。〇聯樂府墨上闕醉字。此從天一閣本。

陽關畫圖。高唐詞賦。水遠魚沉。節去蜂愁。月冷鸞孤。盡酒壺。灑泪珠。長亭西路。鷓鴣啼夕陽紅樹。

天一閣本小山樂府題作送別。〇聯樂府四句作郎去蝶愁。此從天一閣本。

雲萍浪梗。楊花心性。半紙虛名。萬里修程。一樣離情。搊錦箏。合鳳笙。無心閒聽。爲相思玉人成病。

天一閣本小山樂府題作憶別。〇聯樂府首句作雲萍蕩漾。失韻。兹從天一閣本。天一閣本一樣作一彖。

雲屏幾宵。華胥一覺。翠管聲乾。青鸞信杳。玉蕊香銷。蘇小小。張好好。千金買笑。今何在玉容花貌。

天一閣本小山樂府題作德懷古。有脱字。

西湖晚涼。憑闌凝望。人過蓮船。橋横柳浪。酒捲荷觴。雲錦張。水鏡香。波光搖蕩。鷺鷥兒釣魚磯上。

天一閣本小山樂府題作西湖晚望。

〔南吕〕罵玉郎帶感皇恩採茶歌

富山元宵賞燈

朱衣錦帶黄金鐙。前後羽林兵。當空皓月懸秋鏡。蘭麝馨。簫鼓鳴。天街浄。燈界珠繩。春藹花屏。御輦上翠逍遥。宫林傳金錯落。歌女□玉娉婷。賞良夜好景。聽樂府新聲。慶元正。□隊伍。樂昇平。待天明。未收燈。寶箏前殿引長生。鐵甕千年富山城。西臺一點老人星。

聯樂府原分三曲。首曲題作富山元宵賞燈。後二曲各作前題。○闕字處原作空格。○以上張小山北曲聯樂府所收之曲終。

〔正宫〕黑漆弩

爲樂府焦元美賦用馮海粟韻

畫船來向高沙駐。便上躡探梅吟屨。對金山有玉娉婷。兩點愁峯眉聚。〔幺〕倚西風目斷行雲。懶唱大江東去。借中郎爨尾冰弦。記老杜曾遊此處。

自此首起。以下至水仙子石崇猶自恨無錢止共小令一百一十八首。皆依次輯自天一閣本小山樂府。曲末不逐一注出處。小山樂府中之曲。見北曲聯樂府者共四十餘首。兩書文字有出入處已作校語。此一百一十八首中。湘妃怨吹簫按舞月當軒一首。亦見李輯張小山小令卷上及胡本小山樂府卷一。上小樓亭臺土花一首。亦見李輯小令卷下胡本小山樂府卷四及樂府羣珠卷一。其餘一百一十六首。皆爲他書所無。

別高沙諸友用鸚鵡曲韻

相從一月秦郵住。笑我是不耕種村父。話醒吟酒不成歡。燈下怯雲羞雨。〔幺〕想梅花夢到孤山。又逐雪鴻南去。寨兒中燕侶鶯儔。遠望我認旗指出。

〔雙調〕湘妃怨

樂閑

吹簫按舞月當軒。載酒尋花雪滿船。題詩試墨雲生硯。樂清閑塵世遠。想當年利惹名牽。萬里天山箭。三冬冰窖氈。争似林泉。

張小山小令塵世作塵事。

德清長橋書事

花前白酒一葫蘆。寺下蒼松五大夫。峯巒出没雲無數。高房山春曉圖。小闌干扶我詩臞。雪點前灘鷺。錦鱗活水魚。心却西湖。

葫上原衍壺字。

桐江上小金山

蘆花淺水釣舟閑。老樹蒼烟倦鳥還。渾疑多景樓前看。玉浮圖十二闌干。枕鯨波百尺孱顔。樵唱滄浪外。鐘聲紫翠間。小似金山。

湖上感舊

魚肥酒美謝三郎。鶯老花殘黄四娘。相逢一笑西湖上。十年前羅綺鄉。畫船閑今日淒涼。翠袖人何在。空庭蝶自狂。飛去鴛鴦。

二句鶯老花殘原作鶯花老殘。兹改。鄉上原衍香字。

紀行

黄雲縹緲四明山。緑水潺湲七里灘。碧桃零落雙峯澗。往來圖畫間。爲吟詩倚遍闌干。丹鼎龍光現。仙衣鶴氅寒。月滿天壇。

春思　二首

糶風賣雨孔方兄。望月瞻星蘇小卿。正青春害這場温柔病。到中年恰待醒。讀書齋冷冷清清。做一枕松風夢。想十年花月情。誤盡功名。

青上原衍小字。

懶尋梧葉把詩題。不似楊花到處飛。空勞柳線將情繫。傷春魂夢裏。看看瘦損冰肌。

並頭枕孤眠慣。畫眉郎相見遲。辜負佳期。

送人之官南中

橫江酒肆翠藤根。落日人家丹荔村。孤城官舍蒼梧郡。水茫茫生暮雲。爲功名不愛閑身。樹隱隱含烟瘴。山重重入鬼門。少見行人。

德清觀梅

泠泠仙曲紫鸞簫。樹樹寒梅白玉條。飄飄野客烏紗帽。花前相見好。倚春風其樂陶陶。一去孤山路。重來何水曹。醉上金鼇。

席上次梅友元帥韻

九華峯頂禮三茅。五色雲中按六么。雪迷花下燒丹竈。一壺天地小。銷不盡千古詩豪。拂袖騎丹鳳。吹笙醉碧桃。散誕逍遥。

次韻金陵懷古

朝朝瓊樹後庭花。步步金蓮潘麗華。龍蟠虎踞山如畫。傷心詩句多。危城落日寒鴉。鳳不至空臺上。燕飛來百姓家。恨滿天涯。

春晚即事

榆穿老莢散平蕪。藕鑄新荷點玉壺。小錢兒難買東君住。問園林誰是主。大家提一葫蘆。花前去。紅袖扶。不醉何如。

東君原作君東。

重遊會稽

鏡湖涼月杜陵詩。梅屋空山夏后祠。蘭亭曲水羲之字。重來憶舊時。小蓬萊樓閣參差。毛竹生銀筍。香蓴買玉絲。慰我相思。

酒邊索賦

舞低楊柳困佳人。醅潑葡萄醉晚春。詞翻芍藥分難韻。樂清閑物外身。生前且自醺醺。范蠡空遺像。劉伶誰上墳。衰草寒雲。

多景樓

長江一帶展青羅。遠岫雙眉斂翠蛾。幾番急櫓催船過。不登臨山笑我。倚闌干儘意吟哦。月來雲破。天長地闊。此景能多。

蘇隄即事

秋雲醉墨灑龍池。夜雪吟篷宿虎溪。馬蹄又上吴山翠。知音今有誰。小桃應怪來遲。一葉流詩句。百花裁舞衣。同賞蘇隄。

馬蹄原作馬啼。

春晚

愁紅慘緑泪千行。帶草連真紙半張。小名兒正向鴛鴦上。不由人不斷腸。想才郎何日成雙。胡蝶結青絲障。鳳凰枝紅錦囊。總是思量。

瑞安道中

篷低小似白雲龕。山好青如碧玉簪。掛漁網茶竈整詩擔。沙鷗驚笑談。一絲烟兩袖晴嵐。題遍松風閣。來看梅雨潭。夜宿仙巖。

三句原譌作掛網漁筒整茶竈整詩擔。兹改。鷗原作漚。

〔中呂〕滿庭芳

春情

傳杯弄斝。家家浪酒。處處閑茶。是非多不管傍人□。算得箇情雜。錦胡洞雕鞍詐馬。玉娉婷妖月嬈花。朱簾下。香銷寶鴨。按舞聽琵琶。

四句闕字疑應作罵。

黄巖西樓

風清霽宇。霞舒爛錦。雲隱浮圖。千巖黄葉秋無路。涼怯詩臞。玄鶴去空遺倦羽。白龍眠懶吐明珠。西山暮。憑闌弔古。無雁可傳書。

東嘉林熙齊小隱

城南舊隱。蒼苔暈雨。喬木屯雲。生平喜有林泉分。不染紅塵。清淺水梅花又春。碧遠樓山色於人。成嘉遯。箄房睡穩。斜月照琴樽。

於人疑應作宜人。房上之字原不可識。形近箄字。改爲此字。

歌者素娟

鉛華盡洗。南州瓊樹。姑射冰肌。櫻桃樊氏名相類。白也無敵。粉蝶妒寒梅破蕊。玉蟾驚秋月揚輝。絶纖翳。巧笑倩兮。無地着明妃。

次韻雪竹

金絲柳枝。冰羅帕子。玉靶刀兒。贈行人道不出別離字。泪洗燕脂。俏蘇卿你休來左使。病文園敢不爲相思。有一件關心事。花箋半紙。血寫就斷腸詩。

卿上原衍郎字。

即景

空林暮景。疎梅瘦影。老樹秋聲。倚闌干千古南樓興。斗轉參横。命仙客聯詩賦鼎。試佳人按曲吹笙。無心聽。寒江月明。鼓瑟怨湘靈。

開玄道院即事

松風洗耳。冰泉翠茗。玉洞瓊芝。巖栖曾約回仙至。字掩藤枝。賦西月亭中小詞。想南風殿上聯詩。玄門事。虚皇密旨。鳴劍佩上京師。

雲林隱居

雲林隱居。新詩綴玉。小篆垂珠。畫圖得見蕭協律。文尚歐蘇。辨汲冢數十車簡書。笑齊奴三四尺珊瑚。修閑處。清風泰宇。秋月浸冰壺。

三下原衍奴字。

春情

簷前小打。樓心蹴踘。窗下琵琶。狂輕不管鄰□駡。浪酒閑茶。塗醉墨春箋柳芽。弄輕鞭駿馬桃花。有多少知心話。玉纖緊把。行到那人家。

四句闕字疑應作姬。

〔雙調〕折桂令

姑蘇懷古

小闌干高入雲霞。不似當年。樂事豪華。老樹僧居。垂楊驛舍。亂葦漁家。看一片夕陽暮鴉。想三千宮女荷花。何處吴娃。我有新詞。説與夫差。

庚午臘月二十日立春次日大雪盧彦遠使君索賦

東君造化多才。昨夜春來。今日花開。粉暈蒼苔。冰絲翠柳。綵勝金釵。白鳳舞仙山玉海。紫簫吹明月瑶臺。何處傷懷。寂寞袁安。緊閉書齋。

春晚有感

燕鶯春歌舞排場。幾點吴霜。壓定疎狂。曲補霓裳。茶分鳳髓。墨染龍香。千鍾酒百年醉鄉。十分愁三月韶光。繫馬仙莊。寄語雲娘。老却崔郎。

開元館石上紅梅

想桃根桃葉誰家。有姑射山人。笑上仙槎。秀靨凝脂。明粧暈酒。暖信烘霞。渾未許牆頭杏花。是偷嘗鼎内丹砂。清思交加。疎影横斜。老石槎牙。

溪月王真人開元道院 二首

木香亭蕉影窗紗。路入桃源。門掩仙家。堂覆黄雲。香飛絳雪。袖拂青霞。鮫血古熒熒劍花。麝煤温顆顆丹芽。聽罷南華。欲問溪翁。暫借仙槎。

末句仙旁原有星字。應是舊校。

洗巾衣何處尋真。大隱橋西。别是乾坤。山外清溪。空中白月。島上紅雲。開李耳玄玄妙門。畫榴皮口口山人。願卜芳鄰。塵世淡凉。此地長春。

壽溪月王真人

錦芙蕖玉府清虚。陸地神仙。世□蓬壺。春酒霞觴。雷文翠鼎。寶篆瓊符。環緑亭前畫圖。開元堂上琴書。山繞山居。吾愛吾廬。召入皇都。

三句原脱一字。觴原作傷。

席上有贈

女温柔名冠西州。柳媚蜂腰。扇掩鶯喉。賣俏殷勤。承歡體態。逞俊風流。上廳角烟花帥首。下場頭沙草骷髏。兩鬢驚秋。説與吴姬。休戀秦樓。

九月八日謎社會于文昌宫

試登高先做重陽。籬落黄花。虀臼橙香。隱語詩工。清樽酒美。勝地文昌。喜今日湖山共賞。怕明朝風雨相妨。歸路倘佯。一片秋聲。兩袖嵐光。

黄花下原衍黄字。

西湖送别

餞東君西子湖濱。恨寫蘭心。香瘦梅魂。玉筋偷垂。雕鞍慢整。錦帶輕分。長亭柳短亭酒留連去人。南山雲北山雨狼藉殘春。蝶妒鶯嗔。草怨花顰。今夜歌塵。明日啼痕。

北下原衍人字。

送别

客風流玉友温柔。一片離情。萬里清秋。桂影簾櫳。荷花庭院。蘆葉汀洲。山隱隱藏君舊遊。雨絲絲織我新愁。共語危樓。未出陽關。且聽涼州。

太真病齒圖

沉香亭嚼徵含商。舞挫霓裳。病倚香囊。粉褪殘粧。腮擎膩玉。飲怯涼漿。貶李白因他口傷。鬧漁陽爲我脣亡。今夜淒涼。懶扣紅牙。憔悴三郎。

浮石許氏山園小集

上浮石不泛浮槎。當日河源。今夕仙家。煮酒青梅。涼漿老蔗。活水新茶。靈冷蘭英玉芽。風香松粉金花。兩部鳴蛙。百巧流鶯。數點歸鴉。

觀天寶遺事

荔枝香舞態婆娑。天子無愁。樂事如何。塵滿金鑾。風生鐵騎。雨暗銅駝。蜀道難□知坎坷。月宮寒不戀姮娥。注馬平坡。錦襪羞看。翠輦重過。

鑾上原衍鞍字。七句原脱一字。

湖上

引壺觴何處倘佯。南浦離情。西子穠粧。遠岫螺青。平坡鴨緑。嫩柳鵝黄。有倦客思量故鄉。不吟詩辜負韶光。玉手相將。脆管悠揚。醉墨淋浪。

春情

恨東君辜負閒身。芳徑生苔。錦瑟凝塵。覽鏡心寒。裁書耳熱。對酒眉顰。怨女空懷暮春。落花不管愁人。何處銷魂。絮遠蜂狂。柳暗鶯嗔。

高郵即事疊韻

客多才無奈愁懷。春隔蓬萊。凍解秦淮。眼擘金釵。情裁柳帶。粉改桃腮。待月來雲埋鳳臺。愛花開人在天台。香靄書齋。緑界蒼苔。半折羅鞋。懶驀瑶階。

秦淮上原衍情字。

惠山趙蒙泉小隱

纜吴松雪夜漁槎。笑脱青衫。牢裹烏紗。不負鷗盟。空驚蝶夢。□厭蜂衙。白雲外龐居士家。錦池中優鉢羅華。老向烟霞。對月看經。遞水烹茶。

六句原脱一字。

〔雙調〕燕引雛

有感

透閨閣。俏名兒都識鄭元和。老來猶占排場坐。勸不的哥哥。無錢也怎過活。相識每嗑。推不動花磨。朱顔去了。還再來麽。

西湖春晚

繫吟船。西湖日日醉花邊。倚門不見佳人面。夢斷神仙。清明拜掃天。鶯聲倦。細雨閑庭院。花飛舊粉。苔長新錢。

別情

楚雲深。花殘月小夜沉沉。玉人不見淒涼甚。往事沉吟。香寒茉莉簪。塵冷芙蓉枕。淚淡胭脂添。好因女子。愁似秋心。

七句添字失韻。疑應作浸。

分水道中

樹槎牙。清溪九曲路三叉。相逢野老別無話。勸早還家。山翁兩鬢花。題詩罷。看一幅天然畫。炊烟茅舍。晴雪蘆花。

〔中呂〕普天樂

別情

一點志誠心。百步裴回意。花迎笑眼。柳妒愁眉。親傳旖旎詞。自首風流罪。把似當初休相識。今日倒省得別離。天知地知。前程萬里。兩下分飛。

〔越調〕柳營曲

西山即事

挽薜蘿。倚嵯峨。人生勝遊能幾何。翠輦經過。彩筆吟哦。御墨尚巖阿。緑槐夢已南柯。蒼松老似東坡。泉來山虎跑。花笑野猿歌。爲甚麽。僧寺占雲多。

湖上

歌念奴。和昂夫。西風畫船同笑語。水竹幽居。金碧浮圖。倒影浸冰壺。山翁醉插茱萸。仙姬笑撚芙蕖。舞闌雙鸕鴣。飲盡一葫蘆。都。分韻賦西湖。

葫上原衍壺字。

湖上晚興

老畫師。早春時。寫松邊，雙白鷺鷥。撚斷吟髭。點綴新詞。漁舍小茅茨。寒香帶雪南枝。晚粧臨水西施。破蒼苔斑竹枝。載紅粉畫船兒。詩。題滿水仙詞。

歌者玉卿

風清壓錦叢。侍金童。蕊珠仙暫來塵世中。筍指纖穠。花貌春紅。瑶臺上記相逢。環珮丁東。月明仙掌芙蓉。琴橫秋水冷。釵墜曉雲鬆。天寶宫。驚走薛瓊瓊。

琴上原有瑟字。冷原作冷冷。瓊瓊原作瓊。

投閑即事

文君古石斗灘。劍門關。上青天不如行路難。世事循環。春色闌珊。人老且投閑。調休彈。疎翁樵唱新刊。梅亭十二闌。茅屋兩三間。看。一帶好江山。

自會稽遷三衢三首

守巖扉洞疊錦箋。卷青氈。行藏去住皆信天。夢筆名賢。載酒謫仙。相勸苦留連。口白猿。伴漁蓑花下紅鴛。拜辭了劉寵錢。笑上子猷船。遷。風月浩無邊。

鏡湖上騎高臥軒。賜榮園。風流晉唐人物賢。高會山川。秦望風烟。翠冷雨餘天。馬乘船。翠微中急管繁弦。浣紗中爭艷冶。採蓮女鬬嬋娟。還。此景有誰傳。

詩酒緣。醒吟編。若耶山父老相愛憐。賀鑑湖邊。夏后祠前。容我蓋三椽。桃花流水神仙。竹籬茅舍林泉。五十畝種秫田。三兩隻釣魚船。遷。移入小桃源。

包山書事

倚翠微。俯清溪。青山萬里猿夜啼。怪我來遲。拂雪而歸。月冷翠蘿衣。嘯白猿如醉如癡。遠紅塵無是無非。吟幾篇絶句詩。看一局柯爛棋。飢。不採首陽薇。

月下原衍來字。

酒邊有訴秀才負心爲作問答

望妾身。改家門。見書生可人情意親。夢撒么分。受盡艱辛。撅丁罵卜兒嗔。閃煞人也短命郎君。盼煞我也遥受夫人。皺雙眉淡翠蛾。寬四指褪羅裙。又一春。花老月黄昏。

又答

秀才貧。記相親。題花彩箋塗醉粉。念我白身。誤却青春。千里踐紅塵。寄將來錦字回文。看承做楚岫行雲。便金榜上標了賤名。絲鞭下就了新婚。色甚麽哏。包也還你做二夫人。

〔中吕〕朱履曲

歸興

堂上先生解印。松邊雅子迎門。歸來不管晉無人。鶯花新伴等。鵝鴨舊比鄰。怕稱呼陶令尹。

山中書事

一夢黄粱高枕。千年白雪遺音。野猿嗔客訪雲林。瓦溝彈桂子。石磴拂松陰。仙翁留共飲。

題目山中上原衍書字。

秋江晚興

雨驟風狂已過。酒朋詩伴無多。一舸飄然占烟波。新炊菰米飯。道和竹枝歌。蘆花深處趖。

湖上有感

玉雪亭前老樹。翠烟橋外平蕪。物是人非謾嗟吁。海榴曾結子。江燕幾將雛。名園三換主。

山中秋晚

雲頂陳搏高枕。山頭杜甫長吟。秋客無風到西林。泉鳴溪漱玉。菊老地鋪金。葉紅山衣錦。

三句秋客無風下原衍客字。

爛柯洞

永日長閒福地。清風自掩巖扉。樵翁隨得道童歸。蒼松林下月。白石洞中棋。碧雲潭上水。

春晚

朝雨過紅銷錦障。晚風狂香散珠囊。杜鵑聲裏又斜陽。三月當三十日。一醉抵一千場。緑陰濃芳草長。

仙遊　二首

題姓字列仙後傳。寄情懷秋水全篇。玲瓏花月小壺天。煮黄金還酒債。種白玉結仙緣。袖青蛇□閬苑。

末句原脱一字。

伙火山中丹竈。順流溪上詩飄。鶴聲吹過紫雲橋。苔封山徑冷。松倚石牀高。花藏仙洞小。

〔雙調〕落梅風

湖上

山翁醉。仙子扶。草新詞粉箋霜兔。船頭晚涼湖上雨。錦鴛鴦傍花飛去。

春晚 二首

彈珠泪。上寶車。柳青青渭城官舍。杜鵑又啼春去也。兩無情水流花謝。

穠粧褪。蘇幕遮。過清明小樓春夜。剔銀燈快將詩句寫。曉風寒海棠花謝。

春情

空凝竚。不見他。畫簾垂柳花飛過。髻雲偏翠斜金鳳彈。碧痕香綉窗茸唾。

水爆仗

械雲氣。走電光。翠烟流洞庭湖上。起蟄龍一聲何處響。碎桃花禹門春浪。

春晚

尋花徑。夢草池。乳鶯啼牡丹開未。荒涼故園春事已。謝東風補紅添翠。

玄文館雪夜飲金盤露食馬頭

尋梅處。泛剡圖。白模糊小橋無路。仙霞洞中清事足。金盤露馬頭香玉。

席上爲真士陳玉林作

溪船去。山竹折。玉成林小窗清夜。銷金党家何處也。攬瓊酥惠船明月。

二句原作山作竹折。

春思

嬌鶯韻。乳燕聲。盼歸舟玉人成病。趁東風遠遊不見影。浪兒每柳花心性。

〔雙調〕慶東原

春思

垂楊徑。小院春。爲多情減盡年時俊。風摇翠裙。香飄麝塵。花暗烏雲。千里意中人。一點眉尖恨。

〔中吕〕朝天子

箏手愛卿

丹山鳳鳴。黄雲雁影。笙歌罷簾幃静。纖纖香玉扣紅冰。一曲伊州令。院體瓊瓊。秋水盈盈。不由人不愛卿。有情。月明。酬我西湖興。

水晶斗杯

小奴。捧出。照見纖纖玉。一方寒碧碾冰壺。印萬斛葡萄緑。米老斟量。謫仙襟度。

子不容范亞父。醉餘。喚取。蕭賓客題詩去。

讀永嘉孝女丁氏盧氏傳爲賦

丁氏捕魚。盧娘跨虎。千古傷心處。事親盡孝死何如。廟貌臨江渚。男子狂圖。不養父母。反不如之二女。掩書。嘆吁。歸守先人墓。

何如原作如何。失韻。兹改。

題馬昂夫扣舷餘韻卷首

酒邊。扣舷。一曲涼州遍。洞簫吹月鏡中天。似寫黄岡怨。自貶坡仙。風流不淺。鶴飛來又幾年。題花錦箋。採蓮畫船。歸賽西湖願。

岡原作崗。字書無此字。兹據自貶坡仙句改。

〔中吕〕快活三過朝天子

偕程令尹遊烟蘿洞

農成耒耜功。吏散簿書叢。一樽還許野人同。郊外聯飛鞚。二公。意濃。破五日淵明俸。梅邊醉袖裊花風。樂與漁樵共。踞虎登龍。翔鸞飛鳳。晴山千萬峯。留連醉翁。招邀妙容。同入烟蘿洞。

春思

花前想故人。樓下幾銷魂。一聲孤雁破江雲。望斷無音信。倚門。夜分。月淡寒燈盡。梅梢窗外影昏昏。花落香成陣。泪粉啼痕。傷春方寸。飄零寄此身。爲君。瘦損。不似年時俊。

〔南吕〕四塊玉

客中九日

落帽風。登高酒。人遠天涯碧雲秋。雨荒籬下黄花瘦。愁又愁。樓上樓。九月九。

〔越調〕天净沙

書所見

窺簾□語喧闐。避人體態嬋娟。門外金鈴吠犬。誰家宅院。杏花牆裏秋千。

首句原脱一字。

松陽道中

松陽道上敲吟。柳陰樹下披襟。獨鶴歸來夜深。夢回仙枕。清溪道士相尋。

〔中吕〕迎仙客

湖上

鏡出匣。玉無瑕。春風畫圖十萬家。吃剌剌輾香車。慢騰騰騎俊馬。一片飛花。减動西風價。

四句吃剌剌原作吃剌。兹據下句改。

歌姬程心玉有簾捲新凉之語遂足成之

窈窕娘。淡梳粧。夫容鬢邊茉莉香。翠荷觴。錦荔漿。簾捲新凉。人醉西樓上。

觴上原衍香字。

〔雙調〕清江引

張子堅運判席上

仙人掌心青數朵。山小乾坤大。不知明月來。且向白雲卧。陳摶枕頭閑伴我。

飄飄落梅風正冷。緩步蒼苔徑。一溪流水聲。半夜扁舟興。月明草堂人未醒。

秋風滿園三徑花。買得閑無價。從前險處行。夢裏説着怕。連雲棧高騎瘦馬。

酒邊題扇

華堂舞裀圖畫展。兩行如花面。鵝黄淡舞裙。蝶粉香歌扇。閒搊玉箏羅袖卷。

行原作汙。

昭君怨

花間夢乘白玉輦。上馬精神倦。哀彈夜月情。別泪春風面。雁歸不知多近遠。

過劉山

西風小亭黄葉多。鶴領神仙過。雲來緑樹平。水迸青山破。天然圖畫添上我。

松江海印精舍

道人不眠中夜起。小立莓苔地。九枝燈上花。四塔庭前檜。梅窗月明清似水。

永嘉泛湖

秋雲錦香招畫船。一步一箇描金扇。花前北海樽。湖上西施面。登樓有誰思惠遠。

次必庵趙萬户韻

巖扃帶雲長是掩。不許猿鶴占。黄庭盡日觀。白髮無心染。研朱又將周易點。

老王將軍

綸巾紫髯風滿把。老向轅門下。霜明寶劍花。塵暗銀鞍帕。江邊草青閑戰馬。

春情

園林且休題杜宇。未了吟春句。殘花酒醒時。芳草人歸處。東風小樓聽夜雨。

〔南吕〕金字經

菊邊

細切銀絲鱠。笑簪金鳳毛。酒污仙人白錦袍。教。玉人吹玉簫。木蘭櫂。月明楊柳橋。

別情

鑑影羞眉月。枕痕融臉霞。不見才郎憔悴煞。他。暮春方到家。別時話。灞橋楊柳花。

客西峯

夜禮天壇月。曉餐仙洞霞。客至西峯小隱家。茶。翠巖□碧芽。松陰下。石苔鋪紫花。

五句原脱一字。芽原作牙。

海印方丈

海印波心月。塔鈴天外風。一點圓明萬法空。紅。燭花垂玉蟲。梨雲夢。小窗梅影重。

鴻山楊氏南園

白玉獅蠻帶。紫金獬豸冠。偃月堂深愁萬端。官。不如梁伯鸞。青松畔。一壺天地寬。

端原作瑞。

惠山寺

石刻維摩像。桂香兜率宫。一線甘泉飲九龍。松。翠濤翻半空。若冰洞。試尋桑苧翁。

玄元宫即事

桂子黄金樹。竹陰蒼玉軒。閒處閒閒玄又玄。淵。九龍山下泉。雲遊遍。紫霞成地仙。

偕李溉之泛湖

杏雨沾羅袖。柳雲迷畫船。爛醉花前李謫仙。聯。半篇人月圓。泥金扇。草書題王蓮。

篇原作扁。

江上即事

翠樹擎殘月。緑波浮嫩烟。正是新晴雨後天。眠。醒吟李謫仙。沙鷗見。亂飛迎畫船。

觀九副使小打 二首

静院春三月。錦衣來衆官。試我花張董四攛。搬。柳邊田地寬。湖山畔。翠窩藏玉丸。

攛原作攛。失韻。兹改。

步款莎烟細。袖慳猿臂揙。一點神光落九天。穿。萬絲楊柳烟。人争羨。福星臨慶元。

〔中呂〕上小樓

題釣臺

亭臺土花。江山圖畫。遁跡烟霞。罷念榮華。問別官家。泥布襪。上御榻。龍身偃亞。不輕了故人足下。

〔雙調〕水仙子

翰林風月進多才。滿袖春風下玉階。執金鞭跨馬離朝外。插金花墜帽歪。氣昂昂胸卷江淮。昨日在十年窗下。今日在三公位排。讀書人真實高哉。

歪原作歪。

石崇猶自恨無錢。彭祖焚香願萬年。唐明皇猶道無家眷。劉伶道天生酒量淺。陳摶晝夜無眠。秦始皇□招人怨。遭王巢道何曾有罪愆。都瞞不了慘慘青天。

以上水仙子二首在天一閣本小山樂府全書最末。與前列湘妃怨諸曲不在一處。疑非小山作。○

六句七句待校。王疑應作黄。末句了字原闕。○輯自天一閣本小山樂府之曲終。

〔正宮〕小梁州

篷窗風急雨絲絲。笑撚吟髭。淮陽西望路何之。鱗鴻至。把酒問篙師。〔么〕迎頭便説兵戈事。風流再莫追思。塌了酒樓。焚了茶肆。柳營花市。更呼甚燕子鶯兒。筆花集　雍熙樂府二〇

秋風江上棹孤舟。烟水悠悠。傷心有事賦登樓。山容瘦。楓樹替人愁。〔么〕樽前細把茱萸嗅。問相知幾箇白頭。樂可酬。人非舊。黄花時候。枉負晉風流。筆花集　雍熙樂府二〇

秋風江上棹孤航。烟水茫茫。白雲西去雁南翔。推篷望。情思滿滄浪。〔么〕東籬誤約陶元亮。過了重陽。自感傷。何情況。黄花惆悵。空作去年香。鈔本陽春白雪後集一　筆花集　雍熙樂府二〇

雍熙樂府有小梁州六首。注小山撰。前三首玉壺春水浸晴霞。兩峯晴翠插波光。冰壺光浸水精寒。已見後集蘇隄漁唱。兹輯其後三首於此。惟後三首又見湯式筆花集。而末首復見鈔本陽春白雪所選小山曲中。但鈔本白雪注明所選小山小梁州係因原版已缺而鈔補者。是則是否誤補。

不得而知。校記參閱湯曲。

〔仙吕〕錦橙梅

紅馥馥的臉襯霞。黑髭髭的鬢堆鴉。料應他。必是箇中人。打扮的堪描畫。顫巍巍的插著翠花。寬綽綽的穿著輕紗。兀的不風韻煞人也嗏。是誰家。我不住了偷睛兒抹。太和正音譜下　北詞廣正譜　元明小令鈔

北詞廣正譜元明小令鈔必是俱作必定是。

〔南吕〕金字經

樂閒

百年渾似醉。滿懷都是春。高臥東山一片雲。嗔。是非拂面塵。消磨盡。古今無限人。張小山小令下　小山樂府四

張小山小令渾似作渾是。○曲末所注小山樂府指胡莘皞鈔本。下同。

范蠡黄金像。謫仙白玉杯。不若淵明解印歸。誰。似他能見機。醺醺醉。免人談是

非。張小山小令下　小山樂府四

春閨

粉淡孤鸞鏡。夢迴雙鳳臺。滿院東風花正開。猜。玉奴何處來。闌干外。插花尋玉釵。張小山小令下　小山樂府四

梅友元帥席上

粉箏才搊罷。錦箋初展開。小小機關走智兒猜。挨。小桃花下來。堪人愛。翠雲簪玉釵。樂府羣珠二

〔中呂〕齊天樂過紅衫兒

隱居

潛身且入無何。醉裏乾坤大。蹉跎。和。鄰友相合。就山家酒嫩魚活。當歌。百無拘逍遥。千自在快活。日日朝朝。落落跎跎。酒甕邊行。花叢裏過。沉醉後由他。

今日紅塵在。明日青春過。枉張羅。枉張羅。世事都參破。飲金波。飲金波。一任傍人笑我。梨園樂府下　太和正音譜下　樂府羣珠一　北詞廣正譜　九宫大成一三

梨園樂府題作隱居。不注撰人。太和正音譜樂府羣珠北詞廣正譜注小山作。羣珠題同梨園。○梨園樂府落落作樂樂。枉作往。羣珠無拘下有束字。枉作往。

〔商調〕梧葉兒

次韻

鴛鴦浦。鸚鵡洲。竹葉小漁舟。烟中樹。山外樓。水邊鷗。扇面兒瀟湘暮秋。太平樂府五　張小山小令上　小山樂府三　北詞廣正譜　九宫大成五九　元明小令鈔

張小山小令輯此首。惟太平樂府以之屬徐再思。北詞廣正譜元明小令鈔皆從太平樂府。

〔越調〕小桃紅

別澂川楊安撫

晚風吹上海雲腥。山色秋偏浄。了得相思去年病。不堪聽。樽前一曲陽關令。斜陽

恁明。寒波如鏡。分照別離情。見只編上

〔越調〕凭闌人

江夜

江水澄澄江月明。江上何人搊玉箏。隔江和泪聽。滿江長嘆聲。梨園樂府中　太和正音譜下

張小山小令下　小山樂府四　九宫大成二七

梨園樂府不注撰人。○梨園長嘆作腸斷。

〔雙調〕得勝令

銀燭照黄昏。金屋貯佳人。酒醉三更後。花融一夜春。恩情。怕有些兒困。親親。親得來不待親。殘元本陽春白雪二　鈔本陽春白雪前集三

殘元本陽春白雪六句怕作伯。

〔雙調〕落梅風

秋思

懷桃葉。憶柳枝。仲宣樓杜陵詩思。白雲中兩三箇新雁兒。寫相思不成愁字。張小山小令上　小山樂府二

〔雙調〕湘妃怨

春情

柳芽箋小錦雲緘。蓬島書來紫鳳銜。梨花院静青燈暗。相思情未減。不由人不瘦的巖巖。塵昏寶鑑。香銷玉簪。泪滿羅衫。張小山小令上　小山樂府一

套數

〔正宫〕端正好

漁樂

釣艇小苫寒波。蓑笠軟遮風雨。打魚人活計蕭疎。儂家鸚鵡洲邊住。對江景真堪趣。

〔滚綉毬〕黄蘆岸似錦鋪。白蘋渡如雪糢。野鷗閑自來自去。暮雲閑或轉或舒。日已無。月漸出。映蟾光滿川修竹。助風聲兩岸黄蘆。收綸罷釣尋歸路。酒美魚鮮樂有餘。此樂誰如。

〔倘秀才〕睡時節把扁舟來纜住。覺來也又流在蘆花淺處。蕩蕩悠悠無所拘。市朝遠。故人疎。有樵夫做伴侣。

〔脱布衫〕雨纔過山色糢糊。月初升桂影扶疎。恰離了聚野猿白雲洞口。早來到散清風緑陰深處。

〔醉太平〕相逢的伴侣。豈問箇賢愚。人間開口笑樵漁。會談今論古。放懷講會詩中句。忘憂飲會杯中趣。清閑釣會水中魚。俺兩箇心足來意足。

〔尾聲〕樵夫别我山中去。我離樵夫水上居。來日相逢共一處。旋取香醪旋打魚。散

誕逍遥看古書。問甚麽誰是誰非。俺兩箇慢慢的數。盛世新聲子集　詞林摘艷六　雍熙樂府二　北宫詞紀外集四

盛世新聲重增本詞林摘艷俱無題。不注撰人。原刊本詞林摘艷題作漁家。注無名氏。雍熙樂府題作漁樂。不注撰人。北宫詞紀外集題同雍熙。注張小山作。○（端正好）雍熙詞紀外集遮俱作欺。（滚綉毬）雍熙首二句作。白蘋渡如雪堆。紅蓼灘似錦鋪。或轉作或捲。歸路作歸去。詞紀外集俱同。（倘秀才）雍熙首句無來字。二句無又字。所拘作束拘。詞紀外集俱同。（脱布衫）雍熙二句作日初升樹影扶疎。恰作却。詞紀外集俱同。（醉太平）雍熙笑樵漁作説樵夫。四句會談上有俺字。清閑作消閑。末句作心足意足。詞紀外集俱同。（尾聲）雍熙我離作我别。旋取作旋打。詞紀外集俱同。雍熙打魚作取魚。詞紀外集作煮魚。

〔仙吕〕點絳唇

翻歸去來辭

歸去來兮。故鄉近日。田園内。蕪草荒迷。催把微官棄。

〔混江龍〕既心爲形役。何須惆悵自生悲。悟往之不諫。知來者堪追。昨日方知前日錯。今朝便覺夜來非。舟摇摇以輕颺。風飄飄而吹衣。問征夫以行路。恨晨光之熹

微。乃瞻衡宇。適我閒中意。雖休官早。悔恨來遲。

〔油葫蘆〕荷月鋤田夜始歸。有歡迎童僕隨。候門稚子笑牽衣。栽五株翠柳籠烟密。種一籬黄菊凝霜媚。三徑邊雖就荒。兩喬松喜不移。盼庭柯木葉交蒼翠。我則是常把笑顏怡。

〔天下樂〕雖設柴門鎮掩扉。無爲。交暫息。既世情人我心願違。看山岫雲始歸。羨知還鳥倦飛。撫孤松心似水。

〔那吒令〕悦高朋故戚。共談玄講理。辦登山翫水。早休官棄職。遠紅塵是非。省藏頭露尾。深蒙雨露恩。自得鋤鉋力。問優游此興誰知。

〔鵲踏枝〕與猿鶴久忘機。共琴書自相陪。纔過西郊。適興東籬。誰待要勞神費力。不能够展眼舒眉。

〔寄生草〕一任教秦灰冷。從教那晉鼎移。倚窗或樂琴書味。從情或棹孤舟濟。登山或念車輪意。美哉之志樂田園。浩然之氣冲天地。

〔么〕農夫告。春將及。朝來雨一犂。新生禾葉層層密。長流泉水涓涓細。初開黄菊叢叢媚。有時矯首恣遊觀。策杖老者欣留意。

〔金盞兒〕去來兮。莫呆癡。寓形宇内能何已。委心不爲去留迷。嘻逞逞將到底。用怡怡欲潛歸。知帝鄉人不到。任富貴願皆違。

〔尾聲〕喜攜杖自耕耘。歡自己忘憂會。翫賞東籬足矣。採菊浮杯穩坐榻。對南山山色稀奇。看山巍山色相催。山色悠悠能有幾。逍遥度口。優游卒歲。樂天之命復奚疑。盛世新聲卯集　詞林摘艷四　雍熙樂府四

原刊本徽藩本詞林摘艷題作翻歸去來辭。注張小山作。盛世新聲重增本内府本摘艷無題。與雍熙樂府俱不注撰人。雍熙題作陶淵明歸去來兮。○（混江龍）盛世摘艷而吹衣俱作而以吹衣。兹從雍熙。雍熙自生悲作獨生悲。往之作往哉。前日作今日。夜來作昨朝。行路作前路。閒中作閒居。悔恨來遲作每恨歸遲。（油葫蘆）雍熙烟密作烟細。三徑下無邊字。喬松上無兩字。末句無我則是三字。（天下樂）盛世摘艷違俱作遲。兹從雍熙。雍熙柴門作柴關。人我心作已與我。山岫雲始歸作出岫雲始騰。（那吒令）雍熙共談玄講理下多愛扶筇屧履一句。遠紅塵是非。省藏頭露尾二句作。肯折腰爲米一句。鋤鉋作鋤匏。優游作恁每。（鵲踏枝）内府本摘艷自相陪作久相陪。雍熙纔過西郊作舒嘯東皋。（寄生草）雍熙一任下無教字。從教下無那字。琴書作詩書。從情作從流。念車輪意作命巾車力。（么）雍熙禾葉層層作木葉欣欣。初開作旋開。末句作策扶老以欣流憩。（金盞兒）盛世摘艷到底俱作道底。兹改。去留俱作去心。違俱作遲。兹皆從雍

熙。雍熙宇内作宇宙。何已作何幾。以下作。悉不爲去留迷。笑逞將底用聞。汲汲欲安歸。知帝鄉身不利。任富貴願皆違。〔尾聲〕雍熙作。喜植杖止耘耔。莫開口談興廢。善萬物逢時所喜。休感吾生駒過隙。喜忘言更已忘機。賞東籬採菊浮杯。坐對南山山色裏。逍遥度日。優游終歲。樂夫天命復奚疑。

〔南呂〕一枝花

湖上歸

長天落綵霞。遠水涵秋鏡。花如人面紅。山似佛頭青。生色圍屏。翠冷松雲徑。嫣然眉黛横。但攜將旖旎濃香。何必賦横斜瘦影。〔梁州〕挽玉手留連錦英。據胡牀指點銀瓶。素娥不嫁傷孤另。想當年小小。問何處卿卿。東坡才調。西子娉婷。總相宜千古留名。吾二人此地私行。六一泉亭上詩成。三五夜花前月明。十四絃指下風生。可憎。有情。捧紅牙合和伊州令。萬籟寂。四山静。幽咽泉流水下聲。鶴怨猿驚。〔尾〕巖阿禪窟鳴金磬。波底龍宫漾水精。夜氣清。酒力醒。寶篆銷。玉漏鳴。笑歸

來彷彿二更。煞强似踏雪尋梅灞橋冷。太平樂府八　張小山小令下　小山樂府四　詞謔　雍熙樂府

一〇　北宫詞紀一　彩筆情辭五

太平樂府題作湖上歸。雍熙樂府同。雍熙不注撰人。李輯小令題作湖上晚歸。北宫詞紀作攜美人湖上歸。彩筆情辭作攜美姬湖上。〇（一枝花）詞謔涵秋鏡作明金鏡。生色圍屏作生澁幃屏。雍熙松雲作松陰。詞紀生色作巧畫。又與情辭瘦影俱作疎影。（梁州）詞謔花前作花間。四山作西山。李輯小令瓶作屏。雍熙英作罌。北宫詞紀錦英作畫舫。吾二人句作咱兩箇慢相邀此地陶情。有情作乘興。水下作石上。情辭俱同詞紀。（尾）李輯小令襌作蟾。雍熙詞紀情辭首句起俱襯更那堪三字。水精俱作水晶。二更俱作有鼓二更。强似俱作强如。情辭清作清幽。連下酒力醒作一句。詞謔襌作蟾。水精作水晶。七句作歸來彷彿已二更。

春景

滚香綿柳絮輕。飄白雪梨花淡。怨東風牆杏色。醉曉口海棠酣。景物偏堪。車馬遊人覽。賞清明三月三。緑苔撒點點青錢。碧草鋪茸茸翠毯。

〔梁州第七〕流水泛江湖暖浪。輕雲鎖山市晴嵐。恐無多光景疾相探。雕鞍奇轡。紗帽羅衫。珍饈滿桌。玉液盈罎。歌兒舞妓那堪。詩朋酒侶交談。喫的保生存華屋羊

曇。興足竹林阮咸。醉居林甫曹參。放開酒膽。恨狂風盡把花摇撼。嘆陽和又虚賺。拚了醄醄飲興酣。於理何慚。

〔尾聲〕紫霜毫入硯深深蘸。吟幾首鶯花詩滿函。一望紅稀緑陰暗。正遊人不甘。奈僕童執驂。不由咱倦把驕驄轡頭兒攬。詞林摘艷八

（梁州第七）重增本内府本山市俱作山頂。内府本舞妓作舞女。

夏景

薔薇滿院香。菡萏雙池錦。海榴濃噴火。萱草淡堆金。暑氣難禁。天地炎蒸甚。閑行近緑陰。納清風臺榭開懷。傍流水亭軒賞心。

〔梁州第七〕摇羽扇納涼避暑。卸紗巾散髮披襟。冰山雪檻忘懷飲。盤盛橄欖。水浸林檎。何愁盞大。不懼甌深。會佳賓酒陣詩林。設華筵竹影松陰。白蓮藕爽口香甜。錦鱗鱠著牙味深。水晶瓜薦齒寒侵。滿斟。醉吟。今朝酩酊明朝恁。不喫後待圖甚。日月無情戀古今。休負光陰。

〔尾聲〕傾殘竹葉千樽飲。摘下枇杷一樹金。深喜嫦娥見咱恁。紗幮用心。安排下簟枕。專等歸來醉時寢。詞林摘艷八　北詞廣正譜引一枝花

北詞廣正譜引一枝花一支。注無名氏撰。

秋景

金風彫楊柳衰。玉露養芙蓉艷。竹輕摇蒼鳳尾。松密映老龍潛。殘暑淹淹。爽氣被樓臺占。稱情懷景色添。火龍鱗紅葉瀟瀟。金獸眼黄花冉冉。

〔梁州第七〕别南浦雲飛畫棟。到西山雨灑朱簾。小槽酒滴珍珠釅。銀盤饌滿。寶鼎香拈。黄橙味美。紫蟹肥甜。趁蒼空天似白縑。翫清光月擁銀蟾。不學那愁默默呆漢江淹。則學那興悠悠詩仙子瞻。樂醄醄醉客陶潛。意忺。意忺。千鍾到手誰曾厭。我待把醉鄉占。不管衣襟被酒淹。無事拘鉗。

〔尾聲〕賞心樂事休教欠。飲興吟懷似要添。醉倒樽前任君僭。將咱指點。便嫌。勝似你紅塵路兒險。詞林摘艷八

〔梁州第七〕原刊本等興悠悠俱作共悠悠。兹從内府本。内府本甜作甘。趁作起。意忺意忺作心懂意懂。

冬景

青山失翠微。白玉無瑕玷。梨花和雨舞。柳絮帶風撏。撥粉堆鹽。祥瑞天無欠。豐年氣象添。亂飄濕僧舍茶烟。密灑透歌樓酒帘。

〔梁州第七〕金盞酒羊羔滿泛。紅爐中獸炭頻添。蘭堂畫閣多粧點。錦茵綉榻。翠幕毡簾。鸞簫謾品。鼉鼓輕掂。唱清音餘韻淹淹。捧紅牙玉指纖纖。綺羅間盞到休推。寶鴨内香殘再拈。玉壺中酒盡重添。況兼。興忺。金波瀲灧霞光閃。接入手不辭厭。爲愛瓊瑶儘意瞻。賞玩休嫌。

〔尾聲〕玄冥不出權獨占。青女三白勢轉嚴。酩酊甘心醉軀欠。見冰錐滿簷。瓊珠滿簾。全不把塵埃半星兒染。詞林摘艷八

（一枝花）原刊本徽藩本無欠俱作元欠。元疑爲无之譌。玆從内府本作無。（梁州第七）内府本輕掂作輕拈。興忺作興懽。

牽掛

鶯穿殘楊柳枝。蟲蠹損薔薇刺。蝶搧乾芍藥粉。蜂蹙斷海棠絲。又近花時。白日傷

心事。清宵有夢思。間阻了洛浦神仙。没亂殺蘇州刺史。

〔梁州第七〕俏姻緣別來久矣。巧魂靈夢寢求之。一春多少傷心事。著情疼熱。痛口嗟咨。往來迢遞。終始參差。一箇書寫就了情詞。三般兒寄與嬌姿。麝臍薰五花瓣翠羽香鈿。猫眼嵌雙轉軸烏金戒指。獺髓調百和香紫蠟胭脂。念兹。在兹。和愁和泪頻傳示。更囑咐兩三次。訴不盡心間無限思。倒羞了燕子鶯兒。

〔尾聲〕無心學寫鍾王字。遣興閒觀李杜詩。風月關情隨人志。酒不到半巵。飯不到半匙。瘦損了青春少年子。詞謔　雍熙樂府九　南北詞廣韻選三　北宫詞紀六　詞林白雪二　彩筆情辭

一〇

詞謔無題。南北詞廣韻選題作題情。北宫詞紀題作春愁。詞林白雪屬閨情類。彩筆情辭題作春思。兹從雍熙樂府作牽掛。雍熙南北詞廣韻選俱不注撰人。〇（一枝花）雍熙蹙斷作刺斷。又近作過了。六句作白晝傳情事。没亂作兀的不惱亂。廣韻選傷心事作無佳思。詞紀又近作怕近。詞林白雪俱同詞紀。情辭六句同雍熙。餘同詞紀。（梁州第七）雍熙別來久矣作別離了許久。夢寢作夢寐。多少作無限。迢遞作魚雁。寫就了作寫就。三般兒作三般物。翠羽作翠鳥。雙轉作鎖雙。和愁句作愁揩泪眼傳情事。更囑作細囑。無限思作愁恨詞。倒羞了作枉羞殺。廣韻選巧作俏。一箇作一封。猫眼作貓睛。詞紀和愁和泪作愁和泪。情辭夢寢作夢寐。寫就了作寫就。

三般兒作三般物。和愁和泪作愁揩泪眼。倒羞了作枉羞殺。（尾聲）雍熙無心學作無情倦。風月關情作鬼病縈牽。到半㔻作够一㔻。末句作干害殺風流少年子。情辭俱同。

〔中吕〕粉蝶兒

春思

花落春歸。怨啼紅杜鵑聲脆。遍園林景物狼籍。草茸茸。花朵朵。柳摇深翠。開遍荼蘼。近清和困人天氣。

〔醉春風〕粉暖倩蜂鬚。泥香沾燕嘴。遲遲月影上簾鈎。猶未起。起。爲想别離。倦餘梳洗。暗生憔悴。

〔迎仙客〕獸爐香篆息。鸞鏡暗塵迷。綉牀幾番和悶倚。玉腕消金釧鬆。釵横環翠委。屈指歸期。不覺的粉臉流紅泪。

〔紅綉鞋〕花飛盡空閒鴛砌。日初長静掩朱扉。繫垂楊何處玉驄嘶。落誰家風月館。知那裏燕鶯期。話叮嚀不記得。

〔十二月〕正交頸鴛鴦拆離。恰雙棲鸞鳳分飛。效比翼鶼鶼獨宿。樂于飛燕燕孤棲。

傳芳信歸鴻杳杳。盼音書雙鯉遲遲。

〔堯民歌〕呀。因此上美甘甘風月久相違。冷清清雲雨杳無期。靜巉巉燈火掩深閨。清耿耿離魂繞孤幃。傷悲。雕鞍去不歸。都則爲辜負了韶華日。

〔耍孩兒〕自别來無一紙真消息。日近長安那裏。倚危樓險化做望夫石。暮雲烟樹淒迷。把春心幾度憑歸雁。勞望眼終朝怨落暉。到此際愁無寐。昏秋水揉紅泪眼。淡青山蹙損了蛾眉。

〔一煞〕想當初教吹簫月下歡。笑藏鬮花底杯。到如今花月成淹滯。月團圓緊把浮雲閉。花爛熳頻遭驟雨催。落花殘月應何濟。花須開謝。月有盈虧。

〔尾聲〕嘆春歸人未歸。盼佳期未有期。要相逢料得别無計。則除是一枕餘香夢兒裏。

盛世新聲辰集　詞林摘艷三　雍熙樂府六　北宫詞紀六　詞林白雪一　詞謔引尾聲

原刊本徽藩本詞林摘艷題作春思。注張小山作。盛世新聲重增本内府本摘艷俱無題。與雍熙樂府俱不注撰人。雍熙題作春思。北宫詞紀題作春暮有懷。詞林白雪屬閨情類。兩書俱注張小山作。○（粉蝶兒）詞紀詞林白雪清和俱作清明。（醉春風）盛世重增本摘艷沾俱作對。此從原刊摘艷。雍熙倩作侵。雍熙詞紀詞林白雪沾俱作銜。猶俱作猶自。（迎仙客）雍熙四句無玉字。環翠作翠鬟。詞紀詞林白雪同。（紅綉鞋）雍熙詞紀詞林白雪花飛俱作花開。雍熙話叮嚀作細叮嚀。

（堯民歌）雍熙辜負下無了字。詞紀同。詞紀傷悲兩字疊。詞林白雪静巉巉作焰巉巉。餘俱同詞紀。（耍孩兒）盛世摘艷暮雲下俱有山字。雍熙詞紀詞林白雪青山俱作春山。（一煞）雍熙教吹簫作效吹簫。緊把作累被。爛熳作燦熳。詞紀詞林白雪爛熳俱作燦爛。

雍熙樂府卷十九有小山金字經二十二首。其前九首惜花人何處。楊柳沙頭樹等已見前集今樂府。其餘黄蕊呈金盞。霜壓瑶花瘦二首。見朱有燉誠齋樂府。楚臺雲歸去。輕寒堆翠被等七首。見陽春白雪。注貫酸齋作。天上皇華使。屈指歸來後等四首。見張養浩雲莊樂府。兹俱不入此卷。

北宫詞紀外集卷五選霜壓瑶花瘦一首。亦誤注張小山作。

沈禧

禧字廷錫。吴興人。有竹窗詞。

套數

〔南吕〕一枝花

廷儀公子實當代都督李公之冢嗣也。器宇宏達。才華贍敏。百氏之書。靡不該浹。至於龍韜虎略。不待言而可知也。及乎禮賢下士。彬彬然誠有儒者之風。不以富貴而驕慢於人。以是人皆景仰而樂與之遊。今年冬適過吴門。解鞍旅館。予得獲見。遂即傾蓋。歡若平生。於是宿留。命酌於小樓之上。鳴琴賦詩。放歌劇飲。以罄一時之歡。既而出諸名公所贈詞章樂府以示予且詠然。其辭氣雄偉。風調清越。不覺使人技痒。愧予無似。曷克窺其閫奧而闖其藩籬哉。兹不自揣。勉述南吕一闋以呈。校諸傑作。固不能模楷其萬一。然於期望之私。庶幾有在焉。

瑶臺上品仙。麟閣中人物。胸襟開宇宙。器量溢江湖。聲振寰區。會見懸魚袋。行看佩虎符。錦毰毸人跨鳳侶。金蹀躞馬驟龍駒。看花南陌歸來暮。香塵滿路。月色盈衢。

〔梁州〕詩裁囊錦奚奴捕。醉壓雕鞍侍女扶。歌鐘簇擁。珠翠縈紆。轅門畫戟森成列。戍閣銅龍漏滴初。轉氍毹紅鋪錦褥。燦金蓮光摇銀炬。擊琅玕聲碎珊瑚。醉呼。玉奴。流蘇帳暖春風度。雪兒歌紅拂舞。一刻千金未肯孤。洞府仙都。

〔餘音〕玉鞭驕馬遊荆楚。錦纜牙檣下汴吴。解垢琴書客窗遇。學通周魯。才兼文武。佇看襲爵封侯快陞補。竹窗詞

（一枝花）溢江湖原作隘江湖。兹改。（梁州）光摇原作光瑶。（餘音）解垢原作解后。

題張思恭望雲思親卷時父母已殁矣　并序

吾鄉張思恭嘗持望雲思親詩卷徵予詩。予嘉思恭之意。遂賦五言古詩一首。已歸之矣。兹復請余詞。將欲揭諸座隅而朝夕歌詠之。以示不忘親之故也。大唐梁公仁傑爲并州法曹時。登太行見白雲孤飛。因指曰。吾親舍在其下。雲移乃去。此梁公思親於在堂之日。矧今思恭望雲思親於既殁之後。其孝也爲何如哉。予益嘉恭之孝且純也。故不辭而復述南吕詞一闋以貽之。

人爲萬物靈。孝乃一身本。賢愚均化育。今古重彝倫。敬祖尊親。晨昏宜定省。冬夏問寒温。看古來孝諸賢俊。到如今青史流芳世不湮。

〔梁州〕且休説唐時仁傑專前美。誰知道晉代張翰有遠孫。家居積祖松陵隱。雙親淪殁。一念猶存。既歸黄壤。望斷白雲。我則見捲舒觸石生膚寸。我則見變化從龍出厚坤。雲來時好着我攬斷柔腸。雲聚處好着我結愁成陣。雲飛時好着我飄散心神。泪痕。滿巾。恨無羽翼能飛奮。越思忖越愁悶。怎得吾親更返魂。報答深恩。

〔餘音〕雲横嶺岫連丘隴。雲鎖松楸掩墓門。雲來雲往何時盡。孝心未伸。孝思怎忍。留取箇孝行名兒做標準。竹窗詞

七月初六日爲施以和壽

長生境上仙。仁壽鄉中叟。七賢林下客。九老會中儔。紺髮青眸。適興娱詩酒。忘情狎鷺鷗。揀林泉勝處遨遊。樂桑榆晚景優游。

〔梁州〕人都道散消摇陸地神仙。我則道厭塵囂箕山許由。慶生辰恰值新秋候。一枝梧墜。六葉蓂抽。雙星南度。大火西流。這其間綺筵開香爇黄金獸。翠袖捧醅斟碧

玉甌。則其那西池姥來獻蟠桃。南極老重添遐算。東海翁再下仙籌。嵩邱。華阜。高巍巍萬仞横空秀。更鍾厚更堅久。願祝椿齡不老秋。名並莊周。

〔餘音〕溪南賸把茅堂構。深隱烟霞傲列侯。閑來時撫孤松看盡雲横岫。利名不求。是非總休。似這般五福俱全世希有。竹窗詞

贈妓桂香秀馬氏

不同桃李芳。自歷風霜久。幽姿超萬卉。素質壓凡流。品異名優。素娥爲伴侶。青女結綢繆。古香飄玉宇銀溝。清影蔽緑窗朱牖。

〔梁州〕銀蟾影裏孤根瘦。玉兔光中萬粟稠。占高秋肯與繁華鬬。狂蜂難覓。粉蝶誰搜。别許那狀元攀折。仙客雕搜。品題一出騷人手。聲價平增了五百籌。你看他吐新詞胸藏錦綉。舞霓裳步撒香鈎。整金釵指露纖柔。莫愁。見羞。紫雲紅拂皆居後。□□□更清秀。總有千金未許酬。名擅青樓。

〔餘音〕金風淅淅當時候。玉露瀼瀼正值秋。綉幕羅幃要消受。韓生漫偷。荀卿漫投。都不如這一縷餘馨再三嗅。竹窗詞

（梁州）雕搜原作雕鎪。兹改。更清秀上應脱三字。兹補空格。

贈人

天生瑚璉材。裔出簪纓彦。鶯花壇上客。詩酒社中仙。所事堪憐。俊逸張京兆。風流司馬遷。宴金丹西入瑶池。訪瓊仙東遊閬苑。

〔梁州〕秦臺夜月乘鸞鳳。謝館春風醉管絃。千金揀得如花面。腰肢嫋娜。體態嬋娟。文禽翼比。瑞木枝連。仰見他舞霓裳風摇翠柳。臨鸞鏡水映紅蓮。則這捧霞觴翠袖殷勤。按銀箏珠璣錯落。歌白雪金玉相宣。百年。業冤。姑蘇臺下重相見。意綢繆情眷戀。山海深盟膠漆堅。永保團圓。

〔餘音〕毫分不惜蠅頭利。十萬曾纏鶴背錢。紅景鄉中姿歡宴。行攜素手。坐並香肩。似這般美滿恩情世間鮮。竹窗詞

（梁州）枝連原作枝蓮。眷戀原作春戀。兹改。

詠雪景

千山鳥罷飛。四野雲同暝。九天敷上瑞。萬國賀昇平。積素堆瓊。幻出冰壺鏡。粧

成白玉京。那時節擁藍關馬足難行。臨蔡地兵威越整。

〔梁州〕這其間江頭有客尋歸艇。我這裏醉裏題詩漫送程。你看他泝澄江下不減王猷興。衝開鷺序。蕩散鷗盟。梨花亂撒。柳絮飄零。那時節酒停斟聽唱陽春。人將别重歌古郢。想當初釣魚人擊凍敲冰。騎驢客冲寒忍冷。牧羊徒守節持旌。美名。擅稱。輝光照耀終難泯。他每志堅貞秉忠正。一片丹衷貫日星。流播芳馨。

〔餘音〕香縑貌得三冬景。彩筆吟成萬古情。臨行持此爲相贈。則願你藝超薛譚。才壓秦青。那時節聲價超遷邁夷等。竹窗詞

壽人八十

南山頌載歌。北海樽頻敬。西池桃並結。東土佛重生。八秩初登。佇見膺三聘。行看受七徵。享期頤松柏遐齡。宜受用桑榆晚景。

〔梁州〕我則見碧天邊一點孤星現。陸地上千枝火樹明。正生甲却值元宵景。歡聲湧沸。絃管鏗鏘。高開綺筵。勝會賓朋。捧遐觴翠袖殷勤。歌白雪金釵列整。人都道降長生蓬島仙鄉。躋壽考香山老宿。樂昇平洛社耆英。本是箇德星。壽星。從今五

福都兼併。順天時樂天性。見盡黄河幾淺清。則願壽等崗陵。

〔餘音〕莊庭椿老枝偏盛。海屋籌添數倍增。看來年渭水風雲慶。名流汗青。功蓮良平。那時節爵位高崇列台鼎。竹窗詞

（一枝花）晚景原作晚境。兹改。（梁州）勝會原作賸會。兹改。（餘音）功蓮待校。

詠白牡丹

不將脂粉施。自有天然態。羊脂輕捻就。酥乳砌成來。夾葉重臺。妖紅冶艷都難賽。素質檀心可喜煞。水晶毬無貶無褒。白玉瓣不寬不窄。

〔梁州〕徹賺得尋芳客争探鬭買。勾引得惜花人淺耨深埋。冠羣不入凡流派。沉香亭館。碧玉臺階。黄蜂難覓。粉蝶難猜。倚東風連理争開。迎晚日並蒂相偕。我則道紫麝臍調合就天香。白鳳翎鋪排着國色。玉梅英粧點出容顔。潔白。瑩白。涅難緇標格堪人愛。困雕闌脈脈猶黄妳。卯酒才消暈粉腮。那時節笑靨微開。

〔餘音〕歌鐘到處攜歡約。舞袖飄時壓善才。博得箇能是的名兒自多賴。再休去迷花戀色。再休去惹垢沾埃。他本是箇救苦難的觀音離南海。竹窗詞

任昱

昱字則明。四明人。與張小山曹明善同時。少年狎遊平康。以小樂章流布裙釵。晚鋭志讀書。爲七字詩甚工。

小令

〔正宫〕小梁州

湖上分韻得玉字

波涵玉鏡浸晴暉。鳴玉船移。玉簫吹過畫橋西。玉泉内。玉樹錦雲迷。〔么〕玉樓簾幕香風細。玉闌干楊柳依依。飛玉觴。留玉佩。玉人沉醉。花外玉驄嘶。樂府羣玉一

羣玉未分么篇。兹爲標出。下同。〇羣玉人沉醉上脱玉字。兹據吴梅校筆補。

閑居

結廬移石動雲根。不受紅塵。落花流水繞柴門。桃源沂。猶有避秦人。〔幺〕草堂時共漁樵論。笑兒曹富貴浮雲。椰子瓢。松花醞。山中風韻。樂道豈憂貧。樂府羣玉一

春懷

落花無數滿汀洲。轉眼春休。緑陰枝上杜鵑愁。空拖逗。白了少年頭。〔幺〕朝朝寒食笙歌奏。百年間有限風流。玳瑁筵。葡萄酒。殷勤紅袖。莫惜捧金甌。樂府羣玉一

〔南吕〕金字經

湖上僧寺

竹雨侵窗潤。松風吹面寒。雲母屏開非世間。閑。不知名利難。憑闌看。夕陽山外山。樂府羣玉一　樂府羣珠二

羣玉原闕閑不知名利五字。次首闕閑看青三字。皆作空格。兹據羣珠補。

重到湖上

碧水寺邊寺。綠楊樓外樓。閑看青山雲去留。鷗。飄飄隨釣舟。今非舊。對花一醉休。樂府羣玉一　樂府羣珠二

秋宵宴坐

秋夜涼如水。天河白似銀。風露清清濕簟紋。論。半生名利奔。窺吟鬢。江清月近人。樂府羣珠二

此曲羣玉僅有題目秋宵二字。無曲文。

書所見

勝概三吴地。美人一夢雲。花落黄昏空閉門。因。青鸞寶鑑分。天涯近。思君不見君。樂府羣玉一　樂府羣珠二

〔中吕〕上小樓

題情

團圓未成。嬋娟空病。桂子虛庭。翠羽圍屏。雁足寒檠。巴到明。空自省。青樓薄倖。恨分開鳳釵鸞鏡。樂府羣玉一　樂府羣珠一

隱居

荊棘滿途。蓬萊閑住。諸葛茅廬。陶令松菊。張翰蓴鱸。不順俗。不妄圖。清高風度。任年年落花飛絮。樂府羣玉一　樂府羣珠一

〔中吕〕朝天子

村居

杜門。守貧。知有歸田分。春風漸入小窪樽。勸飲薑芽嫩。鄉黨朱陳。謳歌堯舜。

向東皋植杖耘。子孫。更淳。閑把詩書訓。樂府羣玉一

信筆

九霄。早朝。曾赴金門詔。珠玉在揮毫。胸次誰同調。談笑枚皋。風流温嶠。惢疎狂直到老。儘教。醉了。走馬長安道。樂府羣玉一

此首第四句應脱二字。任校羣玉云。在揮毫疑是任揮毫之訛。

道院

翠峯。錦宮。香靄丹霞洞。來尋採藥鹿皮翁。煮茗爲清供。静聽松風。閑吟橘頌。碧天涼月正中。九重。賜寵。一覺黄粱夢。樂府羣玉一

題情

渭城。雨晴。柳不繫黄金鐙。梨花小院又清明。誤了尋芳興。香減吴綾。塵蒙秦鏡。碧紗窗和悶扃。柴荆。曉鶯。巧語無心聽。樂府羣玉一

〔中呂〕滿庭芳

寄友

香籠錦幃。歌謳白苧。人比紅梅。風流杜牧新詩意。字字珠璣。桑落酒朝開綺席。杜陵花夜宿春衣。陶然醉。金勒馬嘶。歸路柳邊迷。樂府羣玉一

春暮

雲扃睡起。香銷寶鼎。暖試羅衣。甫能宴罷蘭亭會。又見春歸。花片片翻成燕泥。柳依依也鎖蛾眉。重門閉。緑陰樹底。怕聽杜鵑啼。樂府羣玉一

〔中呂〕紅綉鞋

湖上

新亭館相迎相送。古雲山宜淡宜濃。畫船歸去有漁篷。隨人松嶺月。醒酒柳橋風。

索新詩紅袖擁。樂府羣玉一　樂府羣珠四

春情

暗朱箔雨寒風峭。試羅衣玉減香銷。落花時節怨良宵。銀臺燈影淡。綉枕泪痕交。團圓春夢少。樂府羣玉一　樂府羣珠四

重到吴門

槐市歌闌酒散。楓橋雨霽秋殘。舊題猶在畫樓間。泛湖賒看月。尋寺强登山。比陶朱心更懶。樂府羣玉一　樂府羣珠四

芳草岸能言鴨睡。荻花洲供饌鱸肥。天平山翠近金杯。水多寒氣早。野闊暮空低。隔秋雲漁唱起。樂府羣玉一　樂府羣珠四

和友人韻

茅屋秋風吹破。桂叢夜月空過。淮南招隱故情多。無心登虎帳。有夢到漁蓑。不歸

來等甚麽。樂府羣玉一　樂府羣珠四

〔中吕〕普天樂

吴門客中

九秋天。三吴地。江空寒早。天遠書遲。黄菊開。丹楓墜。流水行雲無拘繫。好光陰枉自驅馳。塵心目洗。清風緑綺。明月金杯。樂府羣玉一　樂府羣珠四

湖上

浣花溪。方壺地。呼猿領鶴。問柳尋梅。行廚白玉盤。進酒青樓妓。驚起沙頭鴛鴦睡。棹紅雲乘興而回。冰壺影裏。笙歌遠近。臺榭高低。樂府羣玉一　樂府羣珠四

花園改道院

錦江濱。紅塵外。王孫去後。仙子歸來。寒梅不改香。舞榭今何在。富貴浮雲流光快。得清閑便是蓬萊。門迎野客。茶香石鼎。鶴守茅齋。樂府羣玉一　樂府羣珠四

暮春即事

被詩魔。將花探。春深渭北。緑滿江南。殘紅魚浪香。接葉鶯巢暗。古往今來無心勘。習家池日日春酣。人生易感。青銅似月。白髮盈簪。樂府羣玉一　樂府羣珠四

〔越調〕小桃紅

山林鐘鼎未謀身。不覺生秋鬢。漢水秦關古今恨。謾勞神。何須斗大黄金印。漁樵近鄰。田園隨分。甘作武陵人。樂府羣玉一

東鄰西舍酒頻沽。拄杖穿花去。長笑功名草頭露。且狂疎。醉如劉阮猶遲暮。雞翁問余。鹿門深處。真作野人居。樂府羣玉一

宴席

桃花扇底楚天秋。恰恰鶯聲溜。絡臂珍珠翠羅袖。捧金甌。纖纖十指春葱瘦。移花旁酒。張燈如畫。重酌更風流。樂府羣玉一

指甲

桃腮輕托玉纖微。有恨彈珠泪。曾整金釵動春意。數歸期。等閑掐損闌干翠。拈花露滏。剖橙香膩。宜捧紫霞杯。樂府羣玉一

羣玉恨原作限。兹從吴梅校筆改。

春情

深沉院落牡丹殘。懶揭珠簾看。青杏園林管絃散。翠陰間。數聲黄鳥傷春嘆。離懷未安。相思不慣。獨倚小闌干。樂府羣玉一

〔越調〕寨兒令

湖上

錦製屏。鏡涵冰。濃脂淡粉如故情。酒量長鯨。歌韻雛鶯。醉眼看丹青。養花天雲淡風輕。勝桃源水秀山明。賦詩題下竺。攜友過西泠。撑。船向柳邊行。樂府羣玉一

書所見

眉黛淺。鬢雲偏。羞顔落色誰愛憐。種玉無緣。擲果徒然。回首嘆芳年。碧波深不寄魚箋。翠衾寒猶帶龍涎。飛花殘雨後。新月小窗前。天。斗帳恨孤眠。樂府羣玉一

〔雙調〕沉醉東風

隱居

嘆朝暮青霄用捨。儘頭顱白髮添些。伴漁樵。苫茅舍。醉西風滿川紅葉。近日鄰家酒易賒。三徑黄花放也。樂府羣玉一

尋春值雨

杜陵路烟迷霧昏。定昆池花落雲根。粉翅寒。金衣潤。等閑孤負尋春。柳下重門那箇人。怕容易紅消翠損。樂府羣玉一

宫詞

鳷鵲層樓夜永。芙蓉小苑秋晴。金掌涼。銀漢瑩。按霓裳何處新聲。懶下瑶階獨自行。怕羞見團團桂影。樂府羣玉一

宫詞

翡翠屏間篆烟。櫻桃花底冰絃。上苑春。長門怨。對黄昏默默無言。十二瓊樓第幾仙。綵雲下先留鳳輦。樂府羣玉一

題情

羅帕寫桃根舊情。玉簫吹楊柳新聲。傅粉容。偷香性。對紅粧笑指銀瓶。盡醉梅花不要醒。怕孤負良宵媚景。樂府羣玉一

信筆

有待江山信美。無情歲月相催。東里來。西鄰醉。聽漁樵講些興廢。依舊中原一布衣。更休想麒麟畫裏。樂府羣玉一

題情

唾碧衫寬舞體。麝烟煤淡歌眉。遠信稀。歸期未。鬱金堂夜深空閉。綉被寒多有夢知。綺窗外銀蟾似水。樂府羣玉一

會稽懷古

愛望海秦山古色。探藏書禹穴重來。鑑水邊。雲門外。有誰人布襪青鞋。休問吴宫暗緑苔。越國在殘陽翠靄。樂府羣玉一

〔雙調〕折桂令

題情

盼春來又見春歸。彈指光陰。回首芳菲。楊柳陰濃。章臺路遠。漢水烟迷。綵筆誰行畫眉。錦書不寄烏衣。寂寞羅幃。愁上心頭。人在天涯。樂府羣玉一　樂府羣珠三

湖上

望西湖緑水如雲。一葉扁舟。幾箇嘉賓。指點銀屏。留連綺席。旋買金鱗。不三杯桃花笑人。不多時柳絮成塵。休負良辰。抹袖凌風。玉手挨箏。樂府羣玉一　樂府羣珠三

羣珠銀屏作銀瓶。任校羣玉改末句作玉手搊箏。

和江頭友人韻

想城南景物宜看。雪後園林。江上雲山。步步幃屏。家家酒債。處處詩壇。任濁富一時眩眼。且清狂每日開顔。何必愁煩。畫虎無成。倦鳥知還。樂府羣玉一　樂府羣珠三

同友人聯句

對池邊幾樹梅花。映古木槎牙。疎竹交加。既有當壚。毋勞倒屣。便可投轄。愛浮蟻香能駐馬。薦肥羔味勝庖蛙。低按紅牙。高岸烏紗。識字漁夫。好客莊家。樂府羣玉一　樂府羣珠三

吴山秀

錢塘江上嵯峨。濃淡皆宜。態度偏多。泪雨溟濛。歌雲縹緲。舞雪婆娑。勝楚岫高堆翠螺。似張郎巧畫青蛾。消得吟哦。欲比西施。來問東坡。樂府羣玉一　樂府羣珠三

羣玉江上作江山。茲從羣珠。

餞尹希善之寧國尹

楚天長山色青青。昨日錢塘。明日宣城。子貢言辭。子瞻才思。子賤廉明。春水生琴書短艇。暖風輕花柳長亭。無限吟情。千里思君。午夜挑燈。樂府羣玉一　樂府羣珠三

羣玉子貢作子共。茲從羣珠。

詠西域吉誠甫

氁袍寬兩袖風烟。來自西州。遊遍中原。錦句詩餘。彩雲花下。璧月樽前。今樂府知音狀元。古詞林飽記神仙。名不虛傳。三峽飛泉。萬籟號天。樂府羣玉一　樂府羣珠三

〔雙調〕清江引

積雨

春來那曾晴半日。人散芳菲地。苔生翡翠衣。花滴胭脂泪。偏嫌錦鳩枝上啼。樂府羣玉一

題情

桃源水流清似玉。長恨姻緣誤。閑謳窈窕歌。總是相思句。怕隨風化作春夜雨。樂府羣玉一

南山豆苗荒數畝。拂袖先歸去。高官鼎内魚。小吏罝中兔。争似閉門閑看書。樂府羣

和靖墓

林逋老仙清避俗。獨向孤山住。梅花兩句詩。芳草千年墓。不强如長卿封禪書。樂府玉一

錢塘懷古

吴山越山山下水。總是淒涼意。江流今古愁。山雨興亡泪。沙鷗笑人閑未得。樂府羣玉一

湖上九日

芙蓉岸邊移畫船。沉醉黄花宴。山光濃似藍。水色明如練。漁童慣聽歌笑喧。樂府羣玉一

曹明善北回

文章故人天上來。相見同傾蓋。兩京花柳情。八景烟雲態。偏宜品題七步才。樂府羣玉一

〔雙調〕水仙子

書所見

閑開翠牖近滄洲。忽見蛾眉出舵樓。來陪燕席翻紅袖。舞春風宜佐酒。匆匆催去難留。解湘水烟中佩。駕潯陽江上舟。瘦損風流。樂府羣玉一

泛舟

牙檣錦纜過沙汀。皓齒青蛾捧玉觥。銀塘緑水磨銅鏡。船如天上行。人傳李郭仙名。水晶寒瓜初破。藕花香酒易醒。無限詩情。樂府羣玉一

羣玉藕花下原脱一字。吴梅校本補香字。兹從之。

友人席上

絳羅爲帳護寒輕。銀甲彈箏帶醉聽。玉奴捧硯催詩贈。寫青樓一片情。儘疎狂席上

風生。紅錦纏頭罷。金釵剪燭明。有酒如澠。樂府羣玉一

幽居

小堂不閉野雲封。隔岸時聞澗水舂。比鄰分得山田種。宦情薄歸興濃。想從前錯怨天公。食禄黄虀甕。忘憂緑酒鍾。未必全窮。樂府羣玉一

〔雙調〕慶東原

香衾剩。春夢窄。仙山消息遥天外。愁欺酒懷。羞臨鏡臺。泪溼香腮。金屋燕歸來。玉佩人何在。樂府羣玉一

燕歸來上原脱二字。吴梅校本補金屋。兹從之。

題武陵友人别業城南即事

尋幽處。讀古書。似韓符昔日城南住。□亭傍竹。藩籬帶菊。池沼栽魚。非是輞川圖。堪作郊居賦。樂府羣玉一

套數

〔南吕〕一枝花

題東湖

纖雲曳曉紅。遠樹團晴翠。好山如鳳凰。新水似琉璃。巧畫屏幃。壯觀蓬萊地。東湖景最奇。兩三行鷗鷺清閑。七十二峯巒秀美。

〔梁州〕露嶼寺僧吟翠微。月波樓客宴金杯。寶華臺殿松陰蔽。赤欄橋畔。想像瑶池。金沙路上。勝却蘇隄。若東坡來此遊歷。向西湖懶把詩題。學士廟紺宇朱扉。觀音洞金堂玉室。宰相家翠竹清溪。會稽。鑑水。賀知章謾奬多佳致。放船去在天際。楊柳風輕生浪遲。漾動玻璃。

〔尾〕供盤鮮鯽銀絲鱠。對酒名花錦綉機。香滿衣醉似泥。落照時漁唱起。棹蒼烟乘興而回。煞强如誤入桃源洞天裏。太平樂府八　雍熙樂府一〇　北宫詞紀一　北詞廣正譜引尾

雍熙樂府不注撰人。題作東湖。北宫詞紀題作東湖遊賞。○〔一枝花〕雍熙鳳凰作鳳尾。琉璃作

玻璃。詞紀俱同。（梁州）雍熙來此作到此。詞紀同。詞紀玻璃作漣漪。（尾）明大字本太平樂府强如作强似。雍熙供盤上有喜的是三字。無鮮字。對酒上有愛的是三字。香作荷香。醉作酒醉。漁作漁歌。詞紀同雍熙。惟首句有鮮字。北詞廣正譜强如作强似。

張子堅

生平不詳。張小山新樂府有張子堅運判席上清江引三首。

小令

〔雙調〕得勝令

宴罷恰初更。擺列著玉娉婷。錦衣搭白馬。紗籠照道行。齊聲。唱的是阿納忽時行令。酒且休斟。俺待銀鞍馬上聽。樂府羣玉三

高栻

燕山人。生平不詳。王國維曲録云。作琵琶記者古人多以爲高拭。蔣仲舒堯山堂外紀謂作琵琶記者乃高拭。其字則誠。朱竹垞静志居詩話引之。而復云涵虚子曲譜有高拭而無高明。則蔣氏之言。或有所據。王元美藝苑卮言亦云。南曲高拭則誠。遂掩前後。是明人均以則誠爲拭也。然維案元刊張小山北曲聯樂府三卷。前有海粟馮子振燕山高拭題詞。此即涵虚子曲譜中之高拭。而作琵琶者自爲永嘉之高明。不容混爲一人也。今案王説甚是。惟燕山高氏之名。太和正音譜等作拭。張小山北曲聯樂府題詞太平樂府詞林摘艷及堯山堂外紀皆作栻。應從後者。高栻散曲。今存者爲北曲。高明散曲。今存者爲南曲。

小令

〔雙調〕殿前歡

題小山蘇隄漁唱

小奚奴。錦囊無日不西湖。才華壓盡香奩句。字字清殊。光生照殿珠。價等連城玉。

名重長門賦。好將如意。擊碎珊瑚。張小山北曲聯樂府題辭　太平樂府一　堯山堂外紀七六

套數

〔商調〕集賢賓

怨别

倚幃屏數聲長嘆息。思往事泪淋漓。坐不穩神魂飄蕩。睡不寧鬼病禁持。數歸期曲損春纖。盼回程皺定雙眉。要相逢則除是枕席間魂夢裏。幾曾經這場憔悴。歌殘金縷詞。酒盡了鳳凰杯。

〔逍遥樂〕懸懸在意。受了些萬苦千辛。幾曾歇一時半刻。我這裏展轉的疑惑。越思量越越的難爲。這些時玉減香消添了病疾。冷清清獨自孤棲。赤緊的關山路遠。一去無音。閤不住雙眸泪垂。

〔金菊香〕盼青鸞不至阻了佳期。想黄犬無音失了配對。望錦鱗落空絶了信息。似醉如癡。瘦肌膚裙褪了小腰圍。

〔梧葉兒〕兩情似酥和蜜。一心似魚共水。同衾枕效于飛。早忘了山盟海誓。更和那星前月底。到如今怨他誰。這煩惱則除是天知地知。

〔醋葫蘆〕這些時病懨懨骨似柴。悶昏昏心似癡。恰便似隨風柳絮不沾泥。一會家魂靈兒在九霄雲外飛。捱一日勝添了一歲。遲和疾早晚一身虧。

〔么〕想當日對神前磣可可的言誓盟。告蒼天一樁樁説就裏。全不想往日話兒依。過三秋尚然猶未回。你那裏偎紅倚翠。想着他百般聰俊有誰及。

〔後庭花〕空閑了翡翠幃。消疎了鶯燕期。生拆散鴛鴦會。硬分開鸞鳳棲。痛傷悲。更闌之際。明朗朗照閑階月色輝。昏慘慘伴離人燈焰微。麝蘭散冷了翠幃。絳綃裙鬆了素體。搵鮫綃滰枕席。紗窗外風兒起。聽銅壺玉漏滴。

〔柳葉兒〕呀。我便是鐵石人怎睡。一思量一會傷悲。恰便似刀剜九曲柔腸碎。離恨天人難覓。相思病命將危。雖然你送了人當是麽便宜。

〔尾聲〕一簡書和泪封。一篇詞帶愁寄。一樁樁一件件説從實。每日家望天涯則將那碧桃花樹倚。也是我前緣前世。想人生最苦是別離。盛世新聲申集　詞林摘艷七　雍熙樂府

一四　盛世新聲重增本内府本詞林摘艷俱無題。與雍熙樂府皆不注撰人。雍熙題作閨病。原刊本徽藩

本詞林摘艷題作怨别。汴高栻作。北詞廣正譜商調梧葉兒附注云。高則誠倚團屏套第四第五句各四字。所指即此套。案。高栻與高則誠爲二人。疑廣正譜誤以高栻爲高則誠。○（集賢賓）盛世摘艷俱誤將末三句作次曲逍遥樂首三句。内府本摘艷及雍熙不誤。内府本摘艷盡了作盡。雍熙作斟。（逍遥樂）雍熙展轉作轉轉。添了作添了些。（金菊香）雍熙裙褪作寬褪。（梧葉兒）重增本摘艷及雍熙心似俱作心如。（醋葫蘆）雍熙魂靈下無兒字。添了作添。（么）内府本摘艷磣可可作磣磕磕。往日作往日的。雍熙磣可可的言誓盟作磣磕磕言心事。不想作不將。想着作想起。（後庭花）内府本摘艷末句疊。雍熙生拆散作折散了。冷了作淡了。裙作褪。渰作掩。末句作捱銅壺漏滴。（柳葉兒）雍熙鐵石人三字疊。人作人呵。當是作算甚。（尾聲）雍熙此支中間有脱誤。曲共四句。作。一束書和泪封。則將這碧桃花樹兒來倚。也是我前緣前世。想人生自古七十稀。

吴鎮

鎮字仲圭。嘉興人。性高介。書仿楊凝式。畫出關荆董巨。每畫山水竹石。輒題詩其上。時人號爲三絶。與黄公望。倪瓚。王蒙。有畫苑四大家之目。富室向之求畫。不可得。惟貧士則贈之。使取值焉。少與兄元璋師事毘陵柳天驥。得其性命之學。尤邃先天易。垂簾賣卜。隱於武塘。所居曰梅花庵。自署梅花庵主。又號梅花道人。至正十四年卒。年七十五。有梅花道人遺墨。

小令

〔南吕〕金字經

梅邊

雪冷松邊路。月寒湖上村。縹緲梨花入夢雲。巡。小簷芳樹春。江梅信。翠禽啼向人。梅花道人詞

原無牌名。曲前只梅邊二字。應是題目。

黄公望

公望字子久。本姓陸。世居平江之常熟。繼永嘉黄氏。遂徙富春。性稟敏異。應神童科。至元中。浙西廉訪徐琰辟爲書吏。一日著道士服。持文書白事。琰怪而詰之。即引去。隱於西湖之筲箕泉。已而歸富春。卒年八十六。有大癡道人集。子久博極羣籍。詩宗晚唐。長詞短曲。落筆即成。尤通音律圖緯之學。畫山水師董源巨然。而晚變其法。自成一家。所著寫山水訣。世皆宗之。

小令

〔仙吕〕醉中天

李嵩髑髏紈扇

没半點皮和肉。有一擔苦和愁。傀儡兒還將絲線抽。弄一箇小樣子把寃家逗。識破箇羞那不羞。呆兀自五里已單堠。孫氏書畫鈔

錢霖

霖字子雲。松江人。棄俗爲黄冠。更名抱素。號素庵。又號泰窩道人。嘗類諸公所作。名曰江湖清思集。其自作樂府。有醉邊餘興。詞語極工巧。又有詞集漁樵譜。今皆佚。

小令

〔雙調〕清江引

夢回晝長簾半捲。門掩荼蘼院。蛛絲掛柳棉。燕嘴粘花片。啼鶯一聲春去遠。樂府羣玉三

高歌一壺新釀酒。睡足蜂衙後。雲深鶴夢寒。石老松花瘦。不如五株門外柳。樂府羣玉三

春歸牡丹花下土。唱徹鶯啼序。戴勝雨餘桑。謝豹烟中樹。人困晝長深院宇。樂府羣玉三

恩情已隨紈扇歇。攢到愁時節。梧桐一葉秋。砧杵千家月。多的是幾聲兒簷外鐵。樂

套數

〔般涉調〕哨遍

試把賢愚窮究。看錢奴自古呼銅臭。徇己苦貪求。待不教泉貨周流。忍包羞。油鐺插手。血海舒拳。肯落他人後。曉夜尋思機彀。緣情鈎距。巧取旁搜。蠅頭場上苦驅馳。馬足塵中廝追逐。積儹下無厭就。捨死忘生。出乖弄醜。

〔耍孩兒〕安貧知足神明佑。好聚斂多招悔尤。王戎遺下舊牙籌。夜連明計算無休。不思日月搬烏兔。只與兒孫作馬牛。添消瘦。不調祻鼎。恣逞戈矛。

〔十煞〕漸消磨雙臉春。已彫颼兩鬢秋。終朝不樂眉長皺。恨不得櫃頭錢五分息招人借。架上衵一周年不放贖。狠毒性如狼狗。把平人骨肉。做自己膏油。

〔九〕有心待拜五侯。教人喚甚半州。忍饑寒儹得家私厚。待壘做錢山兒倩軍士喝號提鈴守。怕化做錢龍兒請法官行罡布氣留。半炊兒八遍把牙關叩。只願得無支有管。少出多收。

〔八〕虧心事儘意爲。不義財儘力掊。那裏問親弟兄親姊妹親姑舅。只待要春風金谷驕王愷。一任教夜雨新豐困馬周。無親舊。只知敬明眸皓齒。不想共肥馬輕裘。

〔七〕資生利轉多。貪婪意不休。爲錙銖捨命尋争鬭。田連阡陌心猶窄。架插詩書眼不瞅。也學采東籬菊。子是箇裝呵元亮。豹子浮丘。

〔六〕恨不得揚子江變做酒。棗穰金積到斗。爲幾文賻背錢受了些旁人呪。一斗粟與親眷分了顔面。二斤麻把相知結下寇讎。真紕繆。一味的驕而且吝。甚的是樂以忘憂。

〔五〕這財曾燃了董卓臍。曾梟了元載頭。聚而不散遭殃咎。怕不是堆金積玉連城富。眨眼早野草閑花滿地愁。乾生受。生財有道。受用無由。

〔四〕有一日大小運併在命宫。死因限纏在卯酉。甚的散得疾子爲你聚來得驟。恰待調和新曲歌金帳。逼臨得佳人墜玉樓。難收救。一壁相投河奔井。一壁相爛額焦頭。

〔三〕窗隔每都颩颩的飛。椅桌每都出出的走。金銀錢米都消爲塵垢。山魈木客相呼唤。寡宿孤辰廝趁逐。喧白晝。花月妖將家人狐媚。虚耗鬼把倉庫潛偷。

〔二〕惱天公降下災。犯官刑繫在囚。他用錢時難參透。待買他上木驢釘子輕輕釘。

弔脊筋鈎兒淺淺鈎。便用殺難寬宥。魂飛蕩蕩。魄散悠悠。〔尾〕出落他平生聚斂的情。都寫做臨刑犯罪由。將他死骨頭告示向通衢裏甃。任他日炙風吹慢慢朽。輟耕録一七

（哨遍）四部叢刊影元刊輟耕録待不作特不。兹從津逮秘書本。津逮本鈎距作鈎鉅。兹從叢刊本。（耍孩兒）叢刊本裀鼎作相鼎。兹從津逮本。（十煞）袙字從叢刊本。惟字書無此字。津逮本作袷。亦非。（九）叢刊本八遍作入遍。兹從津逮本。（六）叢刊本棗作早。兹從津逮本。（二）津逮本上木驢作土木驢。兹從叢刊本。（尾）津逮本慢慢作慢慢的。

徐再思

再思字德可。嘉興人。好食甘飴。故號甜齋。嘉興路吏。爲人聰敏秀麗。與張小山。貫雲石同時。雲石號酸齋。與再思並擅樂府。世有酸甜樂府之稱。其子善長。亦有才思。頗能繼其家聲。

小令

〔黄鍾〕人月圓

甘露懷古

江皋樓觀前朝寺。秋色入秦淮。敗垣芳草。空廊落葉。深砌蒼苔。遠人南去。夕陽西下。江水東來。木蘭花在。山僧試問。知爲誰開。太平樂府五

蘭亭

茂林修竹風流地。重到古山陰。壯懷感慨。醉眸俯仰。世事浮沉。惠風歸燕。團沙

宿鷺。芳樹幽禽。山山水水。詩詩酒酒。古古今今。太平樂府五

〔黃鍾〕紅錦袍

那老子愛清閑主意別。釣桐江江上雪。泛桐江江上月。君王想念者。宣到鳳凰闕。想著七里漁灘。將著一鈎香餌。望著富春山歸去也。樂府羣玉三

那老子陷身在虎狼穴。將夫差仇恨雪。進西施謀計拙。若不早去些。烏喙意兒別。駕著一葉扁舟。披著一蓑烟雨。望他五湖中歸去也。樂府羣玉三

那老子見高皇斬了蛇。助蕭何立大節。薦韓侯勞汗血。漁樵做話説。千古漢三傑。想著雲外青山。納了腰間金印。伴赤松子歸去也。樂府羣玉三

那老子覷功名如夢蝶。五斗米腰懶折。百里侯心便捨。十年事可嗟。九日酒須賒。種著三徑黃花。栽著五株楊柳。望東籬歸去也。樂府羣玉三

〔仙吕〕一半兒

病酒

昨宵中酒懶扶頭。今日看花惟袖手。害酒愁花人問羞。病根由。一半兒因花一半兒酒。太平樂府五

落花

河陽香散喚提壺。金谷魂消啼鷓鴣。隋苑春歸聞杜宇。片紅無。一半兒狂風一半兒雨。太平樂府五

春情

眉傳雨恨母先疑。眼送雲情人早知。口散風聲誰喚起。這別離。一半兒因咱一半兒你。太平樂府五

〔南吕〕閲金經

春

紫燕尋舊壘。翠鴛棲暖沙。一處處緑楊堪繫馬。他。問前村沽酒家。秋千下。粉牆邊紅杏花。太平樂府五　樂府羣珠二

水亭開宴

犀筯銀絲鱠。象盤冰蔗漿。池閣南風紅藕香。將。紫霞白玉觴。低低唱。唱着道今夜涼。太平樂府五　樂府羣珠二

首句從元刊太平樂府。元刊八卷本瞿本太平樂府及樂府羣珠此句俱作犀筯絲魚鱠。

閨情

一點心間事。兩山眉上秋。拈起金針還又休羞。見人推病酒。懨懨瘦。月明中空倚樓。太平樂府五　樂府羣珠二

樂府羣珠次句秋作愁。

歌扇泥金縷。舞裙裁絳綃。一捻瘦香楊柳腰。嬌。殢人教鬭草。貪歡笑。倒插了金步摇。太平樂府五　樂府羣珠二

羣珠五句作美人來鬭草。

〔中吕〕朝天子

西湖

裏湖。外湖。無處是無春處。真山真水真畫圖。一片玲瓏玉。宜酒宜詩。宜晴宜雨。銷金鍋錦綉窟。老蘇。老逋。楊柳隄梅花墓。太平樂府四　樂府羣玉三

手帕

酒痕。泪痕。半帶着胭脂潤。鮫淵一片玉霄雲。縷縷東風恨。待寫回文。敷陳方寸。怕鶯花説與春。使人。贈君。寄風月平安信。太平樂府四　詞林摘艷一　元明小令鈔

瞿本太平樂府鮫淵作鮫綃。兹從元刊太平及摘艷等。摘艷元明小令鈔東風俱作相思。小令鈔三

句無着字。

常山江行

遠山。近山。一片青無間。逆流泝上亂石灘。險似連雲棧。落日昏鴉。西風歸雁。嘆崎嶇途路難。得閑。且閑。何處無魚羹飯。太平樂府四

明大字本途路作行路。

楊姬

艷治。唱徹。金縷歌全闋。秋娘聲價有誰軼。曾奉黄金闕。歌扇生春。舞裙回雪。不風流不醉也。舞者。唱者。一曲秦樓月。太平樂府四

〔中吕〕滿庭芳

贈歌者

犀梳玉篸。歌裙翠淺。舞袖紅深。風流消得纏頭錦。一笑千金。痛飲時花前痛飲。

知音人席上知音。春無禁。蜂蝶快尋。先到海棠心。太平樂府四

〔中吕〕紅綉鞋

雪

白鷺交飛溪脚。玉龍横臥山腰。滿乾坤無處不瓊瑶。因風吹柳絮。和月點梅梢。想孤山鶴睡了。太平樂府四　樂府羣珠四

半月泉

鑿透林間山溜。平分天上中秋。菱花分破印寒流。沁梅疎影缺。攀桂片雲愁。待團圓掬在手。太平樂府四　樂府羣珠四

道院

一榻白雲竹徑。半窗明月松聲。紅塵無處是蓬瀛。青猿藏火棗。黑虎聽黄庭。山人參内景。太平樂府四　太和正音譜下　樂府羣珠四　九宫大成一三　元明小令鈔

九宫大成元明小令鈔内景俱作幽景。

〔中吕〕普天樂

吴江八景

垂虹夜月

玉華寒。冰壺凍。雲間玉兔。水面蒼龍。酒一樽。琴三弄。唤起凌波仙人夢。倚闌干滿面天風。樓臺遠近。乾坤表裏。江漢西東。太平樂府四　樂府羣珠四

太湖春波

碧瓊紋。玻瓈甃。離情汲汲。潭影悠悠。古渡頭。長橋右。一片青縠風吹皺。洗桃花昨夜新愁。浮沉錦鱗。高低紫燕。遠近白鷗。太平樂府四　樂府羣珠四

元刊太平樂府及羣珠汲汲俱作級級。兹從何鈔本太平樂府。

龍廟甘泉

養萍實。分桃浪。源通虎跑。味勝蜂糖。可煮茶。堪供釀。第四橋邊冰輪上。浸一泓碧玉流香。香消酒容。芳腴齒牙。冷滲詩腸。太平樂府四　樂府羣珠四

洞庭白雲

變陰晴。乘鸞鳳。西山暮色。東嶽奇峯。可自怡。難持送。舒卷無心爲時用。慶風雷際會從龍。襄王夢裏。高僧屋内。彦敬圖中。太平樂府四　樂府羣珠四

明大字本太平樂府風雷作風雲。

前村遠帆

遠村西。夕陽外。倒懸一片。瀑布飛來。萬里程。三州界。走羽流星迎風快。把湖光山色分開。飛鯨湧緑。檣烏點墨。江鳥逾白。太平樂府四　樂府羣珠四

雪灘晚釣

水痕收。平沙凍。千山落日。一線西風。箬帽偏。冰蓑重。待遇當年非熊夢。古溪邊老了漁翁。得魚貫柳。呼童喚酒。醉倚孤篷。太平樂府四　樂府羣珠四

華巖晚鐘

斗杓低。潮音應。菩提玉杵。贔屭金聲。蝶夢驚。龍神聽。夜坐高僧回禪定。誦琅函九九殘經。譙樓鼓歇。蘭舟纜解。茅店雞鳴。太平樂府四　樂府羣珠四

西山夕照

晚雲收。夕陽掛。一川楓葉。兩岸蘆花。鷗鷺棲。牛羊下。萬頃波光天圖畫。水晶

宮冷浸紅霞。凝烟暮景。轉暉老樹。背影昏鴉。太平樂府四　樂府羣珠四

何鈔本太平樂府七句天作添。

〔中吕〕陽春曲

皇亭晚泊

水深水淺東西澗。雲去雲來遠近山。秋風征棹釣魚灘。烟樹晚。茅舍兩三間。太平樂府四　樂府羣珠一

雙漸

蘇卿倦織回文錦。雙漸空懷買笑金。風流一點海棠心。不聽琴。只是不知音。太平樂府四　樂府羣珠一

春情

桃花月淡胭脂冷。楊柳風微翡翠輕。玉人敧枕倚雲屏。酒未醒。腸斷紫簫聲。太平樂府

四 樂府羣珠一

閨怨

妾身悔作商人婦。妾命當逢薄倖夫。别時只説到東吴。三載餘。却得廣州書。太平樂府

四 樂府羣珠一

贈海棠

玉環夢斷風流事。銀燭歌成富貴詞。東風一樹玉胭脂。雙燕子。曾見正開時。太平樂府

四 樂府羣珠一

春思

酒醒眉記青鸞恨。春去香消紫燕塵。闌干掐遍月兒痕。深閉門。花落又黄昏。太平樂府

四 樂府羣珠一

〔商調〕梧葉兒

釣臺

龍虎昭陽殿。冰霜函谷關。風月富春山。不受千鍾禄。重歸七里灘。贏得一身閑。

高似他雲臺將壇。太平樂府五

明大字本末句無他字。

革步

山色投西去。羈情望北遊。湍水向東流。雞犬三家店。陂塘五月秋。風雨一帆舟。

聚車馬關津渡口。太平樂府五

春思

芳草思南浦。行雲夢楚陽。流水恨瀟湘。花底春鶯燕。釵頭金鳳凰。被面綉鴛鴦。

是幾等兒眠思夢想。太平樂府五

鴉鬢春雲亸。象梳秋月攲。鸞鏡曉粧遲。香漬青螺黛。盒開紅水犀。釵點紫玻瓈。

只等待風流畫眉。太平樂府五

風初定。月正明。人静露初零。粉暖蜂蝶翅。春深鸞鳳情。香收燕鶯聲。都不管梨花夢冷。太平樂府五

元刊本香收之收似牧。又似妝。兹從瞿本舊校。明大字本作香散。

即景

鴛鴦浦。鸚鵡洲。竹葉小漁舟。烟中樹。山外樓。水邊鷗。扇面兒瀟湘暮秋。太平樂府五　張小山小令　北詞廣正譜　九宫大成五九　元明小令鈔

此曲僅李開先輯張小山小令以之屬小山。張小山北曲聯樂府及天一閣本小山樂府皆無。

〔越調〕小桃紅

花籃髻

東風攢簇一筐春。吹在秋蟬鬢。玉露凝香寶釵潤。緑無塵。同心雙挽蜂蝶陣。翠芳頂上。連環枝下。分斷楚山雲。太平樂府三

何鈔本題目之髻髻作鬏髻。○元刊本攢作濽。兹從瞿本明大字本何鈔本。任校云。環疑是理

之訛。

〔越調〕天净沙

探梅

昨朝深雪前村。今宵淡月黄昏。春到南枝幾分。水香冰暈。喚回逋老詩魂。太平樂府三

吕侯席上

素波笑淺流花。輕衫舞急飄霞。席上司空鬢華。酒闌歌罷。不知春在誰家。太平樂府三

别高宰

青山遠遠天台。白雲隱隱蕭臺。回首江南倦客。西湖詩債。梅花等我歸來。太平樂府三

何鈔本校改題目爲别高峯。疑非是。宰應指縣令。

春情

雙雙翠舞珠歌。卿卿酒病花魔。爲問風流玉娥。海棠開過。牡丹消息如何。太平樂府三

瞿本卿卿作輕輕。

漁父

忘形雨笠烟蓑。知心牧唱樵歌。明月清風共我。閑人三箇。從他今古消磨。太平樂府三

秋江夜泊

斜陽萬點昏鴉。西風兩岸蘆花。船繫潯陽酒家。多情司馬。青衫夢裏琵琶。太平樂府三

題情

多才惹得多愁。多情便有多憂。不重不輕證候。甘心消受。誰教你會風流。太平樂府三

〔越調〕柳營曲

和聽雪

酒半醒。月三更。怪梅花喚回鶴夢驚。蠶葉縱横。龍甲琮琤。寒粟玉樓生。灞陵橋人有詩成。剡溪中誰駕舟行。光涵虚室明。寒撲小窗輕。柳絮冷無聲。太平樂府三

春情

投木桃。報瓊瑶。風流爲聽紫鳳簫。雲挽金翹。香沁鮫綃。春在兩眉梢。帶明月門扇低敲。近秋千花影輕摇。妳娘還問着。小玉會搬挑。教。推道把夜香燒。太平樂府三

元刊本低敲作抵敲。兹從元刊八卷本瞿本明大字本。元刊八卷本瞿本末句推作惟。明大字本紫鳳作紫鸞。

〔越調〕凭闌人

香印

烟裊蟠龍花上枝。火引冰蠶繭内絲。燒殘錦字詩。似人腸斷時。太平樂府三

春情

髻擁春雲鬆玉釵。眉淡秋山羞鏡臺。海棠開未開。粉郎來未來。太平樂府三　北詞廣正譜　元明小令鈔

瞿本太平樂府未來作不來。

江行

鷗鷺江皋千萬灣。雞犬人家三四間。逆流灘上灘。亂雲山外山。太平樂府三

春愁

前日春從愁裏得。今日春從愁裏歸。避愁愁不離。問春春不知。太平樂府三

元刊八卷本瞿本得俱作回。茲從元刊本。

無題

九殿春風鳷鵲樓。千里離宮龍鳳舟。始爲天下憂。後爲天下羞。太平樂府三

元刊本題作清江。兹從瞿本作無題。

春怨

遥盼春來圖見春。及至春來還怨春。自憐多病身。爲他千里人。太平樂府三

〔雙調〕沉醉東風

息齋畫竹

葛陂裏神龍蜕形。丹山中彩鳳棲庭。風吹粉籜香。雨洗蒼苔冷。老仙翁筆底春生。明月闌干酒半醒。對一片兒瀟湘翠影。太平樂府二

明大字本末句無兒字。

春情

一自多才間闊。幾時盼得成合。今日箇猛見他。門前過。待喚着怕人瞧科。我這裏高唱當時水調歌。要識得聲音是我。太平樂府二　北宮詞紀外集六

元刊太平樂府闊上脱間字。兹從瞿本明大字本及北宮詞紀外集。

紅灼灼花明翠牖。翠絲絲柳拂青樓。錦谷春。銀瓶酒。玉天仙燕體鶯喉。不向樽前醉後休。枉笑煞花間四友。太平樂府二

瞿本舊校改翠絲絲作緑絲絲。

〔雙調〕蟾宫曲

西湖

十年不到湖山。齊楚秦燕。皓首蒼顔。今日重來。鶯嫌花老。燕怪春慳。聽越女鸞簫象板。惱司空霧鬢雲環。道院禪關。酒會詩壇。萬古西湖。天上人間。太平樂府一

元刊本元刊八卷本聽俱作所。應爲听之譌。兹改。瞿本作數。

錢子雲赴都

賦河梁渺渺予懷。今日陽關。明日秦淮。鵬翼風雲。龍門波浪。馬足塵埃。寬洗汕胸中四海。便蜚騰天上三台。休等書齋。梅子花開。人在江南。先寄詩來。太平樂府一

樂府羣珠三

樂府羣珠鵬翼作鵬路。

江淹寺

紫霜毫是是非非。萬古虚名。一夢初回。失又何愁。得之何喜。悶也何爲。落日外蕭山翠微。小橋邊古寺殘碑。文藻珠璣。醉墨淋漓。何似班超。投却毛錐。太平樂府一

樂府羣珠三

登太和樓

白雲中湧出蓬萊。俯視西湖。圖畫天開。暮雨珠簾。朝雲畫棟。夜月瑶臺。書籍會

三千劍客。管絃聲十二金釵。對酒興懷。拊髀憐才。寄語玲瓏。王粲曾來。太平樂府一　樂府羣珠三

元刊太平樂府籍作藉。兹從元刊八卷本瞿本。

竹夫人

湘妃應是前身。不記何年。封號封秦。萬古虚心。百年貞節。一世故人。剖蒼璧寒凝淚痕。挽瀶蛟巧結香紋。侍枕知恩。入夢無春。兩腋清風。滿枕行雲。太平樂府一　樂府羣玉三　樂府羣珠三

元刊太平樂府一世作幾世。兹從元刊八卷本等太平樂府及樂府羣玉樂府羣珠。羣玉故人作良人。

滿枕作一枕。

姑蘇臺

荒臺誰唤姑蘇。兵渡西興。禍起東吴。切齒讎寃。捧心鈎餌。嘗膽權謀。三千尺侵雲糞土。十萬家泣血膏腴。日月居諸。臺殿丘墟。何似靈巖。山色如初。太平樂府一　樂府羣珠三

元刊太平樂府侵作浸。茲從元刊八卷本瞿本及羣珠。

名姬玉蓮

荆山一片玲瓏。分付馮夷。捧出波中。白羽香寒。瓊衣露重。粉面冰融。知造化私加密寵。爲風流洗盡嬌紅。月對芙蓉。人在簾櫳。太華朝雲。太液秋風。太平樂府一

樂府羣珠三　堯山堂外紀七一

春情

平生不會相思。才會相思。便害相思。身似浮雲。心如飛絮。氣若遊絲。空一縷餘香在此。盼千金遊子何之。證候來時。正是何時。燈半昏時。月半明時。太平樂府一

樂府羣珠三　堯山堂外紀七一

西湖尋春

清明春色三分。湖上行舟。陌上遊人。一片花陰。兩行柳影。十里莎裀。不要多殺排一品。休嫌少酒止三巡。處處開樽。步步尋春。花下歸來。帶月敲門。太平樂府一

樂府羣珠三

送沙宰

宦遊人過錢塘。江水湯湯。山色蒼蒼。馬首西風。雞聲殘月。雁影斜陽。男子志周流四方。循吏心恪守三章。岐麥林桑。渡虎驅蝗。人頌甘棠。春滿琴堂。太平樂府一

樂府羣珠三

羣珠湯湯作茫茫。

月

問青天呼酒重傾。幾度盈虧。幾度陰晴。夜冷魚沉。山空鶴唳。露滴烏驚。看楊柳樓心弄影。聽梨花樹底吹笙。雪與争明。風與雙清。玉兔韜光。萬古長生。太平樂府一

樂府羣珠三

元刊本瞿本太平樂府烏驚俱作鳥驚。兹從元刊八卷本太平樂府及羣珠。

贈粉英

温柔鄉裏娉婷。清比梅花。更有餘清。玉蕊含香。瓊蕤沁月。瑶萼裁冰。冠楊柳東

風媚景。賦芙蓉夜月幽情。花下蘇卿。月下崔鶯。世上飛瓊。天上雙成。太平樂府一 樂府羣珠三

西湖夏宴

捲荷筩翠袖生香。忙處投閑。静處尋涼。一片歌聲。四圍山色。十里湖光。只此是人間醉鄉。更休題天上天堂。老子疎狂。信手新詞。贈與秋娘。太平樂府一 樂府羣珠三

瞿本太平樂府忙處作忙裏。

紅梅

蕊珠宫内瓊姬。醉倚東風。誰與更衣。血泪痕深。茜裙香冷。粉面春回。桃杏色十分可喜。冰霜心一片難移。何處長笛。吹散胭脂。分付春歸。太平樂府一 樂府羣珠三

〔雙調〕清江引

苕溪

駞鳳兩橋分燕尾。人物風流地。白雲四面山。明月雙溪水。身在董元圖畫裏。太平樂府二

盤龍寺

山僧定回月半吐。叱咤神龍處。空廊舊爪痕。古殿新盤路。捲起講華臺下雨太平樂府二

春夜

雲間玉簫三四聲。人倚闌干聽。風生翡翠櫺。露滴梧桐井。明月半簾花弄影太平樂府二

私歡

梧桐畫闌明月斜。酒散笙歌歇。梅香走將來。耳畔低低説。後堂中正夫人沉醉也。太平樂府二

明大字本末句無正字。

笑靨兒

東風不知何處來。吹動胭脂色。旋成一點春。添上十分態。有千金俏人兒誰共買。太平樂府二

相思

相思有如少債的。每日相催逼。常挑着一擔愁。准不了三分利。這本錢見他時才算得。太平樂府二

〔雙調〕壽陽曲

梅影

枝横水。花未雪。鏡中春玉痕明滅。梨雲夢殘人瘦也。弄黄昏半窗明月。太平樂府二

手帕

香多處。情萬縷。織春愁一方柔玉。寄多才怕不知心内苦。帶胭脂泪痕將去。太平樂府二

元刊本帶作漬。兹從元刊八卷本瞿本。

春情

心疼事。腸斷詞。背秋千泪痕紅漬。剔春纖碎榴花瓣兒。就窗紗砌成愁字。太平樂府二

瞿本四句作剔春嬌蹴損花瓣兒。

昨宵是。你自説。許着咱這般時節。到西廂等的人静也。又不成再推明夜。太平樂府二

閑情緒。深院宇。正東風滿簾飛絮。怕梨花不禁三月雨。是誰教燕銜春去。太平樂府二

醉姬

緋霞佩。金縷衣。枕東風美人深醉。便休將玉簫花下吹。怕驚回海棠春睡。太平樂府二

柳腰

連環玉。一搦酥。舞春風柳絲相妬。沈東陽帶紅香雙抱住。怕隨着綵雲飛去。太平樂府二

〔雙調〕水仙子

夜雨

一聲梧葉一聲秋。一點芭蕉一點愁。三更歸夢三更後。落燈花棋未收。嘆新豐孤館人留。枕上十年事。江南二老憂。都到心頭。太平樂府二　中原音韻　堯山堂外紀七一

中原音韻孤館人留作逆旅俺溜。俺溜應爲淹留之譌。

彈唱佳人

玉纖流恨出冰絲。瓠齒和春吐怨辭。秋波送巧傳心事。似鄰船初聽時。問江州司馬何之。青衫泪。錦字詩。總是相思。太平樂府二

紅指甲

落花飛上筍牙尖。宮葉猶將冰筯粘。抵牙關越顯得櫻唇艷。怕傷春不捲簾。捧菱花香印粧奩。雪藕絲霞十縷。鏤棗班血半點。掐劉郎春在纖纖。太平樂府二　堯山堂外紀七一

明大字本太平樂府十縷作千縷。

佳人釘履

金蓮脱瓣載雲輕。紅葉浮香帶雨行。漬春泥印在蒼苔徑。三寸中數點星。玉玲瓏環珮交鳴。濺越女紅裙濕。沁湘妃羅襪冷。點寒波小小蜻蜓。太平樂府二　堯山堂外紀七一

春情

九分恩愛九分憂。兩處相思兩處愁。十年迤逗十年受。幾遍成幾遍休。半點事半點慚羞。三秋恨三秋感舊。三春怨三春病酒。一世害一世風流。太平樂府二

青玉花筒

蜂房分蜜入烏雲。鶯嘴流金拂翠顰。鸞釵嵌玉浮紅暈。似蕊珠宮内人。虛心腹管束東君。兩朵兒瑶花弄色。半縷兒香綿沁粉。一泓兒碧露涵春。太平樂府二

重九

東籬重賦紫萸詩。北海深傾白玉巵。西風了却黄花事。是淵明酒醉時。笑人間名利孜孜。鑽醯甕。檢故紙。再誰題歸去來兮。太平樂府二

元刊八卷本酒醉作沉醉。又與瞿本孜孜俱作孳孳。瞿本末句兮作辭。

馬嵬坡

翠華香冷夢初醒。黄壤春深草自青。羽林兵拱聽將軍令。擁鸞輿蜀道行。妾雖亡天子還京。昭陽殿梨花月色。建章宫梧桐雨聲。馬嵬坡塵土虛名。太平樂府二

元刊本元刊八卷本瞿本月色俱作月。茲從明大字本及何鈔本。

惠山泉

自天飛下九龍涎。走地流爲一股泉。帶風吹作千尋練。問山僧不記年。任松梢鶴避青烟。濕雲亭上。涵碧洞前。自採茶煎。太平樂府二

〔雙調〕殿前歡

釣臺

釣魚臺。便齊雲安穩似雲臺。故人同榻成何礙。太史瘦哉。三台宰相階。百兩黄金帶。萬丈風波海。争如休去。勝似歸來。太平樂府一

楊總管

玉堂臣。經綸大展致其身。腰間斗大黄金印。志在新民。文章漢子雲。韜略吴公瑾。勳業商伊尹。一番桃李。兩字麒麟。太平樂府一

觀音山眠松

老蒼龍。避乖高臥此山中。歲寒心不肯爲梁棟。翠蜿蜒俯仰相從。秦皇舊日封。靖節何年種。丁固當時夢。半溪明月。一枕清風。太平樂府一

〔雙調〕賣花聲

雪兒嬌小歌金縷。老子婆娑倒玉壺。滿身花影倩人扶。昨宵不記。雕鞍歸去。問今朝酒醒何處。太平樂府二　樂府羣珠一

碧桃紅杏桃源路。緑水青山水墨圖。杖頭挑着酒胡蘆。行行覷着。山童分付。問前村酒家何處。太平樂府二　樂府羣珠一　樂府羣珠題作春遊。次首書一又字。

紅羅佩吐獅頭玉。碧珥香銜鳳口珠。風流相遇恨須臾。梨花淡月。樓臺如故。教吹簫玉人何處。太平樂府二　樂府羣珠一　樂府羣珠題作春。○羣珠碧珥作碧紐。

雲深不見南來羽。水遠難尋北去魚。兩年不寄半行書。危樓目斷。雲山無數。望天

涯故人何處。太平樂府二　樂府羣珠一

樂府羣珠題作念遠。

蒲道源

道源字得之。號順齋。世居眉州。後徙興元。元初爲郡學正。皇慶中官至國子博士。旋引疾去。及年七十。復被召爲陝西儒學提舉。不就。所著有閒居叢稿。

小令

〔黄鍾〕人月圓

趙君錫再得雄

君家陰德多多種。重得讀書郎。掌中驚看。隆顱犀角。黛抹朱粧。最堪歡處。靈椿未老。丹桂先芳。他年須記。于門高大。車馬煌煌。順齋樂府

孫周卿

古邠人。傅若金序孫蕙蘭緑窗遺稿云。故妻孫氏蕙蘭。早失母。父周卿先生。若金所言。未知是否即此人。

小令

〔雙調〕沉醉東風

宫詞

雙拂黛停分翠羽。一窩雲半吐犀梳。寶靨香。羅襦素。海棠嬌睡起誰扶。腸斷春風倦綉圖。生怕見紗窗唾縷。太平樂府二　北詞廣正譜　元明小令鈔

明大字本太平樂府及北詞廣正譜翠羽俱作翠雨。此從元刊本等太平樂府。廣正譜海棠嬌作海棠嫩。唾縷作吐縷。元明小令鈔俱同廣正譜。

花月下温柔醉人。錦堂中笑語生春。眼底情。心間恨。到多如楚雨巫雲。門掩黄昏

月半痕。手抵着牙兒自哂。太平樂府二

瞿本笑語作笑臉。

〔雙調〕蟾宮曲

自樂

想天公自有安排。展放愁眉。開着吟懷。款擊紅牙。低歌玉樹。爛醉金釵。花謝了逢春又開。燕歸時到社重來。蘭芷庭階。花月樓臺。許人乾坤。由我詼諧。太平樂府一

樂府羣珠三

草團標正對山凹。山竹炊粳。山水煎茶。山芋山薯。山葱山韭。山果山花。山溜響冰敲月牙。掃山雲驚散林鴉。山色元佳。山景堪誇。山外晴霞。山下人家。太平樂府一

樂府羣珠三

樂府羣珠題作山中樂。〇明大字本太平樂府元佳作既佳。元刊本等皆作元佳。羣珠山薯作山藥。元佳作尤佳。

漁父

浪花中一葉扁舟。到處行窩。天也難留。去歲蘭江。今年湘浦。後日巴丘。青蒻笠白蘋渡口。緑蓑衣紅蓼灘頭。不解閑愁。自號無憂。兩岸蘆花。一覺齁齁。太平樂府一

樂府羣珠三

題琵琶亭

到潯陽夜泊星槎。送客江頭。忽聽琵琶。下馬維舟。迴燈借問。何處人家。妾本是京師館娃。嫁商人淪落天涯。再轉龍牙。細撥輕爬。聲裂檀槽。月滿蘆花。太平樂府一

樂府羣珠三

羣珠淪落作流落。

見樂天細問根芽。襟搭鮫綃。玉筍籠紗。家住長安。十三學樂。髻綰雙鴉。今老却朝雲暮霞。再休題秋月春花。自嘆咱家。兩鬢霜華。有錦難纏。泪濕琵琶。太平樂府一

樂府羣珠三

羣珠自嘆作自笑。

寄友人

憶湘南冷落鷗盟。木落庭皋。滿院秋聲。夜月關河。西風天地。自笑浮生。歸興動江神斂容。客情多山鬼知名。月殿龍庭。雲路鵬程。獨跨天風。直上瑤京。太平樂府一

樂府羣珠三

題恨

到春來鬱悶懨懨。晝夜相兼。粉黛慵拈。塵滿粧奩。香消寶靨。翠淡眉尖。封泪錦絲絲恨添。唾窗絨縷縷情粘。翠幕朱簾。玉管牙籤。綠慘紅忺。燕妒鶯嫌。太平樂府一

樂府羣珠三

壽友人 七月七日

喜年年玉井蓮開。天上人間。月地雲街。臂絡珠瓔。頭纏紅錦。袖拂芳埃。雲子酒香浮玉臺。雪兒歌韻繞金釵。丹桂多栽。五福齊來。祿享千鍾。位列三台。太平樂府一

樂府羣珠三

題從元刊本元刊八卷本瞿本太平樂府。明大字本太平樂府作七夕壽友人。羣珠無七月七日四字。

〔雙調〕水仙子

日邊

曉開閶闔慶天申。九五龍飛第一春。星圍電繞天威近。肅朝班對紫宸。嵩呼舞蹈揚塵。和氣融三島。歡聲沸五雲。洪福齊臻。太平樂府二

元刊本電繞天威近作殿繞天威迎。茲從元刊八卷本瞿本。

舟中

孤舟夜泊洞庭邊。燈火青熒對客船。朔風吹老梅花片。推開篷雪滿天。詩豪與風雪争先。雪片與風鏖戰。詩和雪繳纏。一笑琅然。太平樂府二

元刊本首句邊作烟。茲從瞿本。元刊八卷本作遊。失韻。

山居自樂

西風籬菊燦秋花。落日楓林噪晚鴉。數椽茅屋青山下。是山中宰相家。教兒孫自種桑麻。親眷至煨香芋。賓朋來煮嫩茶。富貴休誇。太平樂府二

小齋容膝窄如舟。苔徑無媒翠欲流。衡門半掩黃花瘦。屬東籬富貴秋。藥爐經卷香篝。野菜炊香飯。雲腴漲雪甌。傲煞王侯。太平樂府二

無媒原作無煤。杜牧詩。無媒徑路草蕭蕭。茲改正。明大字本作蕪苺。蓋因不知字謡而臆改。

功名場上事多般。成敗如棋不待觀。山林尋箇好知心伴。要常教心地寬。笑平生不解眉攢。土炕上蒲席厚。砂鍋裏酒湯暖。妻子團圞。太平樂府二

元刊本等湯暖作盪暖。茲從明大字本。

朝吟暮醉兩相宜。花落花開總不知。虛名嚼破無滋味。比閑人惹是非。淡家私付與山妻。水碓裏舂來米。山莊上線了雞。事事休提。太平樂府二

贈舞女趙楊花

霓裳一曲錦纏頭。楊柳樓心月半鈎。玉纖雙撮泥金袖。稱珍珠絡臂鞲。翠盤中一搦

温柔。秋水雙波溜。春山八字愁。殢殺温柔。太平樂府二

〔雙調〕殿前歡

楚雲

楚雲高。盈盈泪眼望衡皋。付能盼得春來到。玉困香嬌。是誰人按六么。紅牙鬧。睡未足把人驚覺。雲偏髻鬟。月淡眉梢。太平樂府一

楚雲纖。玉容清淺自家嫌。離情鎮把柔腸占。情緒厭厭。見鶯花懶揭簾。心常欠。怕笑我緗裙掩。愁堆眼底。恨壓眉尖。太平樂府一

楚雲收。月波冷浸晚粧樓。腰肢到比花枝瘦。花瘦無愁。比花枝我自羞。花雖瘦。花不會把眉兒皺。紅消翠減。心上眉頭。太平樂府一

楚雲空。緑窗閑數唾窗絨。一春心事和誰共。門掩殘紅。笑殘紅與我同。成何用。都做了繁華夢。香消臉玉。翠減眉峯。太平樂府一

元刊本元刊八卷本等唾窗絨俱作唾窗紙。兹從明大字本何鈔本。

〔南吕〕罵玉郎過感皇恩採茶歌

閨情

秋千院宇春將暮。紅滴泪緑溶朱。朝雲隔斷陽臺路。去鳳孤。來燕疎。流鶯妒。懶步階除。倦立亭隅。草烟鋪。梨雪舞。柳風扶。花驚我癯。我愛花腴。玉奩梳。金翠羽。寶香珠。綉羅襦。錦箋書。當時封泪到曾無。屈指歸期空自數。倚闌無語慢躊躕。太平樂府五　樂府羣珠二

瞿本太平樂府及樂府羣珠溶俱作鎔。此從元刊太平樂府。

香羅帶束春風瘦。金縷袖玉搔頭。生紅色染胭脂縐。柳讓柔。鶯避謳。花辭秀。緩轉星眸。細咽歌喉。晚雲收。秋水溜。遠山愁。香消自憂。粉淡誰羞。燕閑儔。鴛冷綉。鳳空遊。没來由。儘淹留。春來春去幾時休。錦瑟生疎絃上手。月明閑煞小紅樓。太平樂府五　樂府羣珠二

上二曲元刊本瞿本太平樂府皆署周孫卿作。惟同書姓氏表僅有孫周卿而無周孫卿。樂府羣珠及何鈔本太平樂府於此曲並署孫周卿。疑周孫係誤倒。兹輯之于此。

宋褧

褧字顯夫。宛平人。登泰定甲子進士。除秘書監校書郎。累官監察御史。遷國子司業。進翰林直學士。兼經筵講官。卒贈范陽郡侯。謚文清。有燕石集。

小令

〔黄鍾〕人月圓

中秋小酌

紅螺香灔金莖露。清興溢璇霄。玉盤光冷。雲鬟霧溼。丹闕烟銷。□□此夜。明年明月。何似今宵。西風唤我。瑶階折桂。綺檻吹簫。燕石近體樂府

誠夫兄生子名京華兒

神州佳麗明光錦。生出玉麒麟。四筵都愛。西山眉翠。太液瞳神。他年應是。鬭雞走馬。紫陌紅塵。這回休更。燕秦樹栗。江浦垂綸。燕石近體樂府

顧德潤

德潤字君澤。道號九山。松江人。以杭州路吏遷平江。自刊九山樂府詩隱二集。售于市肆。君澤或作均澤。九山或作九仙。未知孰是。

小令

〔南吕〕罵玉郎過感皇恩採茶歌

夏日

銜泥燕子穿簾幕。早池塘貼新荷。庭槐隄柳鳴蟬和。扇影羅。巾岸葛。花盈座。暑氣無多。雨聲初過。倚東牀。開北牖。夢南柯。燈前恣舞。醉後狂歌。書慵注。琴倦撫。劍羞磨。掛青蓑。釣滄波。世塵不到小行窩。笑擁青娥嬌無那。年來放我且婆娑。太平樂府五　樂府羣珠二

述懷

蛛絲滿甑塵生釜。浩然氣尚吞吳。并州每恨無親故。三匝烏。千里駒。中原鹿。走遍長途。反下喬木。若立朝班。乘驄馬。駕高車。常懷卞玉。敢引辛裾。羞歸去。休進取。任揶揄。暗投珠。嘆無魚。十年窗下萬言書。欲賦生來驚人語。必須苦下死工夫。太平樂府五　樂府羣珠二

人生傀儡棚中過。嘆烏兔似飛梭。消磨歲月新工課。尚父蓑。元亮歌。靈均些。安樂行窩。風流花磨。閑呵諏。歪嗑牙。發喬科。山花裊娜。老子婆娑。心猶倦。時未來。志將何。愛風魔。怕風波。識人多處是非多。適興吟哦無不可。得磨跎處且磨跎。太平樂府五　樂府羣珠二

羣珠此首題作嘆世。○元刊太平樂府及羣珠嗑下俱脱牙字。兹從瞿本太平樂府。

〔中吕〕醉高歌過喜春來

宿西湖

梅花飄雪漫山。楊柳和烟放眼。畫船穩繫東風岸。金縷朱絃象板。春融南浦冰澌散。酒醒西樓月影慳。一天星斗水雲寒。名利難。詩酒債且填還。太平樂府四

元刊本末句脱債字。兹從元刊八卷本瞿本。

〔中吕〕醉高歌過攤破喜春來

旅中

長江遠映青山。回首難窮望眼。扁舟來往蒹葭岸。人憔悴雲林又晚。籬邊黄菊經霜暗。囊底青蚨逐日慳。破清思晚砧鳴。斷愁腸簷馬韻。驚客夢曉鐘寒。歸去難。修一緘。回兩字寄平安。太平樂府四　太和正音譜下　樂府羣珠一收攤破喜春來　北詞廣正譜引攤破喜春來

九宫大成一三引醉高歌　元明小令鈔收攤破喜春來

太和正音譜九宫大成人憔悴俱作烟鎖。正音譜樂府羣珠北詞廣正譜元明小令鈔霜暗俱作霜綻。囊底作囊裏。清思作情思。末句寄作報。

〔中吕〕醉高歌過紅綉鞋

西湖賞春

漾金波碧甃粼粼。蕩金縷垂楊隱隱。步金蓮仙子相隨趁。縱金勒王孫笑引。按金雁銀箏風韻。捧金鍾翠袖殷勤。聽金鶯彩燕競争春。擲金錢頻唤酒。焚金鼎細生雲。戧金船蘭棹穩。太平樂府四

元刊本等粼粼俱作鄰鄰。茲從明大字本及何鈔本。瞿本舊校改鄰鄰爲鱗鱗。彩燕各本皆作彩雁。茲改。

〔越調〕黄薔薇過慶元貞

御水流紅葉

步秋香徑晚。怨翠閣衾寒。笑把霜楓葉揀。寫罷衷情興懶。幾年月冷倚闌干。半生花落盼天顔。九重雲鎖隔巫山。休看作等閑。好去到人間。太平樂府三　太和正音譜下　九

宫大成二七

又

正觀光上國。近守御宫闈。霜染丹楓散綺。葉墜金溝泛水。鳳城春色醉玻瓈。龍香墨蹟燦珠璣。鸞交天配選簪笄。宫妃直恁癡。題怨寄他誰。太平樂府三

何鈔本校改題怨作題詩。

套數

〔黄鍾〕願成雙

憶別

梅臉退。柳眼肥。雨絲絲開到荼蘼。一春常是盼佳期。不覺的香消玉體。

〔么〕忒風流姝媚忒聰慧。怎生般信絶音稀。叮寧杜宇那人行啼。冷落了秋千月底。

〔出隊子〕科場不第。出落着箇三不歸。長安花酒價如泥。不信敲才主仗得。似恁般

情懷説向誰。

〔么〕到中秋左右還相會。見他時擘破面皮。紫泥宣於我甚便宜。青樓夢因誰没鑒識。且受回禁持悔甚的。

〔尾〕海神行忘不了些喬盟誓。多年前曾活取了個王魁。傳槽病這些時敢輪到你。太平樂府八　北宫詞紀六　太和正音譜上引顧成雙

（顧成雙）元刊本等太平樂府三句俱脱一絲字。兹從何鈔本太平樂府及太和正音譜北宫詞紀。太平樂府常是作長是。正音譜詞紀臉俱作腮。（出隊子么）瞿本明大字本太平樂府及詞紀擘俱作劈。

〔仙吕〕點絳唇

四友争春

四海飄蓬。半生歌詠。嗟塵冗。世事匆匆。苦被年光送。

〔混江龍〕眼前青供。玉人降謫笑相逢。敲金擊玉。詠月嘲風。三峽泉鳴新咳唾。千章詩著舊題封。春風楊柳。秋水芙蓉。温柔典雅。剔透玲瓏。銷人魂夢廣寒宫。迷

人踪跡桃源洞。友朋每如兄如弟。親眷每非虎非熊。

〔油葫蘆〕天下湖山風月瓏。這一伙作業種。鶯儔燕侶不相容。錦心綉腹親陪奉。月眉星眼情搬弄。茶供過三兩巡。涎割到五六桶。儹下些高談闊論成何用。端的是風月兩無功。

〔天下樂〕幾曾見翠袖殷勤捧玉鍾。三冬。節序窮。老廉頗豈堪施會勇。桑柴弓懸臂間。紙糊鍬逼手中。每日價干和閧。

〔那吒令〕江湖上量洪。誰强似孔融。天地間德行。怎學得仲弓。翠紅鄉鈔猛。都不如鄧通。假老實。喬尊重。買做了先鋒。

〔鵲踏枝〕探花人氣如虹。狀元郎怒填胸。榜眼哥哥。尚自冲冲。你也噥恩多愛濃。想從前錯怨了天公。

〔寄生草〕大廝家包藏得險。友朋每講論得同。雙生雖俊風聲衆。蘇卿缺鏝情腸痛。馮魁不語機謀中。風流浪子怎教貧。孤寒壯士愁難共。

〔尾〕不放一時花。空負三生夢。我與你結抹了青樓卷宗。一箇空勞下巫山十二峯。一箇虚擔着雨跡雲踪。那一箇快彌縫。只落得燕懶鶯慵。這老子倒奪了東君造化工。

他見這恩情脱空。便把那是非講動。剗地向樹頭樹底覓殘紅。太平樂府六　雍熙樂府四

雍熙樂府不注撰人。○（點絳唇）雍熙嗟作嘆。（混江龍）雍熙相逢作相迎。（油葫蘆）雍熙瓏作籠。涎割作涎刮。（天下樂）何鈔本太平樂府干作乾。（那吒令）元刊本等太平樂府三句俱無行字。兹從明大字本。雍熙行作容。（鵲踏枝）元刊本等太平樂府哥哥俱作歌歌。兹從明大字本何鈔本太平及雍熙。雍熙噥作儂。（寄生草）明大字本太平中作重。雍熙友朋作朋友。衆作重。（尾）雍熙虚作空。便把作便是。

詞林白雪卷四有一枝花送飛瓊下九天套數一套。注顧均澤作。案此套北宫詞紀彩筆情辭俱注湯舜民作。較爲可信。兹入湯式曲中。

李齊賢

齊賢字仲思。號益齋。高麗人。年未冠已有文名。大爲忠宣王所器重。從居輦轂下。得與元儒姚牧庵。閻子静。趙子昂。元復初。張養浩等游。學益進。又嘗奉使川蜀。所至題詠。膾炙人口。歷官門下侍中。封雞林府院君。至正二十七年卒。年八十一。謚文忠。著有益齋亂稿。

小令

〔黄鍾〕人月圓

馬嵬效吴彦高

五雲綉嶺明珠殿。飛燕倚新粧。小顰中有。漁陽胡馬。驚破霓裳。海棠正好。東風無賴。狼藉春光。明眸皓齒。如今何在。空斷人腸。益齋長短句

曹德

德字明善。衢州路吏。甘於自適。樂府華麗自然。不在小山下。伯顏擅權之日。剡王徹徹都。高昌王帖木兒不花。皆以無罪被殺。明善時在都下。作清江引二曲以諷之。大書揭於五門之上。伯顏怒。令左右暗察得實。肖形緝捕。明善出避吴中一僧舍。居數年。伯顏事敗。方再入京。

小令

〔正宫〕小梁州

侍馬昂夫相公遊柯山

紫霞仙侣翠雲裘。文彩風流。新詩題滿鳳凰樓。揮吟袖。來作爛柯遊。〔么〕王樵不管梅花瘦。教白鶴舞著相留。聽我歌。爲君壽。一杯春酒。一曲小梁州。樂府羣玉一

〔中吕〕喜春來

和則明韻

騷壇坐徧詩魔退。步障行看肉陣迷。海棠開後燕飛迴。喧暫息。愛月夜眠遲。樂府羣玉一

春雲巧似山翁帽。古柳横爲獨木橋。風微塵軟落紅飄。沙岸好。草色上羅袍。樂府羣玉一

春來南國花如綉。雨過西湖水似油。小瀛洲外小紅樓。人病酒。料自下簾鈎。樂府羣玉一

〔雙調〕沉醉東風

隱居

鴟夷革屈沉了伍胥。江魚腹葬送了三閭。數間諫時。獨醒處。豈是遭誅被放招伏。一舸秋風去五湖。也博箇名傳萬古。樂府羣玉一

博原作箄。此從吳梅校本。三至五句似有譌誤。

村居

新分下庭前竹栽。旋篘得缸面茅柴。嬔彈雞。和根菜。小杯盤曾慣留客。活潑剌鮮魚米換來。則除了茶都是買。樂府羣玉一

茅舍寬如釣舟。老夫閑似沙鷗。江清白髮明。霜早黄花瘦。但開樽沉醉方休。江糯吹香滿穗秋。又打够重陽釀酒。樂府羣玉一

打够原作打勾。兹改。

楓林晚家家步錦。菊籬秋處處分金。羞將寶劍看。醉把瑶琴枕。没三杯著甚消任。若論到機深禍亦深。却不是淵明好飲。樂府羣玉一

〔雙調〕折桂令

江頭即事

問城南春事何如。細草如烟。小雨如酥。不駕巾車。不拖竹杖。不上籃輿。著二日

將息蹇驢。索三杯分付奚奴。竹裏行廚。花下提壺。共友聯詩。臨水觀魚。樂府羣玉一

樂府羣珠三

自述

淡生涯却不多爭。賣藥修琴。負笈擔簦。雪嶺樵柯。烟村牧笛。月渡漁罾。究生死干忙煞老僧。學飛昇空老了先生。我腹膨脝。我貌猙獰。我髮鬅鬙。除了銜杯。百拙無能。樂府羣玉一　樂府羣珠三

西湖早春

小紅樓隔水人家。草未鳴蛙。柳已藏鴉。試捲朱簾。尋山問寺。何處無花。金絡腦隄邊駿馬。錦纏頭船上嬌娃。風景繁華。不醉流霞。前世生涯。樂府羣玉一　樂府羣珠三

羣玉尋山問寺作是山間寺。羣珠草未作草已。柳已作柳未。

登靈鷲山

便休提鐘鼎山林。遮莫榮枯。總是消沉。落落魄魄。酒逢知己。琴遇知音。時俯仰

人間古今。且消磨閑處光陰。無事當心。今日從容。此地登臨。樂府羣玉一　樂府羣珠三

〔雙調〕清江引

長門柳絲千萬結。風起花如雪。離别復離别。攀折更攀折。苦無多舊時枝葉也。樂府羣玉一　輟耕録八　堯山堂外紀七四

輟耕録復作重。更作復。堯山堂外紀同。外紀無也字。

長門柳絲千萬縷。總是傷心樹。行人折嫩條。燕子銜輕絮。都不由鳳城春做主。樂府羣玉一　輟耕録八　堯山堂外紀七四

輟耕録樹作處。嫩作柔。輕作芳。堯山堂外紀同。

〔雙調〕慶東原

江頭即事

低茅舍。賣酒家。客來旋把朱簾掛。長天落霞。方池睡鴨。老樹昏鴉。幾句杜陵詩。一幅王維畫。樂府羣玉一

猿休怪。鶴莫猜。探春偶到南城外。池魚就買。園蔬旋摘。村務新開。省下買花錢。拚却還詩債。樂府羣玉一

閑乘興。過小亭。没三杯著甚資談柄。詩題小景。香銷古鼎。曲換新聲。標致似劉伶。受用如陶令。樂府羣玉一　北詞廣正譜　元明小令鈔

樂府羣玉標致作標到。兹從任校。北詞廣正譜此句作標似劉伶。古鼎作方鼎。元明小令鈔俱同廣正譜。

〔不知宫調〕三棒鼓聲頻

題淵明醉歸圖

先生醉也。童子扶著。有詩便寫。無酒重賒。山聲野調欲唱些。俗事休說。問青天借得松間月。陪伴今夜。長安此時春夢熱。多少豪傑。明朝鏡中頭似雪。烏帽難遮。星般大縣兒難棄捨。晚入廬山社。比及眉未攢。腰曾折。遲了也去官陶靖節。樂府羣玉一

高克禮

克禮字敬臣。號秋泉。河間人。蔭官至慶元理官。治政以清凈爲務。不爲苛刻。以簡澹自處。與喬吉友善。小曲樂府。極爲工巧。有名於時。案曹楝亭本録鬼簿敬臣作敬德。疑誤。樂府羣玉明鈔本録鬼簿太和正音譜元詩選等書俱作敬臣。

小令

〔越調〕黄薔薇過慶元貞

燕燕别無甚孝順。哥哥行在意殷勤。三納子藤箱兒問肯。便待要錦帳羅幃就親。誆得我驚急列蓦出卧房門。他措支刺扯住我皂腰裙。我軟兀刺好話兒倒温存。一來怕夫人。情性哏。二來怕誤妾百年身。樂府羣玉五

鈔本曲牌原僅作慶元貞三字。兹從任校本。○任校云。三納子疑是玉納子之訛。

又不曾看生見長。便這般割肚牽腸。唤孄孄酩子裏賜賞。撮醋醋孩兒弄璋。斷送得他蕭蕭鞍馬出咸陽。只因他重重恩愛在昭陽。引惹得紛紛戈戟鬧漁陽。哎。三郎。

睡海棠。都則爲一曲舞霓裳。樂府羣玉五

〔雙調〕雁兒落過得勝令

新愁因甚多。淺黛教誰畫。倦將珊枕攲。款要朱扉亞。月明閑照緑窗紗。酒冷重温白玉斝。五花驄繫何處垂楊下。少年心虧負殺虧負殺。不恨你箇寃家。高燒銀蠟。寬鋪綉榻。今夜來麽。樂府羣玉五

尋致争不致争。既言定先言定。論至誠俺至誠。你薄倖誰薄倖。豈不聞舉頭三尺有神明。忘義多應當罪名。海神廟見有他爲證。似王魁負桂英。磣可可海誓山盟。縷帶難逃命。裙刀上更自刑。活取了箇年少書生。樂府羣玉五

陸登善

登善字仲良。祖父維揚人。父以典掾至杭。因而家焉。爲人沉重簡默。能詞。能浙謳。有樂府隱語成集。著雜劇二種。張鼎勘頭巾。開倉糶米。今俱不存。登善與鍾嗣成友善。嘗助嗣成撰録鬼簿。

套數

〔南吕〕一枝花

悔悟

春風柳吐金。夏日荷鋪錦。秋蟾輝碧漢。冬雪老遥岑。四季光陰。終日尋芳飲。奇花選揀簪。曾共知音。受用了些雲屏月枕。

〔梁州〕也曾腿廝壓齊聲兒和曲。頭廝頂難字兒閑吟。番思年少如春夢。傳書寄簡。剪髮撚沉。盟山誓海。解珮移簪。也曾待佳期到夜半更深。度良宵翠被鴛衾。如今腆着臉百事兒粧憨。低着頭凡事兒撒吞。睁着眼所事推病。聰明。待怎。藍橋一任洪波浸。但飽暖且則恁。始覺從前枉用心。再不追尋。

〔尾〕眠花臥柳性全禁。惜玉憐香心再不侵。假若普救寺麗春園待則甚。自今。自今。把這俏倬家風脱與您。太平樂府八　雍熙樂府一〇

雍熙樂府題作省悟。不注撰人。○(一枝花)元刊太平樂府受用了作受了。雍熙同。兹從元刊八卷本瞿本太平樂府。雍熙選揀作揀選。(梁州)太平樂府睁作争。元刊太平樂府難字兒作難字。兹從元刊八卷本瞿本及雍熙。雍熙首句也曾作俺也曾。番思作審思。誓海作海誓。移簪作遺簪。如今作俺如今。病作聾。則恁作隨恁。(尾)明大字本太平樂府心性二字易位。無再字。若作若是。倬作綽。雍熙起句襯俺將那三字。無再字。假若作便就是。則甚作怎生。把作都把。

王曄

曄字日華。號南齋。杭州人。體豐肥而善滑稽。能詞章樂府。所製工巧。與朱凱題雙漸小卿問答。人多稱賞。又嘗集歷代之優辭有關世道者。自楚國優孟而下。至金人玳瑁頭。凡若干條。著優戲録。楊維楨爲之序。録鬼簿載曄著雜劇三種。臥龍岡。雙賣華。桃花女。後一種今存。惟太和正音譜及元曲選俱以桃花女屬無名氏。未知孰是。明藍格鈔本録鬼簿日華作日新。疑誤。

小令

〔雙調〕慶東原　風月所舉問汝陽記。自黄肇退狀至議擬。凡計一十六首。

黄肇退狀

于飛燕。並蒂蓮。有心也待成姻眷。喫不過雙生强嚪。當不過馮魁鬭諞。甘不過蘇氏胡搧。且交割麗春園。免打入卑田院。

折桂令

問蘇卿

俏排場慣戰曾經。自古惺惺。愛惜惺惺。燕友鶯朋。花陰柳影。海誓山盟。那一箇堅心志誠。那一箇薄倖雜情。則問蘇卿。是愛馮魁。是愛雙生。

答

平生恨落風塵。虛度年華。減盡精神。月枕雲窗。錦衾繡褥。柳户花門。一箇將百十引江茶問肯。一箇將數十聯詩句求親。心事紛紜。待嫁了茶商。怕誤了詩人。

殿前歡

再問

小蘇卿。言詞道得不實誠。江茶詩句相兼併。那件著情。休胡蘆提二四應。相傒倖。

端的接誰紅定。休教勘問。便索招承。

答

滿懷寃。被馮魁掩撲了麗春園。江茶萬引誰情願。聽妾明言。多情小解元。休埋怨。俺違不過親娘面。一時間不是。誤走上茶船。

水仙子

駁

明明的退佃麗春園。暗暗的開除了雙解元。慘可可說下神仙願。却原來都是謊。再誰聽甜句兒留連。同他行坐。和他過遣。怎做的誤走上茶船。

招

書生俊俏却無錢。茶客村虔倒有緣。孔方兄教得俺心窑變。胡蘆提過遣。如今是走上茶船。拜辭了呆黄肇。上覆那雙解元。休怪咱不赴臨川。

折桂令

問馮魁

馮魁嗏你自尋思。這樣嬌姿。俤了琴瑟。不用紅娘。則留紅定。便繫紅絲。量你呵有甚麽風流浪子。怎消得多情俊俏婇兒。供吐實詞。説了緣由。辨箇妍媸。

水仙子

答

黄金鑄就劈閑刀。茶引糊成剗怪鍬。廬山鳳髓三千號。陪酥油儘力攪。雙通叔你自才學。我揣與娘通行鈔。他掂了咱傳世寶。看誰能够鳳友鸞交。

折桂令

問雙漸

小蘇卿窨變了心腸。改抹了姻緣。倒換排場。强拆鴛鴦。輕分鶯燕。失配鸞凰。實丕丕兜籠富商。虚飄飄蹬脱了才郎。你試思量。不害相思。也受淒涼。

水仙子

答

一

陽臺雲雨暫教晴。金斗風波且慢行。小蘇卿是接了馮魁定。俏書生便噤聲。没來由閑戰閑争。非干是咱薄倖。既然是他淺情。我著甚乾害心疼。

折桂令

問黄肇

麗春園黄肇姨夫。人道你聰明。我道你胡突。蘇氏掂俫。雙生掤滰。你剗地粧孤。

怕不你身上知心可腹。争知他根前似水如魚。休强支吾。這樣恩情。便好開除。

水仙子

答

風流雙漸慣輪鍘。瀾浪蘇卿能跳塔。小機關背地裏商量下。把俺做皮燈籠看待咱。從來道水性難拿。從他赸過。由他演撒。終只是箇路柳牆花。

折桂令

問蘇媽媽

蘇婆婆常只是熬煎。臨逼得孩兒。一謎地胡搧。使會虚脾。著些甜唾。引起頑涎。用力的從教氣喘。著昏的一任頭旋。只爲貪錢。將箇嬋娟。賣上茶船。

水仙子

答

有錢問甚紙糊鍬。没鈔由他古錠刀。是誰俊俏誰村拗。俺老人家不性索。馮員外將響鈔揣著。雙生咷休乾鬧。黄肇嗏且莫焦。價高的俺便成交。

議擬

雙生好去覓前程。黄肇休來戀寡情。馮魁統鏝剛婚聘。老虔婆指證的明。小蘇卿既已招承。風月所成文案。鶯花寨擬罪名。麗春園依例施行。樂府羣玉二

鍾嗣成録鬼簿云。此曲爲王曄與朱凱合製。樂府羣玉雖未載此事。惟嗣成與王朱同時。與朱尤有交誼。朱且序其録鬼簿。是則嗣成所言。不容置疑。〇（殿前歡再問）任校本改二四嚥爲二面應。（折桂令問馮魁）浪子原作娘子。兹從任校。三句疑應作做了琴瑟。（水仙子答）任校本掂了咱傳世寶句首有他字。（折桂令問雙漸）任校本兜籠下有了字。

套數

〔雙調〕新水令

閨情

梨花夜雨未開門。日遲遲緑窗人困。鏡緘鸞未起。香盡鴨猶温。半晌擡身。舒玉筍整蟬鬢。

〔駐馬聽〕春意猶昏。楊柳青牽綿正滚。香腮微印。海棠横界線留痕。目前春暖物華新。意中人遠天涯近。怨未伸。枝頭春色三分褪。

〔喬牌兒〕靈龜兒無定准。喜鵲兒少憑信。倚闌無語懨懨悶。一春愁憔悴損。

〔雁兒落〕齊臻臻光消寶髻雲。寬綽綽瘦掩羅衫褃。碧幽幽天高少雁書。緑湛湛水闊無魚信。

〔得勝令〕愁戚戚蕭索對清晨。情默默冷落坐黄昏。悄促促翠掩合歡帳。濕津津紅綃拭泪巾。清黯黯銷魂。烟淡淡草際遥天盡。昏慘慘傷神。夜迢迢花殘過雨頻。

〔沽美酒〕江分平緑草茵。門半掩翠苔痕。悄悄閑庭不見人。無語自哂。空目斷楚臺雲。

〔太平令〕怪則怪鸞凰生分。惱則惱鶯燕争春。恨則恨心中有刃。悔則悔言而無信。想這廝背恩。負恩。説着後一言難盡。

〔水仙子〕氣吁鸞影竇奩昏。愁蹙蛾眉翠黛顰。情隨雁足青霄近。倚朱扉欲斷魂。能消得幾箇青春。恰透風光一陣。春來度盡花容數本。春先去人瘦三分。

〔折桂令〕春先去人瘦三分。粧減了半面風流。衣鬆了一捻精神。步紅塵愁踐紅芳。上綉榻怕拈綉帖。倚朱扉愁盼朱輪。海棠困琴閑玉軫。石榴皺睡損羅裙。愁思昏昏。人事紛紛。眼底卿卿。心上人人。

〔尾聲〕來時跪膝兒在床前問。將那廝謊舌頭裙刀兒碎刎。先將他抛閃去的罪名兒一件件招。後把受用過凄涼一星星證了本。雍熙樂府一一　南北詞廣韻選七　北宫詞紀六

雍熙樂府無題。不注撰人。北宫詞紀題作春情。兹從南北詞廣韻選作閨情。廣韻選謂作者元人。詞紀注王日華。○（喬牌兒）雍熙靈龜下無兒字。（雁兒落）雍熙少雁書作雁少書。（沽美酒）廣韻選無語作無言。（水仙子）廣韻選顰作分。先去作去也。（折桂令）雍熙怕拈作愁拈。睡損作人睡損。廣韻選先去作去也。踐作踏。怕作愁。卿卿作親親。

朱凱

凱字士凱。自幼孑立不俗。與人寡合。小曲極多。所編昇平樂府甚工。類集羣公隱語。標曰包羅天地。又有謎語一集。皆鍾嗣成爲之序。嗣成録鬼簿亦有凱序。著雜劇二種。盜骨殖。今存。黄鶴樓。今佚。録鬼簿謂王曄有與朱凱合製題雙漸小卿問答。人多稱賞。

〔雙調〕慶東原折桂令等

風月所舉問汝陽記自黄肇退狀至議擬凡計一十六首

鍾嗣成録鬼簿云。王曄有與朱凱合製題雙漸小卿問答。案此曲載樂府羣玉王日華樂府。雖未明注爲王朱二家合製。惟嗣成與王朱同時。與朱尤有交誼。朱且序其録鬼簿。則於嗣成所言。不容置疑。兹輯其曲於王曄曲中。此不重出。

王仲元

仲元杭州人。與鍾嗣成交。著雜劇三種。于公高門。袁盎却坐。私下三關。惟後一種太和正音譜作無名氏撰。

小令

〔中吕〕普天樂

春日多雨

無一日惠風和。常四野彤雲布。那裏肯粧金點翠。只待要迸玉篩珠。這其間湖景陰。恰便似江天暮。冷清清孤山路。六橋迷雪壓模糊。瞥見遊春杜甫。只疑是尋梅浩然。莫不是相訪林逋。樂府羣玉四　樂府羣珠四

樂府羣玉相訪作相放。兹從吴校及任校。樂府羣珠作相試。

柳眉新。桃腮嫩。酥凝瓊膩。花艷芳温。歌聲消天下愁。舞袖散人間悶。舉止温柔

嬌風韻。司空見也索銷魂。蘭姿蕙魄。瑶花玉蕊。誤染風塵。樂府羣玉四　樂府羣珠四

羣玉自此首起失題。羣珠此首題作贈美人。

樹杈枒。藤纏掛。衝烟塞雁。接翅昏鴉。展江鄉水墨圖。列湖口瀟湘畫。過浦穿溪沿江汊。問孤航夜泊誰家。無聊倦客。傷心逆旅。恨滿天涯。樂府羣玉四　樂府羣珠四

羣珠題作旅況。○羣玉浦原作蒲。兹從羣珠。

滰藍橋。燒祆廟。鏡鸞腸斷。瑟鳳魂銷。玉容殘倦艶粧。雲鬢亂慵梳掠。悶倚危闌閑凝眺。對斜陽分外無聊。秦川路遠。陽臺雨歇。楚岫雲高。樂府羣玉四　樂府羣珠四

羣珠題作離情。

擁鴛衾。歌珊枕。掃窗風竹。搗月寒砧。思量心別恨填。歡喜夢離愁禁。主意抛遲虧人甚。薄情郎何處留心。君懷幸短。盟山路險。誓海波深。樂府羣玉四　樂府羣珠四

羣珠題作離恨。○羣玉薄情上有舊字。兹從羣珠。

泪盈波。眉愁鎖。消香減膩。病鬼愁魔。爐烟飄怨氣浮。襟袖溼啼痕污。無限淒涼來著抹。瘦身軀怎生存活。相思未脱。他愁爲我。我病因他。樂府羣玉四　樂府羣珠四

羣珠題作相思。

遠山攢。烏雲亂。分釵破鑑。單枕孤鸞。芳心被悶織羅。病軀教愁羈絆。惹肚牽腸

相穿貫。上心來痛似錐剜。歸期限滿。難憑後約。孤負前歡。樂府羣玉四　樂府羣珠四

羣珠題作離情。

柳青嚴。寃家塹。情傳眼角。恨寄眉尖。拖逗入煩惱鄉。積攢下相思欠。交下情疎恩情儉。欲闌珊却又拘鈐。常尋我喜。稀行你怪。頻去娘嫌。樂府羣玉四　樂府羣珠四

羣珠題作題情。次首同。

戒多婪。絶餘濫。攜雲自歡。握雨獨慚。鶯花寨我納降。是非海誰著湴。多少惺惺遭坑陷。咱圖甚染緑挼藍。樽前扮蠢。花間塑坌。席上粧憨。樂府羣玉四　樂府羣珠四

羣玉自歡作自勸。挼藍作挪藍。

海棠枝。薔薇刺。約回舞燕。抓住遊絲。有贏鈔烟月牌。無賠鈔鶯花市。買雨羅雲無簽次。干遇仙枉廢神思。如無鈔使。休憑浪子。强做勤兒。樂府羣玉四　樂府羣珠四

羣珠題作詠妓家。○羣玉賠作陪。羣珠作倍。兹改爲賠。羣珠羅作羅。

痛傷嗟。遭磨滅。調筝絃斷。攏鬢簪折。難攀如鏡裏花。易見似波中月。變盡歡娛成吴越。眼睁睁咫尺離別。啼殘杜宇。辭巢燕子。驚夢胡蝶。樂府羣玉四　樂府羣珠四

羣珠題作間阻。

〔雙調〕江兒水

嘆世

誰待理他閑是非。緊把紅塵避。庵前緑水圍。門外青山對。尋一箇穩便處閑坐地。樂

府羣玉四

竹冠草鞋麤布衣。晦迹韜光計。灰殘風月心。參得烟霞味。尋一箇穩便處閑坐地。樂

府羣玉四

茅齋倚山門傍溪。鎮日常關閉。安閑養此心。去住從吾意。尋一箇穩便處閑坐地。樂

府羣玉四

功名玉關十萬里。委實勞心力。争如四皓仙。不願三公位。尋一箇穩便處閑坐地。樂

府羣玉四

功勞既成名遂矣。便索抽身退。裴公緑野中。陶令東籬内。尋一箇穩便處閑坐地。樂

府羣玉四

笑他臥龍因甚起。不了終身計。貪甚青史名。棄却紅塵利。尋一箇穩便處閑坐地。樂

府羣玉四

扁舟五湖越范蠡。有分烟波内。綸綸遠是非。蓑笠多風味。尋一箇穩便處閑坐地。樂府羣玉四

紅塵不來侵釣磯。別却風雲會。一釣了此生。七里全身計。尋一箇穩便處閑坐地。樂府羣玉四

五柳繞莊菊滿籬。自謂羲皇世。三徑可怡顔。一榻堪容膝。尋一箇穩便處閑坐地。樂府羣玉四

婦人臉上笑靨

一團兒可人衙是嬌。粧點如花貌。擡疊起臉上秋。出落腮邊俏。千金這窠裏消費了。樂府羣玉四。二　喬夢符小令

樂府羣玉卷二及喬夢符小令又以此曲屬喬夢符。兹互見兩家曲中。校記詳喬曲。

套數

〔中吕〕粉蝶兒

集曲名題秋怨

雙雁兒聲悲。景瀟瀟楚江秋意。勝陽關刮地風吹。滿庭芳。梧桐樹。金蕉葉墜。慶東原金菊香滴滴金惟。那更醉西湖乾荷葉失翠。

〔醉春風〕我一半兒情感玉花秋。一半兒憶王孫歸塞北。我這應天長久不斷怨別離。對秋風怨憶。憶。折倒的風流體侹羸。紅衫兒寬褪。翠裙腰難繫。

〔迎仙客〕都不念奴嬌望遠行。忘了初相見在武陵溪。罵玉郎有上梢没末尾。瘦削了柳絲玉芙蓉花面皮。這翠眉兒攣剌。捱這等相思會。

〔紅綉鞋〕上小樓凭闌人立。青山口日上平西。子聽得喬木楂鵲踏枝叫聲疾。莫不倘秀才餘音至。夜行船阮郎歸。原來是牧羊關烏夜啼。

〔石榴花〕常記得賞花時節看花回。上京馬醉扶歸。歸來窗半月兒低。真箇醉矣。柳青娘虞美人扶只。困騰騰上馬嬌無力。步步嬌弄影兒行遲。似鳳鸞交配答雙鴛鴦對。人都道端正好夫妻。

〔鬬鵪鶉〕不誤這萬年歡娛。翻做了荆湘怨憶。把一箇玉翼嬋娟。閃在瑶臺月底。想曩日逍遥樂事迷。今日呆古朵自悔。子落得初問口長吁。哭皇天泪滴。
〔普天樂〕空閑了顛成雙。鴛鴦兒被。攪箏琶斷毁。碧玉簫塵迷。四塊玉簪折。一錠銀瓶墜。嘆姻緣節節高天際。這淹證候越隨煞愁的。想兩相思病體。把紅芍藥枉喫。有聖藥王難醫。
〔尾〕我每夜伴穿窗月影低。好也羅你可快活三不歸。空教人立蒼苔紅綉鞋兒濕。可怕不戀上别的賺煞你。太平樂府八　雍熙樂府六

雍熙樂府不注撰人。○（粉蝶兒）雍熙瀟瀟作蕭蕭。惟疑應作帷。（醉春風）太平樂府一字句憶作又。示疊一字。雍熙作重字符號。瞿本太平樂府折倒的作折倒。（迎仙客）瞿本太平樂府花面皮作面皮。

集曲名題情

金盞兒裏倦飲香醪。盼到那賞花時甚實曾歡笑。别人都喜春來唯我心焦。出得那慶東園。離亭宴。暗傷懷抱。貪看那喜遊蜂蝶戀花梢。想起賀新郎不知消耗。
〔醉春風〕何日顛成雙。幾時能彀端正好。只除是憶王孫合小桃紅。怎消得這惱。惱。惱。直喫得沉醉東風。武陵溪畔。後庭花落。

〔迎仙客〕櫻桃般點絳唇。楊柳般翠裙腰。紅綉鞋輕移蓮步小。柳眉顰一半兒嬌。端的有絡絲娘的妖嬈。似一朵紅芍藥。

〔紅綉鞋〕上平西看看日落。念奴嬌夢斷魂勞。鵲踏枝黄昏裏哨遍林梢。雙雁兒呀呀叫。牧羊關外野猿號。怨别離難睡着。

〔石榴花〕緑窗人去悶難熬。哭皇天和泪灑芭蕉。人月圓最好。愁殺我也鳳友鸞交。兩相思真病難醫療。只除倘秀才赴藍橋。

〔鬪鵪鶉〕想起那撥不斷恩情。元和令下梢。上馬嬌郎君。看花回最好。歸塞北恩情恨未消。呆古朵怎放脱了。石榴花裙兒。綿答絮睡着。

〔普天樂〕賣花聲。還驚覺。把一朵雪裏梅。生扭的粉碎烟焦。駡玉郎。傷懷抱。幾時捱得金雞叫。凭闌人恨殺才敲。一枝花瘦了。穿窗月底。虞美人難熬。

〔尾〕醉扶歸入畫堂。輕移步步嬌。阮郎歸一去無音耗。空踏遍臺前寄生草。太平樂府八

雍熙樂府六

雍熙樂府不注撰人。○（醉春風）元刊八卷本瞿本太平樂府合作合和。雍熙只疊一惱字。（迎仙客）太平樂府顰作頻。兒作䏌。（石榴花）太平樂府悶作閃。（鬪鵪鶉）太平樂府呆古朵作呆古朵朵。明大字本太平樂府下梢作無下梢。不重朵字。

道情

引的是白鹿玄鶴。向雲水鄉那答兒不到。藥籃兒肩上斜挑。上雲梯。穿石凳。猛然凝眺。不覺地老天高。正宜咱孟嘉落帽。

〔醉春風〕玉露潤菊花肥。金風催梧葉老。黄花紅葉滿秋山。此景暢是好。好。好。野水横橋。淡烟衰草。晚峯殘照。

〔迎仙客〕見一座小道庵。蓋的來一箇茅。舍俗出家遠市朝。俺那裏水烟深。山勢高。四壁周遭。不許些紅塵到。

〔紅綉鞋〕親奉得師父指教。向籬邊去打勤勞。摘藤花挑竹笥採茶苗。補雲衣翻槲葉。明石洞爇松膏。這的是仙家活計了。

〔滿庭芳〕您道是爲官是好。光陰斷送。催逼了些宰相臣僚。細思量君起早時臣起早。俺也曾子細評跋。譬似去丹墀内穿靴着袍。怎如俺草庵中丫髻環絛。標寫在凌煙閣。便做到太師太傅太保。難免折腰勞。

〔耍孩兒〕俺那裏香風不動松花老。比您那帝輦京師較好。每日看神仙神女住仙莊。

俺喫的是仙酒仙桃。俺那裏風花雪月人長久。春夏秋冬草不彫。覷着星曜。清閑落魄。快活逍遥。

〔二〕俺争將紫府遊。鬬把玉帝朝。輅車鳳輦知多少。三更月底鑾聲遠。萬里風頭鶴背高。每日價神仙鬧。屯合月窟。塞滿天橋。

〔三〕月華明甚底唤一宵。日光輝甚的唤一朝。俺住的是長明不夜通明閣。眼觀白日神仙景。甚的是鐘送黄昏雞報曉。時把瑶琴操。獸爐裊裊。沉醉醄醄。

〔尾〕竹林寺裏無俺弟兄。桃源洞有俺故交。待教你尋真誤入蓬萊島。把你濁骨凡胎替换了。太平樂府八　雍熙樂府六

雍熙樂府不注撰人。○(醉春風)元刊太平樂府淡烟作淡蚋。他本太平樂府及雍熙俱作淡烟。雍熙只疊一好字。(滿庭芳)元刊太平樂府庵中作庵一。元刊八卷本瞿本及雍熙俱作庵中。元刊太平樂府條作修。他本不誤。(二)明大字本太平樂府輅作鹿。(三)太平樂府住作化。醄醄作陶陶。兹俱從雍熙。明大字本太平樂府仙景作仙府。(尾)雍熙洞下有内字。

〔越調〕鬬鵪鶉

詠雪

雲幕重封。風刀勁刮。玉絮輕摶。瓊葩碎打。粉葉飄揚。鹽花亂撒。一色白。六出花。密密疎疎。瀟瀟洒洒。

〔紫花兒〕瑩玉緣高山嶺岫。水晶碾陸地樓臺。玻瓈砌老樹槎枒。蠶食柔葉。蟹走平沙。時霎。列壁鋪瓊迷萬瓦。隨風高下。蝶粉翩翻。蜂翅交雜。

〔禿廝兒〕應時候在深冬暮臘。高盈户報豐稔年華。驅蝗入土將瘴氣壓。真祥瑞。耀國家。堪誇。

〔聖藥王〕是宜開綉闥。斟玉斝。泛羊羔美酒味偏佳。樂韻雜。歌調雅。肉屏風羅列女嬌娃。開宴競奢華。

〔么〕不覺的酒力加。和氣多。佳人争賞笑諠譁。玉纖將雪片拿。玉鈎將雪地踏。子見雪光人貌兩交加。似一片玉無瑕。

〔紫花兒〕秦嶺寒迷去馬。剡溪凍駐行艖。蔡城喧起鵝鴨。讀書冷落。高臥貧乏。由他。且則走斝飛觥受用咱。直喫的醉時才罷。笑相偎綉被香腮。風流如紙帳梅花。

〔尾〕喚家童且把毡簾下。教侍妾高燒絳蠟。讀書舍烹茶的淡薄多。銷金帳裏傳杯的快活煞。太平樂府七　雍熙樂府一三　九宫大成二七引紫花兒後一支

雍熙樂府不注撰人。○（鬬鵪鶉）明大字本太平樂府勁作剛。雍熙苞作雹。（紫花兒）雍熙柔葉作桑葉。（禿廝兒）雍熙真作禎。（么）雍熙多作奓。（紫花兒）明大字本太平樂府駐作住。（尾）明大字本太平樂府及雍熙末句俱無裏字。

董君瑞

君瑞冀州人。隱語樂府。多傳江南。

套數

〔般涉調〕哨遍

硬謁

十載驅馳逃竄。虎狼叢裏經魔難。居處不能安。空區區歷遍塵寰。遠遊世間。波波漉漉。穰穰勞勞。一向無程限。剗地不着邊岸。鏡中空照。冠上虛彈。詩書有味眼生花。歲月無情鬢成斑。長鋏歸來。壯志難酬。功名運晚。

〔么〕世事諳博看。人情冷暖誰經慣。風帽與塵寰。遍朱門白眼相看。腹内閑。五車經典。七步文章。到處難興販。半紙虛名薄宦。飄零吴越。夢覺邯鄲。碧天鳳翼未曾附。蒼海龍鱗幾時攀。困此窮途。進退無門。似羝羊觸藩。

〔耍孩兒〕待向人前開口實羞赧。折腰處拳拳意懶。這回不免向君前。曲弓弓冒突台顏。故來海上垂鈎線。特向津頭執釣竿。有意相侵犯。將你箇高門諂媚。小子相干。

〔六煞〕知君廉儉猶清幹。據頭角軒昂見罕。即非面諭廝過從。將明公焉敢相殘。豈不知甜言與我三冬暖。惡語傷人六月寒。你是多少人稱讚。道你量如江海。器若丘山。

〔五〕也不索閑言讚。冷句兒儹。快疾做取英雄漢。掃除乞儉分開吝。倚閣酸寒打破慳。忙迭辦。俺巷來近遠。怎地回還。

〔四〕你是明白與。俺索子細揀。怕有挑剜接補并糜爛。至元折腦通行少。中統糖心倒換難。翻復從頭看。則要完全貫伯。分曉邊闌。

〔三〕你要尋走衮。覓轉關。上天掇着梯兒趕。襟廝封頭髮牢結定。額廝撈眉毛緊廝拴。廝蘸定權休散。坐時同坐。赸後齊赸。

〔二〕你又犇。俺又頑。則要緊無格迸鬆無慢。皮鍋裏炒爆銅豌豆。火坑上疊翻鐵臥單。無辭憚。天生性耐。不喜心煩。

〔一〕謾把猾。枉占奸。布衫領安上難尋綻。頭巾頂攢就宜新裏。鏾子餅熱時趕熱翻。

消息湯着犯。你便轆轤井口。直打的泉乾。

〔尾〕難動脚。怎轉眼。便休推阻相延款。多共少分明對面兒覼。太平樂府九　雍熙樂府七

雍熙樂府不注撰人。○(哨遍)元刊太平樂府及雍熙遠遊俱作遠達。茲從瞿本太平樂府舊校。(么)瞿本太平經典作經史。雍熙吴越作吴楚。攀作扳。末句無似字。(耍孩兒)元刊太平相侵犯作栩侵犯。茲從瞿本及雍熙。雍熙冒突作冒瀆。(五)雍熙巷來近遠作巷近來遠。(四)太平麋作麋。(二)元刊太平枉占奸作枉占非。茲從瞿本太平及雍熙。雍熙消息作消息靈。

北宮詞紀卷六有醉花陰雪浪銀濤套數一套。注董君瑞作。原刊本徽藩本詞林摘艷及北詞廣正譜俱以此套屬宋方壺。茲從之。

高安道

生平不詳。明藍格鈔本録鬼簿謂有御史歸莊南吕破布衫哨遍等曲行於世。

套數

〔仙吕〕賞花時

香爇龍涎寶篆殘。簾捲蝦鬚春晝閑。心事苦相關。春光欲晚。無一字報平安。

〔尾〕意無聊。愁無限。花落也鶯慵燕懶。兩地相思會面難。上危樓憑暖雕闌。暢心煩。盼殺人也秋水春山。幾時看寶髻鬅鬆雲亂綰。怕的是樽空酒闌。月斜人散。背銀燈偷把泪珠彈。陽春白雪後集二　雍熙樂府五　北宫詞紀六

陽春白雪失注撰人。雍熙樂府同。北宫詞紀屬高安道。題作春情。○（賞花時）元刊白雪字作家。鈔本不誤。雍熙詞紀報俱作寄。

〔般涉調〕哨遍

嗓淡行院

暖日和風清晝。茶餘飯飽齋時候。自嘆抱官囚。被名韁牽挽無休。尋故友。出來的衣冠濟楚。像兒端嚴。一箇箇特清秀。都向門前等候。待去歌樓作樂。散悶消愁。倦遊柳陌戀烟花。且向棚闌翫俳優。賞一會妙舞清歌。瞅一會皓齒明眸。趓一會閑茶浪酒。

〔耍孩兒〕詑踆的單脚實村紂。呼喝的擔倈每叫吼。瞅粘的綠老更昏花。把棚的莽壯真牛。吹笛的把瑟歪着尖嘴。擂鼓的撅丁瘤着左手。撩打的腔腔嗽。靠棚頭的先蝦着脊背。賣薄荷的自腫了咽喉。

〔七煞〕坐排場衆女流。樂牀上似獸頭。欒睃來報是些十分醜。一箇箇青布裙緊緊的兜着奄老。皂紗片深深的裹着額樓。棚上下把郎君溜。喝破子把腔兒莽誕。打訛的將納老胡彪。

〔六〕攛斷的昏撒多。主張的自吸嗰。幾曾見雙撮泥金袖。可憐虱蟣沿肩甲。猶道珍珠絡臂韝。四翩兒喬彎紐。甚實曾官梅點額。誰肯將蜀錦纏頭。

〔五〕撲紅旗裏着慣老。拖白練纏着臞脥。兔毛大伯難中睒。踏鞽的險不樁的頭破。翻跳的争些兒跌的迸流。登踏判軀老瘦。調隊子全無些骨巧。疙痘鬼不見些搊搜。

〔四〕捎倈是淡破頭。喒倈是餓破口。末泥引戲的衠劈嗽。做不得古本酸孤旦。辱末煞馳名魏武劉。剛道子世才紅粉高樓酒。没一箇生斜格打到二百箇斤斗。

〔三〕粧旦不抹颩。蠢身軀似水牛。嗓暴如恰啞了孤樁狗。帶冠梳硬挺着䶵脖項。恰掌記光舒着黑指頭。肋額的相迤逗。寫着道翩躚舞態。宛轉歌喉。

〔二〕供過的散嗽生。嗟頂老撇朗兜。老保兒强把身軀紐。切駕的波浪上堆着霜雪。把關子的㮄門上似告油。外旦臊腥臭。都是些唵噆砌末。猥瑣行頭。

〔一〕打散的隊子排。待將回數收。搽灰抹土胡僝僽。淡翻東瓦來西瓦。却甚放走南州共北州。凹了也難收救。四邊廂土糝。八下裏磚颩。

〔尾〕梁園中可慣經。桑園裏串的熟。似兀的武光頭劉色長曹娥秀。則索趕科地沿村轉疃走。太平樂府九

（耍孩兒）跋原作跤。茲從瞿本舊校。元刊本吹笛作入苗。瞿本入作吹。苗當係笛之訛。茲改正。嘴原作舉。瞿本舊校改爲嘴。茲從之。（七煞）瞿本舊校額樓作額頭。（四）元刊本末泥引戲

作未泥尖戲。辱作唇。兹從瞿本。辱下之末原作未。兹改。瞿本道子作道了。斜格作科格。（二）元刊本强把作强肥。兹從瞿本。（三）元刊本𪗾脖原作塵膝。瞿本舊校作𪗾膊。兹改爲𪗾脖。（尾）元刊本沿作治。兹從陶刻本及瞿本舊校。

皮匠説謊

十載寒窗誠意。書生皆想登科記。奈時運未亨通。混塵囂日日銜杯。廝伴着青雲益友。談笑忘機。出語無俗氣。偶題起老成靴脚。人人道好。箇箇稱奇。若要做四縫磕瓜頭。除是南街小王皮。快做能裁。着脚中穿。在城第一。

〔耍孩兒〕鋪中選就對新材式。囑付咱穿的樣製。裁縫時用意下工夫。一樁樁聽命休違。細錐麄線禁登陟。厚底團根教壯實。線脚兒深深勒。靿子齊上下相趁。轊口寬脱着容易。

〔七煞〕探頭休蹴尖。襯薄怕汗濕。減刮的休顯刀痕跡。剜裁的臉戲兒微分間短。攏揎得腮幫兒省可裹肥。要着脚隨人意。休教腦窄。莫得趺低。

〔六〕丁寧説了一回。分明聽了半日。交付與價鈔先伶俐。從前名譽休多説。今後生活便得知。限三日穿新的。您休説謊。俺不催逼。

〔五〕人言他有信行。誰知道不老實。許多時剗地無消息。量底樣九遍家掀皮尺。尋裁刀數遭家取磨石。做盡荒獐勢。走的筋舒力盡。憔的眼運頭低。

〔四〕幾番煨膠鍋借揎頭。數遍粘主根買樺皮。噴了水埋在糠糟内。今朝取了明朝取。早又催來晚又催。怕越了靴行例。見天陰道膠水解散。恰天晴説皮糙燋黧。

〔三〕走的來不發心。燋的方見次第。計數兒算有三千個誓。迷奚着謊眼先陪笑。執閉着頑心更道易。巴的今日。羅街拽巷。唱叫揚疾。

〔二〕好一場惡一場。哭不得笑不得。軟廝禁硬廝併却不濟。調脱空對衆攀今古。念條款依然説是非。難回避。骷髏卦幾番自説。猫狗砌數遍親題。

〔一〕又不是鳳麒麟鉤絆着縫。又不是鹿銜花窟嵌着刺。又不是倒鉤針背襯上加些功績。又不是三垂雲銀線分花樣。又不是一抹圈金沿寶裏。每日閑淘氣。子索行監坐守。誰敢東走西移。

〔尾〕初言定正月終。調發到十月一。新靴子投至能夠完備。舊兀刺先磨了半截底。太平樂府九　雍熙樂府七

太平樂府於巴的今日以上脱四百餘字。作者題目均不可見。雍熙樂府亦因其誤。兹從瞿本太平樂府。

蒲察善長

生平不詳。

套數

〔雙調〕新水令

聽樓頭畫鼓打三更。綉幃中枕餘衾剩。明朗朗窗前月。昏慘慘榻前燈。我這裏獨倚定幃屏。簷間鐵好難聽。

〔駐馬聽〕聒煞我也當當丁丁。恰便似再出世陳摶睡不成。度一宵如同百歲。捱一朝勝似三春。金爐香燼酒初醒。孤眠那怕心腸硬。閑愁可慣經。惟有相思最是難熬的症。

〔喬牌兒〕一回家睡不着獨自箇寢。非干是咱薄倖。没來由簪折瓶沉井。將鴛鴦兩下裏分。

〔雁兒落〕常想花前攜手行。月下肩相並。羅被翻浪紅。玉腕相交定。

〔得勝令〕擔不得翠彎眉黛遠山青。紅馥馥桃臉褪朱唇。細裊裊楊柳腰肢瘦。齊臻臻青絲髻綰雲。天生下精神。更那堪十指纖纖嫩。描不就丹青。比天仙少箇淨瓶。

〔川撥棹〕不由我泪盈盈。聽長空孤雁聲。我與你暫出門庭。聽我丁寧。自别情人。雁兒。我其實捱不過衾寒枕冷。相思病積漸成。

〔七弟兄〕雁兒。你却是怎生。暫停。聽我訴離情。一封書與你牢拴定。快疾忙飛過蓼花汀。那人家寢睡長門静。

〔梅花酒〕雁兒呀呀的叫幾聲。驚起那人聽。説着咱名姓。他自有人相迎。從别後不見影。閃得人亡了魂靈。羅帷中愁怎禁。則爲他掛心情。朝忘餐泪如傾。曲慵唱酒慵斟。

〔收江南〕雁兒。可憐見今宵獨自箇冷清清。你與我疾回疾轉莫留停。山遥水遠煞勞神。雁兒。天道兒未明。且休要等閑尋伴宿沙汀。

〔尾〕你是必休倦雲淡風力緊。我這裏想誰醫治相思病。傳示我可意情人。休辜負海誓山盟。唱道性命也似看承。心脾般欽敬。唯辦你鵬程。我這裏獨守銀缸慢慢的等。

陽春白雪後集五　梨園樂府上　雍熙樂府一一　北詞廣正譜引駐馬聽　九宫大成六五同

梨園樂府失注撰人。雍熙樂府撰人作堵察善良。○(新水令)陽春白雪幃屏作㡘幃。梨園窗前作窗外。昏慘慘作碧熒熒。五句無我這裏三字。雍熙窗前作窗外。五句作空倚幃屏。（駐馬聽）白雪首句聒作聆。末句熬作煞。元刊白雪症作証。兹從鈔本白雪。梨園我也作我。恰便似作你便。度作過。朝作日。那怕作最怕。末二句作。閑愁悶慣曾經。相思最是難熬證。雍熙聒作聆。恰便似作你便是。陳摶作的陳摶也。香燼作香盡。閑愁可作誰。末句無惟有二字。北詞廣正譜首句作聆殺我也丁丁當當。便似作便是。一宵與一朝易位。九宫大成同廣正譜。（喬牌兒）梨園首句無家字。無個字。干是咱作是我。折作斷。末句將作把。無裏字。雍熙沈作墜。無裏字。（雁兒落）梨園常想作常想着。二句句首亦襯常想着三字。後二句作。枕邊恩愛深。幔幕言相順。雍熙首句常想作常想着。被作衾。（得勝令）鈔本白雪末句無箇字。元刊本有。梨園擔作捨。次句起亦襯捨不的三字。裼作搵。四五句作。齊鬟鬟青絲髻挽雲。天生的娉婷。天仙作觀音。雍熙首四句作。眉黛遠山青。桃臉嵌朱唇。楊柳腰肢瘦。青螺髻挽雲。六句無更那堪三字。末句天仙作觀音。無箇字。（川撥棹）梨園不由我作常好是。三句作雁兒你與我暫住雲程。别作别了。捱作受。上無雁兒我其實五字。成作裏沉。雍熙三句無我與你三字。情人作多情。積漸成作疾漸沉。任校陽春白雪移雁兒二字於孤雁聲之下。（七弟兄）梨園無却是二字。三句作訴原因。寢睡作近水。（梅花酒）梨園次句作獨寢人驚。説作題。有人作出來。下句作間别來不見你影。閃作拋閃。亡作去。下三句作。如年夜怎地禁。我爲你惱心情。廢忘餐泪珠傾。雍熙起作你與我呀呀呀叫幾聲。説着作説起。迎作通。亡作喪。（收江南）白雪尋伴作尋倦。梨園無你與我三字。神作程。天道作天色。且休要作休。雍熙雁兒作雁也。獨自下無箇字。留停作消停。天道兒作趁天色。上無雁兒兩字。且休作只休。伴作便。（尾）梨園作鴛鴦煞。云。休辭雲淡風寂静。頻誰醫治相思病。寄與俺多情。莫負前盟。唱道您若回程。堅心兒志誠。撇得我冷冷清清。獨擁定鮫綃被兒等。雍熙休倦雲淡作休辭雲濃。想誰作盼伊。傳示我作傳示與俺。心脾作心肝兒。唯辦作准備。末句無銀釭二字。

大食惟寅

生平不詳。

小令

〔雙調〕燕引雛

奉寄小山先輩

氣横秋。心馳八表快神遊。詞林誰出先生右。獨占鰲頭。詩成神鬼愁。筆落龍蛇走。才展山川秀。聲傳南國。名播中州。天一閣明鈔本小山樂府

張子友

子友官平章。

小令

〔雙調〕蟾宫曲

畫堂深夜宴初開。香靄雕盤。燭焰銀臺。妙舞輕歌。翠紅鄉十二金釵。會受用簪纓貴客。笑誰同量捲江淮。祇從安排。左右扶策。月轉花梢。訊馬回來。陽春白雪前集二

樂府羣珠三　北詞廣正譜　九宫大成六五　元明小令鈔

樂府羣珠題作夜宴。○鈔本陽春白雪深夜作深暖。羣珠翠紅鄉下有裏字。

亢文苑

生平不詳。

套數

〔南吕〕一枝花

爲玉葉兒作

名高唐國盤。色壓陳亭榭。霞光侵趙壁。瑞靄賽隋珠。無半點兒塵俗。不比尋常物。世間總不如。莫誇談天上飛瓊。休賣弄人間美玉。

〔梁州〕希罕似朱崖瑪瑙。值錢如北海珊瑚。忒玲瓏性格兒通今古。論清潔是有。瑕疵全無。温柔似粉。滑膩如酥。則要你汝陽齋韞匱藏諸。不管你麗春園待價沽諸。若做箇玉盆兒必定團圓。做箇玉簫管決知音律。做箇玉鏡臺雅稱粧梳。堪人。愛護。那些兒斷盡人腸處。更那堪吴香馥。只恐旁人認做珷玞。索别辨箇虚實。

〔尾〕遠藏崐頂千峯古。高出荊山萬倍餘。姓卞的先生識真玉。休道刖了他二足。一身兒與他做主。至死也懷中抱不足。鈔本陽春白雪後集三

（梁州）值錢原作直錢。別辨原作別下。下爲卞之譌。卞即辨。茲改。

春風眼底私。夜月心間事。玉簫鸞鳳曲。金縷鷓鴣詞。燕子鶯兒。殢殺尋芳使。合歡連理枝。我爲你盼望煞楚雨湘雲。躭閣了朝經暮史。

〔梁州〕你爲我堆寶髻羞盤鳳翅。淡朱唇懶注胭脂。東君有意偷窺視。翠鸞尋夢。綵扇題詩。花箋寫恨。錦字傳詞。包藏着無限相思。思量煞可意人兒。幾時看靠紗窗偷轉秋波。幾時見整雲髻輕舒玉指。幾時看倚東風笑撚花枝。新婚。燕爾。到如今拋閃得人獨自。你那點至誠心有誰似。休把那山海盟言不勾思。相會何時。

〔尾〕斷腸詞寫就龍蛇字。疊做箇同心方勝兒。百拜嬌姿謹傳示。間別了許時。這闕心話兒。盡在這殢雨尤雲半張兒紙。鈔本陽春白雪後集三　盛世新聲巳集　詞林摘艷八　詞謔　雍熙樂府九　南北詞廣韻選三　北宮詞紀六　彩筆情辭一二

盛世新聲重增本內府本詞林摘艷俱無題。與雍熙樂府皆不注撰人。雍熙題作寄簡。原刊本徽藩本詞林摘艷題作閨情。注無名氏作。茲從鈔本陽春白雪及詞謔南北詞廣韻選屬亢文苑。北宮詞紀題作春思。彩筆情辭題作寄情。俱注曾褐夫作。○（一枝花）鈔本陽春白雪楚雨湘雲作楚雲湘

雨。盛世私作思。殢殺作恨殺。摘艷俱同。盛世楚雨作夜雨。雍熙末句了作殺。餘同盛世。廣韻選望煞作望着。詞紀私作思。望煞作望着。情辭同詞紀。（梁州）鈔本陽春白雪紗窗作窗紗。盛世你爲我作我爲你。傳詞作傳詩。看靠作得靠。你那點志誠心作我這裏默然視。勾思作構思。何時作多時。摘艷俱同。惟重增本摘艷相會作想會。内府本摘艷人獨自作咱獨自。詞謔幾時見。幾時看俱作幾時得。不勾思作作戲詞。廣韻選俱同詞謔。雍熙雲髻作寶髻。玉指作玉筍。餘同盛世。惟仍作勾思。詞紀寫恨作寫怨。雲髻作雲鬟。幾時看。幾時見俱作幾時得。山海盟言不勾思作海誓山盟作戲詞。彩筆情辭俱同詞紀。惟仍作幾時見。幾時看。（尾）摘艷疊作揲。關心上無這字。内府本摘艷做箇作成箇。詞謔廣韻選俱無許時二字。雍熙次句箇作的。這關心作關心的。廣韻選詞紀情辭末句俱無兒字。

琴聲動鬼神。劍氣衝牛斗。西風張翰志。落日仲宣樓。潘鬢成秋。漸覺休文瘦。臥元龍百尺樓。自扶囊拄杖挑包。醉濯足新豐換酒。

〔梁州〕盡是些喧曉日茅簷燕雀。故意困鹽車千里驊騮。英雄肯落兒曹彀。乾坤倦客。江海扁舟。牀頭金盡。壯志難酬。任飄零身寄南州。恨黄塵㡚盡貂裘。看別人苦眼鋪眉。笑自己緘舌閉口。但則索向寒窗袖手藏頭。如今。更有。那屠龍計策乾生受。慢勞攘慢奔走。顧我真成喪家狗。計拙如鳩。

〔尾〕蛟龍須待春雷吼。鵰鶚騰風萬里遊。大丈夫峥嶸恁時候。扶湯佐周。光前耀後。直教萬古清名長不朽。詞謔

爲玉梅作

人生萼緑生。天上輪芰降。比南周瓊解語。比西錦能香。淡抹玄霜。自有羅浮像。掃梁園紅翠鄉。千般兒玉骨玲瓏。一段兒冰魂蕩漾。

〔梁州〕受用殺西湖處士。風流煞東閣何郎。芳濕一點何時忘。銀釵半露。粉頸微妝。想那調羹滋味。止渴思量。占一枝素魂芬芳。算百花總是尋常。則要掛新月點綴昏黄。合夜雪色藏暗香。却休趁東風泄漏春光。惜花人正想尋芳。驛使頻來往。怎禁那寂寞苦情況。則怕羌管聲中。零落了縈損柔腸。

〔尾〕堪圖石氏黄金帳。宜住蘆花白玉堂。折莫便冰雪前村一千丈。沽一壺酒漿。向蹇驢背上。教那快忍凍的書生盡自賞。羅本陽春白雪

呂止庵

生平不詳。别有呂止軒。疑即一人。陽春白雪與太平樂府姓氏表以及太和正音譜古今羣英樂府格式。俱僅有呂止庵而無呂止軒。陽春白雪於下收小令醉扶歸及套數風入松。俱署呂止軒。雍熙樂府彩筆情辭於醉扶歸署呂止軒。於風入松則署呂止庵。北詞廣正譜引套數夜行船署止軒。兹合併之。

小令

〔仙呂〕後庭花

一聲金縷詞。十分金菊卮。金刃分甘蔗。金盤薦荔枝。不須辭。太平無事。正宜沉醉時。陽春白雪後集一　雍熙樂府一九

雍熙樂府連以下二首。題作酒興。不注撰人。○陽春白雪正宜作政宜。

相逢飲興狂。兩螯風味長。鮮鯽銀絲鱠。金錐拆蠣房。透瓶香。經年佳醖。陶陶入醉鄉。陽春白雪後集一　雍熙樂府一九

雍熙樂府兩作霜。鲫作鯶。錐作蠶。醞作釀。

風滿紫貂裘。霜合白玉樓。錦帳羊羔酒。山陰雪夜舟。党家侯。一般乘興。虧他王子猷。陽春白雪後集一　雍熙樂府一九

鈔本陽春白雪霜合作霜含。元刊本與雍熙樂府俱作霜合。雍熙滿作暖。六句作興來時候。

西風黄葉疎。一年音信無。要見除非夢。夢回總是虚。夢雖虚。猶兀自暫時節相聚。

近新來和夢無。陽春白雪後集一　雍熙樂府一九

元刊陽春白雪猶兀自暫作猶骨自看。兹從鈔本。雍熙樂府三句作除非來夢裏。是虚與雖虚並作成虚。末二句作。一時相聚。新來夢也無。

西風黄葉稀。南樓北雁飛。揾妾燈前泪。縫君身上衣。約歸期。清明相會。雁還也人未歸。陽春白雪後集一　雍熙樂府一九

鈔本陽春白雪揾妾作揾盡。元刊本與雍熙樂府俱作揾妾。雍熙雁還也作雁過。○雍熙有秋思四首。不注撰人。其第二三兩首。即上所列者。第一四兩首。或亦爲止庵作。兹録之。第一首曰。西風黄葉蘭。子規啼數番。日近長安遠。見郎難上難。盼歸鄉。清明去也。白露人未還。第四首曰。西風黄葉飛。染毫寫恨詞。縫在衣領裏。祝郎早早回。見詞時。知咱躭疾。連他也染疾。

六橋烟柳鬟。兩峯雲樹分。羅襪移芳徑。華裙生暗塵。冷泉春。賞心樂事。水邊多

麗人。陽春白雪後集一　雍熙樂府一九

雍熙樂府連下三首同題。作冷泉亭四時景。不注撰人。○元刊陽春白雪裙作裾。鈔本白雪與雍熙俱作裙。雍熙事作興。

碧湖環武林。仙舟出湧金。南國山河在。東風草木深。冷泉陰。興亡如夢。傷時折寸心。陽春白雪後集一　雍熙樂府一九

雍熙深作新。

香飄桂子樓。涼生蓮葉舟。落日鴛鴦浦。西風鸚鵡洲。冷泉秋。水西尋寺。題詩憶舊遊。陽春白雪後集一　雍熙樂府一九

雍熙六句作禪林新構。

江南春已通。隴頭人未逢。水淺梅横月。山明雪映松。冷泉冬。烹茶無味。有人錦帳中。陽春白雪後集一　雍熙樂府一九

雍熙味作用。有人作人在。

冷泉亭

湖山汲水重。樓臺烟樹中。人醉蘇隄月。風傳賈寺鐘。冷泉東。行人頻問。飛來何

處峯。太平樂府五　太和正音譜下　北詞廣正譜　九宫大成五

太和正音譜汲作曲。北詞廣正譜同。

蒼猿攀樹啼。殘花撲馬飛。越女隨舟唱。山僧逐渡歸。冷泉西。雄樓傑觀。鐘聲出翠微。太平樂府五

漁榔響碧潭。王孫徙翠嵐。玉勒黄金鐙。紅纓白面驂。冷泉南。踏花歸去。夕陽人半酣。太平樂府五

塔標南北峯。風聞遠近鐘。佛國三天竺。禪關九里松。冷泉中。水光山色。巖花顛倒紅。陽春白雪後集一

陽春白雪此首原無題目。兹據第五句列爲太平樂府所收冷泉亭之第四首。原書所收之第四首。移作末首。此篇似尚應有冷泉北一首。已佚。

鴨頭湖水明。蛾眉山岫青。羅綺香塵暗。池塘春草生。冷泉亭。太平有象。時聞歌笑聲。太平樂府五

懷古

飄零歲月深。消磨意氣沉。恩雨三天隔。愁霜兩鬢侵。强登臨。行藏不定。傷時梁

父吟。太平樂府五

孤身萬里遊。寸心千古愁。霜落吴江冷。雲高楚甸秋。認歸舟。風帆無數。斜陽獨倚樓。太平樂府五

儒冠兩鬢皤。青衫老泪多。滿酌賢人酒。相扶越女歌。且蹉跎。萬愁千恨。奈予沉醉何。太平樂府五

芙蓉凝曉霜。木犀飄晚香。野水雙鷗靚。西風一雁翔。立殘陽。江山如畫。倦遊非故鄉。太平樂府五

故鄉音信沉。故園草木深。烽火連三月。家書抵萬金。細沉吟。功名枉恁。斷然歸去心。太平樂府五

功名覽鏡看。悲歌把劍彈。心事魚緣木。前程羝觸藩。世途艱。艱聲長嘆。滿天星斗寒。太平樂府五

長虹氣未收。老天春又秋。逆旅新豐舍。羞登王粲樓。幾多愁。白雲飛盡。吴江日夜流。太平樂府五

故園天一方。高城泪數行。芳草迷鸚鵡。晴川隔漢陽。暮山長。烟波江上。愁人幾

斷腸。太平樂府五

〔仙呂〕醉扶歸

瘦後因他瘦。愁後爲他愁。早知伊家不應口。誰肯先成就。營勾了人也罷手。喫得我些酩子裹罵低低的呪。陽春白雪後集一　雍熙樂府二〇　彩筆情辭六

彩筆情辭題作訕意。○雍熙樂府愁後作愁來。誰肯作怎肯。營勾作你營。末句得作了。的作兒。情辭誰肯作我怎肯。營勾作你丟。餘俱同雍熙。

頻去教人講。不去自家忙。若得相思海上方。不到得害這些閑魔障。你笑我眠思夢想。則不打到你頭直上。陽春白雪後集一　雍熙樂府二〇　彩筆情辭六

雍熙若得作若得個。你笑作還笑。打到作輪到。情辭俱同。

有意同成就。無意大家休。幾度相思幾度愁。風月虛遥授。你若肯時肯不肯時罷手。休把人空拖逗。陽春白雪後集一　雍熙樂府二〇　彩筆情辭六

元刊陽春白雪空拖逗作空過。鈔本陽春白雪與雍熙樂府彩筆情辭合。雍熙無意作無心。三句起襯我爲甚三字。四句作這風月虛遥受。情辭俱同雍熙。

〔商調〕知秋令

爲董針姑作

心間事。腸斷時。醉墨寫烏絲。千金字。織錦詞。綉針兒。不比鶯兒燕子。鈔本陽春白

雪後集一　雍熙樂府一七

雍熙樂府不注撰人。四首前後次序與此異。總題作相思。○雍熙時作詞。詞作詩。

相思病。萬種情。幾度海山盟。誰薄倖。誰至誠。更能行。到底如何離影。鈔本陽春白

雪後集一　雍熙樂府一七

雍熙至誠作志誠。

情如醉。悶似癡。春瘦怯春衣。添憔悴。廢寢食。減腰肢。怎脱厭厭病體。鈔本陽春白

雪後集一　雍熙樂府一七

千金字。萬古心。翻作斷腸吟。恩情厚。怨恨深。不知音。誰會重拈綉針。鈔本陽春白

雪後集一　雍熙樂府一七

雍熙誰會作誰曾。

〔越調〕天净沙

爲董針姑作

夜深時獨綉羅鞋。不言語倒在人懷。做意兒將人不採。甚娘作怪。綉針兒簽着敲才。太平樂府三　北宫詞紀外集六

瞿本太平樂府做意作故意。此從元刊本及詞紀外集。

海棠輕染胭脂。緑楊亂撒青絲。對對鶯兒燕子。傷心獨自。綉針兒停待多時。太平樂府三

玉纖屈損春葱。遠山壓損眉峯。早是閑愁萬種。忽聽得賣花聲送。綉針兒不待穿絨。太平樂府三

冷清清獨守蘭房。悶懨懨倚定紗窗。呆答孩搭伏定綉牀。一會家神魂飄蕩。綉針兒簽這梅香。太平樂府三　北宫詞紀外集六

套數

〔仙吕〕翠裙腰纏令

〔翠裙腰〕老來多病逢秋驗。便覺嫩涼添。懶摇紈扇閑紋簟。捲朱簾。晚粧樓外月纖纖。〔金盞兒〕更西風飈。微雲斂。黄昏即漸。暑氣消沛。陰晴乍閃。冰魂尚潛。指甲痕芽天生塹。雙簾。又傳宫様印眉尖。〔元和令〕素娥公案嚴。牛女分緣儉。蒼虬鈎玉控雕簷。翠屏人半掩。綵鸞收鏡入粧奩。霓裳誰再拈。〔賺尾〕昂藏醉臉。桂香襟袖沾。花下心無慊。樽前興未厭。釣銀蟾。瑶臺獨占。立金梯長笑一掀髯。陽春白雪後集二　雍熙樂府五

（翠裙腰）雍熙樂府朱作珠。（金盞兒）元刊陽春白雪雙簾作傷簾。兹從鈔本陽春白雪。雍熙消沛作消殘。天生作生天。雙簾作傷廉。宫様作宫。此曲字句有譌奪。（元和令）元刊白雪收作取。雍熙同。此從鈔本白雪。雍熙分緣作緣分。（賺尾）元刊白雪桂香作控香。鈔本作控摟。兹從元刊本舊校。雍熙次句作控香襟袖拈。樽前作等潛。釣作約。笑作嘯。

〔商調〕集賢賓

嘆世

嘆浮生有如一夢裏。將往事已成非。迅指間紅輪西墜。霎時間滄海塵飛。正青春綠鬢斑皤。恰朱顏皓首龐眉。轉回頭都做了北邙山下鬼。題起來總是傷悲。都不如酒淹衫袖濕。花壓帽簷低。

〔逍遥樂〕有何拘繫。則不如一枕安然。直睡到紅日三竿未起。樂吾心詩酒琴棋。守團圓稚子山妻。富貴功名身外禮。懶營求免受驅馳。則不如放懷遣興。悦性怡情。展眼舒眉。

〔梧葉兒〕争甚名和利。問甚麽我共你。喒人可也轉眼故人稀。漸漸的將朱顏换。看看的早白髮催。題起來好傷悲。赤緊的當不住白駒過隙。

〔後庭花〕嘆光陰一夢裏。翫韶華如逝水。覷塵世無窮事。盡今生有限杯。莫惑疑。急流中湧退。磻溪岸魚更美。首陽山蕨正肥。西華峯景物奇。洞庭湖風力微。

〔雙雁兒〕不如聞早去來兮。樂清閑窮究理。無辱無榮不縈繫。守清貧絶是非。遠紅塵參道德。

〔醋葫蘆〕到春來聽黄鶯枝上鳴。聞杜鵑花下啼。聲聲叫道不如歸。囊中錢勸君休愛惜。拚了箇醉而醒醒而復醉。席前花影坐間移。

〔幺〕到夏來看湖光瀲灧生。香風處處微。披襟散髮緑楊隄。得一日過一日無了一日。争何名利。想人生自古七十稀。

〔幺〕到秋來看東籬菊綻金。翫長天月似水。正江涵秋景雁初飛。樂吾心笑談飲數杯。酒逢知契。把黄花亂插滿頭歸。

〔幺〕到冬來落瓊花陣陣飄。剪鵝毛片片飛。横窗梅影映疎籬。草堂中滿斟酒數杯。醉時節盹睡。一任教紅塵滚滚往來飛。

〔尾聲〕蝸角名休苦貪。蠅頭利總休覓。鶴長鳧短不能齊。到頭來不知誰是誰。我則待混俗爲最。總不如葫蘆今後大家提。盛世新聲申集　詞林摘艷七　雍熙樂府一四　北詞廣正譜引逍遥樂雙雁兒　九宫大成五九引雙雁兒

盛世新聲重增本内府本詞林摘艷俱無題。與雍熙樂府俱不注撰人。雍熙題作嘆世。原刊本徽藩本詞林摘艷題作嘆世。注吕止庵作。北詞廣正譜徵引此曲。亦屬吕止庵。○(集賢賓)原刊本徽藩本摘艷龐眉作虎眉。雍熙已成作盡成。緑鬢作鬢髮。北邙上無都做了三字。此曲末三句盛世

及各本摘艷雍熙俱屬逍遥樂。惟内府本摘艷屬集賢賓。按譜内府本是。兹從之。（逍遥樂）盛世摘艷及雍熙此曲俱有脱誤。内府本摘艷於三竿未起以下尚有七句。爲盛世與他本摘艷及雍熙所無。兹從之。北詞廣正譜亦有七句。云。你可也休得要狂爲。怎禁那晨鐘暮鼓相催。百歲光陰能有幾。没多時相會。不如俺策杖攜壺。喚友呼朋。遊山玩水。（梧葉兒）内府本摘艷及雍熙首句甚俱作甚麽。内府本摘艷白髮上無早字。雍熙末句赤緊的下有可便二字。（後庭花）内府本摘艷惑疑作疑惑。末句疊。雍熙嘆光陰作看光陰。惑疑作疑惑。（雙雁兒）盛世摘艷末三字俱作參道理。兹從雍熙。雍熙窮究理作究妙理。廣正譜窮究理作養道德。不縈作無縈。末三字作參物理。九宫大成俱同雍熙。（醋葫蘆）盛世摘艷復醉俱作扶醉。（么）雍熙無了一日作無一日。名利作閑氣。（么）雍熙雁初飛作雁初回。（么）重增本摘艷醉時節作醉時。（尾）雍熙提作題。

〔雙調〕夜行船

詠金蓮

顔色天然風韻佳。據精神閉月羞花。膩粉粧。施匀罷。風流處那些兒堪畫。

〔步步嬌〕微露金蓮唐裙下。端的是些娘大。剛半札。若舞霓裳將翠盤踏。若是覷絶他。不讓楊妃襪。

〔沉醉東風〕那步輕輕慢撒。移踪款款微踏。或是到晚夕。臨牀榻。擁鮫綃枕邊燈下。那的是寃家痛緊恰。脱了鞋兒纏咱。

〔撥不斷〕爲寃家。恨咱家。三兜根用意收拾煞。纏得上十分緊恰。怕鬆時重套上吴綾襪。從纏上幾時撇下。

〔離亭宴煞〕比如常向心頭掛。争如移上雙肩搭。問得寃家既肯。須當手内親拿。或是肐膊上擎。或是肩兒上架。高點銀釭看咱。呫弄着徹心兒歡。高蹺着盡情兒耍。陽春白雪後集五　雍熙樂府一二　北詞廣正譜引沉醉東風　九宫大成六五同

陽春白雪題作詠金蓮。雍熙樂府題作贈小脚娃。俱未注撰人。惟據鈔本陽春白雪目録應屬吕止軒。北詞廣正譜亦屬止軒。兹從之。曲牌夜行船白雪誤作風入松。雍熙已改正。○（夜行船）雍熙風韻作丰韻。末句無兒字。（步步嬌）鈔本陽春白雪些娘大作些兒大。半札作半折。元刊本與雍熙合。雍熙唐裙作湘裙。次句無是字。剛作剛剛只。無若是二字。不讓作不弱。（沉醉東風）雍熙踏作踏。無或是二字。末句咱作扎。廣正譜慢作浸。踏作踏。緊作煞。句斷。以恰字屬下句。九宫大成踏作踏。末二句同廣正譜。（撥不斷）雍熙三句根作跟。無煞字。纏得上作束纏的。鬆作寒。綾作鈎。時作曾。（離亭宴煞）元刊白雪須當作雖當。鈔本白雪與雍熙合。白雪搭作角。雍熙問下無得字。拿上無親字。點作點起。呫作掂。歡作麻。蹺着盡情作擎盡意。

〔雙調〕風入松

半生花柳稍曾耽。風月暢尷尬。付能巴到藍橋驛。不隄防烟水重滰。追想盟山誓海。幾度泪濕青衫。

〔喬牌兒〕再不將風月參。勾斷欠余濫。偶因那日相逢處。兩情牽。他共俺。

〔新水令〕巧盤雲髻插瓊簪。穿一套素衣恁般甜淡。他説得話兒巖。合下手脾和。莫不是把人賺。

〔攪箏琶〕閑言探。切恐話交參。休道咱虛。怕伊不敢。豈怕外人知。只恐娘監。離恨悶愁兩下躭。獨自箇羞慘。

〔離亭宴歇指煞〕做時節彼各休心厭。做時節休把人坑陷。常歡喜星前月下。休等閑間面北眉南。既做時休忐忑。若意懶後衆生便減。我着片無忝和樸實心。博伊家做怪膽。

陽春白雪後集五　雍熙樂府一二　彩筆情辭六　北詞廣正譜引離亭宴歇指煞　九宮大成六五引新水令

陽春白雪作吕止軒撰。雍熙樂府作吕止庵撰。彩筆情辭與雍熙同。情辭題作題恨。○（風入松）元刊陽春白雪尷尬作尷尬。鈔本作尬尷。茲從雍熙。鈔本白雪重滰作裹滰。元刊本與雍熙合。雍熙稍作擔。幾度作幾回。情辭俱同雍熙。雍熙風月暢作風月場。盟山誓海作誓海盟山。情辭風月暢作好事易。（喬牌兒）雍熙余作汙。情辭參作攬。欠余作恁餘。處作暫。（新水令）雍熙甜淡作恬澹。情辭九宫大成同。（攪箏琶）雍熙閑言上有咱字。上一怕字作牌。屬上句。豈作豈不。下句作恐娘見。慘作慚。情辭俱同。（離亭宴歇指煞）雍熙情辭彼各俱作彼此。若意懶兩句俱作。若意懶從生便。緘我的樸實心。雍熙休等閑間作休等閑。情辭作莫等閑。

雍熙樂府卷二十彩筆情辭卷六皆有呂止軒醉扶歸小令四首。其前三首即以上瘦後因他瘦三首。第四首爲王和卿作。兹不收。參閱王曲校記。

據鈔本陽春白雪目録。陽春白雪後集卷四風入松翠樓紅袖倒金壺套爲呂止軒作。兹因書内曲前未明注撰人。仍輯入無名氏曲中。

李茂之

生平不詳。

套數

〔雙調〕行香子

寄情

春滿皇都。名遍青樓。二十年旖旎風流。金鞍玉勒。矮帽輕裘。謝娘詩。雲子釀。雪兒謳。

〔喬木查〕幾番愁花病酒。偏甚今番瘦。非是潘郎不奈秋。都因風韵它。引起閑愁。

〔撥不斷〕兩綢繆。意相投。天然一點芳心透。年紀未二十過二九。多情鶯燕蜂蝶友。速難成就。

〔天仙子〕于飛願。端的幾時酬。會語應難。修書問候。鋪玉版。寫銀鈎。寄與嬌羞。

真真的美眷愛。不尚延由。〔離亭宴帶歇指煞〕休違了剪髮拈香呪。莫忘了並枕同衾褥。再休眉期眼約閑迤逗。娘間阻人調鬬。枉教咱千生萬受。常辦看惜花心。空閑了畫眉手。羅本陽春白雪後集卷三

北詞廣正譜雙調套數分題。有李茂之行香子春滿皇州套之全套曲牌名。案太平樂府有朱庭玉行香子春滿皇州套。其聯套牌名與廣正譜同。其末曲離亭宴帶歇指煞。與廣正譜所云李茂之春滿皇州套減暢好句又同。羅本陽春白雪此套署李茂之。陽春白雪。太平樂府同爲楊朝英編。而太平樂府晚出。楊氏或有所據而訂正歟。本書亦將此套輯入朱庭玉曲中。參見朱曲注。此處李曲文字全據羅本。

又

得又何如。失又何如。奈浮生迅景飛投。些兒富貴。多少風波。漫□謀。空馳騁。枉張羅。〔喬木查〕選溪山好處結茅屋。栽花果。人我境番成安樂窩。算來憂慮少。自投災禍。〔撥不斷〕得蹉跎。把囂虛。公案教參破。眉上頓開愁鎖。心頭潑殺無名火。俺且學賣呆妝拸。

〔箏琶序〕人間事。一自飽經過。日月雙輪。乾坤六合。麟閣將。玉堂臣。總被消磨。人生幻化待則甚磨。便似一夢南柯。

〔離亭宴帶歇指煞〕閑來膝上横琴坐。醉時節林下和衣卧。唱得快活。樂天知命隨緣過。爲伴侶唯三個。明月清風共我。再不把利名侵。且須將是非趓。羅本陽春白雪後集

又

擷竹分茶。摘葉拈花。圈兒中稍自矜誇。颩眉打眼。料嘴敲牙。要罰饅只除是。瓮生根。盆生蔓。甑生芽。

〔喬木查〕俺雖不是個還魂子弟。曉四六通合剌。錦套頭花圈圓且吉咱。正遲看兩念家。打鼓弄琵琶。

〔撥不斷〕你待把我做燕兒般拿。我待把你做兔兒般叉。怕不信三文錢買取個龜兒卦。團衫是紙。繫腰是麻。包髻是瓦。我罩籬是皮。卧是鐵鎗頭是蜡。咱兩個一般喬話。

〔天仙令〕添瀟灑。朝夕是甚生涯。女仗唇槍。娘憑嘴抹。尋縫兒覓撒花。早索與他異錦輕紗。動不動五奴閑坐衙。知他是理會甚麽官法。

〔離亭宴帶歇指煞〕把條款別體倒違禮煞。寨兒中。監獄兒內。禁牢兒裏下。則恁傍人每鑒咱。吃不過姐姐焦。娘娘噥。婆婆駡。欲待要離恁那殼中應難罷。只除是天摧地塌。最難禁碎揪撏。胡廝掐。零颩抹。又没耕種千家生馬。尋取個回頭兒調發。不使錢恁娘嗔。使了錢俺那耶打。羅本陽春白雪後集卷三

孫叔順

生平不詳。

套數

〔仙吕〕點絳唇

詠教習鼓訴冤

每日學按龍韜。演習虎略。初開教。若論功勞。則俺先來到。

〔混江龍〕助威聲號。將我先鳴三擂發根苗。漸漸的排成戈戟。紛紛的收聚槍刀。則這兩片皮常與軍官爲耳目。一生心不離了小校做知交。雖是我有聲難説。有運難消。又不比鳴廉擊柝喝號。摇鈴向軍前。則我爲頭兒鬧。面皮上常過了。無數助羅邊。不住的頻敲。

〔油葫蘆〕怎比恁那悠悠吹畫角。也每不湯着不動着。教瞞兒滿腹中惡氣怎生消。夜闌時直捶到金鷄兒報。早晨間直煞的金烏落。他每都披着紙甲。掛着戰袍。番來覆去由鬧。早難道殺氣陣雲高。

〔天下樂〕却甚麽三十年學六韜。好教我逐朝心内焦。他每没一個有才能有機謀有智略。每日加虚空了五六番。乾盤了十數遭。恰便似一場家雜劇了。

〔醉中天〕想當日西軍鬧。起全翼赴宣朝。將我擊破花腔。它每都哭破眼胞。可正是發擂催軍校。不付能勾引的離城去。又將他黎民擄掠。這的是恁破黄巢頭件功勞。

〔金盞兒〕他每哭聲苦。可教我怨聲高。被我將他衆英雄引上陰陵道。他每教場中膽氣更那裏有分毫。都不肯一心於國死。則待半路裏轉身逃。早難道養軍千日。又得用在今朝。

〔賺煞尾〕將我擊發。便聲揚額閑下無聲哨。舊聲價如今都壞了。誰敢向雷門行過一遭。則爲我亂軍心。將果報先招。自量度。天數難逃。若是再瞞上。將來又吃搞。終身累倒。皮鞚零。再怎敢軍中一面騁英豪。羅本陽春白雪後集卷一

〔南呂〕一枝花

不戀蝸角名。豈問蠅頭利。世情看冷暖。人面逐高低。閑是閑非。僻掉的都伶俐。百年身圖畫裏。本待要快活逍遥。情願待休官罷職。

〔梁州〕誰待想錦衣玉食。甘心守淡飯黄虀。向林泉選一答兒清幽地。閑時一曲。悶後三杯。柴門草户。茅舍疎籬。守着咱稚子山妻。伴着幾箇故友相識。每日價笑吟吟談古論今。閑遥遥遊山玩水。樂陶陶下象圍棋。早起。晚夕。喫醉了重還醉。嘆白髮緊相逼。百歲光陰能有幾。快活了是便宜。

〔煞尾〕都則是兩輪日月搬興廢。一合乾坤洗是非。直宿到紅日三竿偃然睡。那些兒況味誰知。一任鶯啼唤不起。鈔本陽春白雪後集三　雍熙樂府一〇

雍熙樂府題作休官。不注撰人。北詞廣正譜附南戲北詞正謬引早起晚宿二句。謂孫叔順作。與鈔本陽春白雪合。〇（一枝花）鈔本陽春白雪百年身作百身。雍熙看冷暖作堪冷暖。（梁州）雍熙玉食作御食。每日價作每日家。北詞廣正譜晚夕作晚宿。

綉幃中受坎坷。錦帳内捱囚禁。拋擲在憂慮海。啜賺我在悶愁林。好教人難受難禁。非是咱淹潤。有生活懶動針。一會家暗暗思量。思量罷重還再審。

〔梁州〕俺根前無疼無熱。在誰行留意留情。這煩惱孝經起序才讀朕。空教人逐朝盼望。每夜吟沉。專聞脚步。頻聽聲音。那一夜不等到更深。不來也展轉沉吟。在誰家裏打馬投壺。在誰家裏低唱淺斟。在誰家裏並枕同衾。無般兒不侵。縱然不醉連宵飲。一脚的踏出門程。不許尋直恁。莫渝濫荒淫。

〔尾〕往常時撒拗何曾恁。自當日着迷直至今。你取歡娛我圖甚。怎禁那廝負心。不來也。又教你倚定鮫綃枕頭兒盹。羅本陽春白雪後集卷二

〔中吕〕粉蝶兒

海馬閒騎。則爲瘦人參請他醫治。背藥包的劉寄奴跟隨。一脚的陌門東。來到這乾閣内。飛簾簌地。能醫其鄉婦沉疾。因此上共賓郎結成歡會。

〔醉春風〕説遠志訴蓮心。靠肌酥偎玉體。食膏粱五味臥重裀。陽起是你。你。受用他笑吐丁香。軟柔鍾乳。到有些五靈之氣。

〔迎仙客〕行過芍藥圃。菊花籬。沉香亭色情何太急。停立在曲檻邊。從容在芳徑裏。待黄昏不想當歸。尚有百部徘徊意。

〔紅綉鞋〕半夏遐蛇牀上同睡。芫花邊似燕子雙飛。則道洞房風月少人知。不想被紅娘先蹴破。使君子受淩遲。便有他白頭公難救你。

〔耍孩兒〕木賊般合解到當官跪。刀筆吏焉能放你。便將白紙取招伏。選剥了裩布無衣。華澄茄拷打得青皮腫。玄胡索拴縛得狗脊低。你便穿山甲應何濟。議論得罪名管仲。畢撥得文案無疑。

〔三煞〕他做官司的剖决明。告私情的能指實。監囚在裏人心碎。一箇旱蓮腮空滴白凡泪。一箇漏蘆腿難禁苦杖笞。弔疼痛。添憔悴。問其麼干連你父子。可惜教帶累他烏梅。

〔二煞〕意濃甜有苦參。事多凶大戟。今日箇身遭縲絏。猶道是心甘遂。清廉家却有這糊突事。時羅姐難爲官宜妻。浪蕩子合當廢。破故紙揩不了腥臭。寒水石洗不盡身肌。

〔一煞〕向雨餘涼夜中。對天南星月底。説合成織女牽牛會。指望常山遠水恩情久。不想這剪草除根巾幘低。那一箇畫不成青黛蛾眉。

〔尾〕罵你箇辱先靈的蔣太醫。我看你乍回鄉歸故里。蔓荆子續斷了通姦罪。則被那

散杏子的康瘤兒笑殺你。鈔本陽春白雪後集四

（醉春風）玉體原作玉休。上一你字下原作空格。兹按格補你字。（尾）杏子原作杏了。兹改。

王仲誠

生平不詳。

套數

〔中吕〕粉蝶兒

昨宴東樓。玳筵開舞裙歌袖。一團兒玉軟花柔。遏行雲。回飛雪。玲瓏剔透。交錯觥籌。撚冰丸暗藏錦綉。

〔醉春風〕嬌滴滴香臉嫩如花。細鬆鬆纖腰輕似柳。有丹青巧筆寫奇真。怎的朽。朽。檀口能歌。蓮舌輕調。柳眉頻皺。

〔迎仙客〕露玉纖。捧金甌。雲鬢巧簪金鳳頭。蕩緗裙。掩玉鈎。百倍風流。無福也難消受。

〔滿庭芳〕人間罕有。沉魚落雁。月閉花羞。蕙蘭性一點靈犀透。舉止温柔。成合了鸞交鳳友。匹配了燕侣鶯儔。輕擱就。如彈玉纖粉汗流。佯呵欠袖兒裏低聲兒咒。

一會家把人迤逗。撇不下漾秋波一對動情眸。鈔本陽春白雪後集四

（滿庭芳）鶯儔原作鸞儔。兕原作況。兹改。

〔越調〕鬭鵪鶉

避紛

露冷霜寒。雲低霧黯。灑灑瀟瀟。凄凄慘慘。眼底繁華。心頭有感。名利絶。是非減。愛的是雪月風花。怕的是官民要覽。

〔紫花兒〕昨宵酩酊。今日模糊。來日醺酣。帶一頂嵌肩幔笠。穿一領麻衫。粧一座栽梅結草庵。誰能摇撼。跳出這蟻穴蜂衙。再不入虎窟龍潭。

〔小桃紅〕刀名劍利大尷尬。誂碎閑人膽。白酒黄雞捱時暫。就中甘。這般滋味誰曾啖。諳音人即參。通經史親探。世事要經諳。

〔尾〕此身有似舟無纜。恣意教旁人笑啗。富貴總由天。清閑盡在俺。太平樂府七　雍熙樂府一三

雍熙樂府不注撰人。無題。○（鬭鵪鶉）明大字本太平樂府凄凄作悽悽。（紫花兒）瞿本太平樂府

嵌肩作嵌眉。虎窟作虎穴。兹從元刊本等太平樂府及雍熙。雍熙幔笠作蔓笠。

殘曲

〔中吕〕粉蝶兒

世事經諳。〔迎仙客〕忙似蟻。困如蠶。投東道小子非苟貪。志誠心。英烈膽。則爲火院難擔。以此上常把英賢探。北詞廣正譜

陳子厚

生平不詳。

套數

〔黄鍾〕醉花陰

寶釧鬆金髻雲嚲。甚試曾濃梳艷裹。寬綉帶掩香羅。鬼病厭厭。除見他家可。

〔出隊子〕傷心無奈。遣離人愁悶多。見銀臺絳蠟盡消磨。玉鼎無烟香燼火。燭滅香消怎奈何。

〔么〕情郎去後添寂寞。盼佳期無始末。這一雙業眼斂秋波。兩葉愁眉蹙翠蛾。泪滴胭脂添玉顆。

〔尾〕着我倒枕搥牀怎生臥。到二三更暖不温和。連這没人情的被窩兒也奚落我。鈔本陽春白雪後集四　雍熙樂府一

雍熙樂府題作孤另。不注撰人。○（醉花陰）雍熙甚試曾作不似前。末句作除見他方痊可。（出

隊子）鈔本陽春白雪香燼火作香燼水。雍熙無奈作無那。盡消磨作漸消磨。玉鼎作寶鼎。香消作烟消。（么）鈔本陽春白雪這一雙作這雙。雍熙添玉顆作流玉顆。（尾）鈔本陽春白雪末句無也字。雍熙無連字。

真氏

真氏建寧人。歌妓。

小令

〔仙吕〕解三酲

奴本是明珠擎掌。怎生的流落平康。對人前喬做作嬌模樣。背地裏泪千行。三春南國憐飄蕩。一事東風没主張。添悲愴。那裏有珍珠十斛。來贖雲娘。顧曲麈談

此曲本事見輟耕録卷二十二玉堂嫁妓條。

李邦基

生平不詳。

套數

〔越調〕鬬鵪鶉

寄別

百歲光陰。寄身宇宙。半世蹉跎。忘懷詩酒。竊玉偷香。尋花問柳。放浪行。不自羞。十載江淮。胸蟠星斗。

〔紫花兒〕鬢絲禪榻。眉黛吟窗。扇影歌樓。獻書北闕。挾策南州。遲留。社燕秋鴻幾回首。壯懷感舊。嫵媚精神。羅綺風流。

〔調笑令〕漸久。過清秋。今古盟山惜未休。琴樽相對消閑晝。盡烏絲醉圍紅袖。陽關一聲人去後。消疎了月枕雙謳。

〔禿廝兒〕浩浩寒波野鷗。消消夜雨蘭舟。津亭送別風外柳。甚不解。繫離愁。悠悠。

〔聖藥王〕夜氣收。人語幽。西樓夢斷月沉鈎。惜勝遊。憶唱酬。追思往事到心頭。腸欲斷淚先流。

〔尾〕彩雲冉冉巫山岫。還相逢邂逅綢繆。終日惜芳心。思量歲寒友。太平樂府七　詞林摘艷一〇　雍熙樂府一三　北宮詞紀六　九宮大成二八引全套

雍熙樂府不注撰人。北宮詞紀題作憶別。〇（鬬鵪鶉）重增本詞林摘艷江淮作江湖。原刊本等仍作江淮。（調笑令）摘艷盡烏絲作畫烏絲。雍熙詞紀九宮大成並同。雍熙大成盟山俱作名山。（聖藥王）雍熙大成夢斷俱作斷夢。（尾）摘艷綢繆作共遊。

景元啓

生平不詳。元刊太平樂府有殿前歡小令。注杲元啓作。陶刻本杲作栗。何鈔本杲作景。案太平樂府於殿前歡之外。尚有景元啓之得勝令及上小樓。殘元刊陽春白雪及太平樂府之曲家姓氏表。又僅有景元啓。而無杲元啓。故杲栗疑俱誤。太和正音譜既有景元啓。復有杲元啓。疑係因襲太平樂府。非有二人也。楊慎希姓録有杲元啓。汴元詩人。蓋亦誤景爲杲。

小令

〔中吕〕上小樓

客情

欲黄昏梅梢月明。動離愁酒闌人静。則被他簷鐵聲寒。翠被難温。致令得倦客傷情。聽山城。又起更。角聲幽韻。想他綉幃中和我一般孤另。太平樂府四　樂府羣珠一

〔雙調〕得勝令

一見話相投。半醉捧金甌。眼角傳心事。眉尖鎖舊愁。綢繆。暗約些兒後。羞羞。羞得來不待羞。殘元本陽春白雪二　鈔本陽春白雪前集三

力困下秋千。緩步蹴金蓮。笑與情郎道。扶歸曲檻邊。俄然。欲語聲嬌顫。旋旋。旋得來不待旋。殘元本陽春白雪二　鈔本陽春白雪前集三

一捻楚宮腰。體態更妖嬈。百媚將人殢。佯羞整鳳翹。堪描。臉兒上撲堆著俏。嬌嬌。嬌得來不待嬌。殘元本陽春白雪二　鈔本陽春白雪前集三

殘元本俄字破損。

明月轉回廊。花影上紗窗。暗約湖山側。低低問粉郎。端詳。怕有人瞧望。荒荒。荒得來不待荒。殘元本陽春白雪二　鈔本陽春白雪前集三

歡會

梅月小窗橫。斗帳惜娉婷。未語情先透。春嬌酒半醒。書生。稱了風流興。卿卿。願今宵閏一更。太平樂府三

孤另

雨溜和風鈴。客館最難聽。枕冷鴛衾剩。心焦睡不成。離情。閃得人孤另。山城。願今宵只四更。太平樂府三　北詞廣正譜　元明小令鈔

思情娘

從他嫁了時。情懷兩不知。終日病相思。如醉復如癡。鱗鴻雖有難投字。思知。今日裏不如死。何夢華鈔本太平樂府三

〔雙調〕殿前歡

自樂

自由仙。對西風籬下醉金船。葛巾漉酒從吾願。富貴由天。與淵明和一篇。君休羡。省部選烏臺薦。好覷桐江釣叟。萬古名傳。太平樂府一　詞林摘艷一　元明小令鈔

自由仙。據胡牀閑坐老梅邊。彤雲變態時舒卷。改盡山川。嘆藍關馬不前。君休羡。

八位轉朝金殿。恰便似新晴雪霽。流水依然。太平樂府一　詞林摘艷一

梅花

月如牙。早庭前疎影印窗紗。逃禪老筆應難畫。別樣清佳。據胡牀再看咱。山妻罵。爲甚情牽掛。大都來梅花是我。我是梅花。太平樂府一　詞林摘艷一　元明小令鈔

〔南吕〕香羅帶

四季題情

東君去意切。梨花似雪。春宵㴬雨窗外劣。翻來覆去睡不着也。欲待夢他胡蝶。訴我離別。則是睡不着也没話説。那更睡不着。把好夢成吴越。詞林摘艷一　雍熙樂府一五

雍熙樂府此四首題作離別。不注撰人。○原刊本等摘艷東君俱作東以。茲從内府本摘艷及雍熙。雍熙似雪作墜雪。三句作春宵帶雨窗外趄。七句無也字。以下三首七句亦無也字。

紗幮謾自設。難禁暑熱。涼亭水閣歡宴也。翻來覆去睡不着也。便有再世陳摶。睡眼難合。則是睡不着也没話説。那更睡不着。把好夢成吴越。詞林摘艷一　雍熙樂府一五

雍熙歡宴也作空艷冶。有再世作做出世。

砧聲搗夜月。蟾光皎潔。嫦娥照人情慘切。翻來覆去睡不着也。你有圓缺。我有離別。則是睡不着也没話説。那更睡不着。把好夢成吴越。詞林摘艷一　雍熙樂府一五

内府本摘艷你有作月有。我有作人有。雍熙俱同。雍熙慘切作最切。

朔風太凜冽。銀河凍結。紅爐暖閣歡宴也。翻來覆去睡不着也。便有錦帳重重。綉被疊疊。則是睡不着也没話説。那更睡不着。把好夢成吴越。詞林摘艷一　雍熙樂府一五

雍熙三句作樓頭畫角聲嗚咽。

套數

〔雙調〕新水令

一春常費買花錢。錦營中慣曾遊遍。酒斟金叵羅。人伴玉嬋娟。急管繁絃。高樓上恣歡宴。

〔駐馬聽〕驕馬吟鞭。我是箇酒社詩壇小狀元。舞裙歌扇。伴着箇風花雪月玉天仙。我把紫霜毫書滿碧雲箋。他撮着泥金袖綉徹紅絨線。正當年。一團兒嬌艷堪人羡。

〔雁兒落〕蛾眉翡翠鈿。玉腕黄金釧。酥胸蘭麝香。檀口丁香煎。

〔德勝令〕因此上典賣了洛陽田。重建座麗春園。安排下剪雪裁冰句。凖備着尤雲殢雨言。牀邊。放一卷崔氏春秋傳。窗前。横一幅雙生風月篇。

〔川撥棹〕拚了箇喫昏拳。怕甚麽嗤頑涎。割捨了銅斗兒家緣。鐵板兒似盤纏。便日用三千。我其實少不得箇嬌滴滴玉人兒過遣。怕的是獨自眠。

〔七弟兄〕我這裏告天。可憐。教我永團圓。願天公與我行方便。地連枝産朵並頭蓮。天比翼生對雙飛燕。

〔梅花酒〕到春來景物妍。簪杏髀鬢嬋。拾翠步金蓮。聽鳥並香肩。到夏來攜手上採蓮船。瓜初剖水晶丸。酒新泛蓿砂煎。魚旋打錦鱗鮮。

〔收江南〕呀。到秋來看四圍紅葉滿山川。兩行翠袖畫堂前。看一輪明月照天邊。到冬來雪花兒滿天。蒸羊羔美酒慶豐年。

〔尾聲〕四時獨占風流選。百年遂却于飛願。常言道女貌郎才。恨惹情牽。將一對美滿姻緣。萬載千秋教人做笑話兒演。雍熙樂府一一　北宫詞紀五　詞林白雪二　彩筆情辭五　九宫大成六六引尾聲

雍熙樂府無題。不注撰人。北宫詞紀題作春情。詞林白雪屬閨情類。彩筆情辭題作恣歡。

〇（駐馬聽）雍熙綉徹作透徹。（雁兒落）詞紀蘭麝香作蘭麝芬。詞林白雪情辭同。（德勝令）詞紀起句上有呀字。詞林白雪情辭同。（川撥棹）情辭鐵板下無兒字。無我其實三字。（梅花酒）雍熙詞紀詞林白雪俱少首四句。茲從情辭。情辭丸作圓。

吕侍中

名里不詳。

套數

〔正宮〕六么令

華亭江上。烟淡淡草萋萋。浮光萬頃。長篙短棹一蓑衣。終日向船頭上穩坐。來往故人稀。綸竿收罷。輕抛香餌。箇中消息有誰知。〔么〕説破真如妙理。唯恐露玄機。春夏秋冬。披星帶月守寒溪。一點殘星照水。上下接光輝。素波如練。東流不住。錦鱗不遇又空回。〔尾〕謾傷嗟。空勞力。欲説誰明此理。千尺絲綸直下垂。一波動萬波相隨。唱道難曉幽微。且恁陶陶度浮世。水寒烟冷。小魚兒難釣。滿船空載月明歸。陽春白雪後集三

雍熙樂府五　北詞廣正譜引尾　九宫大成五引全套

雍熙樂府不注撰人。與北詞廣正譜九宫大成俱以此曲屬仙吕宫。〇(六么令)雍熙大成箇中俱作

問箇。（么）雍熙錦麟作錦鮮。（尾）雍熙難曉作曉。水寒烟冷作寒烟冷水。難釣作離釣。大成難曉作洞曉。餘同雍熙。

吕濟民

生平不詳。

小令

〔正宮〕鸚鵡曲

寄故人　和韻

心猿意馬羈難住。舉酒處記送別那粱父。想人生碌碌紛紛。幾度落紅飛雨。〔么〕瞬息間地北天南。又是便鴻書去。問多嬌芳信何期。笑指到玉梅吐處。太平樂府一

朱顔緑鬢難留住。調弄了幾拙訥的兒父。算光陰咫尺風波。恍着暮晴朝雨。〔么〕怎禁他地久天長。睚不過暗來明去。望桃源霧杳烟迷。夢覺也玉人那處。太平樂府一

（么）元刊八卷本瞿本指到俱作指道。

瞿本算光陰作嘆光陰。

〔雙調〕蟾宮曲

贈楚雲

寄襄王雁字安排。出岫無心。蔽月多才。目極瀟湘。家迷秦嶺。夢到天台。浮碧漢陰晴體態。逐西風聚散情懷。卷又還開。去又還來。雨罷巫山。飛下陽臺。太平樂府一 樂府羣珠三

明大字本太平樂府題作楚雲。無贈字。○元刊本元刊八卷本太平樂府及樂府羣珠出岫俱作出袖。茲從瞿本及陶刻本太平樂府。

贈玉香

可人兒暖玉生香。弄玉團香。惜玉憐香。畫蛾眉玉鑑遺香。伴才郎玉枕留香。捧酒卮玉容噴香。摘花枝玉指偷香。問玉何香。料玉多香。見玉思香。買玉尋香。太平樂府一

明大字本題目無贈字。○明大字本團香作摶香。

查德卿

生平不詳。

小令

〔仙吕〕寄生草

感嘆

姜太公賤賣了磻溪岸。韓元帥命博得拜將壇。羨傅説守定巖前版。嘆靈輒喫了桑間飯。勸豫讓吐出喉中炭。如今凌烟閣一層一箇鬼門關。長安道一步一箇連雲棧。太平樂府五

元刊本等靈輒俱作甯戚。兹從明大字本。瞿本首句岸作彎。兹從元刊本。元刊八卷本作苢。

間别

姻緣簿剪做鞋樣。比翼鳥搏了翅翰。火燒殘連理枝成炭。針簽瞎比目魚兒眼。手揉

碎並頭蓮花瓣。擲金釵擷斷鳳凰頭。繞池塘捽碎鴛鴦彈。太平樂府五

元刊本剪作揃。兹從瞿本。

〔仙吕〕一半兒

擬美人八詠

春夢

梨花雲繞錦香亭。胡蝶春融軟玉屏。花外鳥啼三四聲。夢初驚。一半兒昏迷一半兒醒。太平樂府五　堯山堂外紀七一

中原音韻録第三首。謂一様八首。臨川陳克明所作。堯山堂外紀屬陳克明。又云或以此爲查德卿作。太平樂府屬查德卿。較爲可據。

春困

瑣窗人静日初曛。寶鼎香消火尚温。斜倚綉牀深閉門。眼昏昏。一半兒微開一半兒盹。太平樂府五　堯山堂外紀七一

春粧

自將楊柳品題人。笑撚花枝比較春。輸與海棠三四分。再偷匀。一半兒胭脂一半兒

粉。太平樂府五　中原音韻　堯山堂外紀七一

春愁

厭聽野鵲語雕簷。怕見楊花撲綉簾。拈起綉針還倒拈。兩眉尖。一半兒微舒一半兒斂。太平樂府五　堯山堂外紀七一

春醉

海棠紅暈潤初妍。楊柳纖腰舞自偏。笑倚玉奴嬌欲眠。粉郎前。一半兒支吾一半兒軟。太平樂府五　堯山堂外紀七一

春綉

緑窗時有唾茸粘。銀甲頻將綵線撏。綉到鳳凰心自嫌。按春纖。一半兒端相一半兒掩。太平樂府五　堯山堂外紀七一

元刊太平樂府時有唾作持有垂。茲從元刊八卷本瞿本及堯山堂外紀。

春夜

柳綿撲檻晚風輕。花影横窗淡月明。翠被麝蘭薰夢醒。最關情。一半兒温温一半兒冷。太平樂府五　堯山堂外紀七一

春情

自調花露染霜毫。一種春心無處托。欲寫寫殘三四遭。絮叨叨。一半兒連真一半兒草。太平樂府五　堯山堂外紀七一

〔南呂〕醉太平

寄情

釵分鳳凰。衾剩鴛鴦。錦箋遺恨愛花香。寫新愁半張。晚粧樓閣空凝望。舊遊臺榭添惆悵。落花庭院又昏黃。正離人斷腸。太平樂府五

春情

東風柳絲。細雨花枝。好春能有幾多時。韶華迅指。芭蕉葉上鴛鴦字。芙蓉帳裏鸞凰事。海棠亭畔鷓鴣詞。問鶯兒燕子。太平樂府五

樓臺管絃。院落秋千。香風淡淡月娟娟。朱簾半捲。香消玉腕黄金釧。歌殘素手白羅扇。汗溶粉面翠花鈿。倚闌人未眠。太平樂府五

春風管絃。夜月秋千。調風弄月醉花前。把花枝笑撚。千金曾許如花面。半生未了看花願。一春長費買花錢。風流少年。太平樂府五

清名

先生子陵。隱者淵明。南州舊隱老雲卿。爲清高顯名。一箇向七里灘曾受君王聘。一箇向五柳莊終受彭澤令。一箇向百花洲不受宋朝徵。與巢由共清。太平樂府五

〔中吕〕普天樂

別情

玉華驄。青絲鞚。江山斷送。萍梗無踪。陽臺雲雨空。青草池塘夢。好夢驚回相思重。翠烟晴啼鳥山中。梨花墜雪。海棠散錦。滿院東風。太平樂府四　樂府羣珠四

元刊太平樂府雲雨作雲影。青草作青州。兹從元刊八卷本瞿本太平樂府及樂府羣珠。

鷓鴣詞。鴛鴦帕。青樓夢斷。錦字書乏。後會絶。前盟罷。淡月香風秋千下。倚闌干人比梨花。如今那裏。依棲何處。流落誰家。太平樂府四　樂府羣珠四

〔越調〕柳營曲

金陵故址

臨故國。認殘碑。傷心六朝如逝水。物換星移。城是人非。今古一枰棋。南柯夢一覺初回。北邙墳三尺荒堆。四圍山護繞。幾處樹高低。誰。曾賦黍離離。太平樂府三

元刊本誰作推。茲從元刊八卷本瞿本何鈔本。明大字本作摧。

江上

烟艇閑。雨蓑乾。漁翁醉醒江上晚。啼鳥關關。流水潺潺。樂似富春山。數聲柔櫓江灣。一鈎香餌波寒。回頭貪兔魄。失意放漁竿。看。流下蓼花灘。太平樂府三　中原音韻

中原音韻題作漁夫。不注撰人。〇元刊本元刊八卷本太平樂府數聲俱作微聲。茲從瞿本及音韻。音韻晚作還。貪作觀。失意作失憶。

〔雙調〕蟾宮曲

懷古

問從來誰是英雄。一箇農夫。一箇漁翁。晦跡南陽。棲身東海。一舉成功。八陣圖名成臥龍。六韜書功在非熊。霸業成空。遺恨無窮。蜀道寒雲。渭水秋風。太平樂府一　樂府羣珠三　北曲拾遺

北曲拾遺題作嘆世。不注撰人。○拾遺從來作從前。霸業成空作伯業成功。

層樓有感

倚西風百尺層樓。一道秦淮。九點齊州。塞雁南來。夕陽西下。江水東流。愁極處消除是酒。酒醒時依舊多愁。山岳糟丘。湖海杯甌。醉了方休。醒後從頭。太平樂府一　樂府羣珠三

〔雙調〕慶東原

達時務。薄利名。秋風吹動田園興。鉏瓜邵平。思蓴季鷹。採菊淵明。清淡老生涯。進退知天命。太平樂府二

吴西逸

生平不詳。

小令

〔中吕〕紅綉鞋

春景

楊柳岸秋千高架。梨花院仕女雙丫。玉纖輕按小琵琶。花明春富貴。珮響玉交加。東風人信馬。太平樂府四　樂府羣珠四

山居

蕨薇嫩山林趣味。桑麻富田野生涯。市喧聲不到衡扉。緑香春酒甕。紅潤曉花枝。日高眠未起。太平樂府四　樂府羣珠四

春醉

紅叱撥輕總寶鞚。紫葡萄滿泛金鍾。尋芳人在小簾櫳。倚風同笑傲。對月唱玲瓏。清閑可意種。太平樂府四　樂府羣珠四

憶西湖

花院小低低朱户。酒旗摇簇簇香車。市橋官柳暗西湖。杯浮金瀲灩。寺現玉浮圖。鶯花誰是主。太平樂府四　樂府羣珠四

明大字本太平樂府題目無憶字。

自況

萬頃烟霞歸路。一川花草香車。利名場上我情疎。藍田堪種玉。魯酒可操觚。東風供睡足。太平樂府四　樂府羣珠四

〔商調〕梧葉兒

春夜

評花擔。折柳杯。詩酒醉淋漓。覓句鸞箋重。籠燈翠袖隨。別院漏聲遲。扶醉入銷金帳裏。太平樂府五

明大字本別院作深院。

春情

香隨夢。肌褪雪。錦字記離別。春去情難再。更長愁易結。花外月兒斜。淹粉淚微微睡些。太平樂府五

京城訪友

桃凝露。杏倚雲。花院望星辰。塵土東華夢。簪纓上苑春。趿履謁侯門。吟眼亂難尋故人。太平樂府五

摩空賦。醉月觴。無地不踈狂。貂帽簪花重。鴛幃倚玉香。清楚緑鬟粧。扶我入温柔醉鄉。太平樂府五

明大字本末句無我字。

〔越調〕天净沙

閑題

長江萬里歸帆。西風幾度陽關。依舊紅塵滿眼。夕陽新雁。此情時拍闌干。太平樂府三

楚雲飛滿長空。湘江不斷流東。何事離多恨冗。夕陽低送。小樓數點殘鴻。太平樂府三

明大字本殘鴻作殘紅。

數聲短笛滄州。半江遠水孤舟。愁更濃如病酒。夕陽時候。斷腸人倚西樓。太平樂府三

明大字本遠水作流水。

江亭遠樹殘霞。淡烟芳草平沙。緑柳陰中繫馬。夕陽西下。水村山郭人家。太平樂府三

太和正音譜下　北詞廣正譜　九宫大成二七

〔越調〕柳營曲

賞春

花艷冶。柳攲斜。粉牆低畫樓人困也。庭院星列。羅綺雲疊。簇簇鬧蜂蝶。紫霞杯我輩豪俠。綠雲鬟仕女奇絶。烏絲欄看醉草。紅牙板唱聲揭。別。同載七香車。太平樂府三

避暑偶成

共翠娥。酌金波。湖上晚風摇芰荷。絲管情多。簾幕涼過。暑氣盡消磨。扇停風幾縷柔歌。襪凌波一掬香羅。醉魂偏浩蕩。詩興費吟哦。睃。老子正婆娑。太平樂府三

秋閨

籠玉纖。拜銀蟾。恰團圓幾時雲又掩。塵淡粧奩。風透朱簾。無語望雕簷。博山爐香冷慵添。陽春曲唱和難忺。新涼開扇影。清恨蹙眉尖。嫌。何處可消淹。太平樂府三

〔越調〕凭闌人

題情

翰墨空題鸞鳳箋。雲水虚勞魚雁傳。此情鐵石堅。鐵石知幾年。太平樂府三

棲燕樓臺詩思迷。睡鴨池塘春漏遲。滿身花影移。曉窗香夢隨。太平樂府三

鬢嚲烏雲簪翠翹。衣淡紅綃惱玉腰。美人花月妖。比花人更嬌。太平樂府三

〔雙調〕蟾宫曲

山間書事

繫門前柳影蘭舟。烟滿吟蓑。風漾閑鈎。石上雲生。山間樹老。橋外霞收。玩青史低頭袖手。問紅塵緘口回頭。醉月悠悠。漱石休休。水可陶情。花可融愁。太平樂府一　樂府羣珠三

元刊太平樂府低頭作底頭。兹從元刊八卷本等太平樂府及樂府羣珠。

遊玉隆宮

碧雲深隱隱仙家。藥杵玄霜。飯煮胡麻。林下樽罍。雲中雞犬。樹底茶瓜。香不斷燈明絳蠟。火難消爐煉丹砂。朗誦南華。懶上浮槎。笑我塵踪。走遍天涯。太平樂府一 樂府羣珠三

元刊本元刊八卷本太平樂府胡麻作胡濂。兹從瞿本陶刻本太平樂府及羣珠。

席上

博秦樓一笑千金。誰是知音。知此閑心。裊娜花枝。依稀眉宇。香動詞林。止談笑何須薦寢。儘疎狂足可披襟。樂事追尋。歌罷歸來。嗟嘆于今。太平樂府一 樂府羣珠三

寄友

望故人目斷湘皋。林下丰姿。塵外英豪。豈憚雙壺。不辭千里。命駕相招。便休題魚龍市朝。好評論鶯燕心交。醉後聯鑣。笑聽江聲。如此風濤。太平樂府一 樂府羣珠三

瞿本太平樂府便休作更休。

寄情

半緘書好寄平安。幾句别離。一段艱難。泪濕烏絲。愁隨錦字。望斷雕鞍。恨魚雁因循寄簡。對鴛鴦展轉忘餐。樓外雲山。烟水重重。成病看看。太平樂府一　樂府羣珠三

元刊八卷本瞿本太平樂府及樂府羣珠題目俱作書情。此從元刊本。

紀舊

折花枝寄與多情。喚起真真。留戀卿卿。隱約眉峯。依稀霧鬢。彷佛銀屏。曾話舊花邊月影。共銜杯扇底歌聲。款款深盟。無限思量。語笑盈盈。太平樂府一　樂府羣珠三

元刊太平樂府題目紀字模糊。茲從元刊八卷本瞿本。羣珠誤紀爲犯。

〔雙調〕清江引

秋居

白雁亂飛秋似雪。清露生凉夜。掃却石邊雲。醉踏松根月。星斗滿天人睡也。太平樂

府二

春事

桃花滿溪春水深。鸞鏡人孤甚。雲屏掩夢寒。腕玉和愁枕。故人不來何處飲。太平樂府二

〔雙調〕壽陽曲

四時

傳心素。托簡書。問春歸欲歸何處。送春詞不題風共雨。止埋怨落花飛絮。太平樂府二

貪新釀。趁晚涼。笑相呼憑肩歌唱。最多情女郎心外想。打鴛鴦採蓮湖上。太平樂府二

縈心事。惹恨詞。更那堪動人秋思。畫樓邊幾聲新雁兒。不傳書擺成箇愁字。太平樂府二

年華盡。臘味醇。睡不温曉寒成陣。折梅花不傳心上人。村煞我隴頭春信。太平樂府二

詠所見

人如玉。鬢似雲。動春心半含嬌俊。近粧奩懶將花貌勻。旋窩兒粉香成暈。太平樂府二

酒散

旗亭散。歌韻歇。暖風輕柳摇臺榭。杏花牆夕陽春去也。馬蹄香寶鞍敲月。太平樂府二

效香奩體

惚蟬鬢。怯鏡鸞。雁聲寒不禁腸斷。碧紗窗夜長鴛夢短。怕黄昏一燈相伴。太平樂府二

〔雙調〕水仙子

思情

海棠露冷濕胭脂。楊柳風寒裊緑絲。寄來書剛寫箇鴛鴦字。墨痕湮透紙。吟不成幾句新詩。心間事。口内詞。多少尋思。太平樂府二

瞿本湮透作濕透。

玉鈎簾控畫堂空。寶篆香消錦被重。無人温暖羅幃夢。夢中尋可意種。碧紗窗忽地相逢。舌尖恨。心上恐。驚覺晨鐘。太平樂府二

芰荷泛月小粧梳。畫舸摇風醉玉壺。一杯酒盡青山暮。促歸期雲共雨。逞疎狂噀玉噴珠。詩中句。燈下書。此意何如。太平樂府二

〔雙調〕殿前歡

懶雲窩。懶雲堆裏即無何。半間茅屋容高臥。往事南柯。紅塵自網羅。白日閑酬和。青眼偏空闊。風波遠我。我遠風波。太平樂府一　厲刻喬夢符小令

元刊太平樂府無何作如何。末句風波作清波。兹從元刊八卷本瞿本太平樂府及喬夢符小令。小令容作客。

懶雲仙。蓬萊深處恣高眠。筆牀茶竈添香篆。儘意留連。閑吟白雪篇。静閲丹砂傳。不羡青雲選。林泉愛我。我愛林泉。太平樂府一

懶雲巢。碧天無際雁行高。玉簫鶴背青松道。樂笑遊遨。溪翁解冷淡嘲。山鬼放揶揄笑。村婦唱糊塗調。風濤險我。我險風濤。太平樂府一

懶雲關。一泓流水繞彎環。半窗斜日留晴漢。鳥倦知還。高眠倣謝安。歸計尋張翰。

作賦思王粲。溪山戀我。我戀溪山。太平樂府一

懶雲翁。一襟風月笑談中。生平傲殺繁華夢。已悟真空。茶香水玉鍾。酒竭玻璃甕。

雲繞蓬萊洞。冥鴻笑我。我笑冥鴻。太平樂府一

懶雲凹。按行松菊訊桑麻。聲名不在淵明下。冷淡生涯。味偏長鳳髓茶。夢已隨胡

蝶化。身不入麒麟畫。鶯花厭我。我厭鶯花。太平樂府一

〔雙調〕雁兒落過得勝令

春遊

人銜白玉杯。馬縱黄金轡。簾櫳燕影閑。院落鶯聲碎。酒甕浸玻璃。睡帳揭金泥。

醉寫評花句。夢隨芳草池。别離。天遠書難寄。芳菲。紅殘春又歸。太平樂府三

題情

春閑芍藥瓶。塵淡菱花鏡。香消翡翠爐。扇冷犀紅柄。終日倚山屏。無意理銀箏。

獨坐愁偏甚。孤眠睡不成。長更。月冷鴛衾剩。愁凝。最無情窗下燈。太平樂府三

元刊本元刊八卷本理銀箏俱作塵銀箏。偏甚俱作偏甚。兹從瞿本舊校。瞿本末句無最字。

嘆世

高陽酒更酡。栗里詩難和。風清絃管聲。月淡珠璣唾。青鏡苦消磨。白髮儘婆娑。門外桑榆景。庭前荆棘科。蹉跎。白日空閑過。風波。浮生無奈何。太平樂府三

元刊本珠璣下闕唾字。兹從元刊八卷本瞿本。明大字本作珠璣錯。

春花聞杜鵑。秋月看歸燕。人情薄似雲。風景疾如箭。留下買花錢。趲入種桑園。茅苫三間廈。秧肥數頃田。牀邊。放一册冷淡淵明傳。窗前。鈔幾聯清新杜甫篇。太平樂府三

元刊本瞿本等茅苫俱作茅店。兹從明大字本。

武林隱

姓名生平不詳。

小令

〔雙調〕蟾宫曲

昭君

天風瑞雪剪玉蕊冰花。駕單車明妃無情無緒。氣結愁雲。泪濕腮霞。只見十程五程。峻嶺嵯峨。停驂一顧。斷人腸際碧離天漠漠寒沙。只見三對兩對搠旌旗古道西風瘦馬。千點萬點噪疎林老樹昏鴉。哀哀怨怨。一曲琵琶。没撩没亂離愁悲悲切切。恨滿天涯。太平樂府一

瞿本十程五程作十里五里。

衛立中

生平不詳。元曲家考略謂即衛德辰。華亭人。善書法。

小令

〔雙調〕殿前歡

碧雲深。碧雲深處路難尋。數椽茅屋和雲賃。雲在松陰。掛雲和八尺琴。臥苔石將雲根枕。折梅蕊把雲梢沁。雲心無我。雲我無心。太平樂府一

懶雲窩。懶雲窩裏客來多。客來時伴我閑些箇。酒竈茶鍋。且停杯聽我歌。醒時節披衣坐。醉後也和衣臥。興來時玉簫綠綺。問甚麼天籟雲和。太平樂府一　堯山堂外紀七一

厲刻喬夢符小令

趙顯宏

顯宏號學村。

小令

〔黄鍾〕刮地風

別思

莫唱陽關且住者。怕聽三疊。雕鞍去後早來些。爭忍離別。舞臺歌榭。好天良夜。美滿恩情。等閑拋撇。鴛鴦簡再摺。平安字怎寫。即漸裏瘦了人也。太平樂府五 春日凝粧上翠樓。滿目離愁。悔教夫壻覓封侯。蹙損眉頭。園林春到。物華依舊。並枕雙歌。幾時能够。團圓日是有。相思病怎休。都道我減了風流。太平樂府五 北詞廣正譜 九宫大成七三 元明小令鈔

明大字本太平樂府及北詞廣正譜雙歌俱作雙攲。廣正譜都道作却道。九宫大成元明小令鈔俱同

廣正譜。

慵整雲鬟懶畫眉。此恨爭知。有情何怕隔年期。總是呆癡。清明天氣。女流閑戲。鬬蹴秋千。有情無意。楊花正亂飛。鶯聲不住啼。睡夢裏過了寒食。太平樂府五

瞿本爭知作誰知。

人比前春瘦幾分。掩過唐裙。思君一度一銷魂。生怕黄昏。銀釭挑盡。綉幃孤悶。切切悲悲。有誰偢問。口兒裏怨恨。心兒裏自忖。誰教你待做夫人。太平樂府五

元刊本偢作秋。元刊八卷本同。明大字本作楸。兹從瞿本。

嘆世

昨日街頭喚小哥。早兩鬢婆娑。雲間烏兔似攛梭。老了人呵。琴堂難坐。林泉堪臥。山鳥山花。儘供吟和。清閑怎似他。功名不戀我。因此上落落魄魄。太平樂府五

安樂窩中且避乖。倒大優哉。寒梅不顧棟梁材。別樣清懷。小庵茅蓋。主人常在。緘口藏舌。坐觀成敗。韓元帥陣開。楚重瞳命衰。漢高皇拆了壇臺。太平樂府五

元刊八卷本瞿本清懷俱作情懷。

〔黄鍾〕晝夜樂

春

遊賞園林酒半酣。停驂。停驂看山市晴嵐。飛白雪楊花亂糝。愛東君繞地裏將詩探。聽花間紫燕呢喃。景物堪。當了春衫。當了春衫。醉倒也應無憾。〔么〕利名。利名誓不去貪。聽喒。曾參。曾參他暮四朝三。不飲呵鶯花笑俺。想從前枉將風月擔。空贏得鬢髮藍鬖。江北江南。江北江南。再不被多情賺。太平樂府五　太和正音譜　北詞廣正譜　九宫大成七九　元明小令鈔

元刊太平樂府五句裏作理。兹從元刊八卷本瞿本太平樂府及太和正音譜等。嘯餘譜及九宫大成當了春衫四字不疊。北詞廣正譜元明小令鈔無醉倒也應四字。

夏

火傘當空暑氣多。因何。因何不共泛清波。有十里香風芰荷。喒人向彩畫的船兒上坐。伴如花似玉嬌娥。醉了呵。月枕雙歌。月枕雙歌。但唱的齊聲兒和。〔么〕小哥。

小哥忒恁快活。休波。真箇。真箇是占斷鳴珂。有幾箇知幾似我。不受用委實圖甚麽。儘今生酒病詩魔。落落魄魄。落落魄魄。且恁地隨緣過。太平樂府五

秋

昨夜西風揭綉簾。懨懨。懨懨恨蹙損眉尖。霜壓的丹楓似染。促織兒絮的人來厭。助離愁暮雨纖纖。意不忺。琴瑟慵拈。琴瑟慵拈。不住把才郎念。〔么〕柳青。柳青忒恁地嚴。偏嫌。拘鉗。拘鉗人等等潛潛。酒半醺櫳門半掩。恨更長再不將香篆添。空教人有苦無甜。悶似江淹。悶似江淹。獨自把淒涼占。太平樂府五

冬

風送梅花過小橋。飄飄。飄飄地亂舞瓊瑤。水面上流將去了。覷絕時落英無消耗。似才郎水遠山遥。怎不焦。今日明朝。今日明朝。又不見他來到。〔么〕佳人。佳人多命薄。今遭。難逃。難逃他粉悴烟憔。直恁般魚沉雁杳。誰承望拆散了鸞凰交。空教人夢斷魂勞。心痒難揉。心痒難揉。盼不得雞兒叫。太平樂府五

（么）瞿本鸞凰作鸞鳳。

〔中吕〕滿庭芳

漁

江天晚霞。舟横野渡。網曬汀沙。一家老幼無牽掛。恣意喧譁。新糯酒香橙藕芽。錦鱗魚紫蟹紅蝦。杯盤罷。争些醉煞。和月宿蘆花。太平樂府四

樵

腰間斧柯。觀棋曾朽。修月曾磨。不將連理枝梢剉。無缺鋼多。不饒過猿枝鶴窠。慣立盡石澗泥坡。還參破。名韁利鎖。雲外放懷歌。太平樂府四

耕

耕田看書。一川禾黍。四壁桑榆。莊家也有歡娱處。莫説其餘。賽社處王留宰猪。勸農回牛表牽驢。還家去。蓬窗睡足。一品待何如。太平樂府四

牧

閑中放牛。天連野草。水接平蕪。終朝飽玩江山秀。樂以忘憂。青蒻笠西風渡口。緑蓑衣暮雨滄州。黄昏後。長笛在手。吹破楚天秋。太平樂府四

〔雙調〕清江引

少年身正值着春暮月。宴賞無明夜。一任錦囊空。不放金杯歇。明日落紅多去也。太平樂府二

紗窗外杜鵑聲更切。啼滿枝頭血。離人哽咽時。風雨淒涼夜。明日落紅多去也。太平樂府二

〔雙調〕殿前歡

閑居

去來兮。東林春盡蕨芽肥。回頭那顧名和利。付與希夷。下長生不死棋。養三寸元

陽氣。落一覺渾淪睡。鶯花過眼。鷗鷺忘機。太平樂府一

去來兮。桃花流水鱖魚肥。山蔬野菜偏滋味。旋潑新醅。胡尋些東與西。拚了箇醒而醉。不管他天和地。盆乾甕竭。方許逃席。太平樂府一

去來兮。生平志不尚輕肥。林泉疎散無拘繫。茶藥琴棋。聽春深杜宇啼。瞻天表玄鶴唳。看沙暖鴛鴦睡。有詩有酒。無是無非。太平樂府一

去來兮。楚天霜滿蟹初肥。黄花似得淵明意。開遍東籬。笑山翁醉似泥。喜稚子詩能綴。愛仙果甜如蜜。烟蘿路繞。車馬聲稀。太平樂府一

題歌者楚雲

楚雲閑。任他孤雁叫蒼寒。去留舒卷無心慣。聚散之間。趁西風出遠山。隨急水流深澗。爲暮雨迷霄漢。陽臺事已。秦嶺飛還。太平樂府一

套數

〔南吕〕一枝花

行樂

十年將黄卷習。半世把紅粧贍。向鶯花場上走。將風月擔兒拈。本性謙謙。到處干風欠。人將名姓呫。道麗春園重長箇羲之。豫章城新添箇子瞻。

〔梁州〕醉醺醺過如李白。樂醄醄勝似陶潛。春風和氣咱獨占。朝雲畫棟。暮雨朱簾。狂朋怪友。舞妓歌姬。喜孜孜詩酒相兼。争知我愁寂寂悶似江淹。也不怕偷寒送暖倈勤。也不怕棄舊憐新女嫌。也不怕愛錢巴鏝娘嚴。非咱。指點。平康巷一步一箇深坑塹。風波險令人厭。門掩半安排粗棍掂。有苦無甜。

〔尾〕棟梁才怎受銜鋼劍。經濟手難拿桑木杴。堪笑多情老雙漸。江洪茶價添。醜馮魁正忺。見箇年小的蘇卿望風兒閃。太平樂府八　雍熙樂府一〇

雍熙樂府不注撰人。〇（一枝花）瞿本太平樂府舊校改粧贍作裙占。明大字本太平樂府習作集。（梁州）雍熙寂寂作寂寞。倈勤作倈禽。

竹夫人

紗幮只自眠。蘄簟和誰共。客窗人静悄。簷外馬丁東。好夢難同。夜永愁偏冗。披衣策短笻。明月下醉眼閑矚。畫堂中吟肩瘦聳。

〔梁州〕見青奴亭然獨立。使蒼童抱過相從。同牀共枕如鸞鳳。賜夫人名號。有君子家風。湘川後裔。渭水名宗。喜綢繆志節雍容。歷風霜肌骨豐隆。一千般可意着人。一時間指空話空。一團兒剔透玲瓏。心聰。性聰。知卿本是龍孫種。廝敬愛廝陪奉。睡徹東窗日影紅。彼此西東。

〔尾〕涼侵肌體添情重。清透心脾引興濃。只恐金風等閑動。那時節不中。喒人心不同。且倒鳳顛鸞再三寵。太平樂府八　雍熙樂府一〇

雍熙樂府不注撰人。〇(一枝花)太平樂府蘄字筆劃譌誤。兹從雍熙。

唐毅夫

生平不詳。

小令

〔雙調〕殿前歡

大都西山

冷雲間。夕陽樓外數峯閑。等閑不許俗人看。雨髻烟鬟。倚西風十二闌。休長嘆。不多時暮靄風吹散。西山看我。我看西山。太平樂府一

元刊本雨髻作兩髻。兹從元刊八卷本瞿本。

套數

〔南吕〕一枝花

怨雪

不呈六出祥。豈應三白瑞。易添身上冷。能使腹中肌。有甚稀奇。無主向沿街墜。不着人到處飛。暗敲窗有影無形。偷入户潛踪躡跡。

〔梁州〕纔苫上茅庵草舍。又鑽入破壁疎籬。似楊花滚滚輕狂勢。你幾曾見貴公子錦裀綉褥。你多曾伴老漁翁箬笠蓑衣。爲飄風胡做胡爲。怕騰雲相趁相隨。只着你凍的箇孟浩然挣挣癡癡。只着你逼的箇林和靖欽欽歷歷。只着你阻的箇韓退之哭哭啼啼。更長。漏遲。被窩中無半點兒陽和氣。惱人眠。攪人睡。你那冷燥皮膚似鐵石。着我怎敢相偎。

〔尾〕一冬酒債因他累。千里關山被你迷。似這等浪蕊閑花也不是久長計。儘飄零數日。掃除做一堆。我將你温不熱薄情化做了水。雍熙樂府一〇　北宫詞紀四

雍熙樂府不注撰人。〇(一枝花)北宫詞紀豈應作難應。三句作易教山失色。腹中作鳥呼。

李愛山

生平不詳。

小令

〔雙調〕壽陽曲

厭紛

離京邑。出鳳城。山林中隱名埋姓。亂紛紛世事不欲聽。倒大來耳根清浄。太平樂府二

懷古

項羽争雄霸。劉邦起戰伐。白奪成四百年漢朝天下。世衰也漢家屬了晉家。則落的漁樵人一場閑話。太平樂府二

飲興

玉液殷勤勸。金杯莫斷絶。拚了玉山低趄。彈者舞者唱者。直喫到楊柳岸曉風殘月。

太平樂府二

元刊本直喫作只喫。兹從元刊八卷本瞿本。

風情

半擁凌波被。微惚金縷衣。彈金翹亂堆著雲髻。托香腮醉眠在錦帳裏。嬌滴滴海棠春睡。太平樂府二

元刊本次句脱惚字。兹從元刊八卷本瞿本何鈔本。

套數

〔商調〕集賢賓

春日傷别

牡丹亭日長簾半捲。推綉枕聽啼鵑。夜雨過梨花褪雪。曉風輕柳絮飄綿。憶多情萬水千山。盼佳期甚日何年。近香奩理粧貼翠鈿。尚然有睡紅一線。情濃眉黛裏。愁入鬢雲邊。

〔逍遥樂〕嘴古都釵頭玉燕。面波羅鏡裏青鸞。畫不盡春山宛轉。恨惹情牽。對東風桃李無言。章臺路望來不甚遠。張京兆那裏也不見。香消寶鼎。燈盡銀釭。爐冷沉烟。

〔梧葉兒〕粉臉淡蛾眉皺。粧殘新月偃。愁壓遠山偏。火燎祆神廟。花飛金谷園。春去武陵源。直恁的緣薄分淺。

〔金菊香〕托香腮不語轉淒然。淡注珠唇襌翠蟬。呆答頦對人羞見面。則被這鬼病懨纏。斷柔腸心事在誰邊。

〔醋葫蘆〕胸減酥。臉褪蓮。似楊妃病吐荔枝涎。西子愁頻麋鹿苑。頓不開連環金釧。不由人終日恨綿綿。

〔浪來裏〕想當日整玉容。並粉肩。晚粧樓上鏡臺邊。晝出對初生月何日圓。到如今桃花人面。悶懨懨憔悴似去年前。

〔高平調煞〕那時節和風麗日滿東園。花共柳紅嬌緑軟。走斝飛觥。品竹調絃。唱道是美滿歡娛。似比翼鳥于飛燕。閑情侵翠靨。春意近花鈿。今日箇寶釵頭擘雙鴛。看何時鏡重圓。因此上兩道春山翠痕淺。

〔尾聲〕春殘連理枝。香冷合歡扇。好姻緣翻做了惡姻緣。還不徹相思債。叫不應離恨天。知他是甚時相見。兩眉峯重畫翠嬋娟。盛世新聲申集　詞林摘艷七　雍熙樂府一四

盛世新聲重增本内府本詞林摘艷俱無題。與雍熙樂府俱不注撰人。雍熙題作閨怨。原刊本徽藩本詞林摘艷題作春日傷别。注李愛山作。○(集賢賓)雍熙曉風作晚風。(逍遥樂)盛世寶鼎作蛾緑。銀釭作蘭煤。爐作帳。原刊本摘艷等俱同。茲從内府本摘艷及雍熙。内府本摘艷波羅作魔羅。雍熙同。雍熙盡春山作就青山。五句作東風桃李無緣。(梧葉兒)内府本摘艷粧殘上有對字。盛世摘艷六句源俱作原。雍熙首二句作。困臉輕蛾皺。殘紅新月偃。(金菊香)内府本摘艷不語作無語。雍熙同。雍熙珠唇作秋波。頦作孩。則被這鬼病懨纏作鬼病纏綿。(醋葫蘆)原刊本摘艷西子愁頻作西施臺變成。重增本摘艷作西子愁頻。與盛世合。内府本摘艷首二句作。瘦怯怯胸減酥。黄甘甘臉褪蓮。楊妃上無似字。雍熙西施句作西子愁頻煩鹿苑。(浪來裏)雍熙當

日作當初。月何日圓作明月圓。（高平調煞）盛世及重增本摘艷緑軟俱作緑如軟。兹從原刊本摘艷及雍熙。雍熙唱道是作暢道。鏡重圓作鏡裏再團圓。（尾聲）盛世摘艷末句俱無眉字。雍熙香冷作香風。

王愛山

愛山字敬甫。長安人。

小令

〔中吕〕上小樓

自適

酒酣時乘興吟。花開時對景題。剪雪裁冰。擊玉敲金。貫串珠璣。得意時。自陶寫。吟哦一會。放情懷悦心神有何慚愧。太平樂府四　樂府羣珠一

思古來屈正則。直恁地稟性僻。受之父母。身體髮膚。跳入江裏。捨殘生。博得箇。名垂百世。没來由管他甚滿朝皆醉。太平樂府四　樂府羣珠一

黑甜濃坦腹眠。清涼風拂面吹。高臥藤牀。鋪片蒲席。枕塊頑石。日三竿。睡正美。蒙頭衲被。起得遲怕畫不着卯曆。太平樂府四　樂府羣珠一

開的眼便是山。那動脚便是水。緑水青山。翠壁丹崖。可作屏幃。樂心神。浄耳目。抽身隱逸。養平生浩然之氣。太平樂府四　樂府羣珠一

元刊太平樂府首句脱山字。兹從瞿本太平樂府及樂府羣珠。明大字本太平樂府首句作開眼便是山。次句無那字。

〔雙調〕水仙子

怨別離

鳳凰臺上月兒彎。燭滅銀河錦被寒。謾傷心空把佳期盼。知他是甚日還。悔當時不鎖雕鞍。我則道別離時易。誰承望相見呵難。兩泪闌干。太平樂府二

鳳凰臺上月兒偏。和泪和愁聞杜鵑。恨平生不遂于飛願。盼佳期天樣遠。月華涼風露涓涓。攲單枕難成夢。擁孤衾怎地眠。兩泪漣漣。太平樂府二

元刊本首句無上字。兹從元刊八卷本瞿本。

鳳凰臺上月兒斜。春恨春愁何日徹。桃花零落胭脂謝。倏忽地春去也。舞翩翩忙煞蜂蝶。人去了無消息。雁回時音信絶。感嘆傷嗟。太平樂府二

鳳凰臺上月兒低。香爐金爐空嘆息。悶厭厭怎不添憔悴。夜迢迢更漏遲。冷清清獨守香閨。急煎煎愁如醉。恨綿綿意似癡。泪眼愁眉。太平樂府二

鳳凰臺上月兒高。何處何人品玉簫。眼睁睁盼不得他來到。陳摶也睡不着。空教人穰穰勞勞。銀臺上燈將滅。玉爐中香漸消。業眼難交。太平樂府二

鳳凰臺上月兒孤。倒鳳顛鸞謾嘆吁。盼行雲愁鎖西樓暮。似闌干十二曲。雁來也還又無書。情脈脈空惆悵。意懸懸無是處。恨滿天隅。太平樂府二

元刊本三句脱愁字。兹從元刊八卷本瞿本。

鳳凰臺上月兒明。短嘆長吁千萬聲。香閨寂寞人孤另。枕消香寒漸生。碧熒熒一點殘燈。别離是尋常事。凄涼可慣經。冷冷清清。太平樂府二

何鈔本冷冷上有只落得二字。

鳳凰臺上月兒昏。忽地風生一片雲。淅零零夜雨更初盡。打梨花深閉門。冷清清没箇温存。他去了無消息。枉教人空斷魂。瘦臉啼痕。太平樂府二

元刊八卷本瞿本枉教俱作干教。

鳳凰臺上月兒沉。一樣相思兩處心。今宵愁恨更比昨宵甚。對孤燈無意寢。泪和愁付與瑶琴。離恨向絃中訴。凄涼在指下吟。少一箇知音。太平樂府二

瞿本愁恨作愁。

鳳凰臺上月兒圓。月上紗窗人未眠。故人來人月皆如願。月澄清人笑喧。訴別離在月下星前。人美滿中秋月。月嬋娟良夜天。人月團圓。太平樂府二

元刊本人美作太只。茲從元刊八卷本瞿本何鈔本。明大字本五句無在字。人美滿中秋月作螢火秋月。蓋因人美兩字譌誤而臆改。

□愛山

太平樂府有李愛山。又有王愛山。此一愛山。書中原未記其姓氏。不知爲李爲王也。

小令

〔南呂〕四塊玉

美色

楊柳腰。芙蓉貌。嬝娜東風弄春嬌。龐兒旖旎心兒俏。挽烏雲鬟鬏盤。掃春山淺淡描。斜簪着金鳳翹。太平樂府五　樂府羣珠二　樂府羣珠末句無着字。

知足

兩鬢秋。今年後。着甚干忙苦追求。人間寵辱還參透。種春風鄭子田。牧青山甯戚

牛。倒大來得自由。太平樂府五　樂府羣珠二

元刊八卷本瞿本太平樂府及樂府羣珠着甚俱作白甚。兹從元刊太平樂府。

〔越調〕小桃紅

消遣

一溪流水水溪雲。雨霽山光潤。野鳥山花破愁悶。樂閑身。拖條藜杖家家問。問誰家有酒。見青帘高掛。高掛在楊柳岸杏花村。太平樂府三

瞿本水溪雲校改爲一溪雲。

世間惟有酒忘憂。酒況誰參透。酒解愁腸破僝僽。到心頭。三杯滌盡胸中垢。和顔潤色。延年益壽。一醉解千愁。太平樂府三

元刊本滌盡作解盡。明大字本作掃盡。兹從元刊八卷本瞿本。

朱庭玉

生平不詳。庭或作廷。

小令

〔越調〕天净沙

春

暖風遲日春天。朱顔緑鬢芳年。挈榼攜童跨蹇。溪山佳處。好將春事留連。太平樂府三

陽春白雪前集五　天籟集摭遺

此首及下三首陽春白雪屬白樸。天籟集摭遺亦據陽春白雪收之。梨園樂府收秋冬二曲。失注撰人。疑應以太平樂府屬朱庭玉爲是。茲互見朱白兩家曲中。○天籟集摭遺攜童作攜壺。

夏

參差竹筍抽簪。纍垂梅子攢金。旋趁庭槐翠陰。南風解慍。快哉消我煩襟。太平樂府三

陽春白雪前集五　天籟集摭遺

陽春白雪梅子作楊柳。翠陰作緑陰。

秋

庭前落盡梧桐。水邊開徹芙蓉。解與詩人意同。辭柯霜葉。飛來就我題紅。太平樂府三

陽春白雪前集五　梨園樂府中　天籟集摭遺

冬

門前六出狂飛。樽前萬事休提。爲問東君信息。急教人探。小梅江上先知。太平樂府三

陽春白雪前集五　梨園樂府中　天籟集摭遺

梨園樂府小梅作早梅。陽春白雪狂飛作花飛。信息作消息。

套數

〔仙吕〕點絳唇

中秋月

可愛中秋。雨餘天凈。西風送。晚雲歸洞。涼露沾衣重。

〔混江龍〕庾樓高望。桂華初上海涯東。秋光宇宙。夜色簾櫳。誰使銀蟾呑暮霞。放教玉兔步晴空。人多在。管絃聲裏。詩酒鄉中。

〔六么遍〕爛銀盤湧。冰輪動。輾玻璃萬頃。無轍無踪。今宵最好。來夜怎同。留戀嫦娥相陪奉。天公。莫教清影轉梧桐。

〔後庭花〕直須勝賞。想人生如轉蓬。此夕休虛廢。幽歡不易逢。快吟胸。虹呑鯨吸。長川流不供。

〔賺煞〕聽江樓。笛三弄。一曲悠然未終。裂石凌空聲嚠喨。似波心夜吼蒼龍。唱道醉裏詩成。誰爲擊金陵半夜鐘。我今欲從嫦娥歸去。盼青鸞飛上廣寒宮。太平樂府六

雍熙樂府四　北詞廣正譜引混江龍六么遍後庭花　九宫大成七引全套

雍熙樂府不注撰人。〇(點絳唇)瞿本太平樂府涼露作濕露。雍熙九宫大成凈俱作静。(混江龍)雍熙大成放教俱作故教。陶刻太平樂府同。雍熙大成北詞廣正譜暮霞俱作暮靄。(六么遍)元刊八卷本及瞿本太平樂府輾俱作輙。廣正譜同。雍熙湧作擁。輾作碾。嫦娥作雙娥。廣正譜嫦娥

作嫦娥。大成作磩。作嫦娥。（後庭花）雍熙大成虚廢俱作空廢。廣正譜作虚度。

詠梅

所欠唯何。半生辜負。梅花債。洛京春色。直抵千金買。

〔混江龍〕水南佳會。主人樽俎勝安排。北州遠客。西洛英才。和氣須知席上生。孤芳先向臘前開。宜珍賞。應題賦景。落筆書懷。

〔六么遍〕故人應與。梅同態。梅雖雅淡。人更清白。人之風彩。梅之調格。人與梅花俱可愛。無奈。歲寒姿可惜在塵埃。

〔賺煞〕惜花心。今番煞。恨不到調羹鼎鼐。此日梅花溪上客。勝當年劉阮天台。勸酒留情。故意地教人强艷側。酒休剩飲。花須少戴。也教人道洛陽來。太平樂府六　雍熙樂府四　北詞廣正譜引六么遍

雍熙樂府不注撰人。○（混江龍）明大字本太平樂府席上生作席上吐。兹從元刊本等太平樂府。雍熙樂府作席上出。（賺煞）元刊本等太平樂府故意作故故。兹從明大字本。雍熙七句作故意教人强艷摘。剩飲作勝飲。也教人道作教人稱道。

〔仙吕〕翠裙腰

閨思

雨餘花落莓苔地。巢燕啄香泥。柳綿點水浮萍碎。景遲遲。秋千斜掛綵繩低。

〔金盞兒〕啓朱扉。出蘭閨。晚來閑立東風外。腸欲斷。恨無極。情未已。秋水摇光凝泪眼。遠山無色淡愁眉。

〔緑窗愁〕鬱悶長縈繫。鬼病厮禁持。即漸裹衣寬削玉肌。争表人憔悴。别後關河萬里。驚夢斷。雁書稀。誰瑣雕鞍不放歸。

〔賺煞〕有人來。知端的。誰似你箇薄情下得。長醉青樓眠翠館。鎮追陪越艷吴姬。唱道暮樂朝歡。須有更闌管絃息。酒醒夢回。香消燈暗。甚不聽曉風殘月子規啼。太平樂府六　雍熙樂府四　北宫詞紀六　北詞廣正譜引緑窗愁　九宫大成五引金盞兒緑窗愁

雍熙樂府不注撰人。北宫詞紀題作閨怨。○（金盞兒）雍熙詞紀九宫大成摇光俱作遥光。（緑窗愁）雍熙詞紀雁下俱無書字。北詞廣正譜大成争表俱作争奈。（賺煞）雍熙鎮作鎮日。甚不聽曉風作怎不聽曉星。詞紀燈暗作燈晦。餘同雍熙。

〔仙吕〕袄神急

道情

不求三品貴。唯厭一身多。假是功勳。圖像麒麟閣。争如忙裏閑。暫放眉間鎖。來今往古英與豪。到頭都被他。日月消磨。〔六么遍〕有林泉約。雲山樂。綸竿坐撚。藜杖行拖。樊籠撞破。塵纓擺脱。報却君恩歸來麽。如何。看他龍虎定干戈。〔元和令〕有爲須有失。無福亦無禍。但高山流水少知音。短歌誰共作。對清風明月。更看人濁醪還自酌。〔後庭花煞〕不留心名利場。且潛身安樂窩。一度興一度廢。一尺水一丈波。住挣羅。隨時達變。得磨陀處且磨陀。太平樂府六　雍熙樂府四　北宫詞紀三　太和正音譜下引袄神急　九宫大成五引袄神急元和令

雍熙樂府不注撰人。北宫詞紀題作述隱。○(袄神急)太和正音譜假是作假若。詞紀同。(六么遍)詞紀林泉下有之字。(元和令)詞紀三句起作。遇高山流水賞心多。短歌乘興作。對清風明

月醉顏酡。濁醪還自酌。九宫大成同。（後庭花煞）雍熙住掙羅作枉爭羅。詞紀潛身作留身。

貧樂

功名不可圖。貧困不能移。世態如雲。轉首千般易。謀心不遂心。處意難如意。陰公造物人莫知。窮通皆命也。豈在人爲。（六么遍）竟貪財賄。爭名氣。紛紛蟻戰。擾擾蜂集。鳩巢一枝。鵬程萬里。堪嘆人生同物類。何異。幻軀白甚苦驅馳。（元和令）既能貧且樂。莫羨富與貴。高車駟馬任從他。得之何足喜。桑樞甕牖自由咱。失之何足悲。（後庭花煞）雖無祿萬鍾。寧憂家四壁。但且簞瓢飲。徒誇列鼎食。閉柴扉。固窮甘分。樂夫天命復奚疑。太平樂府六　北詞廣正譜引元和令

（袄神急）明大字本太平樂府陰公作陰功。（元和令）何鈔本太平樂府桑作繩。

雪景

磨空生粉雲。蔽日見彤霞。透骨侵肌。忽爾風飄颯。酸寒若箭穿。釃冷如刀刮。裁

冰剪水都半霎。乾坤一玉壺。表裏無瑕。

〔六么遍〕故邀佳客。乘嬌馬。過向陽溪曲。映暖隄窊。山茶半萼。江梅正花。十里橫橋直西下。嚆唎。幾人家籬落接平沙。最宜觀賞。堪圖畫。破牆酒旆。古岸漁艖。[illegible]梢密灑。松梢重壓。老木枯枝寒藤掛。槎牙。似玉龍搭撒亂披麻。

〔後庭花〕覩暮天昏黯黲。望長林白刺擦。馬盼山城近。人嫌江路滑。怨胡笳。賞心不盡。歸來情倍加。

〔隨煞〕設酒筵連夜飲。會詩題分字押。掃竹葉聊酬興。剗橙穰深蘸甲。論奢華。圍爐同話。此風流不羨党侯家。太平樂府六　雍熙樂府四

雍熙樂府不注撰人。〇（袄神急）元刊八卷本瞿本太平樂府刮俱作劄。雍熙酸作峻。釃作嚴。剪水作剪絮。（六么遍）太平樂府觀賞作覩賞。重壓作重厭。明大字本太平樂府嬌馬作驕馬。雍熙作轎馬。

閨思

鈎閑垂綉箔。門掩靜香階。憔悴年來。更比年時[illegible]。傷春心未灰。感舊情無奈。多應浪游年少客。千金將笑買。柳陌花街。

〔六么遍〕自姻緣拆。綢繆解。玉臺蛛網。寶鑑塵埃。謾修錦書。從分玉釵。一海來相思難擎戴。剛啀。美容姿消減做瘦形骸。
〔元和令〕愁眉不易展。鬼病越難瘥。燈花空結尚無憑。不須將龜卦擺。晚來勉强出蘭堂。步牆陰踏緑苔。
〔後庭花煞〕愁人倦聽。杜鵑聲更哀。不去向他根底。偏來近奴空側。訴離懷。把似喚將春去。争如攛頓取那人來。太平樂府六

（後庭花煞）瞿本空側作坐側。明大字本頓作掇。

〔南吕〕一枝花

女怨

慵鋪翡翠衾。懶暈胭脂頰。寸心開愁萬縷。恨千疊。獨對西風。倦把黄花折。幽庭閑步蹀。紅葉飛來。就我將相思字寫。
〔玉交枝〕那人家薄劣。故把雕鞍鎖者。費千金要買閑風月。真眷愛等閑撇。情懷欲言何處説。一星星都向琵琶瀉。若有知音聽徹。應也青衫揾血。

〔烏夜啼〕黄昏怏怏歸蘭舍。還又是夜來時節。枕衾寒難捱如年夜。可慣離缺。受恁磨滅。金盤火冷篆烟絶。銀臺燭盡燈花謝。月下砧。風前鐵。敲碎人腸。幾曾寧帖。

〔鬬鵪鶉〕薄倖多應。今宵醉也。謝館秦樓。偎香倚雪。不信伊家不耳熱。俺好業。俺好呆。怎恁今生。天慳運拙。

〔賺煞尾〕聽南樓禁鼓敲三歇。擁被和衣强睡些。業眼朦朧暫交睫。唱道欲睡還驚。驀聞門外簾兒揭。俺唤則他來到出門接。原是風度竹筠篩翠葉。太平樂府八　雍熙樂府一〇

太和正音譜下引鬬鵪鶉　北詞廣正譜引玉交枝鬬鵪鶉賺煞尾　九宫大成五三引全套

雍熙樂府不注撰人。〇（一枝花）明大字本太平樂府無開字。萬縷二字疊。紅葉上有趁字。末句無就字。何鈔本太平樂府開作間。雍熙無開字。恨上有滿腹二字。就我將作我將這。九宫大成步蹀作步屧。餘俱同雍熙。（玉交枝）太平雍熙廣正譜費俱作廢。（烏夜啼）雍熙怏怏作快快。磨滅作磨折。大成亦作磨折。（鬬鵪鶉）太和正音譜北詞廣正譜天慳俱作時慳。大成作時乖。雍熙大成好業俱作好癡。（賺煞尾）明大字本太平樂府聞作聞的。唤作唤梅香。雍熙聽南樓作則聽的南樓上。和衣作和衾。唱道下有是字。驀聞下有的字。門外作門兒外。原作原來。大成唤則作疑是。餘俱同雍熙。廣正譜唤則作唤取。原作原來。

〔南吕〕梁州第七

妓門庭

腹内包藏錦綉。胸中貫串珠璣。剪裁冰雪嘲風月。閑時書畫。閑後琴棋。遊春名苑。避暑高樓。秋宵賞月傳杯。冬天踏雪尋梅。列笙歌翡翠簾前。飛觥斝鮫綃帳底。會賓朋綺羅香裏。甚幾曾素閑了半日。有幾多説不盡人不會的偏僻。風流。是非。造次不容易。錦字花箋共小簡。暗傳偷寄。

〔么〕才搧掠的花箋脱灑。恰填還的酒債伶俐。近新來又惹腸腌題月拇着他模樣消的憔悴。有韋娘般風度。謝女般才能。渾似薛濤般聰惠。過如蘇小般行爲。選甚麽時樣宫粧。豈止道鉛華首飾。何消得壘珠疊翠。淡粧更宜。二十年已裏。端的不曾見兀的般真行院。雖是箇女流輩。然住在花街柳陌。小末的誰及。

〔三煞〕選甚乍使錢無名氣。學做人初出帳的喬相識。折莫不發鏝有魂靈曾做伴慣經籠的舊子弟。一箇箇都教成圓備。裏外中間都是他周全方便。須對付出箇省錢的應奉的雙生更歡喜。也不教惡了馮魁。

〔二煞〕主家司且是媽媽行繩墨。幹衣飯索甚婆婆廢氣力。子弟每殊無相攙摵。去送來迎。選甚新勤舊怪。不侵犯廝回避。休説尤雲共殢雨。綉幕羅幃。

〔尾〕知勤兒每高低眉睫看頭勢。覷子弟每顏色精神善取覓。怎恁地伊家快做美。撋就的姨夫每廝和會。端的俺許你。許你一片心過從着四下裏。太平樂府八　雍熙樂府九　北詞廣正譜引梁州第七　九宫大成五二同

雍熙樂府不注撰人。○（梁州第七）明大字本太平樂府甚幾曾作幾曾。字作字兒。雍熙綺羅香作綺羅鄉。九宫大成同。廣正譜飛觥斝作舞觥斝。（么）元刊本等太平樂府薛濤作薛淘。明大字本作薛濤。元刊太平樂府行爲作所爲。淡粧更宜作淡做人初且。兹從元刊八卷本瞿本。明大字本太平樂府年已作年幾。即年紀。瞿本兀的般下有箇字。何鈔本花街下有共字。雍熙二句無的字。三四句作。近新來又惹場腌臢氣。題着他模樣俏的憔悴。聰惠作聰慧。行爲作所爲。壘珠疊翠作壘翠疊珠。淡粧更宜作但做人初且。行院作衏衏。小末作小可。大成壘珠疊翠作疊珠疊翠。餘同雍熙。廣正譜消的作俏的。聰惠作聰慧。兀的般下有箇字。花街下有共字。小末作小可。（三煞）元刊太平樂府二句脱出字。兹從元刊八卷本瞿本。明大字本太平樂府名氣作名器。雍熙名氣作名器。出帳作出長。省錢下無的字。（二煞）瞿本太平樂府家司作家私。明大字本太平樂府廢作費。雍熙家司作家私。廢作費。（尾）雍熙一片上有這字。

〔大石調〕青杏子

歸隱

紫塞冒風沙。謾區區兩鬢生華。歸來好向林泉下。買牛賣劍。求田問舍。學圃耘瓜。

〔歸塞北〕争似我。恬淡作生涯。切意採芝編藥簍。留心垂釣棹魚艖。汾水岸晉山坡。

〔么〕清耳目。欲慕許由家。苔砌倦觀羣蟻陣。花房嫌聽亂蜂衙。猶是厭諠譁。

〔憨郭郎〕醉醒須在咱。清濁任從他。競名利。争頭角。若蠅蝸。

〔還京樂〕不羨穿紅騎馬。准便玩水觀霞。自去攜魚换酒。客來汲水烹茶。家存四壁。詩書抵萬金價。豈望皇宣省劄。壯士持鞭。佳人捧斝。草堂深況亦幽嘉。自然身退天之道。免得刑罰。拖藜杖芒鞋刺塔。穿布袍麻縧搭撒。撚衰髯短髮鬔鬖。從人笑從人笑。道咱甚娘勢霎。籬生竹筍。徑落松花。

〔浄瓶兒〕字草蛇形耍。筆鈍兔毫乏。瑶琴横几。寶劍歸匣。清佳。樂瀟灑。親採雲根鐫硯瓦。書盈架。粉箋墨點色色翻鴉。

〔好觀音〕讓客新棋一局罷。閑披覽古名人畫。一炷山檀瑞烟發。好風來。滿座清風颯。

〔尾〕塵事遠狂交疎人情寡。終朝把草堂門亞。引睡翻書臥吟榻。覺來時性静神澄興雅。唱道想半紙功名。到頭身與禍孰多。青史凌烟姓名掛。也則是漁樵一場話。太平樂府七　盛世新聲寅集　雍熙樂府一五　太和正音譜上引青杏子憨郭郎還京樂　北詞廣正譜引青杏子好觀音　九宫大成二〇引歸塞北憨郭郎浄瓶兒好觀音尾

盛世新聲雍熙樂府俱不注撰人。盛世無題。〇（青杏子）北詞廣正譜謾作漫。（歸塞北）盛世恬淡作快活。雍熙山坡作山下。九宫大成同。（么）盛世苔砌作瓦砌。雍熙猶是作猶自。（憨郭郎）太和正音譜競名利作競利名。盛世若作共。大成醉醒作醉眼。（還京樂）元刊太平樂府汲水作吸水。他本太平樂府及盛世等俱作汲水。正音譜雍熙准便俱作准備。正音譜幽嘉作幽佳。盛世穿紅騎作輕裘肥。准便作准備。家存作存。皇宣作徽宣。搭撒作刺撒。從人笑三字不疊。雾作煞。（浄瓶兒）太平樂府鐫作鏴。盛世字草作字掃。（好觀音）雍熙二句古作今古。大成同。（尾）盛世寡作但寡。姓名掛作姓名貴。雍熙首句狂作枉。大成神澄興雅作神清雅。以此上爲好觀音之么篇。以下爲隨煞。唱道下無想字。

詠梅

客裏過黄鍾。阿誰道冷落窮冬。玉壺怪得冰凘凍。雲低四野。霜摧萬木。雪老千峯。

〔歸塞北〕尋梅友。聯轡控青驄。乘興不辭溪路遠。賞心相約晉橋東。臨水見幽叢。

〔么〕清更雅。裝就道家風。蕾破嫩黄金的皪。枝横柔碧玉玲瓏。不與杏桃同。

〔尾〕果爲斯花堪珍重。時復暗香浮動。蕭然鼻觀通。依約羅浮舊時夢。太平樂府七　一

笑散　雍熙樂府一五　南北詞廣韻選一　北宮詞紀四

雍熙樂府不注撰人。○（歸塞北）一笑散南北詞廣韻選驄俱作驪。一笑散北宮詞紀晉橋俱作灞橋。（么）雍熙蕾作擂。

秋千

深院那人家。戲秋千語笑諠譁。綺羅間簇人如畫。玉纖高舉。綵繩輕掣。畫板雙踏。

〔歸塞北〕鈎索響。時聽韻伊啞。翠帶舞低風外柳。絳裙驚落雨前霞。拂綻樹頭花。

〔好觀音〕有似飛仙驂雲駕。金翹彈寶髻偏鴉。嬌軟腰肢足可誇。渾疑是力向東風暫假。

〔隨煞〕不管愁人停驕馬。粉牆外似隔天涯。分明望見他。困立在垂絲海棠下。太平樂府七　雍熙樂府一五　北宮詞紀五　詞林白雪四

雍熙樂府不注撰人。北宮詞紀題作翫秋千。詞林白雪屬美麗類。○（青杏子）詞林白雪高舉作高

攀。（好觀音）太平樂府連隨煞作好觀音煞。兹從雍熙及詞紀等析之爲二。雍熙金翹作金翅。詞紀詞林白雪同。

思憶

樓閣倚晴空。晚登臨離恨偏供。寒砧擣處秋聲動。露荷斂翠。風蒲減緑。霜葉添紅。〔憨郭郎〕雲封姑射洞。霧鎖蕊珠宫。人去簫聲斷。兩無踪。〔還京樂〕費盡俺工夫陪奉。只因他舉止尊崇。好天良夜。辜負了對月臨風。看時節上心。休道是不腸痛。要指望合歡共籠。月枕雙攲。雲衾並擁。鋪謀下打鳳撈龍。只除天與人方便。再得相逢。咱不曾人前賣弄。人不曾將咱過送。是他家命限孤窮。娘知道娘知道。致令不曾放惚。風聲不透。水息難通。〔浄瓶兒〕一自分鸞鳳。幾欲託鱗鴻。虚度了春風花柳。又經過夜雨梧桐。愁濃。恨萬種。方信年華如轉蓬。傷情慟。憶春宵月夜夜夜牆東。〔尾〕誰敢向他娘行閑唧噥。情性兒點水滴凍。嗇氣吞聲。形容憔悴。病體龍鍾。唱道咫尺是初冬。有人來新得紙斷腸封。方表道和他家受懊躬。越添得俺相思擔兒重。

太平樂府七　雍熙樂府一五　北詞廣正譜引憨郭郎還京樂　九宫大成引尾

雍熙樂府不注撰人。〇（憨郭郎）雍熙人去作人去歸。（還京樂）元刊太平樂府休道之道字模糊。兹從元刊八卷本明大字本太平樂府及雍熙廣正譜。何鈔本太平樂府鋪謀作鋪設。北詞廣正譜娘知道不疊。致令作致今。（净瓶兒）經過原作紅過。兹從瞿本太平樂府舊校改。太平樂府夜夜牆東作宋宋牆東。兹從北詞廣正譜。雍熙作夜夜過牆東。陶刻太平樂府作宋玉牆東。

送別

游宦又驅馳。意徘徊執手臨岐。欲留難戀應無計。昨宵好夢。今朝幽怨。何日歸期。

〔歸塞北〕腸斷處。取次作別離。五里短亭人上馬。一聲長嘆泪沾衣。回首各東西。

〔初問口〕萬疊雲山。千重烟水。音書縱有憑誰寄。恨縈牽。愁堆積。天天不管人憔悴。

〔怨別離〕感情風物正凄凄。晉山青汾水碧。誰返扁舟蘆花外。歸棹急。驚散鴛鴦相背飛。

〔擂鼓體〕一鞭行色苦相催。皆因些子。浮名薄利。萍梗飄流無定跡。好在陽關圖畫裏。

〔催拍子帶賺煞〕未飲離杯心如醉。須信道送君千里。怨怨哀哀。悽悽苦苦啼啼。唱道分破鸞釵。丁寧囑付好將息。不枉了男兒墮志氣。消得英雄眼中泪。太平樂府七　盛世新聲寅集　雍熙樂府一五　北宫詞紀六　北詞廣正譜引怨別離　催拍子帶賺煞　九宫大成四〇引全套

盛世新聲雍熙樂府俱不注撰人。盛世無題。○（青杏子）雍熙游宦作宦遊。意徘徊作立徘徊。九宫大成俱同。（初問口）元刊太平樂府誰寄作誰倚。明大字本何鈔本太平樂府及雍熙詞紀大成俱作誰寄。（怨別離）盛世誰返作難返。大成蘆花外作蘆花底。（擂鼓體）盛世皆因作被。（催拍子帶賺煞）雍熙北詞廣正譜大成如醉俱作先醉。明大字本太平樂府廣正譜悽悽下俱有楚楚二字。大成啼啼上有哭哭二字。

〔般涉調〕哨遍

風情

驚破佳人春夢。曉庭紅樹流鶯囀。唤起傷春恨無窮。嚲鸞翹雲鬟堆蟬。首低勉。閨情脈脈。粉泪盈盈。界破殘粧面。埋怨蕭郎薄倖。狂心不斷。舊性依然。恰才柳陌罷風流。又向花街趁芳妍。推宴東樓。暗挈嬌姝。浪遊上苑。

〔么〕昨夜來時。月移簷影花陰轉。門外玉驄嘶。下雕鞍醉帽斜偏。暫眉展。紅粧競

擁。翠袖忙扶。銀燭朗珠簾捲。拂杓牙牀珊枕。錦衾輕襘。玉山低偃。恨瑣窗終日怨離鸞。喜羅幕今宵効雙鴛。縱相逢却似孤眠。

〔尾〕早是更漏促。春夜淺。醉醺醺直恁身軀軟。到壓的我黄金釧兒扁。太平樂府九

（尾）元刊太平樂府醺醺作醺。兹從瞿本。

別恨

疑怪楊花無力。曉來雨霽東風軟。春事又成空。好光陰無計留連。過禁烟。雲鬟彈緑。霞臉消紅。玉腕憁金釧。生怕傍人驚問。自言清瘦。不似今年。落花流水景遲遲。芳草斜陽恨綿綿。寶鏡羞覷。綉榻慵臨。冰綃倦剪。

〔么〕金撥空睟。任從塵滿琵琶面。簾幕深深悄無人。惟餘燕語鶯喧。怎消遣。雙眸落淚。纖手搘頤。往事思量遍。幾度憑高凝望。粧樓十二。客路三千。謾空和月倚闌干。却甚無人伴秋千。寂寞小花庭院。

〔尾〕歡會少。緣分淺。音書欲寄憑黄犬。無奈關河路途遠。太平樂府九　北宫詞紀六　北詞廣正譜引么

北宫詞紀題作春怨。○（么）詞紀廣正譜謾空俱作漫空。詞紀寂寞下有了字。

傷春

喚起瑣窗離恨。鬧花深處鳴啼鴂。獨立高樓望郊原。但凝眸堪畫宜詩。是則是。年年景物。歲歲風光。無比正三二。偏得東君造化。緑裁翡翠。紅染胭脂。斷雲微雨養花天。暖日和風困人時。粧點人愁。將近清明。纔過上巳。

〔么〕着甚因由。消磨多病傷春事。無語恨輕别。懶臨鸞脂粉慵施。倦針指。逐朝憶想。每夜思量。夢裏何曾至。縱有鄰姬相約。强斟芳醖。羞聽離詞。緑楊甚日繫銀鬃。翠靨何時展金絲。銷減了裊娜腰肢。

〔促拍令〕好光陰都空過了。美姻緣越恁推辭。到教俺傳情寄恨。審問了三回五次。

〔隨煞〕試嗜腹。重三思。文君縱有當壚志。也被相如定害死。太平樂府九　北宮詞紀六　北詞廣正譜引哨遍促拍令　九宫大成七三引促拍令

是他司馬不傷春。白甚自家如此。

(哨遍)廣正譜啼鴂作鳺鴂。(么)廣正譜翠靨作翠眼。(隨煞)太平樂府定害作定當。詞紀作足當。兹改。

春夢

遮斷牆頭望眼。緑陰已滿團圓樹。南陌東郊静無人。又一番芳意成虚。聽杜宇。嗺嗺聒聒。絮絮叨叨。叫的春歸去。正是蜂閑蝶倦。燕忙鶯懶。困人時序。落花滿地錦斕斑。飛絮濛空雪模糊。有意留春。對景牽情。傷時感物。〔么〕芳草斜陽。碧雲荏苒衡皋暮。千里關河兩無憑。幾番欲寄音書。仗鱗羽。花箋謾展。彩筆空擎。倦寫相思句。自覺香肌銷怯。裙腰鬆掩。衫褙寬餘。鄰姬問我幾多愁。説與他知也長吁。斜陽芳草。落花飛絮。〔尾〕嘆此愁。能幾許。看看更有傷心處。梅子黄時斷腸雨。太平樂府九　北宫詞紀六　北詞廣正譜引尾

北宫詞紀題作春思。○（嗺遍）太平樂府團圓樹作團圓村。雪模糊作雲模糊。（么）太平樂府裙腰下脱鬆字。衫褙寬餘作衫楷寬金。

蓮船

熾日人皆可畏。火雲削出奇峯樣。梅雨淩晨乍晴時。堪遊水國江鄉。挈艷粧。輕搖

彩棹。緩撥蘭舟。穩載清波漾。正是蕖花開也。荷張翠蓋。蓮豎紅幢。繫蘭舟聊復艤沙汀。停彩棹須臾歇橫塘。低奏笙簧。淺酌芳醪。恣情共賞。

〔么〕媚景芳年。莫教兩事成虛妄。賞玩興無窮。只疑身在瀟湘。向晚來。殘霞散綺。落日沉金。迤邐銀蟾上。莫放酒空金榼。玉山低偃。又且何妨。朱唇齊唱綵蓮歌。驚起雙雙宿鴛鴦。難道是斷我愁腸。

〔隨煞〕歸去也。夜未央。棹行時撥散浮萍浪。船過處衝開菡萏香。太平樂府九

（哨遍）元刊本聊復作柳復。茲從瞿本舊校。（么）元刊本虛妄作虛宴。茲從瞿本舊校。元刊本雙雙作人人。茲從瞿本。

〔雙調〕夜行船

春曉

曉角梅花三弄曲。勾引起禁鐘樓鼓。曙色將分。漏聲纔息。殘月已沉江渚。

〔掛玉鈎〕迤邐鶯啼共燕語。偏向閑庭户。春困佳人睡未足。好夢方驚寤。淡臉霞。鬆鬢霧。欲對鸞臺。再整粧梳。

〔慶宣和〕十二簾鈎閑控玉。尚掩流蘇。嫩寒猶怯透羅襦。綉幃。未出。

〔天仙令〕晨粧罷。信步向庭隅。曉日樓臺。秋千院宇。那更杜鵑催。春事歸歟。憐紅愛紫無限心。空自長吁。

〔離亭煞〕傷春欲待留春住。留春不住隨春去。憑誰寄與。問春歸去歸何處。只見覆莓苔糝落花。襯榆英鋪香絮。又見瀲灩池塘漲緑。縱不爲五更風。管多因半夜雨。太平樂府六　北宫詞紀六　北詞廣正譜引慶宣和　九宫大成六五同

（離亭煞）明大字本太平樂府寄與作寄語。榆英作榆莢。

秋夜

秋夜誰家砧杵聲。不管有人愁聽。倦客傷心。披衣獨步。踏遍緑苔幽徑。

〔慶宣和〕仙鼠翻風舞畫楹。月色偏明。地龍經雨唱空庭。露華。乍冷。

〔天仙令〕人初静。寂寞旅魂驚。玉宇澄澄。銀河耿耿。簾幕夜寒生。月淡風清。驚烏繞枝棲未寧。蛩雁哀鳴。

〔離亭煞〕怯單衣漸覺西風勁。想多情不念東陽病。對景動羈懷。添客恨增歸興。近玉闌。臨金井。早是離人悶哽。桂子散清香。梧桐弄碎影。太平樂府六　太和正音譜下引天

仙令　九宮大成六五同

（天仙令）何鈔本太平樂府驚鳥作驚烏。太和正音譜九宮大成棲未寧俱作棲未停。大成首句作人物静。

悔悟

無限鶯花慵管領。恐似沈郎多病。宋玉傷哉。安仁老矣。哀鬢怕臨明鏡。

〔掛玉鈎〕草草花花一夢驚。斷了喬行徑。大着多情换寡情。鬧裏宜尋静。有況味。無踪影。廢盡功夫。誤了前程。

〔慶宣和〕若是自家空藏瓶。夢撒撩丁。花姑不重女猱輕。任誰。見哽。

〔天仙令〕千金廢。火上弄凍凌。他盡是勞成。咱都是志誠。博得箇好兒名。那裏施呈。而今縱有雙秀才。誰是蘇卿。

〔離亭煞〕早收心拘束定疎狂性。倒大來耳根清浄。頭輕眼明。跳出麵糊盆。迷魂寨。琉璃井。折莫恁漫天張網羅。遍地剜坑穽。莫想他自家夜行。被你甜句兒啜來奸。虚脾兒賺得省。太平樂府六

（掛玉鈎）何鈔本大着作去着。

〔雙調〕行香子

別恨

烟草萋萋。霜葉飛飛。落閑階不管狼籍。雁兒才過。燕子先歸。盼佳音。無佳信。誤佳期。

〔么〕簾幕空垂。院宇幽悽。步回廊自恨別離。鬅鬆鬢髮。束減腰圍。見人羞。驚人問。怕人知。

〔喬木查〕但憑高望遠。謾把闌干倚。不信功名猶未已。知他何處也。歌酒狂迷。

〔天仙令〕相思憶。長是泪沾衣。恨滿西風。情隨逝水。閑恨與閑情。何日終極。傷心眼前無限景。都撮上愁眉。

〔離亭帶歇指煞〕櫓聲齊和歸帆急。漁歌漸遠鳴榔息。尖青寸碧。遥岑疊巘連天際。暮靄生。孤烟起。掩映殘霞落日。江上兩三家。山前六七里。太平樂府六　北宫詞紀六

（行香子）明大字本太平樂府飛飛作菲菲。（么）北宫詞紀幽悽作幽棲。（離亭帶歇指煞）太平樂府疊巘作疊獻。

寄情

春滿皇州。名遍青樓。二十年旖旎風流。金鞍玉勒。矮帽輕裘。謝娘詩。雲子釀。雪兒謳。

〔喬木查〕幾愁花病酒。偏甚今番瘦。非是潘郎不奈秋。都因風韻他。引起閑愁。

〔撥不斷〕兩綢繆。意相投。天然一點芳心透。年紀未三十過二九。多情鶯燕蜂蝶友。速難成就。

〔天仙令〕于飛願。端的幾時酬。會語應難。修書問候。鋪玉版寫銀鈎。寄與嬌羞。真真的美眷愛。不尚延由。

〔離亭帶歇指煞〕休違了剪髮燃香呪。莫忘了並枕同衾褥。再休眉期眼約閑迤逗。娘間阻人調鬭。枉教咱千生萬受。長辦着惜花心。空閑了畫眉手。太平樂府六

北詞廣正譜雙調離亭宴煞之附注及雙調套數分題。並謂李茂之有春滿皇州套。此曲作者似有二說。○〔喬木查〕明大字本他作迤。〔撥不斷〕明大字本無速字。

癡迷

既不知心。便不知音。既知音豈不知心。文君有意。司馬調琴。想從初。思已往。怨而今。

〔撥不斷〕泪淋淋。濕離襟。近來憔悴都因您。可是相思況味深。自西風吹斷回文錦。瘦來直恁。

〔天仙令〕特然地。這幾日越昏沉。鬼病難捱。情懷不禁。自恨咱家。無分消任。天長地久争奈何。虚度光陰。

〔離亭宴帶歇指煞〕情知的不是娘拘禁。度量來非爲人謏譖。再審小寃家。不道人圖甚。飢不忺進飲食。卧不能安牀枕。豈止道忘餐廢寢。鬢髮已成潘。形骸俏如沈。太平樂府六　北詞廣正譜引離亭宴帶歇指煞

（離亭宴帶歇指煞）瞿本太平樂府末句舊校改俏爲削。北詞廣正譜不忺作不欣。末句俏作瘦。

〔仙吕〕泣顔回

暗想配秋娘。情如交頸鴛鴦。綢繆繾綣深恩重義難忘。似真賢孟光。喜齊眉笑舉梁

鴻案。與卿卿帶結同心。效鶼鶼永遠成雙。

〔前腔〕調和琴瑟奏笙簧。意相投兩下無妨。誰知今日薄情的改變心腸。頓教人慘傷。豈料他反目恩成怨。悔當初不合認真。好姻緣翻作參商。

〔不是路〕柳絮飄狂。怎比得葵花傾向陽。誰承望桃花無意戀劉郎。細推詳玉樓烟鎖雲江暗。危石盟言在那廂。空嗟怨寃家忒殺不思量。薄情娘你如今對面如霄壤。只怕久後相思要見難添惆悵。直待眉兒淡了思張敞。那時節悔未從良。恨未從良。

〔解三醒〕我爲你神魂飄蕩。我爲你廢寢忘餐。我爲你千金買笑平康巷。我爲你幾載浮踪在異鄉。我爲你思歸徒自勞清夢。我爲你久別鴛幃不下堂。（合）還思想。端的是李鵑奴負了王商。

〔前腔〕你把我憐香惜玉冰和炭。你把我倚翠偎紅圓合方。你把我山盟海誓成虛謊。你把我厚德深恩當曉霜。你把我如糖拌蜜鹽落水。你把我似漆投膠雪見湯。（合前）

〔皂角兒〕悶懨懨鎮日淒涼。泪汪汪心中悒怏。爲相思病入膏肓。瘦伶仃不成模樣。只落得臉兒黄龐兒瘦沈郎腰潘郎鬢淒涼行狀。（合）留情癡漢。負恩女娘。狼心腸。人須易負。難昧穹蒼。

〔前腔〕抱琵琶又過别船。折楊柳他把章臺還上。記當時遂結鸞凰。到如今劃然分散。恁下得折鸞凰剖並頭開連理猶如反掌。（合前）

〔餘文〕千言萬語都休講。分付寃家要主張。終有日相逢。我也不與你較短長。詞林白雪二

此套爲南曲。是否朱庭玉作殊可疑。

李伯瑜

生平不詳。

小令

〔越調〕小桃紅

磕瓜

木胎毡觀要柔和。用最軟的皮兒裹。手内無他煞難過。得來呵。普天下好浄也應難趓。兀的般砌末。守着箇粉臉兒色末。諢廣笑聲多。太平樂府三

明大字本觀作襯。

李德載

生平不詳。

小令

〔中吕〕陽春曲

贈茶肆

茶烟一縷輕輕颺。攪動蘭膏四座香。烹煎妙手賽維揚。非是謊。下馬試來嘗。太平樂府四 樂府羣珠一

黄金碾畔香塵細。碧玉甌中白雪飛。掃腥破悶和脾胃。風韻美。喚醒睡希夷。太平樂府四 樂府羣珠一

瞿本太平樂府樂府羣珠三句俱作掃醒破悶悟禪機。元刊八卷本太平樂府此句掃腥作掃醒。第五六兩字模糊。第七字作機。全句疑與瞿本同。

蒙山頂上春光早。揚子江心水味高。陶家學士更風騷。應笑倒。銷金帳飲羊羔。太平

樂府四　樂府羣珠一

元刊太平樂府四句作應笑。脱一字。瞿本舊校作人應笑。兹從羣珠作應笑倒。羣珠末句無銷字。

明大字本太平樂府四句作應堪笑。

龍團香滿三江水。石鼎詩成七步才。襄王無夢到陽臺。歸去來。隨處是蓬萊。太平樂府

四　樂府羣珠一

一甌佳味侵詩夢。七椀清香勝碧筩。竹爐湯沸火初紅。兩腋風。人在廣寒宮。太平樂府

四　樂府羣珠一

木瓜香帶千林杏。金橘寒生萬壑冰。一甌甘露更馳名。恰二更。夢斷酒初醒。太平樂府

四　樂府羣珠一

兔毫盞内新嘗罷。留得餘香在齒牙。一瓶雪水最清佳。風韻煞。到底屬陶家。太平樂府

四　樂府珠羣一

龍鬚噴雪浮甌面。鳳髓和雲泛盞弦。勸君休惜杖頭錢。學玉川。平地便升仙。太平樂府

四　樂府羣珠一

金樽滿勸羊羔酒。不似靈芽泛玉甌。聲名喧滿岳陽樓。誇妙手。博士便風流。太平樂府

四　樂府羣珠一

瞿本太平樂府喧作香。羣珠末句便作更。

金芽嫩採枝頭露。雪乳香浮塞上酥。我家奇品世間無。君聽取。聲價徹皇都。太平樂府

四 樂府羣珠一

瞿本太平樂府塞上作塞外。

程景初

生平不詳。

小令

〔正宫〕醉太平

恨綿綿深宫怨女。情默默夢斷羊車。冷清清長門寂寞長青蕪。日遲遲春風院宇。泪漫漫介破琅玕玉。悶淹淹散心出户閑凝竚。昏慘慘晚烟粧點雪模糊。淅零零灑梨花暮雨。太平樂府五

套數

〔雙調〕新水令

春情

落紅滿地暮春天。另一番蜂愁蝶怨。愁切切恨綿綿。待要團圓。除非夢中見。

〔駐馬聽〕小小亭軒。燕子來時簾未捲。深庭小院。杜鵑啼處月空圓。金釵撥盡玉爐烟。香塵漬滿琵琶面。誰共言。何時枕扁黃金釧。

〔喬牌兒〕日高猶自眠。病體尚嫌倦。細將往事思量遍。越無心整翠鈿。

〔落梅風〕鸞釵斷。鳳髻偏。膩殘粧泪痕滿面。隔紗窗悄聲兒喚玉蓮。那人兒敢有些文變。

〔離亭宴煞〕桃腮搵濕胭脂淺。榴裙摺皺香羅軟。這相思教人怎遣。分開翡翠巢。掂損螳螂玉。空鎖鴛鴦殿。十分人怎禁兩葉眉難展。有愁煩萬千。羞栽並蒂蓮。懶整合歡帶。怕見雙飛燕。情書附錦鱗。佳音憑黃犬。何處也風流少年。我將魂魄夢中尋。只恐怕陽臺路兒遠。盛世新聲午集　詞林摘艷五　雍熙樂府一二　南北詞廣韻選一〇　北宫詞紀六

北詞廣正譜引駐馬聽

盛世新聲重增本内府本詞林摘艷及雍熙樂府俱無題。不注撰人。原刊本徽藩本詞林摘艷題作閨怨。注李好古作。南北詞廣韻選題作暮春閨思。注元人作。北宫詞紀題作春情。注程景初作。

茲從詞紀。北詞廣正譜引駐馬聽一支。注李好古作。當係據摘艷。〇（新水令）廣韻選蜂愁蝶怨作蝶愁蜂怨。詞紀除非下有是字。（駐馬聽）詞紀三句作深深庭院。末句何時作新來。廣韻選三句作幽幽庭院。廣正譜三句同詞紀。（喬牌兒）盛世摘艷雍熙猶自眠俱作由自眠。内府本摘艷作尤自眠。廣韻選作兀自眠。尚嫌作猶嫌。（落梅風）雍熙廣韻選曲牌俱誤作梅花酒。盛世摘艷玉蓮俱作玉連。内府本摘艷作玉蓮。與雍熙廣韻選詞紀同。廣韻選膩作殢。（離亭宴煞）盛世及重增本摘艷摺皺俱作褶皺。雍熙螳螂玉作玉螳螂。並蒂作並頭。我將魂魄作我欲待將魂魄兒。陽臺上有那字。廣韻選同雍熙。惟魂魄下無兒字。十分人作十分病。何處下無也字。詞紀並蒂作並頭。佳音作佳信。我將作我待將。

趙彥暉

生平不詳。

小令

〔仙呂〕醉中天

嘲人右手三指

把盞難舒手。施禮怎合十。虧他朝朝洗面皮。早是剛拿管筆。便有那舉鼎拔山的氣力。諸般兒都會。怎拿他鞭簡丫鎚。太平樂府五

明大字本丫作檛。

把盞難舒手。學舞不風流。與你架銀筝怎地搊。難挽衫兒袖。他媳婦問他索休。別無甚圓就。到官司打與一箇拳頭。太平樂府五

套數

〔仙吕〕點絳唇

省悟

萬種閑愁。一場春瘦。迷花酒。燕侣鶯儔。殢煞青雲友。

〔混江龍〕長想着少年時候。拈花摘葉甚風流。見了些春風謝館。夜月秦樓。馬上抱雞三市鬭。袖中攜劍五陵遊。八箇字非虚謬。玲瓏剔透。軟款温柔。

〔油葫蘆〕一世踈狂一筆勾。從今後都罷手。一場恩愛變爲讎。赤緊的紅裙不解嘲風口。以此上青衫緊退揉花手。想着眼底情。眉角愁。則管裹雲來雨去空迤逗。終不見下場頭。

〔天下樂〕只被你乾賺得潘郎兩鬢秋。想着你恩情。也不是永久。恰便似風中落花水上漚。我恰待踏折他花套竿。撞出錦圚頭。早是咱千自在百自由。

〔那吒令〕想當初您愛我時。剪青絲半紐。想當初敬您時。贈吟詞一首。您如今棄俺也。斷金釵兩頭。想着您月底盟。星前呪。則怕你悔去也嬌羞。

〔鵲踏枝〕俺如今志難酬。和俺不相投。誤了俺雁塔題名。虎榜名留。有一日博得五花誥在手。則怕你消不得粉面油頭。

〔寄生草〕俺如今時間困。目下憂。三尺劍掃蕩紅塵垢。萬言策補盡乾坤漏。五言詩奪盡江山秀。若是柳耆卿剥得箇紫袍新。你便是謝天香不避黄虀臭。

〔尾〕深縵笠緊遮肩。粗布衫寬裁袖。撇罷了狂朋怪友。打扮做箇儒流。風月所近新來給了解由。誰信你鬼狐由。誤了我談笑封侯。早難道萬里鵾鵬得志秋。氣衝斗牛。胸藏錦綉。釣鰲頭誰釣您這樂官頭。太平樂府六　盛世新聲卯集　詞林摘艷四　雍熙樂府四

盛世新聲重增本内府本詞林摘艷無題。與雍熙樂府俱不注撰人。雍熙題作子弟收心。原刊本徽藩本詞林摘艷題目作者同太平樂府。〇（點絳唇）盛世摘艷殢殺俱作誤了俺。（混江龍）盛世長想着作想着俺。甚作任。㫚了作看了。夜月作月夜。馬上作俺也曾馬上。七句作則我這八箇字端的無虚謬。摘艷俱同。盛世重增本内府本摘艷首句少年俱作年少。雍熙長想着作想着俺。四句作更和這夜月秦樓。馬上作俺也曾馬上。（油葫蘆）太平樂府赤緊作尺緊。明大字本太平樂府以此作因此。盛世一世作半世。嘲風作我這嘲風。以此作因此。退揉作褪柔。想着作想着俺。下句作更和這眉角頭。空作相。末句作百般的終不是一箇下場頭。摘艷俱同盛世。雍熙一世作半

世。以此作因此。退作褪。六七句作。想着他眼底情。更和那眉角愁。空作相。不見作不是箇。(天下樂)元刊太平樂府永久作未久。兹從明大字本。明大字本圚作圈。何鈔本太平樂府圚作圛。盛世乾作啜。潘郎作潘安。二三句作。想着俺這恩情。恩情不甚久。恰待作則待。他作您那。錦圚作您那錦套。早是咱作倒大來。摘艷俱同盛世。原刊本徽藩本摘艷不甚久作不堪久。雍熙是永久作甚久。風中落花作空中楊花。他作您。錦圚作錦套。餘作啜。作則待。作倒大來。俱同盛世。(那吒令)盛世半紐作一縷。三句敬上有我字。詞一首作詩數首。想着您作想着俺。末句作早尋箇葉落歸秋。摘艷雍熙俱同。盛世摘艷五句俱作到如今棄了俺也。兩頭俱作在兩頭。原刊本徽藩本摘艷贈吟詞作曾吟詩。内府本摘艷兩頭上無在字。雍熙吟作新。棄俺作棄了我。月底作那月下。(鵲踏枝)盛世首句俺作我。和俺作和你。三句俺作我也。題名作題詩。博得作奪得箇。末句作那其間共結綢繆。摘艷俱同。雍熙和俺作更和你。三句俺作我。題名作題詩。博得作博得箇。(寄生草)盛世三句作我將這三尺劍掃蕩了紅塵垢。若是下有這字。剥得箇作奪得。末句作。哎。你箇謝天香纔識俺這白衣秀。摘艷俱同。内府本摘艷奪盡作奪盡了。雍熙三尺作則將這三尺。掃蕩補盡及奪盡下俱有了字。五言詩上有將字。若是下有這字。不避作休嫌俺這。(尾)明大字本太平樂府儒流作任道儒流。盛世縵作蔓。衫作袍。撇作畢。做箇作做。五六句作。風月叟近新來棄了偺友。哎。你箇鬼狐尢。無早難道三字。鵾鵬作鵬程。藏作懷着。末句作則我這上元頭强似恁下場頭。摘艷俱同盛世。重增本内府本摘艷斗牛作牛斗。雍熙作蔓。

作袍。及末句俱同盛世。惟末句上作狀。雍熙五句作風月所給了緣由。鬼狐由作箇鬼狐尤。氣衝上有則我二字。

席上詠妓

萬種妖嬈。一團俊俏。十分妙。百媚千嬌。端的是閉月羞花貌。

〔混江龍〕他若是含情一笑。朱唇一顆嵌櫻桃。梨花玉體。楊柳纖腰。眉黛春山嬌滴滴。眼波秋水緑淘淘。可觀可看。宜喜宜嗔。堪憐堪愛。難畫難描。撥銀箏音吕韻悠揚。唱陽春白雪依腔調。你便有千金買笑。怎能够一刻春宵。

〔油葫蘆〕喜遇得樽席上猛見了。更那堪情性好。言談語話那清標。你看那聰明伶俐諸般妙。更那堪續麻道字無差錯。生的來花樣嬌柳樣柔。知今博古通三教。鐵石人一見了也魂銷。

〔天下樂〕怎能够玉樹同棲翡翠巢。無福的難也波消。自暗約。用心兒訪尋月下老。者莫你能會彈能會歌。能會綉能會描。怎生來少前程無下梢。

〔那吒令〕離情空懊惱。我魂勞夢勞。緣薄命薄。看明朝後朝。我勸你斷腸籍上除了姓名。姻緣簿上尋箇着落。一星星記在心苗。

〔鵲踏枝〕我與你自量度。是評跋。你若聽琴。我便題橋。趁青春年紀兒幼小。休辜負好前程月夜花朝。

〔寄生草〕相思病何年盡。姻緣簿甚日了。你看他知輕知重知分曉。不能够同行同坐同歡笑。到教我添愁添悶添煩惱。怎能够喜孜孜花下燕鶯期。幾時得笑吟吟春日鴛鴦効。

〔六么序〕眼前面人千里。耳邊廂音信杳。隔三千弱水迢迢。悶懨懨鬼病難熬。意遲遲情思心焦。桃源洞不見分毫。焰騰騰烈火燒祅廟。白茫茫水渰藍橋。莫不是我今生撅着相思窖。好教我行眠立盹。夢斷魂勞。

〔么〕哎。你箇多嬌。仔細聽着。你若是花下相招。月底來邀。琴瑟和調。同伴吹簫。喒兩箇一世兒團圓到老。恁時節有下梢。尋一箇安樂窩巢。散誕逍遥。倒大來志氣清高。當日箇謝天香李亞仙尋思到。知輕重肯辨清濁。後來受用金花誥。則學鴛鴦鸂鶒。休學那燕子伯勞。

〔尾聲〕準備着花燭洞房春。安排下夜月笙歌笑。那時節喜喜歡歡宴樂。地久天長成配偶。一世兒永遠堅牢。畫堂高怕是麽暮暮朝朝。則學那連理樹合歡帶比翼鳥。竇

爐香漸燒。銀臺燈高照。成就了碧桃花下鳳鸞交。盛世新聲卯集　詞林摘艷四　雍熙樂府四

盛世新聲重增本内府本詞林摘艷俱無題。與雍熙樂府俱不注撰人。雍熙題作贈妓。原刊本徽藩本詞林摘艷題作席上詠妓。注趙彥暉作。〇（點絳唇）内府本摘艷閉月下有容字。（混江龍）雍熙一顆作一點。淘淘作滔滔。音吕作音律。白雪作一曲。買笑作高價。（油葫蘆）雍熙樽席上作樽前。你看那作更那堪。諸般妙作諸般俏。更那堪作他可便。花樣嬌柳樣柔作柳樣柔花樣嬌。一見了作見了。（天下樂）雍熙者莫作者末。會歌作會舞。會描作會挑。怎生來少作怎生有。（那吒令）雍熙三句作敢緣薄分薄。四句看作盼。斷腸上有我勸你三字。（鵲踏枝）内府本摘艷是評作自評。年紀兒作年紀。雍熙我與你作你與我。你若作你肯。年紀兒作年紀。前程作姻緣。（寄生草）雍熙姻緣簿作姻緣事。你看他作我見他。歡笑作歡樂。喜孜孜與笑吟吟易位。春日鴛鴦効作麗日鴛鴦沼。（六么序）雍熙焰騰騰上有恰便似三字。我今生上無莫不是三字。（么）内府本摘艷一世下無兒字。受用作受了。則學作則學那。雍熙三四句作你肯花底相邀。月下相招。一世上無喒兩箇三字。尋思作尋思的。輕重作高低。受用作受了。（尾聲）盛世摘艷俱無此支。兹據雍熙補。

〔南呂〕一枝花

趙彥暉

嘲僧

七寶羅漢身。八難觀音像。玉樓巢翡翠。蕭寺裏蝶亂蜂狂。玉溪館青樓巷。緣得五臺山傅粉郎。小和尚久等鶯娘。老亞仙風魔了志廣。

〔梁州〕常則是金斗郡雙生和小卿。幾曾見麗春園蘇氏和都剛。被箇老妖精狐媚了唐三藏。一箇供佛的柳翠。伴着箇好色東堂。鐘樓鼓閣。便做了待月西廂。醜禪師寵定箇天香。笑吟吟攜手相將。鳳幃中路柳參禪。鴛帳底烟花聽講。看門兒虧殺金剛。暗想。這場。出家兒招攬喬公狀。你也不是清静僧。真乃是莽和尚。當了袈裟做一場。豈怕人聲揚。

〔尾〕十年功業難修養。取得箇年老妖精復落娼。臥兔當來受災障。常把三門緊關上。那妮子僧房中叫。反教你削了髮的耆卿後院裏攘。鈔本陽春白雪後集三　詞譴

鈔本陽春白雪注無名氏作。〇（一枝花）詞譴無誰教你三字。緣得作怎得。久等作久等待。（梁州）陽春白雪公狀作公案。失韻。詞譴和小卿作趕小卿。和都剛作配都剛。真乃作真的。聲揚作滿地聲揚。（尾）陽春白雪後院裏攘作後晚。下空二格。

熬煎碎竊玉心。辜負損偷香膽。好姻緣成間阻。喬風月暢難擔。恩愛相攙。連理枝

和根砍。並頭蓮伏地芟。淹藍橋波浪漲漫。繞祆廟風烟焰慘。

〔梁州〕美紺紺星前月底都做了眼。争地北天南。這些時空惹風聲呫。分開寶鏡。掂損瓊簪。偷傳錦字。瘦褪春衫。病形容覽鏡羞慘。呆心腸無酒醺酣。嗟嘆聲口内無窮。别離恨心頭易感。且勉强待時暫劣膽。寃家再不敢。苦盡回甘。

〔二煞〕淒涼白日猶閑暫。寂寞黄昏醉後擔。孤眠客舍静巉巉。漏永更長。更那堪風清月淡。那些兒最淒慘。獨對銀缸影半衾。這煩惱是俺全貪。

〔尾〕都來曉月閑愁攬。寫向花箋謹就緘。囑付你個多嬌細詳鑒。你不曾因咎爲咎。行監坐監。那不得半霎工夫採覷俺。羅本陽春白雪

又

懶將經史習。只爲功名賺。麝蘭□紫帳。脂粉汗青衫。這一場風月險。謊的我急溜裏忙收纜。若不是鐵屑船門閉的嚴。教了些小撅倈坐守行監。老波麽朝敲暮斬。

〔梁州〕雖然是俏蘇氏真心兒陪伴。赤緊的村馮魁大注兒扛攙。總尋思必索停時暫。由他倚强壓弱。硬買强貪。多凶少吉。有苦無甜。料配並二連三。怎當他硪硱零嚵。

我且納佯書詐會低微。卷旗槍佯推會羞慘。退殘兵假妝會癡憋小生豈敢。的等你靠番時却把你個姨夫攔。占勝也那場鏇。使的骨損筋傷形像兒渰。喘不迭向磨兒上橫擔。

〔尾〕那其間親和疏自有知音鑒。好共歹從教曉事的談。錦信也似前程怎搖撼。你早自信喒喒。喒喒。那從小的争鋒。按下的膽。羅本陽春白雪後集卷二

杜遵禮

生平不詳。

小令

〔仙吕〕醉中天

妓歪口

一點櫻桃拙。半壁杏腮多。每日長吁暖耳朵。正覷着傍邊唾。小唱單吹海螺。側蹺兒把戲做。口兒恰迎着。太平樂府五　北宫詞紀外集五

北宫詞紀外集題作嘲歪嘴妓。〇詞紀外集櫻桃作櫻唇。

佳人臉上黑痣

好似楊妃在。逃脱馬嵬災。曾向宫中捧硯臺。堪伴詩書客。叵耐無情的李白。醉拈

斑管。灑松烟點破桃腮。太平樂府五　中原音韻　堯山堂外紀六八　天籟集摭遺

太平樂府注杜遵禮作。中原音韻不注撰人。堯山堂外紀以此曲屬白樸。又云。或以爲杜遵禮作。天籟集摭遺據外紀輯之。○中原音韻好似作疑是。逃脱作怎脱。三四句作。曾與明皇捧硯來。美臉風流殺。無情的作揮毫。六句作覷着嬌態。外紀次句同太平樂府。餘俱同音韻。

孫季昌

生平不詳。

套數

〔正宫〕端正好

集雜劇名詠情

鴛鴦被半牀閑。胡蝶夢孤幃静。常則是哭香囊兩泪盈盈。若是這姻緣簿上合該定。有一日雙駕車把香肩並。

〔滚綉毬〕常記的曲江池麗日晴。正對着春風細柳營。初相逢在麗春園遺興。便和他謁漿的崔護留情。曾和他在萬花堂講志誠。錦香亭設誓盟。誰承望下場頭半星兒不應。央及殺調風月燕燕鶯鶯。則被這西廂待月張君瑞。送了這花月東牆董秀英。盼殺君卿。

〔倘秀才〕甃江樓山圍着畫屏。見一隻採蓮舟斜彎在蓼汀。待和他竹葉傳情訴咱悶縈。並頭蓮分做兩下。鴛鴦會不完成。知他是怎生。

〔滚綉毬〕付能的瀟湘夜雨晴。早閃出烏林皓月明。正孤雁漢宫秋静。知他是甚情懷月夜聞箏。那時節理殘粧對玉鏡臺。推燒香到拜月亭。則被這傷梅香緊將咱隨定。不能够寫相思紅葉題情。指望似多情雙漸憐蘇小。到做了薄倖王魁負桂英。撇得我冷冷清清。

〔倘秀才〕金鳳釵斜簪在鬢影。抱粧盒寒侵倦整。想踏雪尋梅路怎行。弄黄昏梅梢月。香正滿酷寒亭。傷情對景。

〔叨叨令〕當日被破連環説啜賺得再成交頸。誰承望錯立身的子弟無音信。閃得我似離魂倩女相思病。將一箇魔合羅臉兒消磨盡。徑不着也麼哥。如今這謊郎君一箇箇傳槽病。

〔脱布衫〕我便似藍橋驛實志真誠。他便似竹林寺有影無形。受寂寞似越娘背燈。恨别離如樂昌分鏡。

〔小梁州〕他便似柳毅傳書住洞庭。千里獨行。吹簫伴侣冷清清。我待學孟姜女般真誠性。我則怕啼哭倒了長城。

〔么〕京娘怨殺成孤另。怨你箇畫眉的張敞雜情。揣着竊玉心。偷香性。我則學舉案齊眉。賢孝牌上立箇清名。

〔尾〕金釵剪燭人初靜。綵扇題詩句未成。後庭花歌殘玉樹聲。琵琶怨淒涼不忍聽。比題橋的相如忒寡情。戲妻秋胡不老成。想則想關山遠路程。恨則恨衣錦還鄉不見影。則不如一紙劉公書謹緘定。寄與你箇三負心的敲才自思省。太平樂府六　盛世新聲子集　詞林摘艷六　雍熙樂府二　北宫詞紀六　九宫大成三三引滚綉毬

盛世新聲重增本内府本詞林摘艷俱無題。與雍熙樂府俱不注撰人。原刊本徽藩本詞林摘艷題作集雜劇名。北宫詞紀題作四時怨别集雜劇名。○(端正好)盛世三句兩泪作雨泪。四句上作一世。末句香肩上無把字。摘艷俱同。雍熙詞紀兩泪俱作雨泪。(滚綉毬)太平樂府央及作殃及。(倘秀才)盛世竹葉作紅葉。兩下做兩箇。摘艷俱同。(滚綉毬)盛世殘粧下無對字。燒香上無推字。撇得我作撇的來。摘艷俱同。(叨叨令)元刊太平樂府臉兒作斂兒。也麽哥作也歌歌。兹從雍熙。元刊八卷本瞿本太平樂府麽哥作哥哥。明大字本太平樂府徑作近。此句疊。盛世首句作當初箇破連還啜賺成了交。徑不着也麽哥作做不着也波哥。原刊本摘艷首句同盛世。但交下有頸字。内府本摘艷音信作音問。徑不着句作兀的可也做不着也波哥。疊一句。雍熙首句無説字。

魔合作摩訶。詞紀徑不着作做不着。此句疊。如今這作如今説。餘同雍熙。（脱布衫）盛世摘艷詞紀藍橋驛俱作藍橋下。真誠俱作書生。内府本摘艷實志作失志。雍熙末句如作似。（么）何鈔本太平樂府雜情作無情。盛世摘艷俱脱么字。内府本摘艷未脱。盛世摘艷怨殺俱作愁怨。又與雍熙詞紀舉案齊眉俱作齊眉舉案。（尾）盛世摘艷老成俱作志誠。路程俱作路。你箇俱作箇。内府本摘艷仍作路程。盛世摘艷雍熙詞紀戲妻下俱有的字。雍熙遠路程作路遠程。雍熙詞紀敲才俱作喬才。

〔仙吕〕點絳唇

集赤壁賦

萬里長江。半空烟浪。驚濤響。東去茫茫。遠水天一樣。

〔混江龍〕壬戌秋七月既望。泛舟屬客樂何方。過黄泥之坂。遊赤壁之傍。銀漢無聲秋氣爽。水波不動晚風涼。誦明月之句。歌窈窕之章。少焉間月出東山上。紫微貫斗。白露横江。

〔油葫蘆〕四顧山光接水光。天一方。山川相繆鬱蒼蒼。浪淘盡風流千古人彫喪。天連接崔嵬。一帶山雄壯。西望見夏口。東望見武昌。我則見沿江殺氣三千丈。此非是曹孟德困周郎。

〔天下樂〕隱隱雲間見漢陽。荆襄。幾戰場。下江陵順流金鼓響。旌旗一片遮。舳艫千里長。則落的漁樵每做話講。

〔那吒令〕見横槊賦詩是皇家棟梁。見臨江釃酒是將軍虎狼。見修文偃武是朝廷紀綱。如今安在哉。做一世英雄將。空留下水國魚邦。

〔鵲踏枝〕我則見水茫茫。樹蒼蒼。大火西流。烏鵲南翔。浩浩乎不知所往。飄飄乎似覺飛揚。

〔寄生草〕渺蒼海之一粟。哀吾生之幾場。舉匏樽痛飲偏惆悵。挾飛仙羽化偏舒暢。泝流光長嘆偏悒怏。當年不爲小喬羞。只今惟有長江浪。

〔尾聲〕謾把洞簫吹。再把詞章唱。蘇子正襟坐掀髯鼓掌。洗盞重新更舉觴。眼縱横醉倚篷窗。怕疎狂錯亂了宫商。肴核盤空夜未央。酒入在醉鄉。枕藉乎舟上。不覺的朗然紅日出東方。盛世新聲卯集　詞林摘艷四　雍熙樂府五

盛世新聲重增本内府本詞林摘艷俱無題。與雍熙樂府俱不注撰人。雍熙題作遊赤壁。原刊本徽藩本詞林摘艷題作集赤壁賦。注孫季昌作。○（點絳脣）雍熙烟浪作虚浪。（混江龍）重增本摘艷

少焉下無間字。内府本摘艷何方作何妨。雍熙二句樂作落。三句過作遇。少焉間作少然。（油葫蘆）雍熙四句作風流千古人惆悵。西望及東望下俱無見字。沿江上無我則見三字。（天下樂）雍熙雲間作雲開。二句作荆也麽襄。四句作下江順水金鼓響。漁樵下無每字。（那吒令）雍熙首句二句三句俱無見字。五句作我做一英雄將。（鵲踏枝）盛世及各本摘艷首句我則見俱作我則那。兹從内府本摘艷。雍熙首句無我則見三字。（寄生草）雍熙首句之作知。羽下無化字。泝流光作這流光。（尾聲）盛世摘艷掀髯俱作掀鬚。兹從雍熙。雍熙謾把作休把。正襟作正中。肴核作肴饌。酒入下無在字。枕藉下無乎字。

〔中吕〕粉蝶兒

怨别

錦帳羅幃。空留下這場憔悴。想人生最苦别離。恨匆匆。愁冗冗。忘餐失寐。困騰騰眼倦心迷。却原來害相思恁般滋味。

〔醉春風〕枕剩夢難成。衾餘愁易得。衾餘枕剩捱長更。我到如今悔。悔。銀燭燈殘。金杯酒冷。寶爐香細。

〔紅綉鞋〕黄甘甘胭憔粉悴。病懨懨瘦損香肌。急煎煎和泪數歸期。急穰穰情没亂。磣磕磕的兩分離。空着我悶懨懨盼望你。

〔普天樂〕意躊蹰。心縈繫。哀哀怨怨。慘慘悽悽。抛閃下年少人。辜負了鸞凰配。早是離人傷心碎。更和那杜宇悲啼。冷清清在銷金帳裏。珊瑚枕剩。好夢驚回。

〔上小樓〕美恩情眉南面北。好姻緣鴛鴦拆對。想着俺攜手星前。並肩月下。共枕同席。見如今寶鑑分。釵斷股。簪折瓶墜。正值着感情懷物傷人意。

〔么篇〕畫梁間燕語喧。花柳中鶯亂啼。好着我泪眼羞覷。愁心倦聽。景物狼藉。正遇着風雨催。柳絮飛。殘紅滿地。我則索掩重門緑窗春睡。

〔耍孩兒〕山長水遠人千里。滿目殘紅春又歸。閑愁閑悶幾時休。怕黄昏簾幕低垂。我則怕更闌夜静離人苦。倦聽譙樓畫角催。捱不徹凄涼日。打熬出悶憂中日月。憔悴了花朵兒身肌。

〔一煞〕死臨侵魂夢勞。呆答孩心似迷。常常思時時想頻頻記。茶飯中冷暖誰調理。早共晚寒温那個知。撇不下恩和義。我將你俊龐兒時時想念。小名兒悄悄呫題。

〔煞尾〕别離了數載餘。淹留的我三不歸。若能够好姻緣重把佳期會。則除是一枕南

柯夢兒裏。盛世新聲辰集　詞林摘艷三　雍熙樂府六

盛世新聲重增本内府本詞林摘艷俱無題。與雍熙樂府俱不注撰人。雍熙題作憶別。原刊本徽藩本詞林摘艷題作怨别。注孫季昌作。〇（粉蝶兒）内府本摘艷忘餐上有都作了三字。雍熙却原來作原來是。（醉春風）雍熙首句枕剩上有這些時三字。三句衾餘上有似這等三字。自四句以下作。好教我悔。悔。發付的你遠上陽關。悶的人孤幃寂寞。害的人一絲兩氣。（紅綉鞋）内府本摘艷甘甘作乾乾。磕磕下無的字。雍熙和泪作流泪。下句作鬧攘攘心煩亂。兩分離作苦分離。末句作這些時悶懨懨愁似癡。（普天樂）雍熙縈繫作憂慮。五句作閃殺我年少人。傷心碎作愁縈繫。更和那作更那堪。冷清清作或時。末二句作。珊瑚枕畔。將我這好夢驚回。（上小樓）雍熙拆對作拆離。想着俺作幾時得。共枕同席作同入羅幃。下句作到如今寶鏡分。感情懷作惱人腸。（么篇）雍熙二句作花柳間鶯囀啼。好着我作我這裏。羞覷作偷覷。愁心作愁聞。狼藉作傷悲。殘紅作殘花。緑窗春睡作紗窗深閉。（耍孩兒）雍熙滿目殘紅作月缺花殘。下句作多憂多慮怕黄昏。怕黄昏作掩重門。更闌上無我則怕三字。倦聽句作燭暗香消怨女悲。憂中作懨懨。身肌作身軀。（一煞）雍熙無此支。（尾聲）雍熙首句作不争你撇了我數載餘。二句無的字。三句好姻緣重把作重整。

秦竹村

生平不詳。

套數

〔雙調〕行香子

知足

壯歲鄉閭。養志閑居。二十年窗下工夫。高探月窟。平步雲衢。一張琴。三尺劍。五車書。

〔慶宣和〕引箇奚童跨蹇驢。竟至皇都。只道功名掌中物。笑取。笑取。

〔錦上花〕高引茅廬。無人枉顧。不遇知音。難求薦舉。慷慨悲歌。空敲唾壺。落魄無成。新豐逆旅。

〔么〕古今千百年。際會幾人遇。試把前賢。從頭細數。應聘文王。渭濱漁夫。夢感高宗。商巖版築。

〔清江引〕蹭蹬幾年無用處。枉被儒冠誤。改業簿書叢。倒得官人做。元龍近來豪氣無。

〔碧玉簫〕今我何如。對鏡嗟吁。歲月催促。霜染半頭顱。老矣夫。終焉計尚疎。南山敝廬。收拾園圃。安排隱居。效靖節先生歸去。

〔鴛鴦歇指煞〕前程只有前程路。兒孫自有兒孫福。没來由謾苦。千丈劍門關。一線連雲棧。萬里凌霄渡。争一階官職高。攢幾貫家私富。手搭在心頭窨附。二頃負郭田。對山三架屋。繞院千竿竹。充飢煮蕨薇。遇冷添紬絮。便是我生平所欲。世事儘無休。人生要知足。太平樂府六　太和正音譜下引行香子　北詞廣正譜同　九宫大成六六同

（錦上花）元刊本元刊八卷本太平樂府枉顧俱作人顧。瞿本太平樂府作來顧。兹從明大字本太平樂府。元刊太平樂府難求作誰求。兹從元刊八卷本瞿本。（碧玉簫）瞿本太平樂府對鏡下有自字。（鴛鴦歇指煞）明大字本太平樂府生平作平生。

李致遠

生平不詳。何夢華藏鈔本太平樂府卷七注云江右人。未知何據。著雜劇還牢末（此據元曲選。太和正音譜列爲無名氏作）。今存。

小令

〔中呂〕迎仙客

暮春

吹落紅。楝花風。深院垂楊輕霧中。小窗閑。停綉工。簾幕重重。不鎖相思夢。樂府羣玉二　樂府羣珠四

〔中呂〕朝天子

秋夜吟

梵宫。晚鐘。落日蟬聲送。半規涼月半簾風。騷客情尤重。何處樓臺。笛聲悲動。二毛斑。秋夜永。楚峯。幾重。遮不斷相思夢。樂府羣玉二

〔中吕〕紅綉鞋

晚春

楊柳深深小院。夕陽淡淡啼鵑。巷陌東風賣餳天。纔社日停針綫。又寒食戲秋千。一春幽恨遠。樂府羣玉二　樂府羣珠四

春閨情

紅日嫩風摇翠柳。緑窗深烟暖香篝。怪來朝雨妒風流。二分春色去。一半杏花休。歸期何太久。樂府羣玉二　樂府羣珠四

樂府羣珠題作春。樂府羣玉首句作紅日嫩風料峭柳。兹從羣珠。

晚秋

夢斷陳王羅襪。情傷學士琵琶。又見西風換年華。數杯添泪酒。幾點送秋花。行人天一涯。樂府羣玉二　樂府羣珠四

〔中呂〕喜春來

秋夜

斷雲含雨峯千朵。釣艇披烟玉一蓑。藕花香氣小亭多。涼意可。開宴款姮娥。樂府羣玉二　樂府羣珠一

月將花影移簾幕。風怒松聲捲翠濤。呼童滌器煮茶苗。驚睡鶴。長嘯仰天高。樂府羣玉二　樂府羣珠一

羣玉風怒作風恕。兹從羣珠。

〔中吕〕賣花聲

月夜

雲消皎月篩簾影。夢破驚烏繞樹聲。挑燈起誦太玄經。竹軒風定。桂窗人静。快詩人一襟清興。樂府羣玉二　樂府羣珠一

羣玉無題。題從羣珠。

〔商調〕梧葉兒

佩解螭文玉。衾閑鴛序錦。釵折鳳頭金。夜雨留荷泪。西風吼樹音。秋月弄桐陰。梅花謝別來到今。樂府羣玉二

〔越調〕小桃紅

新柳

柔條不奈曉風梳。亂織新絲緑。瘦倚春寒灞陵路。影扶疎。梨花未肯飄香玉。黄金半吐。翠烟微妒。相伴月兒孤。樂府羣玉二

碧桃

穠華不喜污天真。玉瘦東風困。漢闕佳人足風韻。唾成痕。翠裙剪剪瓊肌嫩。高情厭春。玉容含恨。不賺武陵人。樂府羣玉二

〔越調〕天净沙

離愁

敲風修竹珊珊。潤花小雨斑斑。有恨心情懶懶。一聲長嘆。臨鸞不畫眉山。樂府羣玉二

春閨情

畫樓徙倚闌干。粉雲吹做修鬟。璧月低懸玉彎。落花□慢。羅衣特地春寒。樂府羣玉二

初夏即事

曉來烟斷香篝。春歸緑遍芳洲。影亂風梳弱柳。遲遲清晝。竹深時喚軥輈。樂府羣玉二

〔雙調〕折桂令

春閨

柳陰深黄鳥綿蠻。勤惜韶華。似罷紅慳。綉草花飛。分香蝶鬧。感舊人閑。奇兵破愁城酒盞。離情絟恨鎖眉山。沉水燒殘。綉被熏蘭。只是春寒。樂府羣玉二　樂府羣珠三

絟疑應作拴。吴梅校羣玉改絟作綰。

山居

枕琴書睡足柴門。時有清風。爲掃紅塵。林鳥呼名。山猿逐婦。野獸窺人。喚稚子滌壺洗樽。致鄰僧貰酒論文。全我天真。休問白魚。且醉白雲。樂府羣玉二　樂府羣珠三

讀史

慨西風壯志闌珊。莫泣途窮。便可身閑。賈誼南遷。馮唐老去。關羽西還。但願生還玉關。不將劍斬樓蘭。轉首蒼顔。好覓菟裘。休問天山。樂府羣玉二　樂府羣珠三

秋景

秋聲先到梧桐。掛雨雌霓。拂檻雄風。幾點青山。一泓素月。滿地丹楓。腸縷斷情欺醉容。漏聲遲霜滿愁紅。長笛聲中。罨畫樓東。泪灑征鴻。樂府羣玉二　樂府羣珠三

〔雙調〕清江引

即席贈妓

碧雲欲低香霧阻。迴首多情處。梨花二月初。柳絮三春暮。今宵月明何處宿。樂府羣玉二

樽前有人顏似玉。笑索多情句。歌殘林葉飛。舞罷庭花妒。冰絃一霎秋夜雨。樂府羣玉二

東風又來供暮愁。吹上蛾眉皺。應知弄玉心。相道東陽瘦。花落燕飛人病酒。樂府羣玉二

任校羣玉林葉作柳葉。

〔雙調〕落梅風

斜陽外。春雨足。風吹皺一池寒玉。畫樓中有人情正苦。杜鵑聲莫啼歸去。樂府羣玉二

〔雙調〕水仙子

春暮

荼蘼香散一簾風。杜宇聲乾滿樹紅。南軒一枕梨雲夢。離魂千里同。日斜花影重重。萱草發無情秀。榴花開有恨穠。斷送得愁濃。樂府羣玉二

春懷

水邊垂柳赤欄橋。洞裏神仙紫玉簫。東風吹斷閑花草。碧雲深春夢悄。久别來朱户蕭條。半簾明月。一溪絳桃。萬里黄鶴。樂府羣玉二

道情

甕頭春色是長生。枕上華胥當解酲。常將造物合心鏡。後庭閑留月明。得工夫休寫黄庭。怕蕭郎夫婦。茅家弟兄。邂逅瑶京。樂府羣玉二

〔雙調〕撥不斷

夏宿山亭

立峯巒。脱簪冠。夕陽倒影松陰亂。太液澄虚月影寬。海風汗漫雲霞斷。醉眠時小童休唤。樂府羣玉二　北詞廣正譜

北詞廣正譜此首屬馬致遠。

套數

〔南吕〕一枝花

送人入道

白雲留故山。曉月流清澗。西風吹渭水。落葉滿長安。龍虎癡頑。正要别真贋。都來方寸間。内丹成未飲刀圭。宦情遠不登仕版。

〔梁州〕無中有嬌兒姹女。有中無火棗金丹。温温鉛鼎清光爛。一泓水静。一片雲閑。

一輪月滿。一點神安。斷七情寶劍光寒。避三尸午夜更殘。秘天真離坎交馳。縱玄旨乙庚配綰。鍊希夷金木間關。藥闌。歲晚。黄精滿地和烟揀。安排浄蚌珠燦。耿耿靈臺照夜闌。去蕙留蘭。

〔尾聲〕辨清濁不在青白眼。誇懸解何勞道士肝。銀海澄澄洞諸幻。快還。九山。滿地松風洞天晚。太平樂府八　雍熙樂府一〇　北宫詞紀三　太和正音譜下引全套　北詞廣正譜引尾聲　九宫大成五二引梁州

雍熙樂府北宫詞紀題目俱作方士。雍熙不注撰人。〇（一枝花）太和正音譜落葉作落日。（梁州）正音譜嬌作嬰。雍熙詞紀大成同。正音譜玄旨作玄指。詞紀神作身。大成避三尸作辟三尸。

孤悶

花梢消杜宇魂。藕絲繫鴛鴦足。春風丹鳳隻。夜月翠鸞孤。對景蕭疎。空憶如簧語。最添心上苦。冷清清沉水香殘。昏慘慘燈花穗吐。

〔梁州〕東牆女空窺宋玉。西廂月却就崔姝。便休題月下老姻緣簿。風流偏阻。好事多辜。藍田隱璧。滄海遺珠。桃源洞山谷崎嶇。陽臺路雲雨模糊。書齋中勉强韓香。蘭房中生疎鄭五。涇河邊不寄龍書。怨苦。自取。世間情知他是甚娘般物。自嗟嘆

静思慮。直教柳下惠開門不秉燭。薄命寒儒。

〔尾〕一天愁尋殺裴生杵。千點泪啼斑湘女竹。一輪皓月當空正隱在雲霧。量半幅。素楮。訴不盡燕燕鶯鶯半分語。太平樂府八　雍熙樂府一〇

雍熙樂府不注撰人。○（一枝花）雍熙夜月作月夜。（梁州）太平樂府遺珠作迷珠。雍熙書齋作書房。房中作房内。（尾）雍熙當空作當窗。

〔中吕〕粉蝶兒

擬淵明

歸去來兮。笑人生苦貪名利。我豈肯陷迷途惆悵獨悲。假若做公卿。居宰輔。剗地心勞形役。量這些來小去官職。枉消磨了浩然之氣。

〔醉春風〕想聚散若浮雲。嘆光陰如過隙。不如聞早賦歸歟。暢是一箇美。美。棄職歸農。杜門修道。早則死心搭地。

〔紅綉鞋〕泛遠水舟遥遥以輕颺。送征帆風飄飄而吹衣。望烟水平蕪把我去程迷。問征夫詢遠近。瞻衡日熹微。盼柴桑歸興急。

〔滿庭芳〕再休想折腰爲米。落得箇心閑似水。酒醉如泥。樂醄醄並不管家和計。都分付與稚子山妻。栽五柳閑居隱迹。撫孤松小院徘徊。問因宜把功名棄。豈不見張良范蠡。這兩箇多大得便宜。

〔上小樓〕我則待逐朝每日。無拘無繫。我則待從事西疇。寄傲南窗。把酒東籬。三徑就荒。松菊猶存。規模不廢。策扶老尚堪流憩。

〔么〕引壺觴以自酌。眄庭柯以自怡。有酒盈樽。門設常關。景幽人寂。或命巾車。或棹孤舟。從容遊戲。比着箇彭澤縣較淡中有味。

〔耍孩兒〕溪泉流出涓涓細。木向陽欣欣弄碧。登東皋舒嘯對斜暉。有兩般兒景物希奇。覷無心出岫雲如畫。見有意投林鳥倦飛。草堂小堪容膝。説親戚之情話。樂琴書以忘機。

〔么〕或尋丘壑觀清致。或自臨清流品題。我爲甚絶交遊待與世相違。須是我傲羲皇本性難移。想人間富貴非吾願。望帝里迢遥不可期。已往事都休記。度晚景樂夫天命。其餘更復奚疑。

〔尾聲〕辭功名則待遠是非。守田園是我有見識。閑悠悠無半點爲官意。一任駟馬高車聘不起。太平樂府八　盛世新聲辰集　詞林摘艷三　雍熙樂府六　太和正音譜下引粉蝶兒醉春風上小樓尾聲　九宫大成一三引紅綉鞋滿庭芳上小樓尾聲

盛世新聲重增本内府本詞林摘艷俱無題。不注撰人。原刊本徽藩本摘艷題作擬淵明。注李致遠作。與太平樂府同。雍熙樂府不注撰人。〇（粉蝶兒）盛世假若作假若是。剗地作剗地便。七句作量着這些小官職。末句無了字。摘艷俱同。（醉春風）明大字本及何鈔本太平樂府聞俱作及。太和正音譜四句作暢好是美也美。盛世賦歸歟作去來兮。暢是一個作暢好是。摘艷俱同。（紅綉鞋）摘艷平蕪作萍蕪。瞻衡作瞻衡宇。柴桑作柴扉。雍熙大成作瞻衡宇。（滿庭芳）明大字本太平樂府醄醄作陶陶。盛世四句無並字。和計作活計。五句無與字。問因宜作爲甚因。多大作老大。原刊本摘艷問因宜作爲因甚。餘同盛世。雍熙問因宜作問因甚。（上小樓）正音譜從事上無我則待三字。（幺）正音譜末句作比彭澤縣淡中有味。盛世摘艷末句箇俱作那。又與大成俱無較字。各書眄俱作盼。兹據歸去來辭改。（耍孩兒）盛世木作草木。欣欣弄作欣茸。説作悦。摘艷俱同。（幺）盛世次句無或字。三句無待字。其餘作其餘事。摘艷俱同。内府本摘艷清流作清溪流。雍熙須是作雖是。（尾聲）盛世無則待二字。無是我二字。一任作一任那。摘艷俱同。九宫大成是我作使我。

〔雙調〕新水令

離別

離鸞別鳳又經年。一番春一番新怨。青瑣畔。綉幃前。少箇嬋娟。酬不了少年願。

〔德勝令〕今日小亭軒。羞到杏花邊。黯黯愁成陣。厭厭日勝年。嫣然。一笑春風面。無緣。燈前雲髻偏。

〔雁兒落〕常想西湖艤畫船。北苑開春宴。一聲金縷令。七換梁州遍。

〔雁兒落〕春衫和泪穿。猶認伊針線。玉簫深夜品。多是君愁怨。

〔水仙子〕別來幾見月兒圓。每爲嫦娥惜少年。畫堂深隔斷歸來燕。玉鈎閑簾未捲。一天情着箇誰傳。想一餉心間事。寫一幅腸斷篇。等一箇孤雁回旋。

〔雁兒落〕艷陽三月天。壽酒筵前勸。可憐張解元。不赴蟠桃宴。

〔掛玉鈎〕愛殺槎頭縮項鯿。皆上金盤薦。笑殺池中並蒂蓮。未許東風見。援紫毫。磨端硯。屈曲銀鈎。細草鸞箋。

〔尾〕沉沉烟鎖垂楊院。遲遲月上桃花扇。羅帕新詞。聊寄情緣。唱道張京兆心專。周瓊姬苦意堅。怕幾陣東風吹落殘花片。恁時緑暗紅嫣。兀誰管春山翠眉淺。太平樂府

七　雍熙樂府一一　北詞廣正譜引掛玉鈎　九宮大成同

雍熙樂府不注撰人。〇(新水令)明大字本太平樂府及雍熙又俱作久。(德勝令)雍熙羞到作羞對。(水仙子)明大字本太平樂府端作姮。何鈔本太平樂府於雁兒落不赴蟠桃宴句下。校添水仙子一首。曲云。多情別了已三年。咱的衷腸萬萬千。萬萬千啞子吃黃連。人不見信難傳。喜減愁添。常怨着毒心賊。埋怨了離恨天。使兩箇不得團圓。

童童學士

童童字里無考。官學士。善度曲。每以不及見董解元爲恨。新元史卜憐吉歹傳云。子童童。中奉大夫。集賢侍講學士。累官江浙平章政事。不知是否即此人。

套數

〔越調〕鬬鵪鶉

開筵

鶴背乘風。朝真半空。龜枕生寒。遊仙夢中。瑞日融和。祥雲崎聳。赴天闕。遊月宮。歌舞吹彈。前後簇擁。

〔紫花兒〕晝錦堂筵開玳瑁。玻璃盞滿泛流霞。博山爐細裊香風。屏開孔雀。褥隱芙蓉。檜柏青松。瘦竹寒梅浸古銅。暗香浮動。品竹調絃。走斝飛觥。

〔小桃紅〕筵前談笑盡喧閧。一派笙簫動。媚景良辰自情重。拚却醉顔紅。一杯未盡笙歌送。金樽莫側。玉山低趄。直喫的涼月轉梧桐。

〔天浄沙〕碧天邊桂魄飛騰。銀河外斗柄回東。暢好是更長漏永。梅花三弄。訪危樓十二簾櫳。

〔調笑令〕玉容。露春葱。翠袖殷勤捧玉鍾。絳紗籠燭影揺紅。艷歌起韻梁塵動。都喫的開襟墮巾筵宴中。綺羅叢醉眼朦朧。

〔尾〕金樽飲罷雕鞍控。暢好是受用文章巨公。比北海福無窮。似南山壽長永。太平樂府七　盛世新聲未集　詞林摘艷一〇　雍熙樂府十三

盛世新聲重增本内府本詞林摘艷俱無題。不注撰人。原刊本徽藩本詞林摘艷題作閑庭。雍熙樂府不注撰人。題作壽筵。〇（鬭鵪鶉）明大字本太平樂府末句作前簇後擁。（小桃紅）盛世摘艷笙簫俱作簫韶。原刊本摘艷情重作情縱。雍熙金樽作金杯。（調笑令）各本摘艷玉鍾下俱有看了這多嬌臉兒堪題詠一句。無艷歌起韻梁塵動句。惟重增本摘艷仍同太平樂府。雍熙春葱作春筍。失韻。起韻作韻起。（尾）雍熙末二句福壽兩字易位。

〔雙調〕新水令

念遠

燒痕回緑遍天涯。憶王孫去時殘臘。愁垂簷外雨。憂損鏡中花。掘土摶沙。感事自驚訝。

〔駐馬聽〕望眼巴巴。春陌香塵迷去馬。夢魂颯颯。曉窗初日鬧啼鴉。千聲作念湊嗟呀。一絲情景留牽掛。許歸期全是假。秀才每説謊天來大。

〔喬牌兒〕綉雙飛線脚差。描並宿筆尖怕。牡丹亭閑却秋千架。好春光誰共耍。

〔落梅風〕肌消玉。臉褪霞。怎打熬九秋三夏。被薄賺的孤又寡。辜負了小喬初嫁。

〔雁兒落〕誰攔截巫女峽。誰改變崔徽畫。誰糊突漢上衿。誰扯破秋雲帕。

〔得勝令〕身似井中蛙。命似釜中蝦。難把猿心鎖。空將鵑泪洒。情雜。下不的題着他名兒罵。性猾。恨不的揪住他身子打。

〔甜水令〕馬上牆頭。月底星前。窗間簾下。容易得歡洽。案舉齊眉。帶綰同心。釵留結髮。那曾有一點兒褻狎。

〔折桂令〕好姻緣兩意相答。你本是秋水無塵。我本是美玉無瑕。十字爲媒。又不圖紅定黄茶。我不學普救寺幽期調發。你怎犯海神祠負意折罰。生也因他。死也因他。恩愛人兒。歡喜寃家。

〔錦上花〕想着他錦綉充腸。諸餘俊雅。山海填胸。所事撑達。花下低頭。風吹帽紗。月底潛踪。露濕羅韈。朱絃續有時。寶劍配無價。求似神仙。信似菩薩。纔得相逢。撲絮納瓜。恰早分離。瓶沉珠撒。

〔清江引〕一聲去也没亂殺。少幾句叮嚀話。説歸甚日歸。待罷何時罷。夢兒中見他剛半霎。

〔離亭宴歇指煞〕狂風飄散鴛鴦瓦。嚴霜冷透鸞凰榻。好教我如癡似啞。佳期絶往來。後約無憑準。前語皆欺詐。空傳紅葉詩。枉卜金錢卦。淒涼日加。燕驚飛張氏樓。犬吠斷韓生宅。虎攔住蕭郎駕。悶隨秋夜長。情逐春冰化。待他見咱。算他那狠罪過有千樁。害的我這瘦骨頭没一把。雍熙樂府一一　北宫詞紀六

雍熙樂府不注撰人。○(得勝令)北宫詞紀起句上有呀字。

沙正卿

生平不詳。或疑即沙可學。可學永嘉人。登至正進士第。爲行省掾。

套數

〔南呂〕一枝花

安慶湖雪夜

荒陂寒雁鳴。遠樹昏鴉噪。斷雲淮甸闊。殘照楚山高。古岸蕭蕭。敗葦折蘆罩。穿林荒徑小。水村寒犬吠柴荆。梅嶺凍猿啼樹杪。

〔梁州〕野烟暗迷合渡口。漁燈明照破江皋。溪邊望罷歸村路。野塘蕭索。暮景寂寥。半間草廈。一榻橛牀。冷清清伴我蕭條。到黄昏惡限才交。恓惶運環海般相連。煩惱鄉石城般圍繞。離愁陣鐵壁般堅牢。怎生。得逃。百千般無計把淒涼傲。愁恰去悶來到。愁和悶共淒涼厮纏繳。不離我周遭。

〔三煞〕安排下孤悶供詩料。收拾聚閑愁注酒瓢。假開懷直飲得醉醄醄。獨擁衾裯。都忘盡傷心懷抱。才睡美又還鬧。籬畔篩風竹韻敲。驚夢無聊。〔二煞〕破窗鳴雨霰風猶惡。漏屋垂冰鬣凍未消。夢回酒醒越難熬。萬籟皆鳴。更一點殘燈斜照。供愁恨獻煩惱。破思慮憂愁廝定害。暗消了年少。〔尾〕黄昏時春色生容貌。清鏡曉秋霜點鬢毛。愁雖是多。恨也不少。衰了潘容。瘦了沈腰。鏡裏端詳。心下暗約。端詳罷怎不教我心焦。則一夜剩添十歲老。太平樂府

八　雍熙樂府一〇　北宫詞紀四　詞林白雪四　北詞廣正譜引尾

雍熙樂府不注撰人。北宫詞紀題作安慶湖冬夜旅懷。詞林白雪題作旅懷。〇（一枝花）明大字本太平樂府柴荆作柴門。雍熙蘆罩作蘆草。樹杪作樹梢。（梁州）明大字本太平樂府村路作村落。草厦作茅厦。元刊太平樂府雍熙樂府百千俱作百十。雍熙村路作村落。橛牀作平橋。詞紀村路作村落。半間草厦四句作。繩牀冷淡。草厦蕭條。到黄昏惡限纔交。聽鐘聲遠寺忙敲。詞林白雪俱同詞紀。（三煞）太平樂府醄醄作淘淘。明大字本太平樂府作酕醄。傷心作傷。何鈔本太平樂府假開作解開。雍熙收拾聚作收拾下。又與詞紀詞林白雪直飲俱作只飲。傷心俱作傷。（二煞）明大字本及何鈔本太平樂府定害俱作定繳。雍熙鬣作殘。末句作年少貌潛消。又與詞紀詞林白雪破思慮俱作被思慮。定害俱作渾着。（尾）太平雍熙詞紀詞林白雪清鏡俱作青鏡。剩添俱

作勝添。

〔越調〕鬬鵪鶉

閨情

挑綉也無心。茶飯不應口。付能打撲起傷春。誰承望睚不過暮秋。暗想情懷。心兒裏自羞。兩件兒。出盡醜。臉淡似殘花。腰纖如細柳。

〔紫花兒〕愁的是針拈着玉笴。怕的是燈點上銀釭。恨的是簾控着金鈎。赤緊的爺娘又不解。語話也難投。休休。快及煞眉兒八字愁。靠誰成就。鳳隻鸞孤。幾時能够。燕侶鶯儔。

〔幺〕想殺我也枕頭兒上恩愛。盼殺我也懷抱兒裏多情。害殺我也被窩兒裏風流。渾身上四肢沉困。迅指間一命淹留。休休。方信道相思是歹證候。害的來不明不久。是做的沾粘。到如今潑水難收。

〔尾〕實丕丕罪犯先招受。直到折倒了龐兒罷收。若不成就美滿好姻緣。則索學文君駕車走。太平樂府七　雍熙樂府一三　北宮詞紀六雍熙樂府不注撰人。北宫詞紀題作閨怨。○（鬭鵪鶉）明大字本太平樂府及雍熙撲俱作疊。詞紀能打撲作能够打迭。（紫花兒）明大字本太平樂府及雍熙詞紀怏及俱作央及。詞紀點上作照上。（么）雍熙是做的作事做的。（尾）元刊本瞿本太平樂府折作拆。兹從元刊八卷本等太平樂府及雍熙詞紀。

呂天用

生平不詳。

套數

〔南呂〕一枝花

白蓮

瑶池施素粧。洛浦誇清景。廬山傳絶艷。太華擅高名。秋水澄澄。洗得胭脂浄。淡梳粧百媚生。裁剪下雪膩香柔。包含盡風清露冷。

〔梁州〕縱不號國女承恩楚閫。多管是太真妃出浴華清。水雲鄉喧滿秋娘性。也不羨紅粧翠蓋。金屋銀屛。鉛華絳彩。綉絡珠瓔。他則待占秋江獨步傾城。倚秋江壓盡繁英。他生得臉兒媚脈脈盈盈。長得腰兒瘦風風韻韻。立的箇影兒孤嬝嬝婷婷。這些。可人。晚涼睡殺鴛鴦頸。與秋月淡相映。天遣嫦娥下太清。來赴蓬瀛。

〔煞〕滿池玉蕊連枝瑩。一片瓊葩徹骨清。綠楊影裏畫船輕。趁一派歌聲。十里波光如鏡。俺本待閑遣水雲興。被藕絲嫩把柔腸廝繫定。越教人惹根牽情。〔隨尾〕休只管粧添澤國三秋景。我則怕狼藉江鄉一夜冰。雖宜同根栽並蒂生。受了些蓮心苦。割不斷連理情。若不採蓮人把你手掌內奇擎。明日西風起替得你凌波襪兒冷。太平樂府八　雍熙樂府一〇　北宮詞紀四　北詞廣正譜引煞

雍熙樂府不注撰人。〇（一枝花）太平樂府及雍熙賦俱作賦。明大字本太平樂府無梳字。（梁州）明大字本太平樂府縱不作縱不如。楚闥作紫闥。立的箇作立得。嫦作姮。元刊本等太平樂府瓔作環。兹從何鈔本。雍熙縱不作縱不是。絡作珞。瓔作瓊。長得作他生的。瘦作細。這些作這箇。嫦作姮。詞紀秋江作秋波。立作他立。這些三句作。風流。可憎。滿池玉蕊連枝瑩。末二句作。一片瓊葩徹骨清。多少芳馨。餘俱同雍熙。（煞）雍熙四句無趁字。詞紀無此支。（隨尾）元刊太平樂府景作星。元刊八卷本瞿本作景。與雍熙詞紀合。明大字本作興。雍熙六句不作不是。把你作他把你在。內作兒裏。明日西風起替得作我怕那西風明日起吹的。詞紀俱同雍熙。

秋蝶

數聲孤雁哀。幾點昏鴉噪。桂花隨雨落。梧葉帶霜彫。園苑蕭條。零落了芙蓉萼。

見一箇玉胡蝶體態嬌。描不成雅淡風流。畫不就輕盈瘦小。
〔梁州〕難趁逐鶯期月夜。怎追隨燕約花朝。棲香覓意誰知道。春光錯過。媚景輕拋。
虚辜艷杏。忍負夭桃。夢魂杳不在花梢。精神懶豈解争高。喜孜孜翠袖兜籠。嬌滴滴玉纖捻搭。笑吟吟羅扇招摇。替他。審約。秋深何處生芳草。殘菊邊且胡鬧。不似姚黄魏紫好。忍負良宵。
〔隔尾〕金風不念香鬚少。玉露那憐粉翅嬌。風露催殘冷來到。艷陽時過了。暮秋天怎熬。將一捻兒香肌斷送了。太平樂府八　雍熙樂府一〇　北宫詞紀四　詞林白雪四

雍熙樂府不注撰人。詞林白雪屬詠物類。〇（梁州）太平樂府錯過作挫過。夭桃作妖桃。孜孜作姿姿。明大字本太平樂府作孜孜。詞紀詞林白雪豈解争高俱作怪殺牆高。（隔尾）明大字本太平樂府粉翅作蝶翅。

楊立齋

生平不詳。別有一曲家楊立齋。曲見南宮詞紀。乃明人。

套數

〔般涉調〕哨遍

張五牛商正叔編雙漸小卿。趙真卿善歌。立齋見楊玉娥唱其曲。因作鷓鴣天及哨遍以詠之。

〔鷓鴣天〕烟柳風花錦作園。霜芽露葉玉裝船。誰知皓齒纖腰會。只在輕衫短帽邊。啼玉靨。咽冰絃。五牛身後更無傳。詞人老筆佳人口。再喚春風到眼前。

〔哨遍〕世事摶沙嚼蠟。等閑榮辱休驚訝。日月不饒咱。曉窗前拂浄菱花。試覷咱。雖是閑愁無種。閑悶無芽。子敢銜種出星星髮。知進退宜休罷。便今日蘇秦六國。明日早賈誼長沙。不如買牛學種洛陽田。抱甕自澆邵平瓜。向甚雲棧揮鞭。滄海撑舟。斗牛泛槎。

〔么〕好向名利場中一納頭。剩告取些鬆寬暇。且莫住山凹。清閑中不見箇生涯。問救甚末。南鄰富貴。北里奢華。只有此身無價。幸遇明時德化。除徭役拯濟貧乏。

得這困魚腮驚急列地脱了香鈎。蓋因那餓虎血模糊地污了烟檛。方表聖德無加。

〔耍孩兒〕對江山滿目真堪畫。休把這媚景良辰作塌。清風明月不拈錢。聞未老只合歡洽。問甚往來燕子春秋社。説怎末辛苦蜂兒早晚衙。休呆發。便得征西車馬。争如杜曲桑麻。

〔么〕莫將愁字兒眉尖上掛。得一笑處笑一時半霎。百錢長向杖頭挑。没拘束到處行踏。飢時節還着那六局全食店裏添些箇氣。渴時節揀那百尺高樓上噈數盞兒巴。更那椀清茶罷。聽俺幾回兒把戲也不村呵。

〔七煞〕據小的每噈。大廝八。着幾條坐木做陳蕃榻。謝尊官肯把荒場降。勞貴脚還將賤地來踏。棚上下。對文星樂宿。唱唱吵吵。

〔六〕前漢又陳。後漢又乏。古尚書團掿損殷周夏。五代史止是談些更變。三國志無過説些戰伐。也不希咤。終少些團香弄玉。惹草粘花。

〔五〕這箇才子文藝高。那箇佳人聰俊雅。可知道共把青鸞跨。一箇是紗巾蕉扇睁睁道。一箇是翠靨金毛俏鼻凹。無人坐。一箇是玉堂學士。一箇是金斗名娃。

〔四〕又有箇員外村。有箇商賈沙。一弄兒黑漆筋紅油靶。一箇向麗春園大椀裏空咊了酒。一箇揚子江江船中就與茶。精神兒大。著敲棍也門背後合伏地巴背。中毒拳也教鐺裏仰臥地尋叉。

〔三〕而今汝陽齋掩緑苔。豫章城噪晚鴉。金山寺草長滿題詩塔。唯有長天倒影隨流水。孤鶩高飛送落霞。成瀟灑。但見雲間汀樹。不聞江上琵琶。

〔二〕静悄悄的誰念他。冷清清的誰問他。尚有人見鞍思馬。張五牛創製似選石中玉。商正叔重編如添錦上花。碎把那珠璣撒。四頭兒熱鬧。枝節兒熟滑。

〔一〕俺學唱咱。學説咱。誰敢和前輩爭高下。趙真真先占了頭名榜。楊玉娥權充第二家。替佛傳法。鑼敲月面。板撒紅牙。

〔尾〕須不教一句兒訛。半字兒差。唱一本多愁多緒多情話。教您聽一遍風流浪子煞。

太平樂府九　雍熙樂府七　北詞廣正譜引哨遍　青樓集詞品拾遺詞綜歷代詩餘等引鷓鴣天

雍熙樂府題作知休。不注撰人。無序文及鷓鴣天詞。○(鷓鴣天)太平樂府霜芽作烟芽。皓齒作皓首。茲從青樓集詞品拾遺詞綜等。青樓集身後作身去。到眼前作在眼前。詞品拾遺俱同。詞綜題作聽楊玉娥唱故人所撰曲有感。錦作園作錦簇筵。玉靨作粉靨。五牛身後作舊遊一去。老筆作彩筆。歷代詩餘題作聽楊玉娥唱故人撰曲。注無名氏作。詞同詞綜。(哨遍)瞿本太平樂府向甚作白甚。北詞廣正譜宜休罷作宜休宜罷。明日早作早明日。向甚作白甚。（耍孩兒）瞿本太平樂府校改不拈作不須。雍熙媚景作美景。只合作只今。（么）元刊太平樂府聽俺幾回兒以下曲文全脱。誤與高安道哨遍皮匠説謊套數之後半接合。雍熙亦因其誤。兹據瞿本太平樂府補。

王氏

王氏。大都歌妓。

套數

〔中吕〕粉蝶兒

寄情人

江景蕭疏。那堪楚天秋暮。戰西風柳敗荷枯。立夕陽。空凝竚。江鄉古渡。水接天隅。眼瀰漫晚山烟樹。

〔醉春風〕寂寞日偏長。别離人最苦。把一封正家書改做詐休書。馮魁不覩是將我來娶。娶。知他是身跳龍門。首登虎榜。想這故人何處。

〔紅綉鞋〕往常時冬裏臥芙蓉裀褥。夏裏鋪藤蓆紗幮。但出門换套兒好衣服。不應馮魁茶員外。茶員外鈔姨夫。我則想俏雙生爲伴侶。

〔迎仙客〕見一座古寺宇。蓋造得非常俗。見一箇僧人念經掐着數珠。待道是小闍梨。却原來是老院主。俺是箇檀越門徒。問長老何方去。

〔石榴花〕看了那可人江景壁間圖。粧點費工夫。比及江天暮雪見寒儒。盼平沙趁宿。落雁無書。空隨得遠浦帆歸去。漁村落照船歸住。烟寺晚鐘夕陽暮。洞庭秋月照人孤。

〔鬬鵪鶉〕愁多似山市晴嵐。泣多似瀟湘夜雨。少一箇心上才郎。多一箇脚頭丈夫。每日價茶不茶飯不飯百無是處。教我那裏告訴。最高的離恨天堂。最低的相思地獄。

〔普天樂〕腹中愁。詩中句。問甚麽失題落韻。跨驏騎驢。想着那得意時。着情處。筆尖題到傷心處。不由人短嘆長吁。囑付你僧人記取。蘇卿休與。知他雙漸何如。

〔上小樓〕怕不待開些肺腑。都向詩中分付。我這裏行想行思。行寫行讀。雨泪如珠。都是些道不出。寫不出。憂愁思慮。了不罷聲啼哭。

〔么〕他争知我嫁人。我知他應過舉。翻做了魚沉雁杳。瓶墜簪折。信斷音疎。咫尺地半載餘。一字無。雙郎何處。我則索隨他泛茶船去。

〔十二月〕無福效同儔並侶。有分受枕剩衾餘。想起來相思最苦。空教人好夢全無。撇飛了清歌妙舞。受了些寂寞消疎。

〔堯民歌〕閃得人鳳凰臺上月兒孤。趁帆風勢下東吳。我這裏安桅舉棹泛江湖。到不如沉醉羅幃倩人扶。躊躇。躊躇。天邊雁兒遥。枉把佳期誤。

〔耍孩兒〕這廝不通今古通商賈。是販賣俺愁人的客旅。守着這廝愁悶怎消除。真乃是牛馬而襟裾。斗筲之器成何用。糞土之牆不可圬。想俺愛錢娘喬爲做。不分些好弱。不辨賢愚。

〔三煞〕娘呵你好下得好下得。忒狠毒忒狠毒。全没些子母情腸肚。則好教三千場失火遭天震。一萬處疔瘡生背疽。怎不教我心中怒。你在錢堆受用。撇我在水面上遭徒。

〔二〕我上船時如上木驢。下艙時如下地府。靠桅杆似靠着將軍柱。一箇隨風倒柁船牢獄。趁浪逐波乘檻車。伴着這魑人物。便似寃魂般相纏。日影般相逐。

〔一〕他正是馮魁酒正濃。蘇卿愁起初。下船來行到無人處。我比娥皇女哭舜添斑竹。

比曹娥女泣江少一套孝服。則怕他瞧破俺情緒。推眼疾偷掩痛泪。佯呵欠帶幾聲長吁。

〔尾〕比我這泪珠兒何日乾。愁眉甚日舒。將普天下煩惱收拾聚。也似不得蘇卿半日苦。太平樂府八　詞林摘艷三　詞謔　雍熙樂府六　北宫詞紀六

詞謔題作趕蘇卿。雍熙樂府題作蘇卿訴苦。不注撰人。北宫詞紀題作詠趕蘇卿寄情。○（粉蝶兒）太平樂府摘艷雍熙戳俱作占。摘艷詞謔雍熙詞紀那堪俱作更那堪。瞿本太平樂府詞紀夕陽俱作斜陽。（醉春風）太平樂府娶字未疊。摘艷改做下有了字。內府本摘艷想這上有我字。詞謔詞紀改做下有了字。雍熙詐作假。將我上無是字。（紅綉鞋）太平樂府下一員外上無茶字。元刊八卷本瞿本太平樂府及摘艷出門俱作出入。明大字本太平樂府藤蓆作籐簟。套兒作套。詞謔藤席作籐簟。出門作出入。不應作不戀醜。五句作無字碑鈔姨夫。詞紀同詞謔。（迎仙客）摘艷掐着作掐。詞謔非常俗作忒非俗。三句作僧人念經掐數珠。詞紀原來下無是字。餘同詞謔。（石榴花）摘艷船歸住作舟歸住。夕陽暮作悽然度。詞謔江景作風景。船歸住作舟方住。夕陽暮作悽然度。詞紀帆歸作歸帆。餘同詞謔。（鬬鵪鶉）元刊太平樂府晴嵐作晴藍。脚頭作角頭。元刊八卷本瞿本明大字本俱作晴嵐。明大字本作脚頭。內府本摘艷脚頭二字疊。百無作百無箇。最高的最低的下俱有是字。雍熙泣作泪。百無作百没。詞紀山市作山寺。（普天樂）內府本摘艷騾作騾。詞謔跨騾作跨蹇。七句作筆尖題出驚人句。由人作由我。休與作留語。雍熙跨騾作跨馬。

詞紀俱同詞謔。（上小樓）摘艷肺腑作肺腹。了不作子不。重增本雨泪作兩泪。内府本了不作則不如。詞謔首句作怕不待剖開肺腹。雨泪作兩泪。道不出寫不出作寫不出道不出。末句作閣著筆一聲聲啼哭。雍熙末句作忍不住放聲啼哭。詞紀同詞謔。惟腹仍作腑。（么）太平樂府於應作么字處有一是字。據明大字本是爲么之訛。他應過舉上無我知二字。我則索作我則愛。兹俱從雍熙。摘艷我知作我争知。詞謔同摘艷。惟嫁下有了字。詞紀俱同詞謔。（十二月）摘艷同儔並侶作鶯儔燕侶。想起來作想起那。撲飛作空負。詞謔最苦作苦。撲飛作辜負。餘同摘艷。詞紀最苦作病苦。餘同詞謔。（堯民歌）摘艷安桅作安排。躊躇二字不疊。雁兒作雁影。詞謔帆作一帆。餘同摘艷。内府本摘艷起句上有呀字。雁兒遥作雁影孤。雍熙末二句作。天邊雁兒無。遥望把佳期誤。詞紀帆作一帆。雁兒作雁影。（耍孩兒）太平不辨作不卞。摘艷守着這廝作守着他。牛馬作馬牛。爲做作爲故。詞謔這廝愁悶作他憂悶。牛馬下無而字。爲做作爲故。些好弱作好歹。詞紀同詞謔。惟仍作爲做。（三煞）元刊太平一萬作一兩。元刊八卷本瞿本明大字本作一萬。摘艷錢堆作錢堆上。詞謔子母情作情愛牽。遭天震作皇天震。錢堆作錢堆上。遭徒作沉浮。明大字本太平雍熙遭徒俱作遭荼。詞紀同詞謔。（二）元刊本瞿本太平柁作拖。乘檻作承陷。兹從明大字本太平及雍熙。太平便似作使似。摘艷乘檻作承陷。魋作醜。便似作恰便似。詞謔魋作喬。餘同摘艷。雍熙三句無着字。便似作便如。詞紀同詞謔。（一）太平掩作淹。兹從雍熙。摘艷掩作淹。詞謔首句無他正是三字。五句無比字及一套二字。他瞧破俺作瞧破俺真。

掩作淹。帶幾聲作假帶。雍熙泣江作哭江。情緒上有離字。詞紀同詞譃。（尾）明大字本太平比我作嘆我。摘艷比作則。收拾作都收。詞譃首二句作。泪珠何日乾。愁眉不得舒。收拾作全堆。雍熙似不作不似。詞紀同詞譃。惟三句無將字。

張鳴善

鳴善名擇。號頑老子。平陽人。家於湖南。流寓揚州。官宣慰司令史。録鬼簿續編云。有英華集行于世。蘇昌齡楊廉夫拱手服其才。著雜劇三種。烟花鬼。夜月瑶琴怨。草園閣。今俱不存。涵虚子論曲。謂鳴善之詞藻思富贍。爛若春葩。誠一代之作手。

小令

〔正宫〕脱布衫過小梁州

草堂中夏日偏宜。正流金爍石天氣。素馨花一枝玉質。白蓮藕樣彎瓊臂。門外紅塵衮衮飛。飛不到魚鳥清溪。緑陰高柳聽黄鸝。幽棲意。料俗客幾人知。〔幺〕山林本是終焉計。用之行舍之藏兮。悼後世追前輩。對五月五日。歌楚些弔湘纍。太和正音譜

上　九宫大成三三　元明小令鈔收小梁州

九宫大成樣作兩。元明小令鈔舍之作舍則。對作到。

〔中呂〕普天樂

詠世

洛陽花。梁園月。好花須買。皓月須賒。花倚欄干看爛熳開。月曾把酒問團圓夜。月有盈虧花有開謝。想人生最苦離別。花謝了三春近也。月缺了中秋到也。人去了何日來也。盛世新聲戌集　詞林摘艷一　樂府羣珠四　元明小令鈔

盛世新聲無題。詞林摘艷題作詠世。盛世新聲所收之曲皆不注撰人。其戌集之普天樂三十首摘艷亦依次收之。於第一首（即此曲）注元張鳴善小令。以下二十九首皆未注前人。樂府羣珠亦收此三十首。但分列數處。此首題作嘆世。注張鳴善作。作者姓名下未依例注明所收曲數。其中有二首注玄虛仙子作。餘曲不注撰人。彩筆情辭元明小令鈔選其餘二十九首中之曲。則注張鳴善作。信疑參半。兹姑就其已選者輯之。〇羣珠倚欄干上有也曾二字。月曾作月也曾。

贈妓

口兒甜。龐兒俏。性格兒穩重。身子苗條。多情楊柳腰。春暖桃花萼。見人便厭的

拜忽的羞吸的笑。引的人魄散魂消。人前面看好。樽席上出色。手掌裏擎着。盛世新聲戊集　詞林摘艷一　樂府羣珠四　彩筆情辭二

盛世新聲詞林摘艷俱無題。下五首同。樂府羣珠題作贈妓。彩筆情辭題作贈美妓。僅情辭明注張鳴善作。〇羣珠身子下有兒字。情辭同。情辭厭的作奄的。前面作面前。

遇美

海棠嬌。梨花嫩。春粧成美臉。玉捻就精神。柳眉顰翡翠彎。香臉膩胭脂暈。款步香塵雙鴛印。立東風一朵巫雲。奄的轉身。吸的便哂。森的銷魂。盛世新聲戊集　詞林摘艷一　樂府羣珠四　彩筆情辭九

樂府羣珠題作春閨思。彩筆情辭題作遇美。僅情辭明注張鳴善作。〇盛世新聲詞林摘艷彎俱作灣。奄俱作淹。羣珠美臉作媚色。香臉作杏臉。奄字塗改模糊。末二句作。嘻的暗啞。參的銷魂。又改參爲剗。情辭玉捻作玉捏。香臉作香頰。森的作嗦的。

雨纔收。花初謝。茶温鳳髓。香冷雞舌。半簾楊柳風。一枕梨花月。幾度凝眸登臺榭。望長安不見些些。知他是醒也醉也。貧也富也。有也無也。盛世新聲戊集　詞林摘艷一　樂府羣珠四　元明小令鈔

此曲在盛世新聲等四書中皆無題。僅元明小令鈔明注張鳴善作。

既待舍之藏。何用沽諸價。清閑活計。冷淡生涯。採靈芝西海邊。看黄菊東籬下。樂樂陶陶無牽掛。三般兒到處裏堪誇。或是向東籬看花。或是在東門種瓜。或是去東里爲家。盛世新聲戌集　詞林摘艷一　樂府羣珠四　元明小令鈔

僅元明小令鈔明注張鳴善作。○盛世新聲等陶陶俱作淘淘。玆從小令鈔。

雨兒飄。風兒颺。風吹回好夢。雨滴損柔腸。風蕭蕭梧葉中。雨點點芭蕉上。風雨相留添悲愴。雨和風捲起淒涼。風雨兒怎當。雨風兒定當。風雨兒難當。盛世新聲戌集　詞林摘艷一　樂府羣珠四　元明小令鈔

僅元明小令鈔明注張鳴善作。羣珠題作愁懷。

講詩書。習功課。爺娘行孝順。兄弟行謙和。爲臣要盡忠。與朋友休言過。養性終朝端然坐。免教人笑俺風魔。先生道學生琢磨。學生道先生絮聒。館東道不識字由他。盛世新聲戌集　詞林摘艷一　樂府羣珠四　元明小令鈔

僅元明小令鈔明注張鳴善作。羣珠題作嘲西席。○盛世新聲七句脱性字。小令鈔講作誦。朋友上無與字。

〔雙調〕水仙子

譏時

鋪眉苫眼早三公。裸袖揎拳享萬鍾。胡言亂語成時用。大綱來都是烘。說英雄誰是英雄。五眼雞岐山鳴鳳。兩頭蛇南陽臥龍。三脚猫渭水非熊。輟耕録二八　堯山堂外紀七六

輟耕録堯山堂外紀此曲作者皆作張明善。應即是張鳴善。○輟耕録裸袖作裸衲。都是作都視。堯山堂外紀非熊作飛熊。

摘艷一

草堂中無事小神仙。垂楊柳絲絲長翠撚。碧琅玕掩映梨花面。似丹青圖畫展。被芳塵清景留連。蟾蜍滴墨磨雀硯。鷓鴣詞香飄鳳箋。狻猊爐烟裊龍涎。盛世新聲戌集　詞林摘艷一

盛世新聲無題。不注撰人。原刊本詞林摘艷題作富樂。注皇明張鳴蔭作。蔭應爲善之訛。徽藩本摘艷鳴善訛作寫善。彩筆情辭元明小令鈔選以下二首。皆注張鳴善。亦以蔭應作善。云皇明者。蓋因鳴善由元入明也。

囑香醪一醉再休醒。半霎裏千般俏萬種情。孟郊寒賈島瘦相如病。剛滴留得老性命。

偏今宵夢境難成。做甚麽月兒昏昏瞪瞪。阿的般人兒孤孤另另。些娘大房兒冷冷清清。盛世新聲戌集　詞林摘艷一　彩筆情辭一一

僅彩筆情辭明注張鳴善作。題作題情。○盛世情辭半霎裏俱作半霎醒。摘艷甚麽作是麽。

東村飲罷又西村。熬盡田家老瓦盆。醉歸來山寺裏鐘聲盡。趁西風驢背穩。一任教顛倒了綸巾。稚子多應困。山妻必定盹。多管是喚不開柴門。盛世新聲戌集　詞林摘艷一

元明小令鈔

僅元明小令鈔明注張鳴善作。

失宫調牌名

詠雪

漫天墜。撲地飛。白占許多田地。凍殺吴民都是你。難道是國家祥瑞。堯山堂外紀七六

吴民原作無民。據外紀云。張士誠據蘇時。其弟士德攘奪民田以廣園囿。鳴善作此曲譏之。故疑無民應爲吴民之訛。如作吾民亦通。

套數

〔中吕〕粉蝶兒

思情

霧鬢雲鬟。楚宫腰素粧打扮。恰便似玉天仙謫降人間。殢人嬌。良人種。誤遭一難。雖然與風月同班。比其餘自然中看。

〔醉春風〕他若是愁鎖翠春山。笑時花近眼。玉娉婷慵整倦粧奩。常好是懶。懶。翡翠裙低。鳳凰釵重。麝蘭香散。

〔迎仙客〕相逢到數載餘。別離了兩三番。則俺那美人兒恰纔在這筵席間。美酒泛金波。閑歌隨象板。投至的歡意闌珊。那其間彼各皆分散。

〔普天樂〕分散後再相逢。再相逢空長嘆。人有願天心必應。天心應人願何難。纖腰如楊柳枝。粉臉似桃花瓣。桃柳争妍花開綻。見年年桃柳開殘。人生百年。無心思忖。有限朱顔。

〔十二月〕蘇小卿風塵意懶。雙通叔名利相干。雖不學雙生是對手。也合與蘇氏同班。雖葬在黄圡土灘。名播在天上人間。

〔堯民歌〕呀。自古來知音相會果應難。争奈這少年心終歲受孤單。休將這鳳凰棲老碧梧寒。投至的雁鳴鶯嚦杏花殘。愁煩。琵琶手倦彈。這堝兒休扭做了潯陽岸。

〔啄木兒煞〕花鈿額上貼。赤繩足下拴。少年心終久相輕慢。堅心無憚。準備着洞房花燭報平安。盛世新聲辰集　詞林摘艷三　雍熙樂府六　彩筆情辭九　九宫大成一三引啄木兒煞

盛世新聲重增本内府本詞林摘艷俱無題。不注撰人。原刊本徽藩本摘艷題作思情。注皇明張鳴善作。雍熙樂府題作寄情。不注撰人。彩筆情辭題作情感。北詞廣正譜迎仙客附注引霧鬢雲鬟一句。與情辭俱注張鳴善作。○（粉蝶兒）雍熙楚宫作漢宫。又與情辭打扮俱作淺扮。一難俱作魔難。（醉春風）雍熙首句作愁也翠眉攢。三句作玉娉婷一朵好花開。常好是作行一步兒。情辭首句同雍熙。整倦作對曉。常好是作行一步兒。釵重作釵嚲。（迎仙客）雍熙首句無到字。二句作别後幾千番。恰纔在這筵席作恰纔恰纔筵宴。金波作金巵。閑歌作絃歌。情辭恰纔在這筵席作却纔筵宴。餘俱同雍熙。（普天樂）雍熙二句作相逢後空嗟嘆。纖腰下無如字。粉臉似作臉嫩。争妍作年年。見年年作年年見。無心思忖作百年有限。情辭俱同雍熙。（十二月）盛世摘艷對手俱作對首。兹從雍熙情辭。雍熙作十二月堯民歌。帶過次曲。三句起作。小生非雙生對手。

可人與蘇氏平肩。他每身雖葬黄泉土壤。名猶在天上人間。情辭仍分二曲。曲文同雍熙。惟小生作我雖。可人作伊却。雖葬作已葬。（堯民歌）雍熙少年上無這字。休將這作休等的。雁鳴鶯嚦作鶯燕和鳴。此句以下作。相干。相干琵琶信手彈。這搭兒裏生扭做潯陽岸。情辭無自古來三字。果應作古來。這少年心作少年。將這作等得。雁鳴鶯嚦作鶯燕和鳴。愁煩二字疊。下同雍熙。惟末句無裏字。（啄木兒煞）雍熙情辭曲牌俱作淨瓶兒煞。雍熙三句作争奈少年心思使相輕慢。末句報平安作帶同綰。情辭少年上有只怕二字。報平安作帶回綰。

〔越調〕金蕉葉

怨別

講燕趙風流莫比。説秦晉姻緣怎及。論吴越精神未已。配南楚儀容最美。

〔調笑令〕楚儀。美人兮。薄注櫻唇淺畫眉。鳳釵斜插烏雲髻。襯冰綃玉葱纖細。輕顰淺笑聲漸低。這風流幾箇人知。

〔禿廝兒〕花正好香風細細。柳初柔良夜輝輝。占定箇紅嬌緑柔花月國。花簇簇。柳依依。也波相宜。

〔聖藥王〕花影移。月影移。留花翫月飲瓊杯。風力微。酒力微。乘風帶酒立金梯。風月滿樽席。

〔絡絲娘〕三生夢一聲唱迴。一場舞三生夢裏。萬劫千年不容易。也是前緣前世。

〔尾聲〕就今生設下來生誓。來生福是今生所積。拚死在連理樹兒邊。願生在鴛鴦鳴兒裏。

盛世新聲戊集　詞林摘艷一〇　彩筆情辭三　北詞廣正譜引聖藥王　九宫大成二八引全套

盛世新聲無題。原刊本重增本詞林摘艷題作怨别。徽藩本摘艷有闕文。僅存尾聲。内府本摘艷無此套。彩筆情辭題作嬌歡。盛世新聲不注撰人。北詞廣正譜引聖藥王一支。注劉庭信作。餘書俱注張鳴善作。九宫大成據摘艷。〇（金蕉葉）情辭風流作風標。（調笑令）重增本摘艷情辭淺畫眉俱作懶畫眉。情辭楚儀作羨伊。（聖藥王）大成樽席作樽時。（絡絲娘）重增本摘艷也是下有我字。情辭同。（尾聲）重增本摘艷福下無是字。大成鳴作隊。

趙瑩

生平不詳。姓名及曲僅見何夢華藏鈔本太平樂府。

小令

〔正宮〕塞鴻秋

題情

玉人不見徒勞望。相思兩地音書曠。揮毫難寫斷腸文。枕几惟添愁旅況。只爲美人情。空取時人謗。何時再得相親傍。何夢華鈔本太平樂府一